Der Schattenmann

Tödlicher Eid

Von Lilly Frost

D1721628

Buchbeschreibung:

Drei Jahre nach dem Tod ihres Mannes Max ist Bea endlich wieder glücklich. Sie führt eine Beziehung mit Tom, lebt mit ihren beiden Kindern in einem Häuschen am Stadtrand und arbeitet als Kolumnistin. Als ihre Tochter Emily einen Selbstmordversuch nur knapp überlebt, gerät Beas heile Welt erneut aus den Fugen. Gemeinsam mit Max´bestem Freund macht sie sich auf die Suche nach den Ursachen für Emilys Verzweiflung. Dabei kommt Bea dunklen Geheimnissen auf die Spur und gerät schließlich selbst in Lebensgefahr.

Über den Autor:

Lilly Frost wurde 1973 in Salzburg geboren. In ihrer Heimatstadt, wo sie heute lebt, studierte sie Kommunikationswissenschaften. Seit über zehn Jahren ist sie im Bereich der Öffentlichkeitsarbeit tätig. Ihre Leidenschaft, das Schreiben, entwickelte sich schon in frühester Jugend. "Der Schattenmann - Tödlicher Eid" ist ihr erster Roman.

Der Schattenmann

Tödlicher Eid

Von Lilly Frost

Herstellung und Verlag: BoD - Books on Demand, Norderstedt
ISBN 9783749432295

lilly.frost@gmx.at
www.lilly-frost.at

Bibliografische Information der Deutschen Nationalbibliothek
Die Deutsche Nationalbibliothek verzeichnet diese Publikation
in der Deutschen Nationalbibliothek, detaillierte bibliografische Daten
sind im Internet über http://dnb.dnb.de abrufbar.

Herstellung und Verlag
BoD – Books on Demand, Norderstedt

ISBN 9783749432295

Für meine Kinder Philip und Laura

Prolog

Sie lungerte auf ihrem Boxspringbett. Im Rücken das Daunenkissen, gegen das sie sich lehnte. Die Musik dröhnte durch den kleinen Raum, prallte von den Wänden ab und knallte ungebremst auf ihre Ohren, so wie sie es liebte. Laut. Klar. Gellend. Es half ihr gegen die Leere, gegen das Nicht-Fühlen, einen Zustand, der sich schon so lange in ihr ausbreitete, dass sie nicht mehr wusste, wie es war, etwas Echtes zu fühlen. Sich zu fühlen.

Watch me burn, summte sie leise mit Rihanna mit. *I love the way it hurts.*

Sie tastete nach der Holzschatulle auf ihrem Nachtkästchen, einer kleinen lackierten Kiste aus Birnenholz, das ihr Vater mit ihr gemeinsam gedrechselt hatte. Sie liebte die kleine Schachtel, in der sie ihre liebsten Gegenstände aufbewahrte, darunter eine Silberkette mit Herzanhänger, die ihr Vater ihr zu ihrem sechsten Geburtstag geschenkt hatte, ihre ersten Ballettschuhe und ein Brief ihrer besten Freundin Penny. Sie nahm eine Rasierklinge aus der Schatulle und hielt sie zwischen Zeigefinger und Daumen gegen das Licht ihrer Nachttischlampe. Der Strahl

spiegelte sich in dem Metall. Sie kniff die Augen zusammen.

I love the way it hurts.

Sie legte die Klinge an ihren linken Unterarm und presste sie fest ins Fleisch. Sie ritzte die Haut auf, schnitt ins Unterfett, spürte die Wärme der Flüssigkeit, die über ihren Arm lief. Wie ein dicker roter Wurm schlängelte sich der Blutstrom über die Haut. Ein scharfer Schmerz. Sie japste nach Luft, atmete danach ein paarmal tief ein und ließ sich zurück in ihr Kissen sinken. Sie spürte sich. Sie fühlte den Schmerz, das Brennen ihrer Haut. *I love the way it hurts.*

Für einen Moment fühlte sie sich frei. Die Leere verkroch sich und hinterließ ein pulsierendes Pochen. Sie genoss es, zuzusehen, wie das Blut von ihrem Arm auf die Bettdecke tropfte. Vorsorglich hatte sie ein altes Handtuch untergelegt. Ihre Mutter würde die Blutflecken sonst bemerken und sich große Sorgen machen. Es war sicherer, wenn sie ihr Geheimnis nicht kannte. Manche Dinge blieben besser unausgesprochen. Sie wusste nicht, was er ihr oder ihrer Familie antun würde, wenn sie ihn verriet. Sie wollte es nicht wissen. Sie kannte ihn, wusste, wozu er fähig war. Einen Moment lang genoss sie den Schmerz. Er war wie eine Droge, die ihr für eine Weile Erleichterung verschaffte, die alles fortspülte. Leider hielt dieser Zustand nie lange an. Sie betrachtete die zahl-

reichen Narben auf ihrer Haut, die teilweise verblasst, teilweise verkrustet oder gerötet waren. Ein Meer an Versuchen zu entkommen, den Schmerz in ihrem Inneren zu betäuben.

Eine Tür krachte. Ein Schlüsselbund schepperte.

„Bist du zu Hause?"

Die Stimme ihrer Mutter drang gedämpft zu ihr. Sie drehte die Musik leiser, antwortete und wischte die Klinge an dem alten Handtuch ab, das sie rasch unter ihrem Kopfkissen versteckte. Die Rasierklinge warf sie hastig in die Schatulle, während sie den Ärmel ihres Pullis über ihre frische Wunde zerrte. Sie lächelte, als ihre Mutter ins Zimmer trat. Alles war in Ordnung, solange sie nichts wusste. Sie musste dafür sorgen, dass das so blieb.

27. März 2018

Bea flog die Treppen, zwei Stufen auf einmal nehmend, nach oben und zerrte ihren Haustürschlüssel aus der dünnen Sportjacke. Sie drückte die Haustür auf und streifte mit dem jeweils anderen Fuß ihre Laufschuhe ab, während sie sich mit einer Hand den Schweiß von der Stirn wischte. Ihr Blick fiel auf die Jeansjacke ihres Sohnes, die achtlos auf der Schuhablage lag. Darunter spähten grau-blaue Sneaker hervor, auf denen eine dicke Schicht Schlamm klebte.

Simon!

Bea seufzte.

Sie hob die Jacke auf und hängte sie auf einen der wenigen freien Haken an der Garderobe, während sie die schmutzigen Turnschuhe mit zwei Fingern hochhob und den eingetrockneten Schmutz vor der Haustür abklopfte. Ein Glück, dass Tom nicht hier war! Er hätte sich über die Unordnung aufgeregt. Und wenn Bea heute etwas nicht brauchte, war es eine Auseinandersetzung mit ihrem Freund. Sie zog die Spange aus ihrem Haar und legte sie in die bunte Keramikschale, die sie aus ihrem letzten Urlaub aus Istanbul mitgebracht hatte. Schon Viertel nach fünf. Bea zuckte zusammen. Sie huschte ins Bad, schlüpfte aus ihrem Sport-Top und den Lauftights und stopfte

beides in die Waschmaschine. Während das heiße Wasser auf ihre Schultern prasselte, überlegte sie, was zu erledigen war, bevor Tom kam. *Simons Hausaufgaben kontrollieren. Wein einkühlen. Das Abendessen vorbereiten. Ihre Kolumne an die Redaktion schicken.* Sie rasierte Beine, Achseln und Intimbereich. Tom liebte zarte, glatte Haut.

Als sie in ein Handtuch gehüllt die Treppe hinaufeilte, war es halb sechs. Sie fischte Jeans und einen dunkelblauen Cashmere-Pullover mit V-Ausschnitt aus ihrem Kleiderschrank, legte etwas *J'adore Dior* auf und band ihr schulterlanges Haar zu einem Pferdeschwanz. Zum Haareföhnen hatte sie jetzt keine Zeit. Ihr Blick blieb an der zerknautschten Bettwäsche hängen. Hatte sie die schon bei Toms letztem Besuch aufgezogen? Bea versuchte, sich zu erinnern. Die Bettwäsche roch nach ihrem Orangenparfum. Egal, dachte sie, während sie mit ihrem Finger über die Kommode und den Nachttisch fuhr und ihren staubig-grauen Zeigefinger betrachtete. Sie rümpfte die Nase und überlegte, ob Zeit bliebe, zu saugen und Staub zu wischen, entschied sich aber dagegen. Sie hastete die Treppe hinunter, holte eine Flasche Sauvignon blanc aus dem Keller und stellte sie in die Getränkelade des Kühlschranks. Sie spülte den Salat ab und tupfte den Lachs mit einem Küchentuch trocken. Dann schaltete sie ihren Laptop ein. Während sie nach dem Ordner

Arbeit suchte, lächelte ihr ein Bild von Tom und ihren beiden Kindern Emily und Simon vom 15 Zoll großen Bildschirm entgegen. Toms Gebiss, das an die Milchzähne eines Schulanfängers erinnerte, leuchtete mit dem silbergrauen Haar um die Wette und bildete einen grellen Kontrast zu seiner Haut, die wie Bronze in der Sonne glänzte. Er hatte einen Arm um Emily gelegt, die mit zusammengepressten Lippen an der Kamera vorbei starrte, als wollte sie sagen: „Echt jetzt?"

Simons Hände umklammerten einen fetten Rotbarsch, den Tom und er zuvor gefangenen hatten. Sein kleines Doppelkinn hatte er nach oben gereckt, die nackte Brust nach vorn gestreckt und sein Grinsen enthüllte eine münzgroße Zahnlücke, die seither durch zwei perfekte weiße Schneidezähne befüllt wurde.

Bea lächelte, als sie an ihren ersten gemeinsamen Urlaub mit Tom und den Kindern in Norwegen dachte. Sie hatten ein Ferienhaus an der Küste zwischen Lyngdal und Farsund gemietet, das einen 360°-Panoramaausblick auf die Fjordlandschaft bot. Die Umgebung leuchtete in allen Farben: das satte Grün, das tiefblaue Wasser, das warme Licht der Abendsonne. Anfangs war Bea skeptisch gewesen. Caorle oder Brac waren doch ideale Urlaubsorte für eine Familie, nicht wahr? Doch Tom war hartnäckig geblieben. Es würde den Kindern gefallen. Die Landschaft, das Meer, das Angeln, das Haus. Und er behielt Recht.

Es gefiel den Kindern. Oder zumindest der einen Hälfte. Simon war begeistert von dem Boot, das sie gemietet hatten, um im nahe gelegenen Anglergebiet zu fischen. Er liebte das Meer, den Salzgeruch und den Fisch, den sie selbst fingen und zubereiteten. Tom hatte ihm gezeigt, wie er das 10 Meter lange Vorfach zu Wasser ließ. Es war mit Haken versehen, über denen Leuchtperlen montiert waren. Simon bestückte die Haken mit Fischfetzen, was Emily nur „eklig" fand. Da wusste sie nicht, dass das Ausnehmen der Fische ihre Vorstellung von Ekel deutlich übertreffen würde. Tom half Simon, das obere Ende in einen Karabiner einzuhaken, der an der Hauptschnur befestigt war, und die Montage mit Blei zu beschweren. Dann ließen sie die Montage absinken. Während Emily sich in ihrem neuen Zweiteiler in der Sonne räkelte und Bea ein paar Sandwiches mit Putenschinken, Edamer und Rucola belegte, starrten Tom und Simon wie gebannt über den Rand des Bootes.

„Ich glaube, sie mögen unseren Köder nicht." Tom drückte Simons Schulter. „Nur Geduld, Sportsfreund. Wer Fische fangen will, braucht vor allem eins: Zeit."
Simon ließ die Schnur keinen Moment aus den Augen. Er hypnotisierte sie, malte sich aus, wie in dem dunklen, kalten Wasser ein riesiger Fisch nach einem der Haken schnappte und wie dieser in seinem Schlund verschwand. Doch nichts geschah. Als die Schnur sich

regte und im Wasser hin- und her zuckte, traute Simon seinen Augen nicht. Bildete er sich das ein? Er streckte den Finger aus und berührte sie. Nein, da war es, ein deutliches Zupfen, das bis in seine Hand vibrierte.

„Tom? Tom!" Simon sprang auf. Seine Beine kribbelten.

Sie warteten ein, zwei Minuten, bevor sie das Vorfach einholten. Simons nackte Füße trippelten im Stakkato über die Holzdielen des Fischerbootes.

Sieh nur, Tom! Sieh nur!"

Tom zwinkerte Simon zu. „Und ob sie unsere Köder mögen!"

Das Netz fiel mit einem Platschen auf die Planken. Ein etwa 50 cm langer Rotbarsch wand sich auf dem Boden, daneben eine Reihe von Makrelen und Lengs. Simons Augen wurden groß wie Kaffeeuntersetzer. Bea schnappte sich die Kamera.

„Emily! Komm her! Ich mache ein Foto von euch."

Sie erinnerte sich, zwanzig Mal abgedrückt zu haben, Tom und Simon mit vor Aufregung geröteten Wangen, Emily mit dem für vorpubertäre Elfjährige typischen Augenrollen. Bea liebte das Foto, selbst wenn Emily ihr vorwarf, sie dazu genötigt zu haben.

Es klingelte. Nicht zum ersten Mal, wie Bea benommen wahrnahm. Toms Bild erschien lachend auf ihrem Mobiltelefon.

„Hey! Schatz!"

Bea ließ sich mit dem Handy ans Ohr gepresst auf den Küchenstuhl fallen.

„Alles in Ordnung? Du klingst ... abwesend."

Toms tiefe Stimme kroch knackend durch die Leitung.

„Ja ... ja, alles bestens. Ich habe nur die Zeit übersehen. Ich muss noch einiges erledigen, bevor du kommst."

Tom räusperte sich. „Ja. Darüber wollte ich gerade mit dir sprechen."

„Ja?"

„Ich schaffe es heute nicht."

Bea umklammerte ihr Telefon so fest, dass ihre Knöchel schneeweiß hervortraten.

„Aber ... ich habe Lachs gekauft und Weißwein. Emily übernachtet heute bei Penny. Ich dachte, wir könnten..."

„Es tut mir leid, Schatz. Es geht heute nicht."

Bea nahm einen tiefen Atemzug.

„Aber du hast es versprochen."

„Fang nicht so an!"

„Was ist denn passiert? Wieso kannst du nicht vorbeikommen?"

Tom seufzte und knirschte mit den Zähnen. Bea konnte förmlich sehen, wie seine Kiefermuskeln mahlten und sich seine Nase kräuselte.

„Es geht nicht."

Bea sprang auf und warf dabei fast den Küchenstuhl

um.

„Was heißt es geht nicht? Wir wollten uns heute einen schönen Abend machen. Gemeinsam zu Abend essen. Wein trinken. Vielleicht einen Film anschauen."

„Ich weiß, Bea. Es tut mir leid. Es ist etwas dazwischengekommen."

Beas Wangen glühten. „Was denn, Tom? Was ist dazwischengekommen?"

Tom seufzte und klang, als erklärte er einer Sechsjährigen das Leben. „Ich erzähle es dir morgen, okay?"

„Morgen?" Bea lachte freudlos. „Weißt du eigentlich, wie schwierig es ist, Zeit für uns zu finden? Ich habe heute früher zu arbeiten aufgehört, bin für ein romantisches Abendessen einkaufen gegangen, war laufen, habe Emily erlaubt, bei Penny zu schlafen, obwohl es ein Wochentag ist. Und wozu das alles? Damit dir etwas DAZWISCHEN kommt?"

„Jetzt mach nicht so einen Wind", zischte Tom, „ich komme morgen. Ich koche uns etwas Feines und danach werde ich dich so richtig verwöhnen. Na, wie hört sich das an?"

Bea presste die Lippen aufeinander. Sie hatte Angst, etwas zu sagen, das sie nicht mehr zurücknehmen konnte.

„Hey? Sei nicht böse, ja?" Toms Stimme floss durchs Telefon wie flüssiger Karamell. „Ich mache es wieder gut. Versprochen!"

Bea erinnerte sich an ihr letztes gemeinsames

Wochenende und fühlte Toms Finger auf ihren Hüften, ihren Pobacken und Schenkeln und seinen warmen Atem in ihrem Nacken. Sie erschauerte. Wie schaffte er es immer wieder, sie herumzukriegen?

„Schon gut. Dann eben morgen."

„Ich freue mich auf dich!"

„Ja, klar."

„Dann bis morgen, Bea! Und such dir ein hübsches Negligé raus."

Bea verdrehte die Augen. „Bis morgen, Tom!"

Bea überflog ihre Kolumne, strich ein paar Sätze, ergänzte ein paar andere und entschied, dass sie das Beste herausgeholt hatte. „Konsumzwang" war nicht ihr Thema und ihr Chefredakteur, Bernd Wranek, würde es sich ohnehin nicht nehmen lassen, dem Beitrag seinen Stempel aufzudrücken. Wozu sich damit abplagen? Bea drückte auf *Senden* und schloss ihren Laptop.

Dann ging sie in die Küche und holte ihre Einkäufe aus dem Kühlschrank. Sie goss etwas Olivenöl in eine beschichtete Pfanne, salzte den Lachs und bereitete ein Honig-Senf-Dressing für den Salat zu. Tom hatte keine Zeit? Fein. Sie würde sich ohne ihn einen entspannten Abend machen. Seit Wochen lag ein Liebesroman von Nicolas Sparks auf ihrem Nachttisch. Oder sie könnte sich *Notting Hill* ansehen. Sie liebte diesen Film. Tom war für Liebesschnulzen ohnehin nicht zu

haben. Eher für Dokumentationen oder Sportsendungen oder Dramen. Es gab genug Drama in ihrem Leben. Das brauchte sie nicht in ihrer spärlichen Freizeit.

Der Lärm ließ Bea aufhorchen. Eine Tür fiel krachend ins Schloss, eine Tasche wurde zu Boden geschleudert, jemand heulte. Bea schob die Pfanne von der Herdplatte und stürzte ins Vorzimmer. Simon kauerte auf dem Boden und rieb sein Schienbein. Emily deutete drohend mit dem Zeigefinger auf ihn.

„Was ist hier los?" Bea blickte ratlos von einem zum anderen.

„Emily hat mich getreten!" Simon verzog das Gesicht.

„Der kleine Scheißer hat mich vor allen blamiert!"

Emilys Wangen leuchteten rosarot.

„Was genau ist passiert?"

Bea beugte sich zu Simon und begutachtete sein Bein, das ein wenig rot war.

„Nicht so schlimm", meinte sie an ihren Sohn gewandt. „Wir legen ein bisschen Eis drauf."

„Vanille?" Simons Augen leuchteten hoffnungsvoll.

„Nein, Eiswürfel." Bea lachte. „Völlig geschmacksneutral, aber schön kalt gegen die Schwellung."

„Ach, Mensch", beschwerte sich Simon.

Emily hängte ihre Lederjacke an einen der metallenen Haken und überprüfte ihr Spiegelbild.

„Also?" Bea verschränkte die Arme.

„Simon hat mich vor meinen Freunden lächerlich gemacht. Dem kleinen Mistkäfer sollte man das Maul mit Paketband zukleben", schimpfte Emily.

„Also wirklich!"

„Es ist wahr! Er hat vor Penny, Sophie und Jonas behauptet, ich wäre in Jonas verliebt."

„Und? Bist du?" Bea betrachtete ihre Tochter, deren Augen die Farbe von Vollmilchschokolade hatten, genau wie ihre eigenen.

„Was??" Emilys Augen funkelten.

„Bist du in Jonas verliebt?"

Simon lachte.

„Also, echt jetzt!" Emily warf ihr langes, honigblondes Haar über die Schulter und drängte sich an ihrer Mutter vorbei ins Wohnzimmer.

„Ihr seid so was von peinlich!"

Bea und Simon blickten einander an und lachten.

„Kommt Tom heute?", fragte Emily, als Bea den Lachs mit Rosmarinkartoffeln und Salat anrichtete.

Bea schüttelte den Kopf. „Er hat abgesagt."

Emily plumpste auf einen Stuhl und schenkte sich Wasser aus der Karaffe ein.

„Wolltest du nicht bei Penny übernachten?"

„Abgesagt."

„Klingt, als wären wir beide heute versetzt worden."

Emily nickte, während sie Salat auf ihre Gabel schaufelte. „Irgendein Typ. Ist offenbar wichtiger als ich."

„Na, wenigstens irgendein Grund", erwiderte Bea,

während sie Simons Teller auf seinen Platz stellte.

„Tom hat einfach nur gesagt, dass er nicht kommt."

„Tja, Tom eben."

Bea setzte an, Tom zu verteidigen, überlegte es sich aber anders. Im Grunde hatte Emily Recht. Tom war immer für eine Überraschung gut und es war nicht das erste Mal, dass er spontan absagte.

„Dann machen wir drei uns einen gemütlichen Abend", warf Simon mit vollem Mund ein.

Bea warf einen verstohlenen Blick auf ihre Tochter und erwartete, dass Emily protestierte. Stattdessen räumte sie ihren Teller in die Spülmaschine und hechtete auf die Couch im Wohnzimmer. „Den Film suche ich aus!", rief sie und wedelte mit der Fernbedienung.

Minuten später kuschelten die drei sich in die dicken Sofakissen. Der Vorspann von *Schlaflos in Seattle* flimmerte über den Bildschirm, der Duft von frischem Popcorn schwebte durch den Raum und die Gesichter ihrer beiden Kinder schmiegten sich links und rechts an ihre Schulter. Emilys goldblondes Haar kitzelte sie an der Nase. Bea genoss den friedlichen Abend mit Emily und Simon. Es passierte selten genug, dass sie Zeit mit beiden verbrachte. Ihre Enttäuschung, dass Tom abgesagt hatte, verflog. Sie liebte Tom, aber sie vermisste einen Partner, der mit ihr lebte und ihr half, ihre Kinder groß zu ziehen und die finanzielle Bürde mit ihr gemeinsam zu tragen. Tom hatte klar gemacht,

dass er seine eigene Wohnung in Linz nicht aufgeben wollte. Er brauchte Freiheit, Unabhängigkeit und einen Rückzugsort nur für sich. Dennoch genoss sie es, ihn um sich zu haben. Sie spürte seine Hände auf ihrer Haut, während sie an ihn dachte. Seinen heißen Atem in ihrem Nacken. Seine Finger auf und in ihr. Ihre Brüste spannten, zwischen ihren Beinen kribbelte es. Sie schüttelte die Bilder ab wie ein Insekt, das über ihren Arm krabbelte. Die Dunkelheit kroch durch das Wohnzimmer wie undurchdringlicher Nebel, nur der Bildschirm flimmerte unbeirrt weiter. Der Film war zu Ende. Eine braungebrannte Blondine mit Sixpack pries ein Bauch-weg-Gerät an und versprach in wenigen Wochen den perfekten Bikini-Körper. Bea warf einen verstohlenen Blick auf ihren Bauch, der sich ungeniert über den Bund ihrer Jeans wölbte. Emily war nicht mehr da. Das restliche Popcorn krümelte einsam in der Tupperware-Schüssel vor sich hin oder lag über den Glastisch verstreut. Simon schnarchte leise in ihr Ohr. War sie eingeschlafen? Bea rüttelte ihren Sohn sanft am Arm, doch er rührte sich nicht. Sie beschloss, ihn auf der Couch schlafen zu lassen. Die Uhr zeigte 23:41. Bea schlurfte ins Bad, wusch sich, putzte die Zähne und plumpste ins Bett. Die Nacht war kurz genug, Schlaf kostbar. Wie kurz die Nacht werden sollte, ahnte sie zu diesem Zeitpunkt nicht.

April 2015

Er beobachtete sie eine ganze Weile. Sie war mittelgroß mit Kurven an den richtigen Stellen. Sie lud Brokkoli, Äpfel und Kartoffeln in den Einkaufswagen. Ihr schulterlanges brünettes Haar schmiegte sich an ihr weiches Gesicht wie Seide. Sie bewegte sich wie eine Tänzerin, leicht und geschwind, sanft und fließend. An der Hand hielt sie einen etwa fünfjährigen Jungen, der ununterbrochen redete und half, die Lebensmittel einzupacken. Ein kleines Bäuchlein lugte unter seinem Supermann-T-Shirt hervor und die Pausbacken ließen vermuten, dass er ebenso gern aß, wie er einkaufte. Sein Blick wanderte zurück zu der Frau, über ihre Beine, die unter einem eng sitzenden Jeansrock hervorlugten, über ihre Hüften zur Taille (schmal, wie er es mochte) bis zu ihren Brüsten, die wie zwei reife Orangen aus dem Ausschnitt ihrer Baumwollbluse lugten. Wenn sie sich nach vorn beugte, erhaschte er einen Blick auf ihren BH. Schwarze Spitze. Seine Zunge befeuchtete die Lippen. Er stellte sich vor, wie diese Lippen ihre Brüste küssten und hinab wanderten. Tiefer und tiefer. Er seufzte. Da sah er es. Das Mädchen. Es hüpfte mit einem Brotlaib und einer Packung Spaghetti beladen in den Gang mit den Milchprodukten. Sein Haar floss wie Gold

über die Schultern bis zur Mitte des Rückens. Es war feingliedrig, zart mit haselnussbraunen Augen, in denen sich das Licht golden widerspiegelte. Das Mädchen lächelte, wechselte ein paar Worte mit der Frau und drehte eine Pirouette. Sein Haar schwebte durch die Luft wie Goldregen. Es strich eine Strähne hinter das Ohr und zog an seinem Baumwollrock, der ein Stück nach oben gerutscht war. „Mutter und Tochter", dachte er und lächelte wölfisch. Perfekt.

Die Frau strich dem Mädchen über das Haar und legte dem Jungen eine Hand auf die Schuler. Der Bub griff lachend nach dem Einkaufswagen und schob die Einkäufe in Richtung Kasse.

Er betrachtete die kleine Familie aus sicherer Entfernung, tastete nach dem Mobiltelefon und aktivierte die Kamera-App. Er drückte ab, einmal, zweimal. Dann zoomte er auf das Mädchen. Es wirbelte um den Einkaufswagen, schichtete Lebensmittel auf das Warenband und drehte sich dabei immer wieder um sich selbst. Knips, knips, knips. Bei jeder Drehung hob sich der Rock des Mädchens und entblößte seine dünnen Beine. Einmal erspähte er seinen weißen Schlüpfer. Er biss sich auf die Zunge. Er spürte er eine Erektion, die sich gegen seine Jeans abzeichnete und presste sich enger an die Stellage mit den Soft-

drinks. Er unterdrückte ein Stöhnen. Sein Jagdinstinkt war erwacht.

28. März 2018 3:34

Es war ein Rumpeln, das Bea aus dem Schlaf riss. Sie tastete nach dem Funkwecker auf ihrem Nachtkästchen. 3:34. Sie seufzte. Das Geräusch hatte sie aus ihrem Traum geholt, der sie seit Jahren verfolgte. Sie kauerte auf den Knien auf der Straße vor dem Polizeirevier am Bahnhof. Ihr Mann Max lag blutüberströmt auf dem Asphalt, sein Atem pfiff wie eine defekte Luftmatratze und er verlor immer wieder das Bewusstsein. Seine Lider flatterten, er hustete und Blut lief über beide Mundwinkel und sein Kinn und tropfte auf den Asphalt. Platsch, platsch, platsch. In Beas Erinnerung trommelte das Blut auf den Boden. Ihre Sinne waren wie benebelt und gleichzeitig aufs Höchste sensibilisiert. Wo blieb der Rettungswagen? Wieso half ihnen niemand? Sie legte eine Hand auf Max Brust, wo das viele Blut die Polizeiuniform vollgesogen hatte. In der Dunkelheit wirkte der Stoff schwarz. Ein warmer metallischer Geruch erfüllte die Luft. Es war alles so schnell gegangen. Bea hatte sich mit Max zum Ende seiner Schicht verabredet. Er hatte Überstunden gemacht, da Willi, ein Kollege, sich bei seiner Tochter mit Scharlach angesteckt hatte. Bea hatte im Fitnessstudio im Forum trainiert, geduscht und ihr neues Etuikleid angezogen. Sie überquerte die Straße, die

zum Bahnhofsvorplatz führte und bemerkte zwei Polizisten, die aus der Dienststelle am Bahnhof kamen. Es hatte einen Alarm gegeben. Bea hatte ihn gehört, als sie sich nach dem Duschen anzog. Der Platz vor dem Bahnhof war menschenleer. Sie hatte mehrmals versucht, Max zu erreichen. Sie rannte. Alle Einsatzkräfte arbeiteten im Gebäude, kümmerten sich um die Menschen und brachten sie auf die für Notfälle vorgesehenen Sammelplätze. Bea kniff die Augen zusammen und erkannte Paul und Max. Paul war Max´ bester Freund und seit vielen Jahren sein Partner bei der Polizeiinspektion Bahnhof. Er war Trauzeuge bei ihrer Hochzeit und Simons Taufpate. Die beiden steuerten auf sie zu. Max winkte ihr. Nein, er gestikulierte wild. Bea verstand nicht. Dann drehte sie sich um. Vor ihr stand eine Gestalt in Kapuzenpullover und dunklen Hosen. Das Gesicht war fast gänzlich von einem Schal verdeckt. Sie blickte in den Lauf einer Pistole. Sie hörte Max und Paul schreien. Dann fiel ein Schuss. Beas Ohren waren taub bis auf ein schrilles Klingeln, das bis ins Mark schmerzte. Max brüllte etwas, das sie nicht hören konnte. Paul bedeutete ihr, sich auf den Boden fallen zu lassen. Sie gehorchte.

Dann ging alles blitzschnell. Er zog eine Waffe. Das Metall der Pistole blitzte im Schein der Straßenlaterne. Ein Schuss krachte. Ein Weiterer. Beas Ohren klingelten einen Augenblick lang. Ein Schatten, der

rannte. Ein Schrei. Ein ohrenbetäubender Schrei. Ein Krachen. Füße auf dem Asphalt. Das Geräusch von Schuhen auf dem Boden, das langsam leiser wurde, verebbte. Bea zitterte so, dass sie es kaum schaffte, ihr Mobiltelefon aus der Handtasche zu zerren. Als sie es zu fassen bekam, glitt es durch ihre Finger wie flüssiges Metall. Sie griff erneut danach, presste es an ihre Brust, um es festzuhalten und versuchte, ihren Code einzugeben. Ein Mann lag zusammengekrümmt auf dem Asphalt. Sie wählte den Notruf, während sie auf ihn zustürzte. Es war Max. Oh, Gott, nein! Bitte nicht!, dachte sie, während sie neben dem blutenden Körper zu Boden glitt und mit ihren Fingern über den Kopf ihres Mannes strich. Sie öffnete ihre Augen und spürte, wie der Alptraum, den sie immer wieder durchlebte, davon driftete.

Ein weiteres Rumpeln. Dieses Mal lauter. Bea schwang die Füße über den Bettrand und wischte sich die Tränen von den Wangen. Was war das? Sie tastete nach dem Lichtschalter und kniff von der Helligkeit geblendet die Augen zusammen. Sie schlich den Gang entlang, vorbei an Emilys Zimmer, in das sie einen Blick warf. Ihre Tochter schlief tief und fest, das blonde Haar wie ein Heiligenschein um ihren Kopf drapiert. Simons Bett war leer. Sie machte Licht in seinem Zimmer, sah das zerdrückte Kissen und tastete nach dem Laken. Es war warm. Weit konnte er

27

nicht gekommen sein. Das Geräusch. Da war es wieder. Es kam von unten. Sie schlich die Treppe hinunter ins Wohnzimmer und lauschte. Die Küche lag unberührt vor ihr, im Wohnraum surrte eine Fliege hartnäckig an der Fensterscheibe auf der Suche nach einem Ausgang. Vor der Tür zur Abstellkammer verharrte sie einen Moment. Für einen Augenblick war alles still. Da! Da war es wieder! Ein Rumpeln, als würde jemand gegen eine Wand laufen. Vorsichtig zog sie die Tür zum Vorratsraum auf und erstarrte. Simon drückte seinen ganzen Körper gegen die Stellage mit den Lebensmittelvorräten, als wollte er dagegen anrennen. Dabei murmelte er etwas Unverständliches vor sich hin. Bea trat hinter ihn und legte ihm sachte eine Hand auf die Schulter.

„Simon?" Sie sprach leise, beruhigend, um ihn nicht zu erschrecken.

Simon reagierte nicht. Die Augen geöffnet, blickte er starr auf die Wand mit der Stellage. „... geht nicht auf", nuschelte er, „verstehe das nicht."

Bea drückte erneut seine Schulter, dieses Mal etwas fester. „Simon! Hörst du mich?" Sie legte einen Finger unter das Kinn ihres Sohnes und drehte seinen Kopf so, dass er sie ansehen musste. Sie runzelte die Stirn. Es war, als blickte er geradewegs durch sie hindurch. Als Bea nach dem Lichtschalter tastete, hörte sie ein Plätschern. Simon hatte seine Pyjamahose hinuntergezogen und erleichterte sich fröhlich summend im

Abstellraum. Bea starrte ihren Sohn fassungslos an. Als er fertig war, drückte er sich an ihr vorbei und stolzierte mit starrem Blick ins Wohnzimmer. Bea hielt ihn an einem Arm fest und schob ihn zur Couch. Was war nur los mit ihm? Schlafwandelte er? Bea schnippte mit den Fingern vor seinem Gesicht.

„Simon! Hallooooo! Simon!"

Plötzlich kehrte Leben in Simons Augen zurück. Er blickte sie an und lächelte.

„Mama! Kannst du nicht schlafen?" Simon strahlte Bea an.

Bea grinste. „Jetzt wohl nicht mehr."

„Ich musste ganz dringend aufs Klo", erklärte Simon.

„Das habe ich gemerkt", erwiderte Bea, während sie ihrem Sohn einen Kakao zubereitete. „Sag, ist alles in Ordnung mit dir?"

„Klar! Warum?"

Bea schüttelte den Kopf und stellte die dampfende Tasse auf den Küchentisch.

„Nicht so wichtig, denke ich."

Simon schlürfte das heiße Getränk durch einen blauen Plastikstrohhalm.

„Mama, hast du den Schattenmann schon mal gesehen?"

Bea runzelte die Stirn. „Wen meinst du, mein Schatz?"

„Ein Mann, ganz dunkel wie ein riesiger Schatten."

„Wie kommst du darauf?"

„Er ist vorhin durch das Haus geschlichen. Ich wollte

mit ihm reden, aber er ist weiter gegangen."

Bea war beunruhigt. „Hast du das geträumt, Simon?"

Simon schüttelte energisch den Kopf.

„Bist du sicher?"

„Ganz sicher, Mama." Er grinste sie mit einem Kakao-schnurrbart an.

„Ich glaube, der Mann ist aus deinen Träumen gekommen", entgegnete Bea zwinkernd. „Wir zwei sollten schlafen. Morgen müssen wir früh raus", erklärte Bea, während sie die Pipi-Lache rasch mit Küchentüchern und Desinfektionsmittel aufwischte.

Simon sprang auf und hopste zwei Stufen auf einmal nehmend nach oben. Als Bea zu ihm ins Zimmer kam, um ihn zuzudecken, war er bereits eingeschlafen.

„Schattenmann", murmelte Bea kopfschüttelnd, als sie sich ins Bett legte. „Wie kommt er nur auf so etwas?"

Die Sorge, dass irgendetwas mit ihrem Sohn nicht stimmte, kreiste in ihrem Kopf und hielt sie erfolgreich davon ab, einzuschlafen. Was war mit Simon los? Wieso geisterte er mitten in der Nacht durchs Haus? Hatte er jemanden gesehen? Oder bildete er sich das ein, während er schlafwandelte? Irgendwann übermannte sie der Schlaf und sie träumte von lang gezogenen Schatten, die sich durch die Gänge bewegten, von Simon, der mit starrem Blick vor sich hin murmelte und von Max, der in ihren Armen verblutete.

August 2015

Sie war in Trauer. Er konnte es sehen, es fühlen. Er beobachtete sie seit einigen Monaten. Ihre Haltung hatte sich verändert. Der Rücken gebeugt, die Schultern hingen herunter und ihr Kopf baumelte auf dem Hals wie eine gewichtige Bowlingkugel. Sie bemühte sich, für ihre beiden Kinder zu lächeln, den Alltag zu bewältigen, aber es war offensichtlich, dass der Verlust ihres Mannes sie schier erdrückte.

„Tja", dachte er. *Life is a bitch.* Der Junge wirkte unverändert. Kinder waren härter im Nehmen. Er kaute an einer Wurstsemmel, während er seine Mutter ohne Unterlass vollquatschte. Sie tätschelte ihm den Kopf, lächelte freudlos und zog ihren Schlüsselbund aus der Handtasche. Ein schwarzer Audi A1 blinkte, als sie die Türen entriegelte und sich auf den Fahrersitz schwang. Der Junge stolperte über den Randstein und fing sein Gewicht an der Kühlerhaube des Fahrzeugs ab.

Hoppla! Was für ein tollpatschiges Kind!, dachte er. Er hasste ungeschickte Menschen, die sich gehen ließen und zu viel Gewicht auf den Rippen hatten. Wieso achteten Menschen nicht auf sich? Sie besaßen dieses eine Haus, das ihnen ein Leben lang dienen

sollte. War es zu viel verlangt, sich sorgfältig um diesen Körper zu kümmern?

Der A1 brauste in Richtung Innenstadt davon. Er saß auf einer Bank an der Maxglaner Hauptstraße und tippte Notizen in seinen Laptop. Er gestand sich nur ungern ein, dass es zu früh war. Sie war nicht so weit. Sie brauchte Zeit, um das Geschehene zu verarbeiten. Er musste geduldig sein. Er wünschte, Geduld wäre eine seiner Stärken. Er hatte gelernt, beharrlich zu sein, Ziele zu verfolgen, Pläne zu schmieden. Wenn er letztendlich erfolgreich sein wollte, erforderte das ein gewisses Maß an Durchhaltevermögen, Disziplin und Konsequenz. Er wünschte nur, er könnte die Dinge beschleunigen. Erst heute Morgen hatte er das Mädchen beobachtet. Es besuchte gemeinsam mit seiner Freundin, der Brünetten mit den Sommersprossen, eine Jugend-Tanzakademie. Jetzt, in den Sommerferien, waren die Mädchen fast täglich dort. Er beobachtete sie von der Straße aus, wenn sie sich im Tanzsaal aufwärmten, ihre schlanken Beine und Hüften dehnten und sich rhythmisch zur Musik bewegten. Hip-Hop. Ballett hätte besser zu ihr gepasst. Entscheidender war, dass sie sich bewegte, graziös wie eine griechische Göttin. Er hätte ihr stundenlang zusehen können, wie sie die Arme hob, sich drehte, auf die Knie fiel und in einer fließenden Bewegung wieder auf den Füßen landete. Anmutig. Erregend. Er spürte, wie sein Penis erigierte.

„Was machen Sie hier, zum Teufel?" Eine ältere Dame tippte ihn mit ihrem Stock in die Seite und starrte ihn argwöhnisch an. „Sie Spanner, Sie!"

Er atmete tief ein, schluckte die Wut und das Bedürfnis, ihr den Stock gegen die Gurgel zu drücken und nicht mehr loszulassen, bis sie leblos zu Boden sank, hinunter und richtete sich mit seinem charmantesten Lächeln auf.

„Meine Nichte", erklärte er und seine Stimme troff vor Stolz. Er deutete vage auf das Mädchen mit dem blonden Dutt. „Tanzt sie nicht großartig?"

Die alte Dame presste die Nase an die Scheibe und kniff die Augen zusammen, bis sie fast in der runzligen Gesichtshaut verschwanden.

„Ihre Nichte, ja?"

Er nickte. „Sie tanzt seit ihrem dritten Lebensjahr. Ist sie nicht wundervoll?"

Die alte Frau schob das Gesicht von der Scheibe weg und stützte sich auf ihren Stock. „Ich verstehe nichts vom Tanzen", erklärte sie und setzte ihren Weg fort. „Aber ich weiß, wenn mir jemand eine Lüge auftischt." Ihre Augen blitzten.

Das Lächeln in seinem Gesicht gefror. Einen Moment lang überlegte er. Könnte die Alte ein Problem werden? All seine Muskeln spannten sich an, bereit zu handeln, zu kämpfen. Nein, entschied er. Nein, sicher nicht. Er spähte durch die Scheibe und erblickte rund ein Dutzend Mädchen, das nahezu perfekt synchron

eine Choreographie tanzte. Eine Strähne hatte sich aus dem Dutt seiner Prinzessin gelöst und umrahmte ihr erhitztes Gesicht. Dies war nicht die Zeit und nicht der Ort. „Geduld", sagte er sich. Er wischte sich mit dem Handrücken über die Stirn. Die Erektion war verschwunden.

28. März 2018, 6:15

Der Hahn krähte. Laut, unerbittlich, wieder und wieder. Bea wedelte mit der Hand, um den Vogel zu verscheuchen. Mistvieh! Wieso war er nicht endlich still? Durch einen dicken Nebel hörte sie eine Stimme, die nicht zu dem Federvieh passte. Sie öffnete die Lider, blinzelte und tastete nach ihrem Mobiltelefon. Sie musste dringend ihren Weckrufton ändern. Während sie den Wecker abstellte und der Hahn endlich aufhörte, zu krähen, spürte sie einen Arm in ihrem Nacken. Sie zuckte zusammen.

„Guten Morgen, Schönheit!", begrüßte sie die Stimme, die sich im Traum mit dem Hahn duelliert hatte.

Sie wandte den Kopf, der nach einer Schmerztablette verlangte, und blickte in Toms bernsteinfarbene Augen.

„Hey! Ich dachte...", fing sie an, während Tom ihr einen Finger auf die Lippen legte und ihren Mund mit einem Kuss verschloss.

„Shhhh... später", murmelte er und schob ihr den Slip über die Hüften zu den Knien.

Bea strampelte die Unterhose weg und schlang ihre Arme um seinen Hals. Ihre Lippen tasteten nach seiner Brustwarze. Sie spürte, wie sich die Haare auf

35

seinem Oberkörper aufstellten. Er drückte sie ins Kissen, legte sich auf sie und küsste ihren Hals. Bea stöhnte leise, als er in sie eindrang. Sie bewegten sich einige Minuten wie ein perfekt abgestimmtes Uhrwerk, erst langsam, vorsichtig, dann schneller und heftiger. Beas Haut prickelte, ihr Unterleib schmiegte sich fester an seine Hüften. Als sie kam, fühlte sie sich wie ein Stück Treibholz auf einer Welle im Meer. Eintauchen. Untertauchen. Untergehen. Zurück an die Oberfläche. Sie ließ vollständig los, versank in Tom und in sich selbst, als würde sie sich nie wieder finden. Tom küsste sie und rutschte von ihrem verschwitzten Körper. Eine Minute lagen sie schweigend da, eine Einheit in zwei Körpern, nur das Ticken der Uhr im Vorzimmer durchbrach die Stille.

Bea warf die Bettdecke zurück und stolperte aus dem Bett.

„Was tust du?"

„Ich muss los. Die Redaktionssitzung fängt in einer halben Stunde an."

„Hör zu, Liebes, wegen gestern ...", fing Tom an, während Bea mit der Zahnbürste im Mund unter die Dusche sprang. „Es tut mir wirklich leid. Ich weiß, wie viel Mühe du dir wegen des Essens gegeben hast."

„Was war denn los?"

„Ein Kunde", erklärte Tom. „Einer von der schwierigen Sorte. Ich musste gestern noch hinfahren. Einiges klären. Er war drauf und dran, den Auftrag

zurückzuziehen. Das kann ich mir im Augenblick nicht leisten."

Bea steckte den Kopf aus dem Bad. „Konntest du ihn besänftigen?"

Tom lächelte. „Allerdings. Er hat das Auftragsvolumen sogar erhöht. Ein ziemlich erfolgreicher Abend."

„Das freut mich!" Bea zog eine beige Chinohose über die Hüfte und stopfte eine hellblaue Bluse in den Bund. Etwas Mascara und Lipgloss, ein Pferdeschwanz. Mehr Zeit blieb nicht. Sie warf Tom eine Kusshand zu und stürmte zur Tür.

„Was ist mit Frühstück?"

„Das fällt aus. Im Büro gibt es Kaffee. Sehen wir uns heute Abend?"

„Ja. Ich werde da sein." Tom ließ den Kopf aufs Kissen sinken und drehte sich zur Seite. Es würde Stunden dauern, bis Bea nach Hause kam, da konnte er ebenso gut noch eine Runde schlafen.

Als Bea in der Redaktion eintraf, saßen ihre Kolleginnen und Kollegen allesamt um den großen Glastisch im Konferenzzimmer. Sie murmelte eine Entschuldigung und setzte sich rasch neben ihre Kollegin Sarah Kinkel. Bernd Wranek, ihr Chef, schnalzte missbilligend mit der Zunge.

„Wie schön, Frau Klein, dass Sie uns beehren."

Bea ignorierte seine Bemerkung, zog ein Notizbuch aus ihrer Tasche und kritzelte dienstbeflissen auf die

leeren Seiten. Die Landtagswahlen standen kurz bevor, das frisch renovierte Schwimmbad in der Alpenstraße wurde eröffnet, der siebte Raubüberfall auf den Juwelier Stegenberger in zwei Jahren. Nachdem Bernd sämtliche Storys verteilt und seine Erwartungen unmissverständlich erläutert hatte, beendete er die Sitzung. Bea erhob sich.

„Frau Klein?"

Bea hob eine Augenbraue.

„Ja?"

„Es gibt da eine Geschichte ...". Er kratzte sich den kahlen Hinterkopf. „Ich möchte, dass Sie das übernehmen."

Bea fragte sich, ob sie ihm jedes Wort einzeln aus den Nasenlöchern würde ziehen müssen, schwieg aber abwartend.

„Ein junges Mädchen ist gestorben. Die Polizei denkt, dass es sich um Selbstmord handelt."

Beas Haut prickelte. Das war die Art von Geschichte, auf die sie gern verzichtete.

„Herr Wranek, ich schreibe Kolumnen. Persönliche Ansichten. Kleine Geschichten. Schon vergessen?"

Bernd wischte ihre Bedenken mit einer Bewegung weg, die zu bedeuten schien: Zeit, sich weiterzuentwickeln.

„Die Umstände sind unklar", fuhr er fort. „Die Polizei schweigt. Der Name der Mutter ist Müller. Eva Müller. Sprechen Sie mit ihr."

Bernd Wranek drückte ihr einen Zettel mit einer Adresse in die Hand.

Bea öffnete den Mund, um ihrem Chef klarzumachen, dass sie Kolumnen verfasste, keine Storys, die das Leben anderer Menschen vernichteten, klappte ihn wieder zu, als sie merkte, dass Bernd ihr den Rücken zugekehrt hatte. Das Gespräch war beendet.

„Großartig!", dachte Bea. Genau, was sie jetzt brauchte. Mit einem Brennen in der Magengegend verließ sie die Redaktion und schwang sich in ihren Wagen. Sie brauchte Informationen. Irgendetwas, dass ihr einen Grund lieferte, eine trauernde Mutter wegen einer Story zu belästigen. Paul, dachte sie, griff nach dem Mobiltelefon und ließ die Hand sinken. Sie sollte ihre Freundschaft nicht für berufliche Zwecke benutzen. Das durfte sie nicht. Er würde ihr helfen, selbst, wenn ihn das in Schwierigkeiten brachte. Er würde sie niemals im Stich lassen. Sie biss sich auf die Lippe. Dann wählte sie seine Nummer.

September 2015

Er kam ihr näher. Sein Atem strich über ihre Wange, als er sich an ihr vorbei drückte zu den Spinds, die im Trainingsbereich untergebracht waren. Dort verwahrte er seine Sachen. Er kam und ging unbemerkt. Er war unsichtbar. So oft er ihr schon begegnet war, sie hatte ihn nie bemerkt. Nicht seine Blicke, die über ihre weiblichen Hüften und ihre vollen Brüste glitten. Nicht seine Stimme, die das eine oder andere Mal ein „Entschuldigung" geflüstert hatte, wenn er sie beim Vorübergehen versehentlich berührt hatte. Am allerwenigsten sein Gesicht. Das lag nicht daran, dass sein Gesicht unattraktiv gewesen wäre. Er war zweifellos ein Mann, nach dem sich Frauen umdrehten. Es lag viel mehr daran, dass sie unempfänglich war für die Reize eines Mannes. Sie war eine Gefangene ihrer Trauer. Offenbar nahm ihr verstorbener Mann immer noch ihr gesamtes Fühlen ein, umfing sie wie ein dichter Nebel, der dafür sorgte, dass sie ihr Umfeld schlichtweg nicht registrierte.

Er kannte ihren Tagesablauf, wusste, dass sie dienstags und freitags im *EasyFit* trainierte, am Dienstag meistens mit ihrer Kollegin Sarah Kinkel. Sarah war eine zierliche Rothaarige mit wasserblauen Augen, milchweißer Haut und Sommersprossen auf Armen

und Dekolleté, die aussahen wie eine Armee winziger brauner Käfer, die über ihre Haut schwirrte. Er schüttelte sich. Jetzt hockte Sarah neben ihr auf einem Hocker an der Bar, einen Eiweißshake vor sich: Lachte und plauderte über Gott und die Welt. Er trank einen Johannisbeersaft und belauschte die beiden, froh darüber, für sie unsichtbar zu sein.

„Er war ein echter Loser", erklärte Sarah und kicherte. „Hielt sich für einen großen Macker, dabei war sein Schwanz so klein."

Sie formte einen wenige Zentimeter langen Abstand zwischen Zeige- und Mittelfinger und lachte hohl.

Er stellte sich vor, wie er ihr einen Finger auf den Kehlkopf legte und dagegen drückte, bis sie nach Luft japste. In Gedanken hörte er das Knacken, als er brach.

„Wo hast du den Mann kennengelernt?", vernahm er ihre Stimme, die sanfter und melodischer klang als Sarahs schrilles Kreischen.

„Im Internet", erwiderte die Rothaarige, als wollte sie sagen: „Wo sonst?"

„Aha."

Friendsandmore.com. Sarah nahm einen großen Schluck von ihrem Proteinshake. „Egal, was du suchst. Dort wirst du fündig."

Sie lachte. „Das klingt wie auf einem Bazar."

„So ähnlich ist es auch", meinte Sarah. „Du ent-scheidest, was du suchst, welche Interessen er haben soll. Oder sie! Und voilà! Schon erhältst du einen Haufen Rückmeldungen."

Sie schwieg.

„Wäre das nichts für dich?" Sarah hatte offenbar ein Projekt: Wie bringe ich meine Freundin unter die Haube?

Sie schüttelte den Kopf. „Ich glaube, das ist nichts für mich."

„Wie kannst du das wissen? Du hast es doch noch nicht ausprobiert!"

„Ich habe meinen Kopf auch noch nie in das Maul eines Löwen gesteckt. Trotzdem weiß ich, dass das nicht meins wäre", erwiderte sie.

„Sehr witzig!" Sarah blieb hartnäckig. „Was hältst du davon, wenn wir gemeinsam ein Profil für dich erstellen? Du testest die Seite. Und wenn dir das Angebot nicht gefällt, dann lässt du das Ganze wieder."

Sie nippte an ihrem Drink, während sie eine Haar-strähne um ihren Zeigefinger zwirbelte. Sie erinnerte ihn dabei an ein Schulmädchen. Unschuldig. Kindlich. Das gefiel ihm.

„Meinst du wirklich?"

„Absolut!", zeigte sich Sarah überzeugt. „Es wird Zeit, dass du wieder Kontakte knüpfst, Leute kennen-lernst."

„Es ist zu früh. Ich will niemanden kennenlernen. Die Kinder, der Job, das Haus. Das reicht völlig."

„Das ist Arbeit. Wo bleibt das Vergnügen?"

Beinahe hätte sie geschrien: „Das ist gestorben, zusammen mit dem Mann, den ich liebe!"

Aber sie schwieg und lenkte ein: „Also gut. Ich probiere diese Dating-Plattform aus. Wenn es mir nicht gefällt, dann lasse ich es bleiben. Und dann will ich keine weiteren Verkupplungsversuche, in Ordnung?"

Sarah strahlte von einem Ohr bis zum anderen. Sie klatschte vor Vergnügen in die Hände. „Das wird ein Spaß! Du wirst sehen!"

Er beobachtete das sommersprossenübersäte Wesen mit der schrillen Stimme und dankte dem Herrn, dass es Frauen gab, die dieser Horrorversion der Weiblichkeit nicht im mindesten ähnelten. Wie aufdringlich diese Person doch war! Widerlich! Als er sich vom Barhocker erhob und Richtung Spind schlenderte, blitzte eine Idee auf. Er duschte, zog sich an und hastete zu seinem Auto. Im Kofferraum lag sein Laptop. Er öffnete den Mac, verband sich mit dem WLAN des Fitnessstudios mit dem Internet und öffnete eine Suchmaschine. www.friendsandmore.com. Die Seite sprang ihm in grellem Rot entgegen. *Erstellen Sie ein Profil.* Er klickte auf das Icon. In diesem Fall würde er sich nicht bitten lassen.

Das Haus war leicht zu finden. Es lag in einer für die Gegend typischen Wohnstraße mit zahlreichen, weiß gestrichenen Reihenhäusern mit Flachdächern und zwei größeren Siedlungen, in denen vorwiegend Familien lebten. Die Luft war geschwängert von Kindergeschrei, Hundegebell und Autogehupe. Bea parkte den Audi unter einer Kastanie, die zum Nachbargarten der Müllers gehörte. Das Gebäude war alt und erinnerte Bea an ein Hexenhaus mit kleinem spitzen Giebel und braunroten Dachziegeln. So hatte sie sich immer das Haus der Hexe im Märchen „Hänsel und Gretel" vorgestellt, nur, dass bei diesem der Lebkuchen fehlte. Der Rasen war frisch gemäht, der Garten von Hecken umsäumt, über die Bea ungehindert blicken konnte. Sie drückte die Klingel neben dem Gartentor. Die Wartezeit dehnte sich unangenehm in die Länge. Was sollte sie Frau Müller sagen? „Hallo. Ich heiße Bea Klein, bin Journalistin und stecke meine Nase in Dramen, die mich nichts angehen. Eigentlich bin ich nicht einmal Journalistin, sondern schreibe eine wöchentliche Kolumne für ein Schmierblatt, das es jetzt auf Sie abgesehen hat. Was können sie mir zum Tod ihrer Tochter erzählen?"

Sie verdrehte die Augen. Selbst ihr erschien das so dreist, dass sie überlegte, kehrtzumachen und Bernd Wranek mitzuteilen, dass sie diese Story sicher nicht übernehmen würde. Es gab keine Möglichkeit eine Mutter nach dem Tod ihres Kindes zu fragen, ohne sie noch tiefer in die Verzweiflung zu stoßen. Sie klingelte zwei weitere Male und trat auf den Gehweg zurück. Sie würde es später noch einmal probieren.

In diesem Moment bog Pauls dunkelgrüner Skoda Octavia um die Kurve und hielt hinter ihrem Wagen. Er trug seine Polizeiuniform. Sein dunkler mit weißen Strähnen durchzogener Haarschopf stand widerspenstig in alle Richtungen und sein Blick war ernst, aber warm. Er eilte auf Bea zu und küsste sie auf die Wange.

„Bea! Schön dich zu sehen", rief er und beäugte sie aufmerksam.

„Paul! Danke, dass du gekommen bist." Nicht zum ersten Mal dachte sie, dass Paul einer Modezeitschrift entsprungen sein könnte. Mit Ausnahme seiner Frisur korrigierte sie sich grinsend. Die bräuchte dringend ein professionelles Make-over. Niemand hätte ihn jemals für einen Mittvierziger gehalten.

Obwohl Paul nur eine Querstraße von ihrem Haus entfernt wohnte, sahen sie sich in letzter Zeit wenig. Manchmal hatte sie fast den Eindruck, dass ihr Paul aus dem Weg ging. Als Max noch gelebt hatte, war er

ein ständiger Gast im Hause Klein gewesen, hatte mit der Familie gegrillt, Geburtstage und Weihnachten mit ihnen gefeiert und gelegentlich auf die Kinder aufgepasst, wenn Max und Bea ausgingen. Paul war Simons Taufpate und verbrachte gern Zeit mit ihr und den Kids, wenn es seine Zeit zuließ. Bea hatte sich immer gewundert, warum er nicht verheiratet war oder wenigstens eine feste Beziehung hatte. Max hatte ihr erklärt, dass seine große Liebe Silvia ihn für einen Anderen verlassen hatte. Das hatte ihn schwer getroffen. Offenbar wollte er damals mit Silvia den Rest seines Lebens verbringen. Seither hielt er sich bei Frauen zurück oder vielmehr dabei, sein Herz zu verschenken. Denn an Affären, One-Night-Stands und unverbindlichen Liebschaften mangelte es ihm nicht.

„Lange nicht gesehen", bemerkte sie und versuchte beiläufig zu klingen.

Paul nickte. „Die Arbeit. Du weißt ja."

„Klar", erwiderte sie einen Ticken zu schnell. „Die Arbeit."

Paul räusperte sich. „Geht es dir und den Kindern gut?"

„Danke. Ich kann mich nicht beklagen. Du solltest mal vorbeikommen. Simon würde sich freuen".

„Du hast Recht. Ich habe ihn in letzter Zeit vernachlässigt. Das tut mir leid."

„Schon gut", beschwichtigte Bea. „Ich weiß, dass du viel zu tun hast. Und zudem ein Privatleben, nehme ich an."

Er hob eine Augenbraue. „War das eine Frage?"

Sie lachte. „Ich bin nicht sicher."

Er grinste. „Es gibt da jemanden", gab er zu. „Nichts Ernstes. Zu jung, zu blond, zu anstrengend", fügte er hinzu.

„Aber ...?"

„Aber ...", fuhr er fort, „sie ist unternehmungslustig, hübsch und ... hat andere Vorzüge, auf die man nicht verzichten möchte."

„Man?" Bea drückte seine Hand. „Ach, Paul!"

„Wir führen jetzt nicht eins dieser „In-deinem-Alter-solltest-du-längst-verheiratet-sein-und-Kinder-haben-Gespräch", in Ordnung?"

Sie schüttelte den Kopf. „Nein, wir sollten über etwas anderes sprechen. Frau Müller. Und ihre tote Tochter."

Die Luft veränderte sich in dem Moment, in dem sie ihr Anliegen aussprach, als wäre ihr der Sauerstoff entzogen worden. Das Lächeln verschwand aus Pauls Augen und wich einem besorgten Blick, den Bea schon oft gesehen hatte.

„Lass uns ein Stück gehen", forderte er sie auf und zog sie zu einem Kiesweg, der offenbar zu einem Park führte.

„Was kannst du mir über die Sache erzählen?",
fragte Bea.

„Schlimme Sache", erwiderte Paul. „Eigentlich darf
ich den Fall gar nicht mit dir besprechen."

„Das dachte ich mir schon."

„Warum interessierst du dich für die Geschichte?
Beruflich?"

Bea nickte. „Bernd Wranek hat mich quasi
genötigt, die Story zu schreiben. Mir ist nicht wohl bei
der Sache, aber ich würde gerne mit Frau Müller sprechen. Wenn ich es nicht tue, wird Bernd jemand anderes schicken. Glaub mir, das macht es für die Mutter
nicht einfacher."

Paul seufzte. „Die Geschichte wird dir nicht
gefallen. Lena war dreizehn. Sie hat Schlaftabletten
und Schmerztabletten genommen. Einen ganzen
Haufen. Zusammen mit Alkohol. Wir wissen nicht, wie
sie an die Medikamente gekommen ist. Ihre Mutter
behauptet, außer ein paar pflanzlicher Tropfen gegen
Kopfweh und Erkältung nichts im Haus zu haben. Wir
überprüfen das noch."

„Habt ihr eine Idee, warum sie sich das Leben
nehmen wollte?"

Paul schüttelte den Kopf. „Gar keine. Sie war eine
ausgezeichnete Schülerin, beliebt, sportlich, hatte
einige gute Freunde. Alle mochten sie."

Bea blieb stehen. „Das ergibt keinen Sinn."

„Nein", bestätigte Paul, „tut es nicht. Noch nicht."

„Unglücklich verliebt?"

„Dazu kann ich nichts sagen. Wir stehen erst am Anfang. Morgen erfolgt die Obduktion. Wir hoffen, dass wir dadurch neue Hinweise erhalten."

„Wie hält sich die Mutter?"

Paul starrte sie an. „Was denkst du?"

Bea zuckte zusammen. „Kümmert sich jemand um sie?"

„Wir haben das Interventionsteam beauftragt, mit ihr zu sprechen. Ich denke, dass sie noch dort ist und betreut wird."

„Denkst du, dass ich mit ihr reden kann?"

Paul zuckte die Achseln. „Ich bin kein Experte, wenn es um Traumata geht, Bea. Ich denke, das solltest du mit der Ärztin klären, die Frau Müller betreut. Dr. Svenja Starnberg."

Bea nickte. „Das mache ich. Danke."

Sie setzten sich auf eine Parkbank und beobachteten das Treiben auf dem Spielplatz, wo ein paar Vorschulkinder schaukelten, rutschten und in der Sandkiste wühlten. Die Sonne lugte zwischen den Wolken hervor und tauchte den Park in ein saftiges Grün, nur der Wind blies kühl und trieb einige Blätter durch die Luft. Eine Weile schwiegen sie.

„Komm doch mit deiner Blondine vorbei? Morgen Abend?"

Paul starrte sie an, als hätte sie vorgeschlagen, seiner Bekanntschaft einen Antrag zu machen.

„Schon gut. War nur eine Idee."

Ehe Paul antworten konnte, klingelte Beas Mobiltelefon. Sie kannte die Nummer nicht.

„Klein", meldete sie sich und lauschte.

Paul beobachtete beunruhigt, wie Bea blass wurde. Sie sprang auf, taumelte, kämpfte mühsam darum, ihr Gleichgewicht zu halten. Der Boden schwankte, ihr Pulsschlag dröhnte in den Ohren. „Wo ist sie?", hörte sie eine Stimme fragen, die fremd klang. „Ich komme sofort."

Später erinnerte sie sich nur, dass Paul sie ins Krankenhaus gefahren hatte. Ihre Angst hatte alle anderen Erinnerungen erstickt.

November 1977

Als er klein war, hatte er sich vor der Dunkelheit gefürchtet. Die Nacht war sein Feind, mit den Träumen erschienen die Monster. Sein Vater ließ nicht zu, dass er im elterlichen Ehebett schlief, wenn er Alpträume hatte.

„Du bist ein Bub, ein Kerl. Männer haben keine Angst. Und wenn doch, dann musst du dich ihr stellen", erklärte sein Vater und drohte ihm Schläge mit dem Gürtel an, wenn er nicht sofort wieder in sein Bett verschwand. So saß er mitten in der Nacht, wenn das fahle Licht durch die Vorhänge in sein Zimmer drang und in jeder Ecke eine Schreckensgestalt lauerte, vor der Schlafzimmertür seiner Eltern und sang leise Lieder, um die Monster zu vertreiben. Die Angst aber blieb.

Eines Tages war wie Weihnachten und Ostern zusammen: Sein Vater starb an einem Herzinfarkt und mit ihm das Verbot, im Elternbett zu schlafen. Er konnte sein Glück kaum fassen. Seine Mutter, seine Schwester und er blieben zurück, in dem Haus, in dem die Stufen knarrten, die Glühbirnen locker saßen und gelegentlich von selbst ein- oder ausgingen und wo die Dunkelheit in jede Ritze kroch. Seine Mutter

schien sich auch vor der Finsternis zu fürchten, denn wenn es Nacht wurde, holte sie ihn manchmal zu sich ins Bett. Er musste nicht länger vor der Tür sitzen und singen, um gegen die Dämonen anzukämpfen. Er durfte zu seiner Mutter ins Bett. Er sei jetzt der Mann im Haus, erklärte sie ihm. Er müsse künftig die Rolle des Vaters übernehmen und für die Familie sorgen. Das sei seine Bestimmung. Damals war er neun. Wenn sie ihre Hand in seine Unterhose steckte und seinen Penis rieb, fühlte sich das gut an. Angenehm und falsch. Der Mann im Haus. Sie forderte ihn auf, es ihr gleich zu tun. Zaghaft fuhr er mit den Fingern über ihre Scham. Sie lenkte seine Hand auf und ab, hin und her, rauf und runter, bis sie zuckte und wimmerte. Manchmal schrie sie. Er hatte Angst, dass er ihr wehgetan hatte. Anschließend nahm sie ihn in die Arme, küsste ihn auf den Kopf und drückte ihn an sich. Dann fragte sie ihn, ob er wisse, wie sehr sie ihn liebte. Er nickte. So schliefen sie ein. Abend für Abend. Mit der Zeit verschwand das Gefühl, etwas Falsches, Verbotenes zu tun, ebenso wie die Angst vor der Dunkelheit. Seine Mutter brauchte keinen Mann wie seinen Vater. Sie brauchte nur ihn. Er war jetzt der Mann im Haus.

28. März 2018 12:47

Sie sah klein und zerbrechlich aus und verschwand fast in dem riesigen Bett. Eine Infusion tropfte unaufhörlich in die Vene ihres linken Arms. Das regelmäßige Piepsen des Herzschlages war das einzige Geräusch, das die grausame Stille unterbrach. Sie lebte. Bea wischte sich Tränen von der Wange. Sie hatte gar nicht bemerkt, dass sie weinte. Was war nur passiert? Warum hatte sie das getan? Die Gedanken in Beas Kopf fuhren Achterbahn. Emilys blondes Haar floss über das Kissen auf ihre Schultern. Bea setzte sich auf einen Besucherstuhl und nahm die Hand ihrer Tochter. Sie starrte auf den Zugang in der Armbeuge, der die tiefen, weiß schimmernden Narben und die frischen Schnittverletzungen teilweise verdeckte. Vorsichtig hob sie die Decke und bemerkte ähnliche Verletzungen auf der anderen Seite und auf ihren Oberschenkeln. Bea schlug die Hand vor den Mund und unterdrückte ein Schluchzen. Was zum Teufel? Man hatte Emily an beiden Handgelenken am Bett fixiert. Zu ihrem eigenen Schutz hatte man ihr erklärt. Befürchteten die Ärzte etwa, sie könnte sich bei der ersten Gelegenheit erneut etwas antun? Alles fühlte sich unwirklich an, als wäre sie eine Zuschauerin, die das Drama einer anderen beobachtete. Sie versuchte,

den Tag zu rekapitulieren. Die Redaktionssitzung, das Haus der Familie Müller, Paul, mit dem sie sich über den Tod des Mädchens unterhielt. Die Fahrt ins Krankenhaus. Dutzende Menschen, die am Fenster des Beifahrersitzes vorüber strömten wie ferngesteuerte Aliens, auf dem Weg zu ihrem persönlichen Stückchen Normalität: zur Arbeit, zur Uni, zu einer Verabredung. Auf dem Weg in irgendein Leben, eines, das in Beas Innerstem gerade zerbröckelte wie alter Putz. Die endlosen Minuten im Wartebereich vor der Intensivstation. Paul, der einem Kollegen versicherte, er würde sich um die Angelegenheit kümmern. Bea, die Laute von sich gab, die an ein Tier erinnerten. Paul, der sie in den Arm nahm, sie hielt, schwieg. Es gab nichts zu sagen. Nach schier endlos langer Zeit eine Krankenschwester, die sie abholte, ihr erklärte, welche Substanzen Emily zu sich genommen hatte (als wäre Bea in der Verfassung gewesen, sich irgendeine dieser lateinischen Bezeichnungen zu merken), die sie in ein Zimmer führte, ihr versicherte, dass alles gut werden würde. Gut. Alles war gut. Sie krächzte freudlos. Ihr Kind hatte versucht, sich zu töten. Nichts war gut. Nichts würde jemals wieder gut sein.

Die Tür des Krankenzimmers öffnete sich. Paul kam mit zwei Bechern dampfendem Kaffee herein und setzte sich neben Bea. Er drückte mitfühlend ihre Schulter und reichte ihr ein Taschentuch. Er sagte

nichts. Bea war ihm dankbar. Emilys Magen war ausgepumpt worden, nachdem sie Schlaftabletten und große Mengen an verschreibungspflichtigen Schmerzmitteln geschluckt hatte. Sie würde eine Weile schlafen. Eine Krankenschwester, die nur wenig älter wirkte als Emily, erklärte ihr, dass sie Beruhigungsmittel erhalten hatte. Das wäre das Beste im Augenblick.

„Sie ist 13, mein Gott", dachte Bea und streichelte sanft Emilys Wange. Was war nur mit ihrem fröhlichen, lebenslustigen Mädchen geschehen? Emily, die auf Bäume kletterte und früher mit ihrem Vater Autos repariert und im Regen auf der Veranda getanzt hatte? Was hatte sie verpasst? Wieso hatte sie nicht bemerkt, wie unglücklich ihre Tochter gewesen war? Dass sie nicht mehr leben wollte? Was für eine Mutter war sie? Sie wühlte in ihrer Handtasche nach ihrem Mobiltelefon. Sie fand es nicht. Leerte den gesamten Inhalt auf den Boden, legte hektisch Gegenstände auf eine Seite, grub ihre Finger in den verbliebenen Haufen. Schluchzte.

Paul hockte sich neben sie. „Was suchst du?"

„Mein Handy", brachte sie mühsam hervor. Sie hielt die Finger ihrer linken Hand mit der rechten fest, um das Zittern zu verbergen.

Ein Blick, ein Griff und Paul reichte ihr das Telefon.

„Soll ich draußen warten?", fragte er, während sie zitternd eine Kurzwahl eintippte.

Sie schüttelte den Kopf, wartete, spürte ihren Herzschlag in den Ohren, im Hals, in ihrem Daumen. Man konnte den Puls im Finger fühlen? Das war ihr nie aufgefallen. Es läutete. Viermal, fünfmal. Die Mobilbox schaltete sich an: „Hallo, hier ist Tom Hartung. Leider kann ich Ihren Anruf im Moment nicht entgegennehmen. Wenn Sie Ihre ... ". Bea legte auf.

„Tom?", wollte Paul wissen.

Bea nickte. „Mobilbox."

Paul spürte ihre Frustration. „Er wird sich bestimmt bald melden".

Bea erwiderte nichts. Würde er das?

„Kann ich Sie kurz sprechen?"

Bea hatte die Ärztin nicht gehört. Als sie plötzlich im Zimmer stand, in ihrem weißen Kittel und mit den grauen Haaren, die sich kaum gegen die vorherrschende Farbe im Zimmer abhob, wirkte sie wie ein Geist, dessen Kopf durch den Raum schwebte. Bea blickte beunruhigt zu Emily.

„Geh nur, Bea. Ich bleibe hier."

Sie flüsterte ein „Danke" und folgte der Ärztin hinaus auf den Gang. Tausend Fragen wirbelten durch ihren Kopf, ohne dass sie eine einzige zu fassen bekam.

„Frau Klein, wir werden Emily einige Tage zur Beobachtung hierbehalten. Sie ist jetzt stabil, wir

wollen aber sicherstellen, dass es keine Komplikationen gibt."

Bea nickte.

„Danach muss sie ambulant betreut werden. Sie braucht einen Therapieplatz. Wir können Ihnen gern einige Kollegen empfehlen."

Bea hatte Mühe, die Worte der Ärztin zu begreifen. „Denken Sie, sie könnte ..."

„... es noch einmal versuchen?" Die Ärztin seufzte. „Das können wir nicht ausschließen. Normalerweise werden Patienten nach einem Selbstmordversuch in einer geschlossenen Einrichtung untergebracht. Aufgrund von Emilys jungem Alter hoffen wir, dass eine ambulante Therapie ausreicht. Falls nicht ..." Die Ärztin brach ab.

„...müssten wir sie dennoch stationär unterbringen."

Bea stützte sich gegen die Wand. Der Boden schaukelte. In ihren Ohren summte es. Die Ärztin redete mit ihr, aber Bea hörte sie nicht. Das Bild vor ihren Augen flackerte wie bei einem Film, wenn der Sender keinen Empfang bekommt. Es erinnerte sie an ihre Kindheit, wenn das Fernsehprogramm zu Ende war und „Ameisenfußball" gesendet wurde, schwarzweiße Punkte, die unablässig vor sich hin flimmerten, bis irgendwann wieder eine Sendung ausgestrahlt wurde. Das Letzte, woran sie sich erinnerte, war die

Ärztin, die auf sie zustürzte. Dann wurde es schwarz um sie.

29. März 2018

Als Bea erwachte, fand sie sich in einem weißen Krankenhausbett wieder. Sie versuchte, sich aufzusetzen, sank aber unmittelbar zurück ins Kissen. Ihr Kopf dröhnte und fühlte sich dick und gefühllos an. Sie tastete nach ihrer Stirn und bemerkte den Verband, den man ihr verpasst hatte. Neben ihr lag Emily in ihrem Bett. Sie schlief, hatte aber etwas mehr Farbe im Gesicht. Bea seufzte erleichtert.

„Ausgeschlafen?"

Erst jetzt entdeckte sie Paul, der am Fenster stand und eine SMS eintippte.

„Wie lange ...?"

„Seit gestern. Du hattest einen Schwächeanfall und dir den Schädel gestoßen."

„Um Gottes willen!" Bea setzte sich mit einem Ruck auf und schwang die Beine aus dem Bett. „Simon!", rief sie. „Er macht sich bestimmt Sorgen! Er hat furchtbare Angst, wenn ich nicht da bin. Ich weiß nicht, ist Tom ...?"

Mit einem Satz war Paul bei ihr und drückte sie sanft zurück aufs Bett. „Simon geht es bestens. Deine Mutter ist bei ihm. Ich habe sie gestern angerufen."

Bea atmete tief aus. „Du bist ein Schatz. Danke!"

„Keine Ursache. Deine Mutter kommt vorbei, sobald sie Simon in die Schule gebracht hat."

„Emily?"

„Sie war kurz wach", berichtete Paul. „Sie wollte wissen, was mit dir passiert ist. Ansonsten war sie sehr schweigsam. Ich habe versucht, herauszufinden, was geschehen ist, warum sie das getan hat. Sie weigert sich, darüber zu sprechen."

Bea blickte ihre Tochter an, die so friedlich dalag, als könnte sie nichts aus der Fassung bringen. Und doch wusste sie, dass es in ihr anders aussah. Wie war es möglich, dass sie nichts davon bemerkt hatte?

„Tom", flüsterte Bea und blickte Paul an. „War Tom nicht bei Simon gestern Abend?"

Paul biss sich auf die Unterlippe und schüttelte den Kopf.

Trotz ihrer Verzweiflung spürte Bea einen Anflug von Wut in sich aufwallen. Wieso hatte er nicht Wort gehalten? Wieso war er gestern nicht zuhause geblieben, so wie er es versprochen hatte? Ihr Mobiltelefon lag auf dem Nachttisch. Tom hatte ihr zwei Nachrichten hinterlassen. Ein Wasserrohrbruch in seiner Wohnung in Linz. „Bitte verzeih mir, Liebes! Aber das kann nicht warten. Ich liebe dich." Bea feuerte das Handy auf die Matratze, wo es abfederte und in die Luft flog. Paul fing es mit einer Hand auf. Bea antwortete auf Toms Nachricht, schrieb ihm, dass Emily und sie im Krankenhaus seien. Er solle sich dringend melden.

60

Eine Krankenschwester betrat das Zimmer und hängte Bea eine Infusion an. „Gegen die Kopfschmerzen", erklärte sie. „Der Doktor schaut gleich bei ihnen vorbei. Sieht gut aus", sagte sie lächelnd. „Sie dürfen heute noch nach Hause".

Paul küsste sie auf die Stirn. „Ich muss los, Bea. Die Obduktion von Lena Müller."

„Hältst du mich auf dem Laufenden?"

„Ich tue mein Bestes", erklärte er auf dem Weg zur Tür.

„Weiß ich doch!"

„Wenn du etwas brauchst, ruf mich an, okay?"

Sie nickte.

„Tag und Nacht!"

„Eye-eye, Sir!"

Paul schüttelte lachend den Kopf. Dann verschwand er.

Während die Infusion gemächlich in Beas Vene tropfte, fühlte sie sich langsam wieder wie ein Mensch. Ein junger Assistenzarzt, der sich als Dr. Stute vorstellte, betrat das Zimmer.

„Wie fühlen Sie sich?", fragte er und entfernte den leeren Infusionsbeutel.

„Als hätte ein Elefant es sich auf meinem Schädel bequem gemacht."

Dr. Stute lächelte. „Das vergeht, glauben Sie mir!" Er entfernte den Verband und begutachtete die

61

Wunde. „Das gibt eine ordentliche Beule und ein, zwei Tage einen Brummschädel. Ansonsten gibt es keinen Grund, Sie hierzubehalten. Ich lasse Ihre Entlassungspapiere vorbereiten. Dann können Sie nach Hause fahren."

„Nach Hause", dachte Bea und fragte sich, wo das war. Ohne Max, Emily und Tom und mit einem schlafwandelnden Achtjährigen, der wirres Zeug von sich gab. Was war nur aus ihrem Leben geworden?

„Was ist mit meiner Tochter?"

Dr. Stute zögerte. „Wir behalten sie noch einige Tage hier."

Er bemerkte Beas Gesichtsausdruck und fügte rasch hinzu: „Sie können Sie jederzeit besuchen. Wenn Sie sich wohler fühlen, lassen wir Ihnen ein Zustellbett ins Zimmer bringen. Dann können Sie hier übernachten."

„Danke. Das ist sehr nett von Ihnen. Vielleicht komme ich auf Ihr Angebot zurück", erklärte Bea und begann, das Krankenhausnachthemd auszuziehen. Sie wusste, dass sie nicht hier schlafen konnte, wenn Simon nicht bei ihr war. Er litt unter Alpträumen und Schlafstörungen, wenn sie nicht zuhause war. Und jetzt hatte er offenbar eine weitere Eigenheit entwickelt: das Schlafwandeln.

Als Bea sich fertig angezogen hatte, spazierte ihre Mutter herein. Sie warf einen besorgten Blick auf ihre Enkelin und umarmte ihre Tochter fest.

„Es tut mir so leid." Sie drückte Beas Hand.

In Beas Augen brannten Tränen. „Kannst du eine Weile bei Emily bleiben?"

„Natürlich." Beas Mutter Erika rückte einen Stuhl an Emilys Bett zurecht. Ihr graues Haar umrahmte ihr ovales Gesicht, über das sich zahlreiche Fältchen zogen wie Flüsse auf einer Landkarte. Ihre Augen wirkten verquollen, als hätte sie geweint. „Was hast du vor? Solltest du dich nicht schonen?"

„Es geht mir gut, Mama."

„Du willst doch nicht etwa arbeiten?"

Bea zögerte. „Ich muss etwas erledigen." Sie würde ihre Mutter nicht beunruhigen. „Ich passe auf mich auf. Versprochen!"

Erika seufzte. „Was ist nur los mit unserer Kleinen?"

Bea schüttelte den Kopf. „Ich weiß es nicht. Ich weiß es wirklich nicht."

„Lass uns später reden", schlug Erika vor.

Bea nickte. „Ich bin bald wieder zurück."

Sie zitterte, als sie das Krankenhaus verließ. Sie rief ein Taxi, das sie zum Haus der Familie Müller brachte, wo ihr Audi parkte. Das Gebäude lag genauso unberührt da wie gestern. Frau Müller war nicht hier. Das

spürte Bea. Sie startete ihren Wagen und fuhr zur Gerichtsmedizin. Lena Müller hatte sich das Leben genommen. Mit einer Überdosis Schlaftabletten und Schmerzmittel. Emily lag im Krankenhaus, nachdem sie einen Haufen Analgetika, Morphin und Diazepam geschluckt hatte. Woher hatten die Mädchen die Medikamente erhalten? Gab es einen Zusammenhang? Kannten sich die beiden Mädchen? Warum wollten zwei 13-jährige ihr Leben beenden? Das ergab keinen Sinn. Beas Herz raste. Sie musste mit Frau Müller sprechen. So schnell wie möglich.

Er hatte eine Weile gebraucht, sie auf www.friend-sandmore.com zu finden. Eine Zeitlang hatte er befürchtet, sie hätte ihre Meinung geändert und sich entschieden, das Dating-Portal nicht zu nutzen. Als er ihr Foto entdeckte, freute er sich, dass es unbearbeitet und nicht „geschönt" war. Es zeigte sie, wie sie war. In einem marineblauen Kleid mit weißen Punkten, offenen Haaren und einem Lächeln, das ein perfektes Gebiss offenbarte. Er überflog ihr Profil und nickte anerkennend. Es stimmte mit seinen Recherchen überein. Sie hatte weder ihre Kinder noch ihren Job verschwiegen und in puncto Freizeitaktivitäten hatte sie nicht zu dick aufgetragen. Laufen, Fitness, Kino, Lesen. Er seufzte zufrieden. Sie nannte sich „BusyBee". Das passte. Er schrieb ihr am selben Abend. Zurückhaltend, vorsichtig, bescheiden. Er durfte sie nicht überfordern. Sie hatte ihren Mann erst vor fünf Monaten verloren. Wenig Zeit, zu trauern, noch weniger Zeit, damit diese Wunde verheilte.

„Liebe BusyBee! Du bist mir mit deinem Profilbild sofort aufgefallen. Es gefällt mir, dass du auf Photoshop verzichtest und dich zeigst, wie du bist. Natürlich, pur und wunderschön. Ich mag Menschen, die sich geben,

wie sie sind. Und ich habe festgestellt, dass wir einige Hobbys teilen. Ich würde mich freuen, von dir zu lesen! Liebe Grüße, Sporty Guy46"

Er passte sein Profil an, fügte ein Foto ein, das ihn bei einer Laufveranstaltung zeigte. Er lächelte offen in die Kamera, ein paar Schweißtropfen auf Stirn und Hals, den Daumen siegessicher in die Höhe gereckt. Seine Interessen änderte er auf *Laufen und Fitnessstudio* ab. Motorradfahren, Skifahren, Jagen, Freeclimbing und Paragliding ließ er weg. Eine Frau, deren Mann gerade gestorben war, suchte gewiss nicht nach einem Adrenalin-Junkie, der bei jeder dieser Aktivitäten einen Unfall erleiden konnte. Er beschrieb sich als sensibel, einfühlsam, unternehmungslustig und treu, in der Hoffnung, damit ihren Geschmack zu treffen. Zu seinem Job machte er keine Angaben, ließ sie aber wissen, dass er unverheiratet und kinderlos war. Wenn sie anbiss, konnte er eine zusätzliche Brücke schlagen, indem er sie wissen ließ, dass er seine große Liebe bei einem Autounfall verloren hatte. Er schmunzelte angesichts dieses Einfalls. Was konnte einer trauernden Witwe mehr Sicherheit bieten als das Gefühl, einen Mann kennenzulernen, der ihren Schmerz nachfühlen konnte, der dasselbe erlebt hatte wie sie?

Nachdem er all seine Angaben mehrfach überprüft hatte, schickte er die Nachricht ab. Nun hieß es abwarten. Würde sie anbeißen? Er hoffte es. Am Abend checkte er sein Postfach mehrmals. Nichts. Er seufzte. Er würde einen Weg finden, sie kennenzulernen. Am nächsten Morgen blinkte ein Lämpchen an seinem PC. Sie haben eine neue Nachricht von BusyBee. Er lächelte. Na also, geht doch!

29. März 2018

Als Bea das gerichtsmedizinische Institut betrat, kroch die Angst in ihr hoch. Das Gebäude erinnerte sie an Max` Tod vor knapp drei Jahren. War es wirklich schon so lange her? In manchen Nächten spürte sie, wie Max` Atem ihren Nacken kitzelte und wie seine Stimme das Haus erfüllte. Einmal, nachdem er gestorben war, hatte sie ihn gesehen. Er saß am Ende des Doppelbettes, das sie gemeinsam ausgesucht hatten, und lächelte. Sein Gesicht war in ein warmes, oranges Licht getaucht, fast so, als versuchte ein Fotograf, es optimal auszuleuchten. Bea hatte ihn betrachtet wie ein Gemälde, eine Skulptur, staunend, unfähig, etwas zu sagen. Er war so real, dass sie sicher war, nicht zu träumen und gleichzeitig quälte sie die Angst, dass er sich auflösen könnte, wenn sie nur ein Wort sagte. Damals dachte sie, sie würde den Verstand verlieren, doch ihre Therapeutin Elvira Schuhmann versicherte ihr, dass solche Begebenheiten nach dem Verlust eines geliebten Menschen vollkommen normal waren. Begebenheiten. Bea schnalzte verächtlich mit der Zunge. Einige Wochen später hatte ihr Simon erzählt, dass Papa ihn regelmäßig besuchte, nachts, wenn er Angst hatte, alleine zu schlafen. „Papa ist jetzt ein

Engel",hatte sie ihrem Sohn erklärt. „Er wird immer von da oben auf dich aufpassen".

Es war das erste und einzige Mal, dass Max ihr erschienen war, nachdem sie ihn zuletzt in diesem Gebäude gesehen hatte, aufgebahrt auf einer Liege aus kaltem Metall. Sie schauderte und steuerte auf einen Schalter zu, über dem in großen Lettern „Aufnahme" stand.

„Ich suche Paul Wagner", erklärte Bea der jungen Frau am Schalter, die gelangweilt ihre Nägel feilte und sich von der Unterbrechung sichtlich gestört fühlte.

„Weeen?", fragte die schwarzhaarige Frau gedehnt.

„Paul Wagner. Polizeichef der Mordkommission."

„Aha."

Bea wartete vergebens, dass eine weitere Reaktion folgte.

„Es findet gerade die Obduktion eines Mädchens statt, der er beiwohnen wollte."

Die Schwarzhaarige zuckte die Achseln. „Möglich."

„Können Sie feststellen, ob er hier ist?"

Die Frau hob gelangweilt den Blick, feilte den Zeigefinger der rechten Hand zu Ende, bevor sie wie in Zeitlupe nach einem Telefonhörer griff.

„Hallooooo! Hier ist Sally. Hier ist eine ... ". Sie musterte Bea von oben bis unten. „... Dame, die wissen möchte, ob Paul Wagner im Haus ist."

Nach einigen „Hmmms" und „Ahas" und „Verstehe", legte sie auf. „Herr Wagner ist hier", erklärte sie. „Sie sollen hier auf ihn warten."

„Gruppenleiter Wagner", korrigierte Bea, nickte ihr zu und setzte sich auf einen Plastikstuhl im Wartebereich, der ihr Steißbein malträtierte. Die Rezeptionistin maulte etwas, das sie aus der Entfernung nicht verstand. Der Geruch in den Räumlichkeiten erinnerte an eine Mischung aus Zahnarztpraxis und Danclor. Sie atmete durch den Mund und versuchte, die inneren Bilder zu vertreiben, die sie mit diesem Ort verband. Max, blutleer und bleich, mit einem Y-Schnitt quer über die Brust und einem Namensschild am großen Zeh. Wie eisig er sich angefühlt hatte, ihr Mann, dem immer zu heiß war. Mit einem Mal fror sie.

An den Schritten erkannte sie Paul, bevor sie ihn sah. Das leichtfüßige, rhythmische Klackern seiner Lederschuhe hallte über den Linoleumboden und schwoll an, bevor er um die Ecke bog.

„Bea!" Er küsste ihre Wange und setzte sich neben sie. „Wie geht es Emily?"

„Unverändert. Sie hat eine Menge Beruhigungsmittel bekommen und schläft. Ich habe noch nicht mit ihr gesprochen."

Er drückte ihre Hand. „Das wirst du noch."

Bea nickte.

„Du bist wegen Lena Müller hier." Es klang nicht wie eine Frage.

Bea nickte.

„Immer noch hinter einer Story her?"

Sie schüttelte den Kopf. „Nein. Nicht nur." Sie zögerte. „Findest du es nicht seltsam, dass zwei Mädchen im selben Alter versuchen, sich das Leben zu nehmen? Beide mit Tranquilizern und starken Schmerzmedikamenten, die von einem Mediziner verschrieben werden müssen. Dazu ein hoher Alkoholgehalt im Blut. Beide ohne ersichtlichen Grund."

„Ja", erwiderte Paul, „der Gedanke ist mir auch schon gekommen."

„Und?"

„Und ... wir wissen nicht genug, um solche Schlüsse ziehen zu können."

Sie rutschte auf dem Plastikstuhl hin und her. „Deshalb muss ich mit Eva Müller sprechen. So bald wie möglich. Ist sie hier?"

Paul schüttelte den Kopf. „Nein. Soweit ich weiß, befindet sie sich immer noch in der Obhut von Dr. Starnberg".

„Denkst du, ihre Ärztin würde mir erlauben mit ihr zu sprechen?"

„Ich weiß es wirklich nicht, Bea". Er stand auf. „Es tut mir leid. Ich muss wieder zurück."

Bea erhob sich ebenfalls. „Schon klar. Gibt es schon Ergebnisse? Von der Obduktion?"

Paul zögerte. „Nein. Im Augenblick nicht."

71

Bea umarmte ihn und verließ das gerichtsmedizinische Institut. Auf dem Weg hinaus hörte sie Pauls Schuhe auf dem Fußboden, die immer leiser wurden. Täuschte sie sich? Oder verbarg Paul etwas vor ihr? Hatte die Obduktion etwas ergeben, das er ihr nicht erzählen konnte? Oder wollte?

Sie wusste, wohin ihr nächster Weg sie führte. Sie schaltete ihr Navi ein und tippte eine Adresse in das Display. Eine siebenminütige Fahrt. Zur Kriseninterventionsstelle.

September 1981

Er hatte schon immer gewusst, dass er anders war als andere Burschen. Mädchen seines Alters interessierten ihn nicht. Von jeher gefielen ihm jüngere Mädchen. Viel Jüngere. Kinder.

Als er zwölf war, bemerkte er ein etwa 6-jähriges Mädchen auf dem Spielplatz nahe seiner Schule, das schaukelte. Es trug einen karierten Rock, rote Gummistiefel, eine braune Cordjacke und ein hellblaues Kopftuch. Mit jedem Schwung, den es nahm, flog es höher und höher in die Luft. Während es seine Beine nach vorne streckte, erhaschte er einen Blick auf seine Unterhose. Rosa. Baumwolle. Schlicht. Das Bild des Schlüpfers zwischen den Beinen des Mädchens brannte sich in sein Gehirn ein. Ihn überkam ein unbändiger Wunsch, es dort zu berühren, ihm den Slip über die Schenkel nach unten zu ziehen. Er spürte, wie seine Wangen glühten. Seine Ohren brannten.

Während er so dastand, an den Stamm einer Eiche gelehnt und seinen Gedanken nachhing, bemerkte er Gelächter. Zwei Jungs aus der Klasse über ihm zeigten mit dem Finger auf ihn und krümmten sich vor Lachen. Ihr Zeigefinger deutete geradewegs auf seinen Hosenstall. Er folgte ihrem Blick und

bemerkte die Erektion, die den Reißverschluss seiner Baumwollhose ausbeulte. Vor Scham lief sein Gesicht purpurrot an.

Die Mutter des Mädchens hatte bemerkt, dass er ihre Tochter fixierte und welche Erregung ihr Anblick bei ihm verursachte. Sie schrie ihm etwas zu, das wie „Drecksau" klang, stürzte auf die Schaukel zu und packte die Eisenkette an einer Seite, sodass das Mädchen auf ihrem Sitz hin- und her schlingerte. „Komm, Anna!", rief sie atemlos. „Wir gehen nach Hause!" Eilig zog sie das Kind von der Schaukel.

„Aber Mama!", protestierte das Mädchen. „Wir sind doch erst gekommen."

Die Mutter ignorierte den Einwand, zerrte ihre Tochter hinter sich her zum Tor des Spielplatzes, wobei sie ihn mit einem Blick vernichtete.

Er blickte den beiden nach. Die Zöpfe des Mädchens lugten links und rechts unter dem Kopftuch hervor und wippten mit jedem Schritt auf und ab. Seine Gesichtsfarbe hatte sich wieder normalisiert. Die Schulkameraden waren kichernd davongelaufen. *Anna,* dachte er und kaute an einem Sauerampfer, den er aus der Wiese gerupft hatte. Der Name gefiel ihm. A-N-N-A, wiederholte er und betonte dabei jeden einzelnen Buchstaben. Er schwang den Schulranzen über die Schulter und hüpfte auf einem Bein über den Kiesweg, der zum Ausgang des Parks führte. Er hörte

die Buntstifte im Federpennal scheppern und spürte das Gewicht des Mathematikbuchs und der Bibel, die er für eine Hausaufgabe mitgenommen hatte. Anna. Er blickte in den blauen Himmel und beobachtete Wolkenfetzen, die wie Boote über einen See dahinzogen. Je länger er hinaufsah, umso mehr fiel ihm auf, wie die Wolken ihre Form veränderten, bis eine von ihnen das Gesicht eines Mädchens bildete.

„Anna", sagte er laut. „Bis zum nächsten Mal!"

29. März 2018 15:24

Bea brauchte zehn Minuten, um das Gebäude der Krisenintervention zu finden. Der Eingang lag versteckt in einem Hinterhof zwischen Sozialwohnungen und einem Antiquitätenladen. Es schien ihr, als wollten die Zuständigen mit aller Macht verhindern, dass sich jemand, der Hilfe benötigte, hierher verirrte. Selbst Google Maps hatte Schwierigkeiten, das Haus zu orten. Bea schüttelte den Kopf und stieg die Stufen des Altbaus nach oben. Der Putz an den Wänden blätterte ab und an einigen Stellen klafften faustgroße Löcher. Das Schild „Willkommen bei der Krisenintervention. Wir helfen Ihnen gerne!", wirkte angesichts der trostlosen Umgebung wie eine Verhöhnung. Zumindest die Wände in der Einrichtung waren in frischem Gelb gestrichen und ein paar Landschaftsaquarelle zierten den Gang. Im Wartebereich stand ein abgesessenes grün-weiß gestreiftes Sofa sowie einige weiß lackierte Holzstühle. Auf einem kleinen Glastisch in der Mitte des Raums lagen ein Stapel Broschüren sowie einige Frauenzeitschriften und Kinderbücher.

„Kann ich Ihnen helfen?" Eine etwa dreißigjährige Frau mit braunen Dreadlocks, in roter Pluderhose und einem T-Shirt mit V-Ausschnitt kam auf sie zu.

„Ja, das hoffe ich. Ich habe angerufen. Ich bin mit Dr. Starnberg verabredet."

Die Frau blickte sie aus großen wasserblauen Augen an und hielt ihr die Hand hin. „Sie sind Beatrix Klein", stellte sie fest und schlurfte barfuß den Gang entlang. „Mein Büro ist da vorne."

Bea hob eine Augenbraue. „Sie sind Dr. Starnberg?"

Die Frau lachte. „Svenja Starnberg. Den Doktor können Sie gerne weglassen." Sie öffnete eine Tür und betrat einen Raum, der wenig Ähnlichkeit mit einer klassischen Ordination hatte. Ein Stoffsofa, ein großer Holztisch, auf dem sich Ordner und Akten stapelten, darum drapiert vier Stühle, eine fast lebensgroße Buddha-Figur, einige bunte Sitzkissen auf dem Boden, eine Yogamatte, eine Hängeschaukel, warme Beleuchtung, dutzende Kerzen. Bea hatte das Gefühl, bei einer Esoterikerin gelandet zu sein.

„Sie haben etwas Anderes erwartet", stellte Dr. Starnberg fest und ließ sich auf das Sofa plumpsen. Bea tat es ihr gleich, während sie die Räucherstäbchen wahrnahm, die in einer hölzernen Schale vor sich hin glommen.

„Irgendwie schon", gab Bea zu.

Dr. Starnberg lachte. Ihre Augen blitzten vergnügt. Es schien, als genoss sie es, ihre Besucherin zu verwirren.

„Ihre Ordination entspricht nicht gerade einer klassischen Praxis", fügte Bea hinzu.

„Das stimmt. Es ist auch keine klassische Praxis." Dr. Starnberg lächelte Bea nachsichtig an.

Bea nickte.

„Was kann ich für Sie tun?", fragte die Psychiaterin, während sie den Wasserkocher einschaltete und zwei Tassen Kräutertee auf den Tisch stellte.

„Ich bin auf der Suche nach einer Frau, die Sie zurzeit betreuen. Eva Müller."

Augenblicklich änderte sich die Atmosphäre in dem Raum. Die Herzlichkeit schien sich wie der Rauch der duftenden Stäbchen zu verflüchtigen. Dr. Starnberg goss heißes Wasser in die Tassen und sah Bea streng an.

„Sie ist eine Patientin", erklärte sie kühl. „Ich kann nicht mit Ihnen über jemanden sprechen, den ich behandle."

„Das ist mir bewusst", entgegnete Bea und rührte ihren Tee um. „Es geht mir eher um Ihre Einschätzung."

Dr. Starnberg beäugte Bea misstrauisch. „Inwiefern?"

Bea atmete tief durch. Ihr war klar, dass die Ärztin sie hochkant aus der Praxis werfen würde, wenn sie ihr die ganze Wahrheit erzählte. Sie musste auf eine Halbwahrheit zurückgreifen.

„Ich muss dringend mit Frau Müller sprechen. Sie können am besten beurteilen, ob das möglich ist."

Dr. Starnberg runzelte die Stirn. „Mit ihr reden? Worüber?"

„Über den Tod ihrer Tochter."

Dr. Starnberg schnappte hörbar nach Luft. „Das ist nicht Ihr Ernst! Frau Müller hat vor wenigen Tagen ihre Tochter verloren. Und Sie haben nichts Besseres zu tun, als die Frau mit ihrem Trauma zu konfrontieren?"

Bea nahm einen Schluck von dem Tee, wobei sie sich den Gaumen verbrühte. Hastig stellte sie ihn zurück auf den Tisch. „Ich würde nicht fragen, wenn es nicht wichtig wäre."

Die Ärztin kniff die Augen zusammen und taxierte Bea von oben bis unten. „Sagen Sie jetzt nicht, Sie sind von der Presse."

Bea schüttelte den Kopf. „Nein. Das bin ich nicht". Keine richtige Lüge, wenn man es genau nahm. Sie arbeitete für eine wöchentlich erscheinende Gratis-Zeitung als Kolumnistin. Eine Geschichte wie diese fiel normalerweise nicht in ihren Aufgabenbereich.

„Warum interessieren Sie sich dann für Frau Müller?" Die Stimme der Ärztin schnitt durch den Raum wie eine Machete. Bea hatte das Gefühl, die aufgewirbelte Luft neben ihrem Ohr zu spüren.

„Das ist kompliziert. Genau genommen interessiere ich mich für den Tod ihrer Tochter Lena",

erklärte Bea und umklammerte dabei die Teetasse so fest, dass ihre Knöchel hervortraten.

„Ich bin echt sprachlos, Frau Klein. Und das will etwas heißen. Ich hoffe wirklich, dass es eine brauchbare Erklärung dafür gibt, dass sie hier hereinschneien und so dreist nach einer Patientin fragen, die ihr Kind tot aufgefunden hat."

Bea spürte, dass es die Ärztin Mühe kostete, nicht die Beherrschung zu verlieren.

Bea knetete ihre Finger. „Die gibt es, Frau Starnberg. Meine Tochter Emily ist dreizehn". Bea trank einen Schluck Tee, um den Kloß in ihrem Hals hinunterzuspülen. „Sie hat gestern versucht, sich das Leben zu nehmen." Beas Kinn begann zu zucken.

Dr. Starnbergs Augen weiteten sich. „Das tut mir sehr leid!" Ihre Stimme klang warm und weich wie zu Beginn ihrer Begegnung. „Wo ist Ihre Tochter jetzt?"

Bea schnäuzte sich. „Im Krankenhaus. Sie wird noch einige Tage dortbleiben müssen."

„Das ist gut, Frau Klein. Ihre Tochter braucht Ruhe und Zeit. Danach kann man sich um einen geeigneten Therapieplatz für sie kümmern."

Bea nickte. „Ja, das hat mir die behandelnde Ärztin im Krankenhaus auch gesagt."

Dr. Starnberg drückte Beas Hand. „Ich verstehe allerdings nicht, was der Selbstmordversuch Ihrer Tochter mit dem Tod von Lena Müller zu tun hat."

Bea zögerte. „Es ist die Art, wie sie versucht hat, sich umzubringen", erklärte sie. „Diazepam, Opipramol, Morphin und Alkohol. Sehr viel Alkohol." Eine Träne sammelte sich im Augenwinkel und verschleierte ihre Sicht. Als die Ärztin ihr eine Hand auf die Schulter legte und sie sanft drückte, löste sich etwas in Bea und die Tränen strömten über ihre Wangen. Bea hätte nie gedacht, dass sie so viel weinen konnte.

„Wie bei Lena", murmelte Dr. Starnberg.

„Wie bei Lena", bestätigte Bea mit tränenerstickter Stimme.

Einen Moment saßen die beiden Frauen schweigend da, bis die Traurigkeit den ganzen Raum ausfüllte. Der Tee dampfte nicht länger, die Räucherstäbchen waren abgebrannt. Nur die Buddha-Figur hockte ungerührt im Schneidersitz da und lächelte.

„Ihre Tochter, Emily", begann die Ärztin, „hatte keine Auffälligkeiten, nehme ich an? Probleme in der Schule? Mit Freunden? Mobbing? Liebeskummer?"

Bea zuckte die Achseln. „Nicht soweit ich weiß. Aber es scheint, dass ich nicht viel über meine Tochter weiß."

„Wieso denken Sie das?"

„Ihre Arme sind übersät mit Narben von Schnittverletzungen. Manche sind verheilt und weiß, andere noch verkrustet und frisch. Ihre Oberschenkel weisen ebenfalls Schnittwunden auf." Bea schluckte. „Ich habe nichts davon bemerkt. Gar nichts."

Dr. Starnberg blickte auf. „Das ist nicht Ihre Schuld. Sie haben nichts falsch gemacht. Sie sind eine gute Mutter."

„Wie können Sie das wissen? Was für eine Mutter merkt nicht, wenn ihr Kind so unglücklich ist, dass es nicht mehr leben möchte. Dass es sich selbst verletzt? Mein Gott, Emily schneidet sich mit einer Rasierklinge oder einem Messer oder Was-weiß-ich-was! Ich hätte es merken müssen. Ich hätte ..."

In diesem Moment öffnete sich eine Tür, die von der Praxis in einen Nebenraum führte. Zwischen den beiden Zimmern stand eine große schlanke Frau in Beas Alter mit schulterlangem braunen Haar in Jeans und einem weit geschnittenem Shirt, das eine Schulter entblößte. Dr. Starnberg hob fragend eine Augenbraue. Die Frau bedeutete der Ärztin sitzen zu bleiben.

„Nein", erwiderte sie. „Sie hätten es nicht merken müssen. Nicht merken können." Sie kam auf Bea und Dr. Starnberg zu, rückte ein Sitzkissen zurecht und setzte sich vor den beiden auf den Boden. Bea bemerkte die Augenringe und die geröteten Bindehäute. Eva Müller.

„So wie ich es auch nicht gemerkt habe."

Bea schluckte. „Lena hat ...?"

Eva Müller nickte. „Ja. Lena hat sich selbst verletzt. An den Armen, den Beinen, am Bauch. Ich hätte nie gedacht, dass man sich so viele Narben zufügen kann, ohne dass jemand das merkt. Ich dachte, es sei

normal, dass sie sich beim Duschen oder Anziehen einsperrt, dass sie langärmelige Shirts getragen hat, dass sie im Sommer nicht ins Schwimmbad wollte." Eva lachte freudlos. „Ritzerinnen entwickeln Strategien. Sie verstecken ihre Narben. Sie vermeiden Aktivitäten. Langsam, schleichend. Und in dem Alter denken alle, das ist die Pubertät."

Dr. Starnberg nickte. „Es ist wirklich nicht einfach, zu erkennen, wenn sich Mädchen selbst verletzen, außer, sie zeigen ihre Verletzungen." Sie hielt kurz inne. „Und, wenn sie das tun, wollen sie, dass sie gesehen werden. Ein Hilfeschrei sozusagen."

„Dann wollten unsere Mädchen keine Hilfe?", fragte Bea ungläubig.

„Doch. Doch, bestimmt. Aber es ist manchmal nicht einfach, um Hilfe zu bitten. Ganz besonders, wenn die Mädchen sich dafür, was sie tun, schämen."

Bea nickte. Das passte zu Emily.

„Lass mich raten", sagte Eva, „du weißt auch nicht, woher deine Tochter die Medikamente hat, die sie genommen hat."

Bea schüttelte den Kopf. „Ich habe keine Ahnung. Außer Aspirin, Wundsalbe, Verbandzeug und Hustentropfen habe ich nicht viel in meiner Hausapotheke. Woher sie diese verschreibungspflichtigen Medikamente hat, kann ich mir beim besten Willen nicht erklären."

83

„Mir geht es genauso. Alles, was ich im Haus habe, ist homöopathisch. Ich habe nie Schlaf- oder Beruhigungsmittel eingenommen", erwiderte Eva.

Dr. Starnberg runzelte die Stirn. „Das ist schon seltsam. Welcher Arzt würde einer 13-jährigen so starke Medikamente verschreiben? Noch dazu ohne Rücksprache mit den Eltern?"

In Beas Kopf schwirrten die Gedanken umher wie ein Haufen Bienen um den Honig. Es gab einen gemeinsamen Nenner zwischen Lena und Emily. Da war sie sicher.

„Was ist ...", fragte Eva, „wenn die Mädchen die Tabletten von jemandem bekommen haben?"

„Das ist sogar sehr wahrscheinlich", stimmte die Ärztin zu. „Es wird mit allen möglichen Substanzen gedealt. Warum nicht auch mit Schmerzmitteln oder Schlaftabletten?"

„Die Schule", dachte Bea. „Welche Schule hat Lena besucht?"

„Das Neusprachliche Gymnasium im Nonntal."

Bea kaute auf ihrer Unterlippe. Genau wie Emily.

Bevor sie das Kriseninterventionszentrum verließ, tauschte sie mit Eva Müller Telefonnummern aus und verabredete, sich gegenseitig auf dem Laufenden zu halten. Kannten sich die beiden Mädchen? Gab es jemanden in der Schule, der etwas wusste? Bea war entschlossen, es herauszufinden. Vorher würde sie im

Krankenhaus vorbeischauen. Vielleicht konnte Emily ihr etwas über Lena sagen, das sie nicht wusste.

November 2015

Das erste Treffen mit BusyBee verlief unspektakulär. Sie trug eine schwarze eng anliegende Hose und ein rotes Top, das ideal zu ihrem brünetten Haar passte. Sie verabredeten sich am Eingang des Hotel Stein. Er war ein paar Minuten eher da. Es regnete in Strömen. Das Erste, das er von ihr erblickte, war ein armseliger gelber Schirm, der sich im Wind in alle Richtungen bog. Er lächelte. Sie kämpfte mit dem kaputten Schirm, der sich einfach nicht schließen ließ und lachte unbeholfen. Er nahm ihr das widerspenstige Teil ab und entsorgte es kurzerhand im nächsten Mülleimer. Er versprach ihr einen Neuen zu besorgen. Sie war ein wenig schüchtern, erzählte aber offen von ihren Kindern, ihrem Job und ihren Interessen. Das gefiel ihm. Er erwischte sich dabei, wie er ihr in den Ausschnitt starrte und auf ihre vollen Lippen. Sie aßen einen Salat mit Hühnerfilet im Kokosmantel und teilten einen Nachtisch. Der Kaiserschmarrn mit Zwetschgenröster schmeckte nach Kirschrum und Vanille.

Nach drei Gläsern Sauvignon blanc, den er empfohlen hatte, verabschiedete sie sich ohne Aufhebens. Er hatte andere Pläne gehabt. Nachdem er über einen Monat auf dieses Treffen gewartet, unzählige Nach-

richten hin- und hergeschickt und all seine Überredungskünste aufgebracht hatte, um sie persönlich kennenzulernen, war er enttäuscht. Er hätte sie gerne geküsst, sie berührt, geschmeckt. Er wollte wissen, wie es sich anfühlte, sie zu vögeln. Doch sie ließ keinen Zweifel daran, dass sie nicht beabsichtigte, an diesem Abend weiterzugehen. Sie ließ sogar offen, ob es ein weiteres Treffen geben würde, gab sich freundlich, aber unverbindlich, eine Kombination, die ihn um den Verstand brachte. Ein belangloses Küsschen auf die Wange, ein kalter Händedruck und weg war sie. Der Duft ihres Parfums – Ma vie von Boss? – und ihres Shampoos – definitiv grüner Apfel – hingen in der Luft und erregten ihn. Es war nicht seine Art, zögerlich an eine Sache heranzugehen. Er gab das Tempo vor. Er bestimmte wer, wo, wann und wie. Doch in diesem Fall hatte er ein anderes Ziel. Sie war eine Zwischenstation auf diesem Weg, ein notwendiges „Übel", um an seine eigentliche Beute zu gelangen. Wenn das bedeutete, dass er eine Weile warten musste, dann würde er eben warten. Er konnte dazu lernen. Beharrlichkeit war eine seiner Stärken, Geduld weniger, aber er würde über sich hinauswachsen, schließlich war nicht sie es, die er wollte.

Zudem hatte er weitere Optionen. Die hatte er immer. Er holte sein iPad aus der ledernen Aktentasche, tippte die Webadresse von *friendsandmore.com* ein und prüfte seinen Posteingang. Die oberste Nach-

richt kam von BusyBee, die ihr Treffen bestätigte. Fünf weitere Frauen hatten ihm geschrieben. Er überflog die Nachrichten sowie die dazu gehörigen Profile und löschte drei der Mails umgehend. Zwei der Frauen entsprachen jedoch seinem Geschmack. Beide waren schlank, feminin und brünett. Und sie hatten Kinder. Töchter. Er leckte sich über die Lippen, während er einen Plan schmiedete.

30. März 2018

Bea erwachte nach einer weiteren unruhigen Nacht um 6:30 Uhr. Bei ihrem Besuch im Krankenhaus am Vorabend fand sie Emilys Bett leer vor. Sabine, die zuständige Krankenschwester, erklärte Bea, dass Emily ihre erste Therapiesitzung absolvierte und diese für gewöhnlich eine Weile dauerte. Bea war enttäuscht, ihre Tochter nicht anzutreffen und zugleich erleichtert, dass Emily anfing, ihre Probleme aufzuarbeiten. Je früher sie sich mit den Ursachen auseinandersetzte, umso schneller würde sie gesund werden.

Sie hatte einen gemütlichen Abend mit Simon verbracht. Sie hatten gemeinsam Spaghetti gekocht und danach Uno gespielt, bis Bea die Augen kaum noch offen halten konnte. Dann waren sie schlafen gegangen. In der Nacht vernahm sie Geräusche, dieses Mal aus Emilys Zimmer. Sie schlich auf Zehenspitzen in den Raum und blieb im Türrahmen stehen. Simon stand einen Baseballschläger in der Hand neben dem Bett seiner Schwester und schlug auf das Kissen ein.

„Simon!" Bea trat einen Schritt näher. „Simon?"

Ihr Sohn hörte sie nicht. Er redete mit jemandem, der offenbar nur für ihn sichtbar war. Bea verstand nur Bruchstücke.

„Lass das!" und „Verschwinde!" Der Rest ging in dem Peitschen des Schlägers auf das Polster unter.

„Simon, was tust du da?" Bea näherte sich vorsichtig, um ihren Sohn nicht zu erschrecken. Simons Wangen glühten. Hatte er Fieber? Sein Atem ging stoßweise, als wäre er gelaufen.

Simon reagierte nicht. „Verschwinde. Geh weg!"

Bea überlegte, wie sie ihn am besten wecken konnte, ohne dass er erschrocken ausholte und sich selbst oder sie verletzte. Sie schlich zur Tür und schaltete das Licht ein. Das ließ Simon ungerührt. Nach Max` Tod hatte ihr Sohn eine Zeitlang unter dem sogenannten Nachtschreck gelitten. Damals war er fast täglich rund zwei Stunden nach dem Zubettgehen schreiend aufgewacht, ohne dass es Bea gelungen wäre, ihn zu beruhigen. Er tobte und schlug um sich, obwohl sie versucht hatte, ihn zu umarmen, ruhig auf ihn einzureden oder ihn zu streicheln. Nichts half. Bis der Anfall nach wenigen Minuten von selbst verebbte und Simon völlig erledigt einschlief, meist ohne weitere Episoden. Der Kinderarzt hatte ihr versichert, dass diese Form der Parasomnie bei Patienten im Vorschulalter recht häufig vorkam. Stress oder Übermüdung begünstigten diese Verhaltensweisen. Bea war klar, dass der Verlust seines Vaters, Simon schwer belastet hatte. Doch im Laufe der Zeit hatte er sich erholt und die nächtlichen Episoden wurden seltener und verschwanden gänzlich. Was machte ihrem Sohn zu

schaffen? War er krank? Bea wusste, dass Fieber zu Aufwachstörungen führen konnte. Abends hatte Simon vollkommen gesund gewirkt. Er war ausgelassen, munter und voller Energie. Hatte er einen Infekt erwischt, der ihn so aus dem Gleichgewicht brachte? Oder kämpfte ihr Sohn nach wie vor mit dem Tod seines Vaters? Oder steckte etwas völlig Anderes dahinter? Bea beobachtete die Szene einige Minuten. Simon, der sich murmelnd über Emilys Bett beugte. Der Schläger, der durch die Luft sauste und das Kissen traf. Als sie sich erneut auf ihren Sohn zubewegte, stieß sie mit dem Knie gegen Emilys Kommode, die ihre Tochter nutzte, um sich die Nägel zu lackieren und sich die Haare zu frisieren. Dabei fielen zwei Parfum-Flakons um und krachten auf die Holzplatte. Simon blinzelte. Er lehnte den Baseballschläger an die Wand neben dem Bett, gähnte und durchquerte das Zimmer.

„Hallo, Mama!"

Bea starrte ihm verwundert nach, als er den Raum verließ und auf sein Zimmer zusteuerte. Als sie ihm folgte, lag er im Bett.

„Alles in Ordnung, Simon?"

„Mmmmhhh", murmelte er und zog die Knie an die Brust. Bea runzelte die Stirn, gab ihm einen Kuss auf den Kopf und deckte ihn zu. Was zum Teufel war mit ihren Kindern los?

Am nächsten Morgen fuhr sie gleich nach dem Frühstück ins Krankenhaus. Trotz der kurzen Nacht fühlte Bea sich frisch und genoss die Sonnenstrahlen, die durch die Windschutzscheibe ins Auto drangen und sie wärmten. Am Kiosk besorgte sie Orangensaft und ein paar Zeitschriften für Emily. Als ihre Tochter sie sah, senkte sie den Blick. Bea setzte sich neben das Krankenbett und legte ihre Mitbringsel auf das Nachtkästchen.

„Hey! Wie fühlst du dich?"

Emily zuckte die Achseln. „Ich weiß nicht".

Bea nahm ihre Hand. „Was ist nur passiert?"

Emily schüttelte den Kopf.

„Kannst du dich nicht erinnern?"

Ihre Tochter schwieg.

„Wie ist deine Therapiestunde gelaufen?"

Emily verdreht die Augen. „Was denkst du? Großartig, natürlich!" Ihre Stimme troff vor Sarkasmus.

„Du weißt, dass du immer mit mir reden kannst. Egal worüber."

„Schon klar." Emily starrte aus dem Fenster.

„Ich mache mir Sorgen, Em. Rede mit mir!"

„Mama, ich ... so einfach ist das nicht. Ich weiß nicht, wie ..."

In diesem Augenblick öffnete sich die Tür und Tom betrat das Zimmer. Er hielt einen Strauß Gerbera in der Hand, eilte auf Bea zu und küsste sie. Dann

beugte er sich über Emily und drückte ihr einen Kuss auf die Stirn.

„Hey, ihr zwei! Was macht ihr denn für Sachen?" Er zog sich einen zweiten Stuhl heran und setzte sich neben Bea.

„Tut mir leid, dass ich nicht früher hier sein konnte. Dieser verdammte Wasserrohrbruch hat mein halbes Mobiliar zerstört", erklärte er. „Die Versicherung macht Probleme. Ich habe gestern den ganzen Tag telefoniert und versucht zu klären, ob der gesamte Schaden übernommen wird."

„Und?", erkundigte sich Bea, die nicht verstand, wie ein Wasserschaden wichtiger sein konnte als ein Kind, das versucht hatte, sich das Leben zu nehmen.

Tom nickte. „Sieht gut aus, denke ich." Er griff nach Emilys Hand und sah sie mitfühlend an. „Und, junge Lady, wie geht es dir?"

„Es geht schon." Emily lächelte. „Danke für den Strauß. Meine Lieblingsblumen. Woher wusstest du das?"

Tom zuckte die Achseln. „Tja, gut geraten, nehme ich an."

Emily reckte einen Daumen in die Höhe und klingelte nach der Krankenschwester.

Als diese Augenblicke später den Kopf zur Tür reinsteckte, bat Emily sie um eine Vase für die Blumen, die prompt gebracht wurde.

„Bekommst du was Ordentliches zu essen?", fragte Tom und zwinkerte Emily zu.

„Wenn du Haferschleimsuppe und verkochte Nudeln etwas Ordentliches nennen willst."

Tom verzog den Mund. „Klingt, als bräuchtest du etwas Abwechslung auf deinem Speiseplan. Ich kümmere mich darum".

Mit diesen Worten huschte er aus dem Zimmer, um zehn Minuten später voll bepackt zurückzukehren. Aus einer Papiertüte holte er frische Bananen und Marillen, eine Packung Cashew-Nüsse, ein Käsebrötchen und eine Schokoschnecke.

„Bitte sehr, gnädige Frau", sagte er und verbeugte sich dienstbeflissen. „Eine kleine Auswahl des krankenhauseigenen Supermarkts."

Emily lachte. Beas Herz hüpfte angesichts der ersten entspannten Gefühlsregung ihrer Tochter seit ihrem Selbstmordversuch. Tom schaffte es immer, ihre Kinder zum Lachen zu bringen. Sie strahlte ihn dankbar an.

„Offenbar verstecken sie das genießbare Essen vor den Patienten. Oder aber der Koch ist ein Stümper", erklärte Tom heiter.

Emily kicherte. „Das wohl eher!"

Sie unterhielten sich eine Weile, alberten herum, lachten, bis Bea fast vergessen hatte, wie ernst der Grund war, weshalb Emily sich im Krankenhaus befand. Tom verstand es, der Situation eine Leichtig-

keit zu geben und ihre Tochter aus der Reserve zu locken. Bea hingegen suchte Antworten. Sie wollte wissen, was hinter der tiefen Traurigkeit ihrer Tochter steckte. Sie freute sich, Emily lachen zu sehen, aber das erklärte nicht, was sie hierher gebracht hatte. Bea war entschlossen, dem auf den Grund zu gehen.

„Kennst du eine Lena Müller?" Die Frage purzelte aus ihrem Mund, bevor sie sie daran hindern konnte.

Die Farbe schien aus Emilys Wangen zu fließen.

„Emily?"

Ihre Tochter nickte. „Wir sind zusammen zur Schule gegangen. Lena war in einer Parallelklasse."

Bea nickte. „Hast du sie gut gekannt?"

Emily griff zitternd nach einem Glas und schenkte sich von dem Orangensaft ein, den ihre Mutter mitgebracht hatte.

„Nein. Mehr vom Sehen."

Bea kaute auf einem Fingernagel herum, eine Angewohnheit, die auftauchte, wenn sie nervös war.

Emily hob den Blick und sah Bea an. Ihre dunklen Augen leuchteten aus den Höhlen wie die lavabrodelnde Krater eines Vulkans. „Sie ist tot", flüsterte sie.

Bea drückte ihre Hand. „Ich weiß, mein Liebling. Ich weiß."

Tränen liefen über Emilys Wangen. Sie schluchzte leise.

„Wir sollten Em nicht aufregen", befand Tom, der sich angesichts der veränderten Stimmung sichtlich

unwohl fühlte. Emily wischte sich mit dem Handrücken übers Gesicht. „Ich muss gleich zur Therapie."

Bea beugte sich zu ihrer Tochter und küsste sie auf die feuchte Wange. „Ich schaue später wieder vorbei", versicherte sie und schnappte ihre Handtasche, die über dem Besuchersessel baumelte.

„Halt die Ohren steif, junge Lady!" Tom wuschelte durch Emilys Kopf und folgte Bea zur Tür.

Auf dem Weg zum Parkplatz wirkte Bea schweigsam.

„Alles in Ordnung mit dir?" Er legte einen Arm um ihre Taille.

Sie seufzte. „Ich weiß nicht, Tom. Ich bin total durcheinander. Ein Mädchen stirbt. Emily versucht, sich das Leben zu nehmen. Simon schlafwandelt. Ich fühle mich, als hätte ich als Mutter auf ganzer Linie versagt. Ich weiß nicht mehr weiter."

„Ssshhh... Liebes." Tom blieb stehen und zwang sie, ihn anzusehen. „Du bist eine wundervolle Mutter. Das ist doch nicht deine Schuld. Das weißt du, oder?"

Sie zögerte. „Woher weißt du das? Vielleicht ist es meine Schuld. Vielleicht fühlt Emily sich vernachlässigt und Simon hat Max` Tod nicht verarbeitet. Ich arbeite zu viel und habe nicht genug Zeit für die beiden."

„Das glaube ich nicht. Die beiden lieben dich. Sehr!"

Tom nahm ihr Gesicht in beide Hände. Ihre Augen füllten sich mit Tränen.

„Was für ein Schlamassel! Das Ganze ist ein einziger Alptraum."

„Bea, wir schaffen das! Du wirst sehen, in ein paar Tagen sieht die Welt schon ganz anders aus."

Beas Augen verdunkelten sich. „Wir. Wir??" Sie funkelte ihn an. „Welches *Wir,* meinst du, Tom? Du bist ohnehin nie da, wenn etwas passiert. Du bist unterwegs bei Kundenterminen, kümmerst dich um Wasserschäden oder brauchst Freiraum und logierst in deiner Wohnung. Wie genau werden wir das denn schaffen? Ich bin sowieso die meiste Zeit allein mit den beiden."

Tom ließ die Hände sinken. Seine Wangen färbten sich rot. Seine Augen wirkten leer.

„Ich versuche, dich so gut ich kann zu unterstützen", erwiderte er leise. „Ich wusste nicht, dass du so über mich denkst."

„Es ist einfach so, dass du immer unterwegs bist, wenn ich dich brauche. Ich wünsche mir, dass du mehr für mich und die Kinder da bist. Und das bist du im Moment nicht."

Seine Augen wurden zu schmalen Schlitzen.

„Ich denke, dem ist nichts hinzuzufügen".

Er drehte auf dem Absatz um und ließ Bea stehen.

„Tom!", rief sie. „Tom, warte doch! So habe ich es nicht gemeint."

Tom ignorierte ihre Rufe und steuerte auf die Haltestelle zu, in die gerade ein Bus einfuhr. Während er sich in das Fahrzeug schwang, läutete Beas Mobiltelefon.

„Verdammt", murmelte sie. Bernd Wranek. Eindeutig nicht die Person, mit der sie jetzt sprechen wollte.

„Bea Klein."

„Bea. Schön, dass ich Sie erreiche. Ich habe Sie heute bei der Redaktionssitzung vermisst."

Bea räusperte sich. „Herr Wranek. Das tut mir wirklich leid. Es gab einen Notfall in meiner Familie."

Bernd lachte freudlos. „Ein Notfall? Bei Ihnen gibt es ständig irgendwelche Notfälle, Bea. Vor zwei Wochen hatte Ihr Sohn Scharlach, davor Ihre Mutter einen Kreuzbandriss und von den Fehlzeiten nach dem Tod Ihres Mannes will ich gar nicht erst anfangen."

Haben Sie gerade, dachte Bea und schluckte eine wütende Erwiderung hinunter.

„Es ist so", begann Bernd und klang wie Beas früherer Mathematikprofessor am Gymnasium. „Sie arbeiten für mich. Sie und ich, wir haben einen Vertrag, der regelt, wie viele Stunden pro Woche und wann Sie Ihren beruflichen Verpflichtungen nachkommen. Soweit ich mich entsinne, überweist Ihnen unsere Buchhaltung pünktlich am ersten eines jeden

Monats ein nicht unbeträchtliches Gehalt auf Ihr Konto. Richtig?"

Das „unbeträchtlich" ließ sie unkommentiert.

„Ja", erwiderte sie leise.

„Na bitte. Dann verstehe ich nicht, wieso Sie diesen Vertrag nicht einhalten! Wollen Sie sich beruflich verändern?"

„Nein. Wieso denken Sie ...?"

„Lassen Sie es mich so ausdrücken, Bea: Wenn sie morgen nicht pünktlich zur Redaktionssitzung erscheinen und auch an den folgenden Tagen, dann werden Ihre Dienste nicht länger benötigt", antwortete Bernd eine Oktave höher. „Haben Sie mich verstanden?"

„Klar und deutlich", entgegnete Bea. „Allerdings wäre ich Ihnen sehr dankbar, wenn Sie mir ein paar Tage Urlaub genehmigen könnten, damit ich meine Privatangelegenheiten regeln kann."

Bernd schnaufte in den Telefonhörer. „Was ist mit meiner Geschichte?"

„Es geht voran", erwiderte sie vage.

„Will heißen?"

„Mit etwas Glück kann ich Ihnen den Artikel samt Interview bis Mitte nächster Woche liefern."

Er lachte. „Glück wird überbewertet. Ich halte mehr von harter Arbeit." Er hüstelte. „Bis Mittwoch will ich die Story auf meinem Schreibtisch. Sonst übernimmt jemand Anderes diesen Fall."

Bea atmete geräuschvoll aus. „Ich tue mein Bestes."

„Dann hoffen wir, dass das reicht." Bernd keuchte. „Ich erwarte Sie am Mittwoch in der Redaktion. Mit dem Artikel. Sehen Sie zu, dass Sie bis dahin alle Ihre privaten Probleme klären."

„Ja, Bernd". Beas Stimme klang wie die eines Schulmädchens.

„Und sorgen Sie dafür, dass dies der letzte Notfall war."

Ehe sie antworten konnte, hatte Bernd Wranek aufgelegt.

31. März 2018

Paul lehnte an der Haustür und wedelte mit einer Papiertüte Croissants, die er bei der Bäckerei an der Ecke besorgt hatte.

„Ist Tom da?"

Bea schüttelte den Kopf. „Wir hatten Streit. Ich kann ihn seit gestern nicht erreichen."

„Gut". Paul streifte die Schuhe ab und trat ein. Bea wusste, dass er und Tom nicht die besten Freunde waren. Tom war eifersüchtig auf den gutaussehenden Freund der Familie und Paul konnte die ewigen Sticheleien ihres Lebensgefährten nicht ausstehen.

„Er kriegt sich wieder ein", bemerkte Paul und folgte dem Duft von frischem Kaffee in die Küche.

„Schwarz?"

Paul nickte und ließ sich auf einen Küchenstuhl fallen. Während Bea Marillenmarmelade, Butter und Honig auf den Tisch stellte, nahm Paul einen Schluck von seinem Kaffee.

„Holla! Du machst definitiv keine halben Sachen".

Bea lachte. „Zu stark für dich?"

Paul grinste. „Bestimmt nicht. Höchstens für meinen Magen."

„Na dann!" Sie füllte sich selbst eine Tasse und setzte sich zu ihm an den Tisch.

„Wie geht es Emily?"

„Ich bin nicht sicher", gab Bea zu. „Sie gibt sich stärker, als sie ist und über das Geschehene spricht sie nicht".

„Hmmm." Paul zog die Augenbrauen zusammen, wie immer, wenn er nachdachte.

„Was ist?"

„Ich weiß auch nicht. Das alles. Es passt einfach nicht zu Emily. Ganz und gar nicht."

„Wie meinst du das?" Bea fixierte ihn interessiert.

„Emily war immer ausgeglichen, glücklich, beliebt. Ich kann mir nicht vorstellen, warum sie so etwas getan hat", erwiderte Paul, während er in sein Croissant biss. „Sie ist die Beste in ihrer Klasse, hat neben Penny ein Dutzend Freunde und sie liebt euch, dich und Simon. Das ergibt keinen Sinn."

Bea nickte. Dasselbe hatte sie selbst gedacht. Irgendetwas musste sie übersehen. Sie wusste nur nicht, was es war.

„Gibt es Neuigkeiten von Lena Müller?"

Pauls Nasenlöcher zuckten. Ein untrügliches Zeichen, dass sie einen Nerv getroffen hatte.

„Du weißt, dass ich dir keine Details der Obduktion mitteilen kann", erwiderte er.

„Ich weiß." Bea trank ihren Kaffee aus. „Ich habe mit Frau Dr. Starnberg gesprochen. Und mit Eva Müller".

„Bea ..."

„Die beiden waren auch der Ansicht, dass die Parallelen zwischen dem Tod von Lena und Emilys Selbst-

mordversuch unübersehbar sind", warf sie ein und ignorierte Pauls Zögern.

„Was Konkretes?"

„Zwei Mädchen. Dasselbe Alter. Gleiche Schule. Beide völlig unauffällig."

„Das kann Zufall sein", entgegnete Paul.

Bea hasste es, wenn er wie der Leiter der Mordkommission klang.

„Das könnte es."

„Du glaubst nicht daran."

Bea schüttelte den Kopf. „Beide nehmen nur kurze Zeit nacheinander Diazepam, Morphin und Alkohol. Woher haben die beiden diese Medikamente bekommen?"

Paul zuckte die Achseln. „Von Eva Müller?"

„Nein. Eva hat keine verschreibungspflichtigen Medikamente im Haus. Sie benutzt nur pflanzliche Arzneien."

„Das sagt sie."

„Sag mal, auf wessen Seite stehst du eigentlich?" Bea funkelte ihn zornig an.

„Es geht hier um keine Seite, Bea. Es geht darum, herauszufinden, was passiert ist."

„Da sind wir uns wenigstens einig."

Paul seufzte. Wieso war diese Frau nur so stur?

„Paul, du hast Eva kennengelernt. Sie ist ... wie soll ich es nennen ... der alternative Typ."

Paul lachte.

„Du weißt schon, die Art Mensch, der man eher eine Marihuana-Plantage im Kräutergarten zutraut als

auch nur ein Produkt der Pharmaindustrie in ihrem Haushalt."

Paul runzelte die Stirn. „Du hast Recht. Die ganze Sache stinkt zum Himmel."

„Ermittelt die Polizei in diesem Fall?"

„Das weißt du doch! Wir prüfen die Umstände der Tat, sprechen mit Freunden von Lena und Eva Müller. Bisher ohne Ergebnis."

Bea kaute auf ihren Fingernägeln herum, bis ihr Paul einen spielerischen Klaps auf die Hand verpasste.

„Ich werde auch mit Emily sprechen müssen."

Beas Augen schossen zu ihrem Gegenüber.

„Du weißt, dass ich das tun muss."

Sie nickte. „Ich weiß." Sie verstaute Teller und Tassen im Geschirrspüler. „Ich muss los, Paul", erklärte sie überstürzt. „Danke für die Croissants".

„Das war dann wohl mein Stichwort", erwiderte er und erhob sich ebenfalls. „Sag mir Bescheid, wenn du etwas herausfindest."

Bea winkte zum Abschied und schwang sich in ihr Auto. Sie hatte eine recht genaue Vorstellung, wohin sie als Nächstes wollte.

Als Bea mit ihrem Toyota auf den Schulhof einbog, läutete es zur großen Pause. Aus dem Schulgebäude strömten Kinder und Teenager mit Jausenbroten und Getränkeflaschen in den Hof. Sie lachten, rannten und schrien. Bea fragte sich, ob Lehrer allesamt unter Tinnitus oder Schwerhörigkeit litten. Sie war überzeugt, dass sie den permanenten Lärmpegel einer

Schulklasse keine Stunde ertragen könnte, von einem ganzen Tag, einer Woche oder einem Jahr ganz zu schweigen. Sie schlenderte über den Hof, sich dessen bewusst, dass sie auffiel wie ein bunter Hund unter all den jugendlichen rotbackigen Gesichtern, die vom Laufen oder Kreischen erhitzt waren. Etwas abseits, auf einem kleinen mit Rosen bepflanzten Hügel stand eine Gruppe Mädchen. Sie erkannte eine schlanke Gestalt mit glattem, rotbraunem Haar, das zu einem straffen Pferdeschwanz zusammengebunden war. Sie trug eine Jeans und eine dunkelblaue Jacke mit Kunstfell. Ihre hellgrünen Augen blickten sie verwirrt an, als sie Bea entdeckte.

„Bea! Was machst du denn hier?"

„Ich muss mit dir sprechen, Penny." Sie schob sich an den anderen Mädchen vorbei. „Unter vier Augen."

„Klar". Penny entfernte sich mit Bea von der Gruppe.

„Ist Emily krank? Sie ist ein paar Tage nicht in die Schule gekommen. Und sie antwortet nicht auf meine SMS."

Bea zögerte. Wie viel sollte sie ihr erzählen?

„Es geht Emily nicht gut. Deshalb wollte ich mit dir reden. Ist dir in letzter Zeit etwas aufgefallen?"

Penny schüttelte den Kopf und beäugte Bea misstrauisch. „Nicht wirklich. Was hat Emily denn?"

Bea wägte die Antwort vorsichtig ab. „Sie scheint sehr traurig zu sein. Unglücklich. Weißt du etwas darüber?"

Penny überlegte einen Moment. „Ich glaube nicht. Was meinst du mit unglücklich?"

„Ist sie verliebt? In jemanden, der ihre Gefühle nicht erwidert?"

Pennys Gesichtsausdruck veränderte sich. Sie starrte an ihr vorbei in die Ferne, als läge die Antwort irgendwo da hinten. „Was ist mit Em passiert?", flüsterte sie.

Bea zerdrückte eine Rosenblüte, die vom Strauch auf den Kiesweg gefallen war, mit den Füßen. „Sie hat ...", begann sie.

„Du machst mir Angst", entgegnete Penny, als sie abbrach.

„Sie hat versucht, sich das Leben zu nehmen."

Pennys Augen weiteten sich und füllten sich zeitgleich mit Tränen. „Oh, mein Gott! Nein! Nein, nein, nein!" Ihre Unterlippe zitterte.

Bea drückte ihre Schulter.

„Genau wie ...", Penny ließ den Satz unvollendet.

„... wie Lena Müller", beendete Bea ihn für sie.

„Woher weißt du davon?" Penny schien überrascht.

„Das ist eine lange Geschichte. Gibt es Gemeinsamkeiten zwischen Lena und Emily? Hat Emily Probleme?"

Penny schüttelte den Kopf. „Ich weiß nicht. Die beiden kannten sich nur flüchtig."

„In Ordnung, Penny. Das ist sehr wichtig. War Emily verliebt? Gibt es jemanden, für den sie schwärmte?"

Erneut starrte sie an Bea vorbei. Bea folgte ihrem Blick. „Es gibt jemanden, aber ...“

„Aber was?“

„Emily ist bestimmt nicht verliebt, vielleicht eine kleine Schwärmerei.“

Bea nickte. „Wer?“

Penny deutete auf eine Gestalt, die rund dreihundert Meter entfernt an einer Mauer des Schulhofs lehnte und ihr Handy studierte.

Beas Beine fühlten sich wie Gummi an. „Dieser Mann?“

Penny nickte langsam.

„Wer ist das?“

Das Läuten der Schulglocke durchbrach Pennys Worte. Bea meinte, einen Teil verstanden haben. „Englischlehrer.“

„Penny, euer Englischlehrer? Wie heißt er?“

Das Mädchen trabte über den Kiesweg den Hügel hinunter, ohne ein weiteres Mal zurückzublicken, auf den Schulhof, von dem die Schüler wie eine Herde Schafe zurück ins Gebäude strömten. Sie hatte bereits zuviel gesagt.

Nach zwei weiteren Rendezvous mit BusyBee hatte er die Schnauze voll. Hätte er nicht schon so viel Zeit und Energie in sein Projekt gesteckt, er hätte sie längst fallen gelassen. Es gab andere Frauen, die seine Fähigkeiten zu schätzen wussten. Eine davon traf er parallel zu BusyBee. Sie hieß Eva, war groß, schlank und auf eine unkonventionelle Weise attraktiv. Eva war wesentlich unkomplizierter als BusyBee. Entweder das oder sie war sexuell gänzlich ausgehungert. Ihr erstes Date hatte sie geradewegs in Evas Schlafzimmer geführt. Wie sich herausstellte, war sie mehr als offen für sämtliche sexuelle Spielereien, die ihm vorschwebten. Zu offen, stellte er fest. Der Reiz des Verführens, des Überredens, des Feststellens leiser Fortschritte fehlte. Und damit ein großer Teil seines persönlichen Vergnügens. Er liebte es, Frauen Schritt für Schritt für sich zu gewinnen, ihnen seine Vorlieben schmackhaft zu machen, sie zu unterwerfen, bis sie um mehr flehten. Bei Eva gab es keine Entwicklung, keine Vorfreude auf das nächste Mal, die Sehnsucht darauf, einen Schritt weiter zu gehen. Was immer er versuchte, sie ließ es geschehen, keineswegs passiv untergeben, sondern lüstern und dankbar für jeden noch so abwegigen sexuellen Appetizer. Ein Manko, das ihn unbefriedigt ließ. Dafür hatte sie einen Vorzug, den er nicht außer acht lassen konnte: Eine bild-

hübsche, fast elfjährige Tochter mit rosigen Wangen und Augen, die an einen Labradorwelpen erinnerten. Langes, lockiges Haar, das auf ihren Schultern tanzte und in der Sonne leuchtete wie Kupfer und Sommersprossen, die ihre Nase und Wangen sprenkelten. Er konnte es kaum erwarten, das Mädchen kennenzulernen, es zu berühren, mit ihm zu spielen. Er würde es auf ein Eis einladen oder zu einem Bauernhof mitnehmen. Es liebte Katzenbabys und er kannte annähernd jeden Hof zwischen Salzburg und Linz. Es wäre ein Leichtes, sie unter diesem Vorwand auf einen verwaisten Hof zu locken. Bei der Vorstellung spürte er ein sehnsüchtiges Ziehen in der Lendengegend.

BusyBee entpuppte sich als genaues Gegenteil von Eva. Sie ließ sich bitten, zierte sich und fand bei jedem Treffen eine Ausrede, die eine Verlängerung des Abends zielsicher verhinderte. Er überlegte, auf sie und ihre Tochter zu verzichten, und sich verstärkt auf Eva zu konzentrieren. Außerdem gab es weitere Bekanntschaften, die nur darauf warteten, sich ihm hinzugeben. Er brauchte sie nicht. Als hätte sie seine gedankliche Drohung gespürt, bat sie ihn bei ihrem vierten Treffen mit ins Haus. Sie tranken Espresso, danach köpften sie eine Flasche Zweigelt und leerten sie in einer dreiviertel Stunde. Leicht besäuselt landeten sie in ihrem Bett, dort, wo er sie haben wollte, exakt ein Stockwerk über dem Zimmer ihrer Tochter. Sie fühlte sich gut an, weich, warm, anschmiegsam. Sie stellte sich nicht ungeschickt an, ein wenig phan-

tasielos vielleicht, definitiv ausbaufähig. Er würde sie auf Touren bringen, sie lehren, Sex zu genießen, ihre Lust zu entdecken und zu entfalten. Mehr zu wollen. Viel mehr. Er hatte diese Wirkung auf Frauen. Nicht auf alle. Nicht sofort. Aber letztendlich bettelten sie darum, von ihm gefickt zu werden. Konnten es kaum erwarten, bis er sie das nächste Mal nahm, wollten gleich danach ein zweites Mal. Sie würde keine Ausnahme sein, dachte er, während er von hinten in sie eindrang. Während sie leise stöhnte und sich unter ihm wand, dachte er an ihre Tochter, spürte deren Haut unter seinen Fingern, fühlte ihr seidiges Haar und konnte den Geruch ihres Nackens wahrnehmen. Das Bild des Mädchens vor Augen bäumte er sich auf, stieß ein letztes Mal in sie hinein und kam. Besser denn seit Langem. Er war zufrieden mit sich. Der Weg war geebnet. Jetzt hieß es abwarten, bis die passende Gelegenheit kam, der richtige Zeitpunkt. Und der würde kommen. Dessen war er sicher.

31. März 2018

Der März war ungewöhnlich warm. Die Temperaturen
kletterten auf knapp zwanzig Grad und ließen die
Schneeglöckchen und Krokusse sprießen. Bea hockte
auf der Steinstufe, die zu ihrer Terrasse führte und
genoss den Garten. Das Gras leuchtete in sattem
Grün, die Schlüsselblumen reckten ihre Köpfe aus der
Erde, als wollten sie das neu erwachte Leben bewundern, und selbst die Narzissen ließen sich heuer nicht
bitten. Sie atmete die würzige Luft ein und genoss die
Ruhe. Nur das Zwitschern der Amseln unterbrach die
Stille in regelmäßigen Abständen. Sie schloss die
Augen und spürte die Wärme der Sonne auf ihrem
Gesicht. Wann hatte sie das letzte Mal einen Moment
für sich gehabt? Sie konnte sich nicht erinnern. Wie
gern hätte sie diesen Augenblick mit Tom geteilt. Sie
stellte sich vor, wie sie gemeinsam auf den Steinstufen
saßen. Tom hatte den Arm um sie gelegt und strich ihr
eine Haarsträhne aus dem Gesicht. Er würde ihren
Nacken streicheln und ihren Hals mit seinem krat-
zigen Dreitagebart kitzeln, während er wiederholt die
Kuhle unter ihrem Kinn küsste. Er wusste, dass sie
diesen Berührungen nicht widerstehen konnte. Sie
vermisste Tom. Sie hatte gehofft, er würde sie nach
ihrem Streit anrufen, ihr sagen, dass alles in Ordnung
war, dass er verstand, unter welchem Druck sie stand
und, dass er wusste, dass sie es nicht so gemeint

hatte. Obwohl das nicht ganz stimmte. Sie war der Meinung, dass Tom sich mehr einbringen und sie unterstützen könnte. Sie wünschte sich einen Partner, der Emily zum Tanzunterricht fuhr oder Simon zum Zahnarzt begleitete, wenn sie beruflich eingespannt war. Sie sehnte sich nach einem Mann, der mit ihr und den Kindern im Haus lebte, der ein kaputtes Scharnier austauschte, den Rasen mähte oder die Wände strich. Sie wollte einen Mann, der im Blaumann im Garten Unkraut jätete und ein Kräuterbeet für sie baute. Kurzum: Sie wünschte sich jemanden, der für sie da war, der sich um sie kümmerte und sie unterstützte und den sie ihrerseits umsorgen konnte. Sie seufzte. All das war Tom nicht. Dafür liebte sie es, sich stundenlang mit ihm über alle möglichen Themen zu unterhalten. Ihn faszinierte die Philosophie, alte Geschichte, griechische Mythologie und sie genoss es, ihm zu lauschen, wenn er von Zeus und seinen Nachkommen erzählte, vom Hades und vom Höllenhund Cerberus. Sein Wissen schien unerschöpflich. Er hatte so viele Orte dieser Welt erkundet: Plätze, die sie selbst nie sehen würde oder höchstens einige wenige. Umso mehr gefiel es ihr, sich in andere Länder oder Städte zu träumen, sich auszumalen, wie ihr Leben aussehen könnte, wenn sie einen anderen Weg eingeschlagen hätte. Dann aber, so war ihr schmerzlich bewusst, hätte sie Emily und Simon nicht bekommen, die beiden wertvollsten Menschen in ihrem Leben. Egal, was sie versäumt haben oder nicht erlebt haben mochte, nichts wog das Glück auf, das sie empfand,

wenn sie ihre beiden Kinder ansah. Sie waren ihre beiden Meisterstücke. Sie waren alles, was zählte. Umso mehr besorgte sie die Tatsache, dass die beiden im Augenblick eine schwere Zeit durchmachten. Simon war von jeher empfindsamer als seine Schwester, hatte schon als Kleinkind unter Ein- und Durchschlafschwierigkeiten gelitten und war fast jede Nacht zu ihr ins Bett geschlüpft, weil ihn irgendein Monster in seinen Träumen jagte. Nach Max' Tod hatten sich seine nächtlichen Ängste vorübergehend verschlimmert, eine Tatsache, die Bea nicht weiter beunruhigte, da sie wusste, wie sehr Simon an seinem Vater gehangen hatte. Die Psychologin des Kriseninterventionsteams, die sie nach Max Tod betreut hatte, hatte ihr versichert, dass diese Unregelmäßigkeiten vollkommen normal waren und sich bald von selbst geben würden. Sie hatte Recht. Rund zwei Monate nach Max' Tod erholte sich Simon und schlief erstmals die ganze Nacht alleine in seinem Zimmer. Zwar bestand er darauf, dass Bea ein Nachtlicht für ihn aufdrehte und die Zimmertür einen Spalt offenließ, aber von da an gab es keine durchwachten Nächte, kein Aufschreien aus Albträumen und keine zappelnden Kinderfüße, die ihr in den Bauch traten und sie unsanft weckten. Bis jetzt.

Und dann war da Emily, ihre lebendige Tochter, die mit ihrer Ausstrahlung alle in den Bann zog, die vor Leben sprühte und - wie Bea jetzt begriff – nicht leben wollte. Eine Tatsache, die Bea nicht verstand. Sie erinnerte sich an einen Vorfall vor zwei Jahren, als Emily

einen streunenden Jack-Russel-Terrier angeschleppt hatte. Bea hatte den Kopf geschüttelt und ihrer Tochter erklärt, dass sie den Hund unter gar keinen Umständen behalten könnten. Emily hatte ihre Bedenken in einer flammenden Rede weggefegt und versprochen, sich um das Tier zu kümmern, mit ihm Gassi zu gehen, ihn zu füttern und zu pflegen. Sie wollte sogar ihr Sparschwein plündern, um den Besuch beim Tierarzt zu finanzieren. Schließlich hatte Bea eingewilligt, dass der Kleine bleiben dürfe, bis sein Besitzer gefunden war. Emily war sicher, dass das nicht passierte, und umarmte ihre Mutter stürmisch.

„Weißt du, Mama", hatte sie gesagt, „jedes Lebewesen hat das Recht zu leben. Manchmal ist es eben gerade schwierig, aber jedes Leben ist einzigartig und kostbar."

Bea lächelte angesichts der kämpferischen Natur und der weisen Worte ihrer damals 11-jährigen Tochter. Der Jack-Russel-Terrier hatte natürlich einen Besitzer, der seinen Hund mittels Chip wiederfand und bei ihnen abholte.

Was hatte Emily erlebt, dass sie dazu bewegen könnte, sich umzubringen? Wieso hatte Bea nichts davon bemerkt? Was war passiert?

Bea grub ihre Zehen in den kühlen Boden und atmete den Geruch von frisch gemähtem Gras und Erde ein. Wenn sie für sich war und ihre Sinne die Natur aufsaugten, glaubte sie, Max zu spüren. Sie sehnte sich nach seinen Augen, die immerzu gelacht

hatten, nach seinen großen Händen und seiner Art, stets die Lösung statt des Problems zu sehen.

„Was soll ich nur tun?", murmelte sie, als erwartete sie eine Antwort von ihrem verstorbenen Mann. Ein Windstoß fegte den Becher um, den sie neben sich auf der Stufe abgestellt hatte. Mit einem Mal fröstelte sie. Sie stand auf und kehrte ins Haus zurück. Ziellos irrte sie durch die Räume, füllte ihren Becher erneut mit Wasser, als sie in die Küche kam, goss ihre Orchideen, die im Wohnzimmer am Fensterbrett blühten. Ohne dass sie es bemerkt hatte, fand sie sich in Emilys Zimmer wieder. Ihr Boxspringbett war ungemacht. Kopfhörer und Fernbedienung des TV-Geräts lagen auf ihrem Kopfpolster, den das Konterfei von Pink zierte, die Lieblingssängerin ihrer Tochter. Auf dem Schreibtisch türmten sich Schulhefte und Bücher sowie Buntstifte und Collegeblöcke. Die Kommode, die direkt unter dem Fenster stand und mit einem herzförmigen Spiegel verbunden war, war mit Cremetiegel, Tuben voll Lotionen und Lipgloss übersät. Bea fuhr mit dem Finger über die Oberfläche des Tisches und verzog den Mund, als sie den Grauschleier bemerkte. Am Boden lagen in kleinen Haufen Kleidungsstücke: dunkle Sachen in der Ecke hinter der Tür, bunte Klamotten neben dem Schreibtisch und ein paar weiße T-Shirts unmittelbar vor ihrem Bett. Es sah fast aus, als hätte Emily begonnen, ihre Wäsche zu sortieren, es dann aber nicht geschafft, sie im Schmutzwäschebehälter im Badezimmer zu verstauen. Bea bückte sich, um einen der Wäscheberge hochzuheben, als ihr Blick auf

etwas fiel, das unter dem Bett hervorlugte. Es war ein blaues Büchlein, das von einem Gummiband der gleichen Farbe zusammengehalten wurde. Bea legte die Wäsche auf dem Bett ab und fischte das Buch vom Boden. Sie schob das Band über den Einband und öffnete die erste Seite. Dort prangte ein selbst gezeichnetes Herz, das von einem Pfeil durchbohrt war. Am einen Endes stand ein großes „E", am anderen Ende ein „J". Bea blätterte weiter und bemerkte, dass es sich um eine Art Tagebuch handelte. Der erste Eintrag war auf den 12. Jänner 2017 datiert.

Ich kann nur noch an ihn denken. Was mich so zu ihm hinzieht, weiß ich nicht. Seine warmen braunen Augen? Oder seine tiefe, volle Stimme? Ich weiß nur, dass mein Herz hüpft, wenn ich ihn sehe. Ich versuche, sooft es geht, in seiner Nähe zu sein, aber das ist gar nicht so einfach. Ich glaube, dass er mich auch mag. Ich bin mir sogar sicher. Es ist halt schwierig, weil wir es nicht dürfen.

Beas Daumen pflügte über die weiteren Seiten von Emilys Tagebuch, obwohl sie wusste, dass sie einen massiven Vertrauensbruch beging. Ihre Tochter hasste jede Missachtung ihrer Privatsphäre. Sie selbst konnte es nicht ausstehen, wenn andere Menschen ihre Briefe öffneten oder auch nur Notizen lasen, die an sie adressiert waren. Rechtfertigte die Situation, dass sie diese

Grenze überschritt? Durfte sie aus Sorge um ihre Tochter deren private Aufzeichnungen lesen? Musste sie es sogar, um ihr helfen zu können? Bea kaute unschlüssig auf ihrer Unterlippe herum. Ihr Blick fiel auf die Seite, die sie zufällig aufgeschlagen hatte.

Es ist widerlich, ihn dort unten zu berühren. Er nimmt meine Hand und führt sie an die Stelle, wo es sich – wie er sagt – am besten anfühlt. Sein Schwanz wird dann in Sekundenschnelle hart. Ich mache nichts. Er nimmt meine Finger, damit sie sein Ding umschließen und sie daran auf und abfahren. Rauf und runter. Auf und Ab. Immer wieder. Ich habe mir angewöhnt, während dieser Zeit – wie soll ich es nennen? – wegzugehen. Ich tauche aus meinem Körper und schwebe. Über mir irgendwie. Ich schwebe am Plafond und sehe mein Zimmer aus der Vogelperspektive. Mein Bett, die Kommode, meinen Schreibtisch. Die Schminksachen vor dem Spiegelschrank sehen von dort winzig aus, wie Spielzeuglippenstift für Puppen. Manchmal sehe ich Kinder draußen vor dem Fenster. Sie tragen schwere Schultaschen und sausen vor unserer Gartenhecke von der Bushaltestelle nach Hause. Oder Frau Schreibers Dackel Benno, der bellend einer Katze

nachjagt. Als hätte er mit den wurstförmigen kurzen Bein-
chen die geringste Chance! Meistens geht es recht schnell.
Dann stöhnt er leise und wischt sein Zeug mit einigen
Papiertaschentüchern sauber. Ich wasche mir im Bad dann
minutenlang die Hände, putze mir die Zähne und dusche.
Bis ich sauber bin. Ich fühle mich trotzdem dreckig. Innen
und außen.

Beas Knie zitterten. Sie sank auf den Parkettboden
und weinte. Was zum Teufel? Ihr Herz pochte hart
gegen ihre Brust. Sie spürte den Puls in ihrem Hals
schlagen wie eine Buschtrommel. Sie schluckte. Was
hatte Emily da aufgeschrieben? Wer machte das mit
ihr? Was hatte sie da gelesen? War das eine Geschichte? Bea wusste, dass ihre Tochter gerne schrieb. Sie
hatte schon an dem einen oder anderen Schreibwett-
bewerb für junge Autoren teilgenommen. Einmal hatte
sie einen Preis für eine Kurzgeschichte erhalten, die
von einer Heldin mit Superkräften handelte. In Emilys
Geschichte konnte die Hauptfigur die Gedanken ihrer
Mitmenschen lesen und sie so dazu bewegen, ihrem
Willen zu folgen. Aber so etwas? Das war echt. Oder?
Bea klappte das Büchlein zu und verschloss es mit
dem Gummiband. Sie ließ es fallen, als hätte sie sich
daran verbrannt. Die Gedanken wirbelten durch ihren
Kopf, wie Laub in einem Herbststurm. Sie versuchte,
einen von ihnen zu fassen, Ordnung in das Chaos zu

bringen, aber es gelang ihr nicht. Sie presste die Hände links und rechts gegen ihre Schläfen, als könnte sie dem Durcheinander auf diese Weise Einhalt gebieten. Es gelang ihr nicht. Ein Gedanke tauchte vor ihrem inneren Auge auf, groß wie die Leuchtreklame eines Nachtclubs: Wenn das keine Geschichte ist, von wem ist dann hier die Rede?

1. April 2018

Bea entschied, morgen zur Schule zu fahren, um mit Penny und Emilys Englischlehrer zu sprechen. Sie wusste nicht, ob und was er mit dieser Sache zu tun hatte, aber allein Pennys Verhalten ließ darauf schließen, dass er irgendeine Verbindung zu ihrer Tochter hatte, die über jene eines Lehrers hinausging. Sie würde herausfinden, welcher Art diese war. Sie war vor Erschöpfung auf der Couch eingeschlafen. Die Sorge um Emily forderte ihren Tribut. Dunkle Ringe zeichneten sich unter ihren Augen ab und ihre Haut schimmerte fahl. Der Spiegel zeigte eine Frau, die sie kannte, die aber seltsam fremd wirkte, wie die Karikatur der Person, die sie einst gewesen war. Sie spritzte sich kaltes Wasser ins Gesicht und kämmte ihre Haare, die sich widerspenstig über ihren Ohren kräuselten. Sie seufzte.

Als sich die Haustür öffnete, rief Bea bemüht fröhlich: „Ihr kommt gerade rechtzeitig! Das Abendessen ist gleich fertig." Ihre Mutter Erika war mit Simon in den Zoo gefahren. Ihr Sohn brauchte derzeit dringend Ablenkung und war hellauf begeistert, als seine Oma angeboten hatte, mit ihm den Tiergarten zu besuchen. Als eine Antwort ausblieb, wischte Bea ihre Hände an einem Geschirrtuch ab und eilte in das Vorzimmer. Statt Erika und Simon erblickte sie Tom, der seine

Aktentasche neben der Garderobe abstellte und seine Lederjacke an einen Metallhaken hängte. Ihr Lächeln gefror.

„Tom?"

Er kam langsam auf sie zu und küsste sie zaghaft auf die Wange. „Hallo Bea!"

„Ich wusste nicht, dass du ..." Bea atmete tief ein.

„Ich hätte anrufen sollen", erwiderte Tom. „Ich wollte einfach mit dir sprechen."

Bea schwieg.

„Ich hasse es, mit dir zu streiten."

In seinen Augen lag Unsicherheit und die leise Hoffnung, dass sie ihm vergeben würde.

„Hast du Hunger?", fragte sie, ohne auf seine Bemerkung einzugehen.

Tom lächelte und folgte ihr in die Küche. „Ein wenig."

Während Tom eine Flasche Weißburgunder aus dem Kühlschrank holte und entkorkte, deckte Bea für eine weitere Person auf.

Sie stellte vier Teller auf die Anrichte und rührte die Sauce carbonara um. Dann füllte sie einen großen Topf mit Wasser und holte eine Packung Spaghetti aus der Abstellkammer. Sie stellte eine große weiß-blaue Keramikschüssel mit Salat in die Mitte des Tisches, damit sich jeder selbst bedienen konnte.

„Hör zu, Bea, es tut mir wirklich leid", begann Tom und berührte zaghaft ihre Schulter. Er fühlte, wie sie sich verspannte. „Ich hätte nicht einfach davonlaufen sollen."

Sie antwortete nicht, aber ihre Zähne knirschten, ein sicheres Zeichen, dass sie sich mühsam eine Erwiderung verbiss.

„Ich war überfordert", gab er zu. „Die Sache mit Emily. Der Wasserrohrbruch in meiner Wohnung. Der Großkunde, den ich beinahe verloren hätte ..."

Bea salzte das mittlerweile kochende Wasser und leerte die Spaghetti hinein.

„Kannst du vielleicht auch etwas sagen?" Tom trat neben sie und blickte sie an.

Bea seufzte. „Das könnte ich, nehme ich an." Sie sah ihm jetzt direkt in die Augen.

„Die Frage ist: Wird das irgendetwas ändern?"

Er runzelte die Stirn. „Wie meinst du das?"

„Tom. Wir sind jetzt wie lange ein Paar? Mehr als zwei Jahre?" Sie hängte das Geschirrtuch an einen Haken und stellte Salz und Pfeffer zurück ins Gewürzregal. „In all der Zeit hatte ich immer das Gefühl, dass du ein Gast in unserem Leben bist. Jemand, der kommt und geht, wie es ihm gefällt, der aber keine Verantwortung für uns übernehmen möchte. Weder emotional, noch finanziell noch sonst wie. Du willst ganz offenbar deine Freiheit behalten, deine eigene Wohnung, dein eigenes Leben. Ich frage mich, ob es eine gemeinsame Zukunft für uns gibt. Ein Paar sollte sein Leben zusammen gestalten, Ausgaben teilen, sich gemeinsam um die Kinder kümmern, Pläne schmieden. Wir sollten eine Wohnung teilen. Ich sollte dich bitten können, die Kinder zum Sport zu bringen oder vom Gitarrenunterricht abzuholen oder die Wände im

122

Schlafzimmer frisch zu streichen. Und wir sollten beide überlegen, welche Farbe uns gefallen würde."

Sie schluckte.

Toms Ohren glühten. Er schwieg, aber sein Adamsapfel hüpfte nervös auf und ab. Es kostete ihn sichtlich Mühe, seine Gefühle im Zaum zu halten.

Bea baute sich vor ihm auf und verschränkte die Arme vor der Brust. „Was ist das zwischen uns, Tom?"

Er schüttelte verständnislos den Kopf.

„Ist das deine Vorstellung einer Beziehung? Dass jeder sein Ding macht, und gelegentlich verbringt man einige Tage miteinander und hat Sex? Dass wir gelegentlich in Urlaub fahren, auf ein Eis in die Stadt radeln oder auf den Schafberg wandern?"

„Was erwartest du von mir?", fragte er lauter als beabsichtigt. „Dass ich dich heirate? Dass ich deine Kinder adoptiere? Herrgott nochmal, was willst du eigentlich?"

Beas linkes Auge zuckte, wie jedes Mal, wenn sie sich aufregte. „Das habe ich nie gesagt", entgegnete sie und ihre Stimme war kaum mehr als ein Flüstern.

„Was dann?", herrschte Tom sie an. „Willst du, dass ich hier einziehe? Ist es das? Willst du, dass ich mit dir einen auf „Heile-Familie" mache? Ist es das, was du willst?"

Sie schluchzte leise. „Ja. Ja, ich denke, ich hatte diese Idee, dass wir eine Familie sein könnten. Dass du gerne bei uns bist, bei uns lebst, ein Teil von uns bist. Ich dachte wirklich, du könntest ein Lebenspartner sein, der Mann, der mit uns sein Leben verbringt."

Sie griff nach einem Taschentuch, um sich die Tränen von den Wangen zu wischen. „Offenbar habe ich zuviel erwartet."

Tom stand ihr mit zusammengepressten Lippen gegenüber. Er wusste nicht, was er erwidern sollte. Sie erwartete von ihm, dass er die Stelle ihres verstorbenen Mannes einnahm, dass er ihre Kinder liebte, wie Max es getan hatte, dass er bei ihr einzog, um ein gemeinsames Zuhause zu schaffen. Er wusste nicht, ob er ihren Erwartungen entsprechen konnte. War er bereit, seine Wohnung in Linz aufzugeben und sich ganz auf Bea und ihre Familie einzulassen?

Bea starrte ihn wütend an. „Vergiss es einfach", fauchte sie und schob sich an ihm vorbei zum Herd.

„Bea, ich ...", begann Tom. Just in diesem Moment drehte sich der Schlüssel im Schloss und lautes Kindergeschrei drang ins Haus.

„Wir sind wieder da!", rief Erika.

Bea wischte sich die Tränen von den Wangen und lächelte, als Simon in die Küche stürmte.

„Na, mein Großer! Wie war es im Zoo?", fragte sie ihn, als er es sich auf einem Küchenstuhl bequem machte.

„Es war voll cool, Mama!", erklärte er mit leuchtenden Augen. „Wir haben die Löwen gesehen und die Tiger und das Affenhaus besucht. Die Kapuzineräffchen haben Nachwuchs bekommen. Die sind so süß! Und ein Nashornbaby gibt es auch. Es heißt Luna. Das nächste Mal musst du unbedingt mitkommen!"

Bea versprach, ihn bei seinem nächsten Ausflug in den Tiergarten zu begleiten. Erika begrüßte Tom, warf Bea einen fragenden Blick zu und setzte sich an den Tisch. Das Abendessen verlief - mit Ausnahme von Simons Tiergarten-Bericht – schweigsam. Tom stocherte lustlos in den Spaghetti herum und leerte zwei Gläser Weißwein in einem Zug. Erika war die angespannte Atmosphäre sichtlich unangenehm. Gleich nach dem Essen verabschiedete sie sich und machte sich unter dem Vorwand, die Katze füttern zu müssen, auf den Weg nach Hause. Bea wünschte, sie könnte ebenfalls verschwinden. Die Vorstellung, den Abend mit Tom zu verbringen, in sprachloser Einsamkeit, die tränenerstickten Worte im Hals und die Enttäuschung in jeder Faser ihres Herzens, ließ sie schaudern. Sie wollte ihm vergeben. Sie wollte es wirklich. Sie wünschte, sie könnte es. Aber Tom ließ keinen Zweifel daran, dass er nicht die Absicht hatte, etwas an ihrer Lebenssituation zu ändern. War es das, was sie sich unter einer Beziehung vorgestellt hatte? Einsame Abende, die Sorge um die Kinder, die sie alleine bewältigen musste, die Kreditraten für das Haus, die ihr Einkommen überstiegen und Monat für Monat zu einer kaum tragbaren Bürde wurden und das Wissen, dass sie für alles alleine verantwortlich war. Beinahe tat er ihr leid. Er wirkte wie ein frühzeitig ergrauter Teenager, den die Verbindlichkeiten des Lebens schier erdrückten. Schlagartig wurde ihr bewusst, wie wenig sie über den Mann, den sie seit mehr als zwei Jahren liebte, wusste. Sie kannte weder seine Familie, kaum

jemanden seiner Freunde, nicht einmal in seine Wohnung hatte er sie jemals eingeladen. Erst jetzt merkte sie, wie seltsam das war. Sie trafen sich stets in ihrem Haus. Sie hatte ihm nach wenigen Wochen völlig arglos einen Schlüssel überlassen und damit den Freibrief, zu kommen und zu gehen, wie es ihm gefiel. Ihr wäre nie in den Sinn gekommen, eine Gegenleistung zu verlangen. Warum eigentlich? Aus den Augenwinkeln nahm sie wahr, wie Tom die Treppe hinaufstieg und ins Bett ging. Hatte er etwas zu ihr gesagt? Sie war nicht sicher. Sie öffnete eine weitere Flasche Wein und goss sich die roséfarbene Flüssigkeit in ihr Glas. Dann schlich sie zur Couch, wo sie sich wie ein Embryo in die beigefarbene Decke einwickelte und den Fernseher einschaltete. Sie konnte jetzt nicht neben Tom liegen, noch weniger seinen Atem in ihrem Nacken oder seine Hände auf ihrer Haut spüren. Es war die erste Nacht, seit sie zusammen waren, in der sie nicht miteinander schliefen. Eigenartig, dachte Bea. Sie überlegte, ob Tom in den vergangenen zwei Jahren je bei ihr geschlafen hatte, ohne dass sie Sex hatten. Sie stellte verblüfft fest, dass es eine solche Nacht nie gegeben hatte, nicht einmal, als sie einmal eine Grippe erwischt und Fieber gehabt hatte. Sie dachte stets, dass er sie so begehrte, dass er nicht ohne sie sein konnte, dass er sie spüren musste, um sich geliebt zu fühlen. Bea schüttelte den Kopf, als sie ihren Irrtum realisierte. Wieso – wenn sie ihm denn so viel bedeutete – erschien es ihm unmöglich, sein Leben mit ihr zu teilen? War sie nicht mehr als unver-

bindlicher, stets verfügbarer Sex? Eine Affäre? Bea nahm einen großen Schluck Wein. Ihre Hände zitterten so, dass sie das Glas auf dem Beistelltisch abstellen musste. Das Piepen ihres Handys riss sie aus ihren Gedanken. Sie warf einen Blick auf die Uhr. 23:11. Wer schickte ihr um diese Zeit eine Nachricht? Sie öffnete die Mitteilung und überflog den Inhalt. Die SMS war von Eva Müller.

„Muss dich morgen dringend sprechen. Die Obduktionsergebnisse sind da. Bitte ruf mich an!"

Bea überlegte, ob sie Eva sofort zurückrufen sollte, entschied sich aber, bis zum nächsten Tag zu warten. Was immer Eva erfahren hatte, würde Zeit bis morgen haben. Sie hatte für heute genug Aufregung erlebt. Ein wenig Schlaf würde ihr guttun. Der Wein umnebelte ihre Sinne und machte sie schläfrig. Ihre Lider drückten bleiern auf ihre Augen und schlossen sich immer wieder von selbst. Bea ließ sich treiben. Der Schlaf lullte sie ein und trug sie in eine Zwischenwelt, in der wirre Gedanken schwebten und sie wie eine Unbeteiligte die Szenerie beobachtete. Sie sah Simon, der mit einem Baseballschläger durch das Haus geisterte, Emily, die mit blutüberströmten Armen in der Badewanne hockte und aus ihrem völlig aufgeweichten Tagebuch vorlas und Eva Müller, die sie vor irgendetwas warnen wollte. Bea schrie gegen ein stetig lauter werdendes Tosen an. Sie konnte Eva nicht verstehen, sah sie nur wild gestikulieren. Ein riesiger, dunkler

Schatten erfüllte den Raum mit eisiger Kälte. Beas Gesicht gefror. Der Schatten drehte sich zu ihr um und lachte. Eine groteske Fratze, die alle Wärme aufsog und eine tiefe Hoffnungslosigkeit hinterließ. Bea zitterte. Sie blinzelte. Die Decke war von der Couch gerutscht und lag auf dem Teppichboden. Ein kühler Windzug wirbelte den Vorhang im Wohnzimmer auf und kroch in den Raum. Bea fröstelte. Sie hatte vergessen, das gekippte Fenster zu schließen. Sie stand benommen auf und wankte auf den Luftstrom zu. Als sie den Hebel nach unten drückte, fiel ihr Blick auf eine Gestalt im Garten. Sie kniff die Augen zusammen, als wollte sie dieses Bild wie ihren Traum abschütteln. Doch die Gestalt verschwand nicht. Obwohl sie angestrengt ins Halbdunkel starrte, konnte sie nur verschwommene Konturen ausmachen. Die Gestalt war schlank, fast zierlich, trug eine dunkle Jacke und eine Kappe, ansonsten konnte sie keine Einzelheiten erkennen. Wer trieb sich da mitten in der Nacht auf dem Grundstück herum? Was sollte sie tun? In den Garten stürmen? Die Polizei rufen? Tom wecken? Sie atmete dreimal tief ein und aus, wie sie es in ihrem Yogakurs gelernt hatte. Tief in den Bauch hinein und langsam durch die Nase wieder aus. Als sie erneut in den Garten sah, war die Gestalt verschwunden. Bea scannte jeden Winkel des Grundstücks, das sie vom Wohnzimmerfenster aus fast zur Gänze sehen konnte. Nichts! Hatte sie sich das etwa eingebildet? Spielten ihre Nerven ihr einen Streich? Sie schüttelte den Kopf und schlich zurück zur Couch. Manchmal glaubte sie,

verrückt zu werden. Seit Max` Tod war nichts mehr wie früher. Ihr sicherer Hafen, ihr Fels in der Brandung waren weg, Angst zu einem täglichen Begleiter geworden. Obwohl sie sich innerlich aufgewühlt fühlte, kuschelte sie sich auf das Sofa. Die Decke zog sie bis übers Kinn, das Zierkissen schmiegte sich um ihren Nacken. Wenige Minuten später fiel sie in einen traumlosen Schlaf.

2. April 2018

Als Bea am nächsten Morgen das Haus verließ, schlief Tom. Auf dem Weg zur Schule plapperte Simon pausenlos: Von der Elefantenkuh im Tiergarten, die Stella hieß, von den Ziegen im Streichelzoo, die ihm fast das Futter aus der Papiertüte gerissen hätten und von Oma, der vor Schreck fast die Brille von der Nase gerutscht wäre, als ein Schimpansenbaby sich nur wenige Zentimeter von ihr entfernt von einem Ast geschwungen hatte.

Bea lächelte, obwohl sie von Simons Erzählung kaum etwas mitbekam. Der Streit mit Tom lag ihr im Magen und das bevorstehende Gespräch mit Eva verursachte ein unangenehmes Rumoren in den Eingeweiden. Was hatte sie herausgefunden?

Nachdem sie Simon unter Protest auf die Stirn geküsst hatte und er mit einem angewiderten Gesichtsausdruck aus dem Wagen gehopst war, entschloss sich Bea, kurz in Emilys Schule vorbeizuschauen. Das Gymnasium lag nur einige Querstraßen von Simons Volksschule entfernt. Ein Umstand, der Bea gelegen kam, da Emily ihren Bruder gelegentlich in die Schule begleiten musste, wenn sie selbst in der Früh einen unverschiebbaren Termin hatte. Bea parkte ihren A1 vor dem Haupteingang und stieg aus. Das Gebäude lag eingebettet in eine Parkanlage am Fuße eines Hügels, so dass man den Lärm der umlie-

genden Straßen kaum wahrnahm. Am Sportplatz tummelten sich ein paar Buben, die Basketball spielten. Ansonsten war es still – abgesehen vom Gezwitscher zweier Amseln. Bea bemerkte den Gärtner, der mit einer Schubkarre in einiger Entfernung über den Kiesweg bretterte. Als er sie bemerkte, blieb er kurz stehen, wischte sich die Hände an seinem Overall ab und tippte sich an den Hut. Bea hob die Hand zum Gruß. Er blieb einen Moment zögernd stehen, ehe er seinen Weg fortsetzte. Er fragte sich womöglich, ob sie Hilfe brauchte. Und ob sie die brauchte! Allerdings würde der Hausmeister ihr nicht helfen können. Niemand konnte das. Sie schüttelte den Kopf. Sie wusste selbst nicht, was sie veranlasst hatte, hier vorbeizukommen. Mehr ein Gefühl, das sie hergetrieben hatte. Sie atmete tief ein und schmeckte den Duft von frisch gemähtem Gras, Erde und etwas Anderem. Sie hob den Kopf und schnupperte. Ein längst vergessener Impuls ergriff Besitz von ihr. Wie ferngesteuert tastete sie in ihrer Handtasche nach einem Feuerzeug. Mist! Sie rauchte seit Jahren nicht mehr. Ein geöffnetes Fenster im ersten Stock erregte ihre Aufmerksamkeit. Kleine Qualmwölkchen schwebten von dem Zimmer nach draußen, als tanzten sie auf einem unsichtbaren Seil. Bea hob die Augenbrauen. Im selben Moment traf ihr Blick jenen einer schick gekleideten Dame, die instinktiv zurückzuckte, eilig die Zigarette ausdämpfte und ihren Kopf zum Fenster hinausstreckte.

„Kann ich Ihnen helfen?"

„Nein. Ja. Vielleicht. Kann sein." Bea errötete angesichts ihrer eigenen Unsicherheit.

Die Frau runzelte die Stirn. „Warten Sie einen Augenblick!"

Kurze Zeit später öffnete sich das schwere metallbeschlagene Holztor, durch das täglich hunderte, lärmende Schüler strömten. Die Frau war schlank, Ende fünfzig und bewegte sich, als hätte sie einen Stock verschluckt.

„Bandscheibenvorfall", erklärte sie, als hätte Bea ihre Beobachtung laut ausgesprochen.

„Fühlt sich an, als ginge ich auf rohen Eiern."

„Das tut mir leid", erklärte Bea und streckte der Dame unbeholfen eine Hand entgegen. „Bea Klein. Ich bin Emilys Mutter. Sie geht hier in die vierte Klasse."

„Marianne Horvath", erwiderte die Frau. „Ich bin die Direktorin der Schule." Ihr Blick sagte, dass sie wusste, wer Emily war.

Bea lächelte zaghaft. Die steife Erscheinung schüchterte sie ein.

„Emily ... wie geht es ihr?"

Bea zögerte. Wusste Frau Horvath vom Selbstmordversuch ihrer Tochter? „Sie ist nach wie vor im Krankenhaus, aber es geht ihr besser."

„Das freut mich!", erwiderte die Direktorin und klang aufrichtig.

„Ja." Bea starrte verlegen auf ihre Schuhe, die dringend geputzt werden mussten.

„Trinken Sie Kaffee?"

Bea nickte.

Frau Horvath winkte sie ins Haus und schloss die Tür. Ihre Pumps hallten durch den langen, leeren Gang, der an hunderte Fußpaare gewohnt war und warf jeden ihrer Schritte zurück wie einen Pingpongball. Bea folgte ihr, über die breiten Marmorstufen, hinauf ins erste Obergeschoss. Aus einem der Räume drang Licht in den dunklen Flur. Während Bea in einem Ohrensessel aus braunem Leder Platz nahm, bereitete Frau Horvath Kaffee zu. Wenige Minuten später erschien sie mit einem Silbertablett wieder und stellte zwei Porzellantassen mit Goldrand und eine Schale mit Keksen auf den Tisch.

„Greifen Sie zu!"

Bea nahm einen Keks und biss halbherzig ab. Das Frühstück war kaum eine Stunde her und die Nervosität rumorte durch ihre Eingeweide.

„Nehmen Sie Milch und Zucker?"

„Nein, danke. Schwarz."

Frau Horvath nickte zustimmend. „So trinke ich ihn auch am liebsten. Ist am bekömmlichsten für den Magen."

„Wie lange wird Emily noch im Krankenhaus bleiben?", erkundigte sich die Direktorin.

„Genau kann ich es nicht sagen, aber ich denke, dass sie in den nächsten Tagen nach Hause gehen darf."

Frau Horvath nickte. „Das ist gut. Emily wird sich daheim am besten erholen."

„Das hoffe ich". Bea nippte an ihrem Kaffee. Die bittere Flüssigkeit brodelte in ihrem Magen.

„Wie geht es danach weiter?", erkundigte sich die Direktorin.

Bea hielt irritiert inne. „Inwiefern?"

Frau Horvath lehnte sich in ihrem Sessel zurück und legte die Handflächen aneinander.

„Emily wird eine Therapie brauchen, nicht wahr?"

Sie weiß es.

Bea schluckte. „Ja. Ja, das wird sie."

„Sehr gut!", sagte die Direktorin, als hätte Bea im Rahmen einer Prüfung die korrekte Antwort geliefert.

„Ich verstehe immer noch nicht ...", begann Bea, bevor ihre Stimme versagte.

Frau Horvath legte ihre spinnenartigen Finger auf Beas Hand. „Das können Sie nicht. Niemand kann das. Die Buben und Mädchen in diesem Alter haben es nicht leicht. Die Pubertät ist eine Zeit voller Veränderungen: Hormonchaos, erste Verliebtheit, Abgrenzen von den Erwachsenen, Hochs und Tiefs. Die Kinder verstehen sich selbst nicht. Mal sind sie schutzbedürftig und brauchen die Unterstützung der Eltern, das nächste Mal sind sie - ach so erwachsen- und unabhängig. Aber immer befinden sie sich in einem Gefühlschaos, das sie weder kontrollieren noch begreifen können. Wer diese Zeit völlig unbeschadet und unauffällig mit seinen Kindern übersteht, dem gratuliere ich von Herzen!"

Frau Horvaths Stimme troff vor Sarkasmus.

„Ich kenne nur wenige Eltern, die während der Pubertät ihrer Kinder, ihre Entscheidung, Kinder in die Welt zu setzen, nicht in Frage gestellt haben."

Bea lächelte gequält.

„Ich habe nichts gemerkt", flüsterte sie. „Ich dachte, ich bin eine dieser gesegneten Mütter, die mit ihrem Kind unbeschadet durch diese Zeit spazieren."

„Das denken doch alle", beschwichtigte Frau Horvath und ihre Stimme klang wie Schmirgelpapier. „Bis zu dem Tag, an dem es einen Tusch macht!" Sie klatschte so laut in die Hände, dass Bea zusammenzuckte.

„Das Wichtigste ist, dass Emily lebt. Sie wird wieder gesund und hat ein glückliches Leben vor sich."

Ihr Wort in Gottes Ohr, dachte Bea und Lena Müller kam ihr in den Sinn.

„Sie sind nicht die erste Mutter, die nicht gemerkt hat, dass ihr Kind in einer Krise steckt. Glauben Sie mir!"

Bea fragte sich, ob die Direktorin aus ihrer Erfahrung an der Schule sprach, oder ob sie mit ihren eigenen Kindern schwierige Zeiten durchlebt hatte.

„Was mir allerdings sehr leidtut", begann die Direktorin erneut und ihre Stimme kratzte über Beas Trommelfell wie Kreide über eine Schiefertafel, „ist, dass Herr Novak sich nicht früher an mich gewandt hat."

Augenblicklich richtete Bea sich auf. „Herr Novak?"

„Johannes Novak, Emilys Englischlehrer", erklärte Frau Horvath. Beas Puls beschleunigte, als ihr das Gespräch mit Penny wieder einfiel. Hatte sie nicht davon gesprochen, dass Emily für ihren Lehrer schwärmte. Ihr fiel das Herz im Tagebuch ihrer Tochter ein: E liebt J. War damit Herr Novak gemeint?

135

„Frau Klein?" Die Direktorin beugte sich vor und berührte Beas Arm. „Ist alles in Ordnung? Sie sind ganz blass."

Bea nickte und trank ihren Kaffee aus. „Ja, alles bestens, danke. Was ist mit Emilys Englischlehrer?"

Frau Horvath faltete ihre Hände sorgsam in ihrem Schoß. „Er hat mich einen Tag nach Emilys ...", Sie zögerte. „... nach dem Vorfall aufgesucht. Offenbar hatte er ein gutes Vertrauensverhältnis zu Ihrer Tochter." Sie räusperte sich. Die Haut an Beas Stirn fühlte sich an, als würde sie jeden Moment reißen. Ihre Kiefer schmerzten.

„Er wusste von Emilys Verletzungen. Sie hat sich ihm anvertraut, nachdem eines Tages der Ärmel ihres Sweatshirts nach oben gerutscht ist und Herr Novak eine Verletzung entdeckt hat, die noch frisch war."

„Wann?"

„Bitte?" Frau Horvath hob fragend eine Braue. Sie hatte Ähnlichkeit mit einem Greifvogel, dachte Bea.

„Wann hat Emily sich ihm anvertraut?"

Die Direktorin trommelte leise mit den Fingerkuppen auf den Glastisch, bis die Porzellantassen klirrten.

„Wenn ich korrekt informiert bin, wusste er es bereits eine Weile."

„Wie lange?" Bea bemerkte erschrocken, dass ihre Stimme durch den großen Raum hallte.

Frau Horvath presste die Lippen zusammen, bis jegliche Farbe aus ihnen wich.

„Zwei Monate. Ungefähr", antwortete sie und ihre Stimme war kaum mehr als ein Flüstern.

„Zwei Monate?", kreischte Bea und sprang auf.

„Bitte, Frau Klein, beruhigen Sie sich!" Frau Horvath erhob sich ebenfalls und trat einen Schritt auf Bea zu.

„Ich soll mich beruhigen?! Mein Kind wäre fast gestorben, weil einer Ihrer Lehrer es nicht für notwendig gehalten hat, Sie oder mich zu informieren, dass meine Tochter in einer schweren Krise steckt?" Sie schluckte. Der Geschmack von Galle überzog ihre Schleimhäute.

„Er hat einen Fehler gemacht", räumte Frau Horvath ein.

„Einen Fehler?? Das ist nicht Ihr Ernst. Sie wollen mich ... ". Beinahe hätte Bea „verarschen" gesagt, schluckte das Wort aber stattdessen mit dem Mundvoll Galle hinunter.

„Ich verstehe, dass Sie aufgebracht sind. Das wäre ich an Ihrer Stelle auch! Ich habe Herrn Novak mitgeteilt, dass er Emilys Selbstmordversuch hätte verhindern können, wenn er anders reagiert hätte. Glauben Sie mir, niemand fühlt sich schuldiger an dieser Misere als Herr Novak selbst."

Die Direktorin sah nicht länger aus wie ein Habicht, sondern wie ein Labradorwelpe, der gestreichelt werden wollte.

„Hier geht es um mehr als einen Selbstmordversuch. Ein Mädchen ist tot. Lena Müller. Ich nehme an, sie war ebenfalls Herrn Novaks Schülerin?"

137

Die Direktorin zuckte kaum merklich zusammen.

„Ja", erwiderte sie so leise, dass Bea ihre Antwort an der Bewegung ihrer Lippen ablas.

„Ich möchte mit Herrn Novak sprechen", erklärte Bea.

Frau Horvath zögerte. „Ich weiß nicht, ob das eine gute Idee ist", warf sie ein.

„Morgen", bekräftigte Bea, während sie nach ihrer Handtasche griff und diese schwungvoll über ihre Schulter warf. „Sagen Sie Herrn Novak, dass ich in der großen Pause da sein werde."

Während die Direktorin sie anstarrte und ihren Mund mehrmals öffnete und wieder schloss, ohne dass ihn ein Laut verlassen hätte, stürmte Bea die Marmorstufen hinunter, setzte sich in ihr Auto und knallte die Tür zu. Sie war entschlossen, herauszufinden, wie Herr Novak diesen „Fehler" begehen konnte und was für ein „Vertrauensverhältnis" Emily genau zu ihm hatte.

Sie musste mit Eva Müller sprechen. Vielleicht wusste sie etwas über Herrn Novak oder wie Lena und Emily miteinander in Verbindung standen.

Als Bea das schmucke Häuschen erreichte, legte sich eine beklemmende Schwere auf ihre Brust. Es war fast, als würde ein bleiernes Gewicht sie erdrücken und verzweifelt versuchen, sie von dem Grundstück fernzuhalten. Bea parkte das Auto unter einem Apfelbaum und spähte über den Zaun. Der Garten lag friedlich da. Die Hecken müssten wieder einmal

gestutzt werden, ansonsten wirkte er sehr gepflegt.

Bea wunderte sich, dass Eva die Energie hatte, sich um ihre Rosen und Rhododendren zu kümmern, wo sie ihre Tochter eben erst verloren hatte. Bevor sie die Haustür erreichte, wurde diese geöffnet. Evas große, schlanke Gestalt erschien im Eingang. Sie trug eine Jeanslatzhose, die um ihre Beine schlotterte und ein enges Top, auf dem sich unter ihren Achseln Schweißflecken abzeichneten. Ihr braunes Haar hatte sie mit einer Spange hochgesteckt, einige Strähnen standen wirr vom Kopf ab.

„Bea", rief sie und lächelte. „Komm herein!" Sie umarmte ihren Gast länger, als Bea für notwendig erachtete, ehe sie einen Schritt zur Seite machte.

„Kaffee? Tee? Wasser?"

Bea streifte ihre Schuhe ab und folgte Eva in eine offene Küche, die nahtlos in einen geräumigen Wohnraum überging.

„Gerne Kaffee", erwiderte Bea und blieb unschlüssig neben der Spüle stehen. „Kann ich dir helfen?"

Eva schüttelte den Kopf und ihre Haarsträhnen wippten auf und ab wie Pfeifenputzer. „Setz dich!"

Bea rückte einen Holzstuhl zurecht und nahm Platz, während Eva Kaffee in einen Filter schaufelte.

„Die Obduktion hat Neuigkeiten ergeben?" Es klang nicht wie eine Frage.

Eva hielt in der Bewegung inne, als müsste sie sich sammeln, bevor sie kaum merklich nickte. Sie stellte zwei Keramikbecher auf den Tisch, füllte Milch in ein

139

Kännchen und legte einige Zuckerwürfel auf einen kleinen Teller.

Die Frage brannte in Beas Gehirn, aber sie spürte, dass Eva erst antworten würde, wenn sie soweit war. Wie immer, wenn sie nervös war, kaute sie an ihren Fingernägeln. Sie bemerkte es erst, als ein Fingernagel tief einriss und der Schmerz durch ihre Hand zuckte.

Eva stellte eine Kanne mit dampfendem Kaffee auf einen Untersetzer und schenkte ihnen ein.

„Lena hatte einen Freund", begann sie, während sie die heiße Flüssigkeit hörbar schlürfte.

„Was für einen Freund?"

Eva schüttelte den Kopf. „Ich weiß es nicht."

Bea runzelte die Stirn. „Was meinst du? Einen Schulfreund? Einen Kumpel?"

Eva stellte den Becher so energisch auf den Tisch, dass der Kaffee auf die Holzplatte schwappte. Ein dunkelbrauner See breitete sich auf der Fläche aus. Eva beachtete ihn nicht.

„Einen RICHTIGEN Freund."

Beas Gesicht prickelte. Fragen formten sich in ihrem Kopf und flossen auseinander wie formlose Farbkleckser, ehe sie ihren Mund erreichten.

„Bea", Eva griff nach ihrer Hand, „Lena hatte Sex."

Bea atmete tief ein. „Wie kannst du dir so sicher sein?"

Jegliche Energie wich aus Evas Körper. Sie sank auf ihrem Stuhl in sich zusammen, während die Farbe aus ihrem Gesicht zu fließen schien. Das Lid ihres linken Auges zuckte.

„Die Obduktion", flüsterte sie.

Bea versuchte, nicht zu atmen. Eva sprach so leise, dass sie fürchtete, etwas Wesentliches zu verpassen, wenn es ihr nicht gelang, sämtliche Nebengeräusche aus diesem Raum zu verbannen.

Eva hob die Augen und blickte Bea direkt an. Oder durch sie hindurch? Ihre Pupillen waren so groß, dass sie die Farbe ihrer Iris fast vollständig verdrängt hatten. Bea fragte sich, ob sie etwas eingenommen hatte.

„Lena war schwanger."

Der Satz waberte durch die Luft, zerfiel in tausend Scherben, setzte sich wieder zusammen, steuerte auf Bea zu, die versuchte, auszuweichen. Die Worte erreichten sie, prallten an ihr ab und probierten erneut, sie zu attackieren. Das Wort *schwanger* hallte wie ein Echo in Endlosschleife durch ihren Kopf.

„Von wem?", fragte Bea, als sie sich ein wenig gefasst hatte.

Eva zuckte die Achseln.

„Hat Lena nie einen Burschen erwähnt? Aus ihrer Klasse? Einer höheren Schulstufe?"

„Nein." Eva kippte den heißen Kaffee in einem Zug hinunter und ihre Kehle brannte.

„War sie öfter in der Stadt unterwegs?"

Eva schüttelte den Kopf.

„Hast du mit ihren Freundinnen gesprochen?"

„Herrgott noch mal, nein!"

Bea zuckte zusammen. Eva griff nach ihrer Hand. „Bitte entschuldige! Es ist nur ..."

141

Bea nickte. „Es ist unfassbar."

„Sie war ein gutes Kind. Sie hat nicht ...", Eva blickte sich suchend um, als fände sie das passende Wort in ihrem Küchenschrank. „... herumgemacht."

Bea presste die Lippen aufeinander. Wie viele Eltern dachten dasselbe von ihren Kindern? Dass sie sie kannten und ihnen vertrauen konnten? Dass sie perfekte, unschuldige Wesen waren, die sie einst zur Welt gebracht und mit unerschöpflicher Liebe und Schweiß groß gezogen hatten? Dass nichts, was sie taten, sie verletzen oder den Stolz auf ihre Kinder trüben könnte? Bea spürte die Säure, die ihren Magen hochkroch und sich einen Weg durch ihre Speiseröhre bahnte. Als sie aufsprang, die Hand vor den Mund gepresst, rief Eva: „Im Gang. Zweite Tür rechts".

Bea stürzte in die Toilette und erbrach sich. Mit ihrem Mageninhalt ergoss sich die gesamte Verzweiflung in die Schüssel. Was wusste sie über ihre eigene Tochter? Gab es jemanden, mit dem Emily Sex hatte? Verletzte sie sich seinetwegen selbst? War das der Grund für ihren Selbstmordversuch? Bea spülte sich den Mund mit kaltem Wasser und strich sich die Haare hinter die Ohren. Ohne sich zu verabschieden, stürmte sie zur Haustür, den Gang entlang, der von einer Vielzahl von Fotografien gesäumt war. Ein Bild erregte ihre Aufmerksamkeit. Es zeigte einen jungen Mann in Jeans und Polo-Shirt, der sie an etwas erinnerte. Im Hintergrund glitzerte ein tiefblauer See im Sonnenlicht. Das Lächeln siegessicher, hielt er eine Angelrute in der rechten Hand. Irgendetwas an dem

Mann kam ihr bekannt vor. Sie bekam es nicht zu fassen. Sie schüttelte den Gedanken ab. Sie musste ins Krankenhaus. Zu Emily. Es gab so viele Fragen. Es wurde Zeit für einige Antworten.

Februar 2016

Sie schlief. Er hörte ihren Atem, der leise durch ihre Nase schlüpfte und wieder herausfloss. Ihr Haar sah aus wie feingesponnenes Gold und bedeckte fast das gesamte Kissen. Sie träumte. Hinter ihren Lidern wanderten die Augäpfel von links nach rechts, während sie den Mund öffnete und einen leisen Laut von sich gab. Er setzte sich auf die Bettkante und lauschte. Gelegentlich zuckten ihre Lippen, als hätte sich eine Fliege darauf niedergelassen. Er beugte sich über sie und küsste sie auf die Stirn. Der Geruch von Kirschshampoo und Nivea-Creme strömte in seine Nase. Er seufzte und strich mit dem Zeigefinger über ihre Wange. Ihre Haut war weich und warm und fest wie die Haut eines eben geernteten Pfirsichs. Der Wunsch, sie zu berühren, wurde übermächtig. Sachte schob er eine Hand unter die Decke. Die Wärme ihres schmalen Körpers umfing ihn. Seine Finger ertasteten ihre Schulter, ihre Brust, die flach und zart war und ihre Hüften, aus denen die Beckenknochen kantig hervorragten. Er verweilte ein wenig auf der Erhebung, strich hinauf und hinunter, zog kleine Kreise auf ihrer Haut. In diesem Augenblick schlug sie die Augen auf. Er verharrte in der Bewegung. Ihre Lider flackerten. Er dachte, sie würde schreien und legte ihr vorsorglich einen Finger auf die Lippen. Er las die Fragen in ihrem Gesicht. Sie sagte kein Wort. Ihre Mundwinkel zuck-

ten. Ihre Nasenflügel bebten, sogen gierig die kühle Abendluft in ihrem Zimmer ein. Das Fenster war gekippt. Als seine Hand die Decke beiseiteschob und über ihr Nachthemd glitt, setzte sie sich ruckartig auf.

„Ssshhh", machte er und drückte sie sanft zurück aufs Bett. Sie blickte zur Tür, wog ab, ob sie eine Chance hatte, aus dem Zimmer zu fliehen.

„Halt still", zischte er und seine Stimme klang schärfer als beabsichtigt. „Du bist doch ein gutes Mädchen, nicht wahr?"

Sie bewegte sich nicht, nur ihre Augen folgten jeder seiner Bewegungen.

„Bist du ein gutes Mädchen?"

Sie nickte kaum merklich.

„Ich habe dich nicht verstanden."

Sie räusperte sich, fuhr mit der Zunge über ihre trockenen Lippen. „Ja", erwiderte sie leise.

Er mochte den Klang ihrer Stimme. Kindlich und doch tief für ihr Alter. Sexy. Er lächelte und seine Zähne leuchteten wie helle Kieselsteine in dem dunklen Raum.

„Gute Mädchen hören auf Erwachsene, weißt du?" Er beugte sich über ihr Gesicht, bis sie seinen Atem auf ihrer Haut fühlte.

Sie drückte sich tiefer ins Kissen, um auszuweichen.

„Was tust du da?", fragte sie und versuchte mit einer Hand, ihn von sich wegzudrücken.

„Sssshh." Er bedeutete ihr, still zu sein, nahm ihre Hand in seine und legte sie an sein Herz.

„Spürst du das?"

Ihre Augen zuckten hin und her.

„Kannst du meinen Herzschlag fühlen?" Er schloss die Augen.

„Ja, schon."

„Es schlägt ganz schnell", entgegnete er. „Deinet-wegen."

Sie wetzte auf ihrer Matratze hin und her.

„Ich muss aufs Klo", flüsterte sie.

Er starrte sie an. Sie wollte seinen Plan sabotieren. Sie versuchte, ihn auszutricksen. Was für ein Mist-stück!

„Nein, musst du nicht!", zischte er.

Sie zuckte zusammen. Die leise Hoffnung versiegte in ihren Augen wie in einem ausgetrockneten Brun-nen. Ihr Blick huschte von ihm zur Tür, weiter zum Fenster und wieder zurück. Sie war wie ein Tier, das in eine Falle getappt war und bemerkte, dass es keinen Ausweg gab.

„Lass mich gehen!", schrie sie und hoffte, dass ihre Mutter sie hören würde.

Er legte eine Hand über ihren Mund und drückte fest zu.

„Hör mir gut zu! Das hier kann einfach für dich werden", schnaubte er und sein Speichel traf sie an der Stirn, „oder eben nicht". Er richtete sich vorsichtig auf und lauschte, um sich zu vergewissern, dass ihr Ausbruch niemanden geweckt hatte.

„Ich nehme jetzt meine Hand von deinem Mund. Du wirst schön leise sein, hast du mich verstanden?"

Sie nickte und ihre Augen schimmerten feucht.

Langsam zog er seine Hand zurück. Ihre Lippen zitterten, aber sie sagte nichts. Er legte seine Stirn an ihre Wange und atmete ihren Duft ein. Ihr Herz hämmerte im Stakkato wie eine Nähmaschine, die störrisch über einen dichten Stoff ratterte. Sie spürte seine Schweißtropfen auf ihrer Haut, roch seinen süßlichen Atem und unterdrückte ein Würgen.

„So ist es schön", murmelte er. „Das ist mein braves Mädchen."

Er drückte seinen Mund auf ihre Wange, ihren Hals und wanderte ihre Haut nach oben, bis er ihre Lippen erreichte. Sie waren weich und zuckten, als er sie mit seiner Zunge teilte. Sie wusste nichts vom Küssen, nichts von all den Berührungen, die er ihr schenken wollte. Er erforschte ihren Mund, fühlte ihre Zahnpasta-Zähne, die Innenseite ihrer Wangen und das Lippenbändchen, das ihre Oberlippe fest mit ihrem Zahnfleisch verband. Seine Erektion drückte sich energisch an ihren Oberschenkel. Sie riss die Augen auf und wand sich.

„Ssshhh", machte er, „keine Angst! Ich werde dir nicht wehtun."

Er rieb sich sanft an ihr. Sein Penis lag an ihrer Haut, berührte sie. Sein Atem beschleunigte, durchbrochen von leisem Grunzen. Sie kniff die Augen fest zusammen, damit sie sein Gesicht nicht sehen musste: Seinen halb geöffneten Mund, die lange Nase, deren Löcher sich wie die Nüstern eines Pferdes blähten und seine Augen, die durch sie hindurch starrten.

Er bewegte sich schneller. Seine Hüfte klatschte auf ihre Haut. Sein Schwanz fühlte sich an wie ein dicker Gummiknüppel, der gegen ihr Bein drückte. Die Stelle begann, sich taub anzufühlen. Er schnaufte, schwitzte und keuchte. Der Schweiß tropfte auf ihr Haar und das Kissen. Es roch wie in der Umkleide der Buben in der Schule. Sie schmeckte Salz auf ihren Lippen. Sie sehnte sich nach einer Dusche. Ihr Magen rebellierte. Sie erinnerte sich daran, dass ihre Mutter ihr einmal erklärt hatte, dass sie, wenn sie nervös war, langsam einatmen, bis vier zählen und dann ruhig wieder ausatmen sollte. Sie konzentrierte sich darauf, einatmen, 1,2,3,4, ausatmen, während er stöhnte und sich in einem letzten Aufbäumen auf ihren Oberschenkel ergoss. Die klebrige Flüssigkeit durchtränkte den Rand ihres Nachthemds. Ihr war übel. Er brach wie ein Sack Zement über ihr zusammen. Sein Gewicht presste ihr die Luft aus den Lungen. Sie strampelte mit Armen und Beinen, während er schnaufte wie nach einem 200-Meter-Sprint. Fühlte es sich so an, wenn man starb? Als ihr das Zimmer vor Augen verschwamm, zwickte sie ihn in den Arm, damit er sich von ihr herunterbewegte. Er hob den Kopf, der rot war und wie eine Speckschwarte glänzte. Er erinnerte sie an die Ostereier, die sie früher mit ihrer Mama gefärbt und dann mit Butterschmalz eingerieben hatte, damit sie einen feinen Glanz erhielten. Sie atmete tief ein, sog die Luft in ihre Brust. Er stützte sich auf einen Ellenbogen, tippte ihr auf die Nase und grinste.

„Jetzt haben wir ein Geheimnis. Du und ich."

Sie runzelte die Stirn, fischte nach einem T-Shirt, das auf dem Teppichboden lag, um das Sperma von ihrem Bein zu wischen.

„Was für ein Geheimnis?", fragte sie.

„Wir beide. Küsse. Zärtlichkeiten. Du weißt schon", erwiderte er und drückte seine Lippen auf ihr Haar.

Sie rückte ab, richtete sich auf und starrte an ihm vorbei.

„Du willst deine Mutter doch nicht unglücklich machen, stimmt`s?"

Sie sah ihn nicht an.

„Eure Familie ist schon einmal zerbrochen. Du willst nicht, dass das wieder passiert, oder? Dass deine Mama wieder unglücklich ist und allein."

Sie starrte ihn an. Tränen füllten ihre Augen. Er erhob sich langsam von ihrem Bett.

„Ich wusste, dass ich mich auf dich verlassen kann."

Seine Stimme fraß sich durch ihre Gehörgänge, bis es schmerzte. Sie wünschte, er würde aufhören, zu reden.

„Denk dran. Es ist unser Geheimnis." Er legte den Zeigefinger auf ihre Lippen. „Ssshhhh!"

Eine Träne löste sich und rollte über ihre Wange.

„Nicht weinen, Emily!" Er warf ihr eine Kusshand zu und verließ ihr Zimmer. „Es steht dir viel besser, wenn du lächelst."

Sie wischte sich über die Wange. Sein Geruch haftete an ihr wie Vogelscheiße an der Windschutzscheibe eines Autos. Sie wusste, dass sie diesen Geruch nie

wieder loswerden würde. An diesem Tag endete Emilys
Kindheit.

2. April 2018, 15:00

Der typische Krankenhausgeruch nach Desinfektions- und Reinigungsmitteln umfing Bea, als sie durch die automatische Schiebetür der Kinder- und Jugendstation schritt. Im Gegensatz zu vielen Erwachsenen-Stationen schmückte hier die eine oder andere Zeichnung die Wand: Familien samt Haus in Wachsmalkreiden verewigt, verlaufene Blätter von Apfelbäumen, die mit zu viel Wasser und zu wenig Farbe zu Papier gebracht worden waren und Buntstift-Kritzeleien, die Kinder in Krankenhausbetten zeigten, umgeben von Schläuchen, Infusionen und Krankenschwestern.

„Kein Kind sollte hier sein", dachte Bea und hastete den Gang entlang, an dessen Ende sich Emilys Zimmer befand.

Sie klopfte und öffnete die Tür. Der Raum war licht-durchflutet und blendend weiß. Einen Augenblick kniff Bea die Augen zusammen. Auf dem Nachtkästchen stand eine Vase mit Gerbera in Rosa und Orange, Emilys Lieblingsblumen. Das Bett war leer, das Laken zurückgeschlagen. Bea tastete nach der Decke, in der die Körperwärme ihrer Tochter festhing. Sie spazierte zum Zimmer der Stationsleitung, um zu fragen, ob Emily eine Therapiestunde hatte.

„Frau Klein!", rief die diensthabende Ärztin, die sich als Dr. Scheinast vorstellte. „Kann ich Sie kurz sprechen?"

Emilys Ärztin wirkte klein und unscheinbar. Ein paar Strähnen ihres dunklen Haares hatten sich aus dem Knoten am Hinterkopf gelöst und flatterten nervös neben ihren Ohren hin und her. Ein paar hektische rote Flecken breiteten sich auf ihren Wangen aus.

Bea nickte langsam.

„Stimmt etwas nicht? Emily war nicht in ihrem Zimmer."

Die Ärztin lächelte. „Alles in Ordnung. Emily hat Besuch."

Bea hob eine Augenbraue. Dr. Scheinast beabsichtigte offenbar nicht, mehr preiszugeben.

„Bitte!" Dr. Scheinast betrat einen karg möblierten Raum und wies auf einen Stuhl vor ihrem Schreibtisch.

Bea nahm Platz und hielt ihre Handtasche schützend vor ihren Bauch, ein Zeichen, dass sie aufgewühlt war.

„Emily kann am Dienstag entlassen werden. Sie macht gute Fortschritte."

Beas Miene hellte sich auf. „Das sind wunderbare Neuigkeiten".

„Ja." Die Ärztin verschränkte ihre Finger ineinander. „Wir möchten Emily engmaschig betreuen. Sie wird eine Therapie machen und zusätzlich jede Woche zu einem Gespräch bei mir vorstellig werden."

„Wenn das zur Genesung meiner Tochter beiträgt, natürlich", erklärte sich Bea einverstanden.

„Das hoffen wir. Ihnen ist bewusst, dass Emily einen weiten Weg vor sich hat. Menschen, die sich selbst verletzt haben, können nicht einfach damit aufhören. Es ist wie eine Sucht. Sie muss lernen, andere Wege zu finden, um die Spannung abzubauen, die sie quält."

Bea seufzte. „Ich verstehe nicht ganz, warum sie so unter Druck steht. Wieso hat sie das Gefühl, sich verletzen zu müssen? Wieso wollte sie sich umbringen?"

Dr. Scheinast drehte einen silbernen Kugelschreiber zwischen Zeigefinger und Daumen. Sie starrte das Schreibgerät an, als wäre es das interessanteste Ding, das sie je gesehen hatte.

„Genau kann ich Ihnen das nicht sagen", räumte sie ein. Sie presste die Lippen zusammen, die so schmal waren, dass sie in ihrem hageren Gesicht vollends verschwanden. „Es gibt da etwas, dass ich Ihnen mitteilen muss. Es könnte ein Grund für Emilys Selbstmordversuch sein."

Bea presste ihre Handtasche fester gegen ihren Bauch. Die Angst, die in ihr aufkeimte, ließ sich dadurch nicht vertreiben.

„Frau Klein, hat Emily einen Freund?"

Bea rutschte auf ihrem Sessel herum. „Sie hat viele Freunde, Dr. Scheinast."

„Wenn sie in ihrem Alter viele solcher Freunde hätte, würde ich mir Sorgen machen", erwiderte die Ärztin. Dabei betonte sie das Wort *solcher*.

Bea stellte ihre Füße fest auf den Boden. Am liebsten hätte sie ihre Zehen in den Teppich gekrallt.

„Was wollen Sie damit sagen?"

Die Ärztin wandte ihre Aufmerksamkeit wieder dem Kugelschreiber zu, der das Sonnenlicht auffing und bei jeder ihrer Bewegungen aufblitzte. Die Reflexion blendete Bea. Sie rieb sich die Stirn. Sie hatte das Gefühl durch die Spiegelung eine Migräne zu bekommen.

„Emily hatte Sex."

Die Worte knallten ihr entgegen wie eine Ohrfeige. Wieso hatte sie das Gefühl, dieses Gespräch schon einmal geführt zu haben? Ein Déjà-vu, das sich ebenso wie jegliche Hoffnung tief in ihrem Inneren verkroch. Emily. Sex. Emily und Sex. Die Worte hörten sich an wie eine akustische Karikatur, die in den absurdesten Tonlagen durch ihre Gehörwindungen rauschte. Sie verstand die Worte. Sie ergaben keinen Sinn.

„Frau Klein?" Dr. Scheinast beugte sich über ihren Tisch und berührte sacht ihren Unterarm.

„Möchten Sie ein Glas Wasser?"

Bea nickte. Sie sehnte sich nach einer Zigarette. Und einem Whiskey. Einem Doppelten. Am besten in Kombination mit einer Schlaftablette. Sie wünschte, sie könnte schlafen. Gleich hier. Und erst wieder aufwachen, wenn dieser Alptraum vorbei war. Doch das würde er nicht sein. Er hatte eben erst begonnen.

„Woher wissen Sie,...?", brachte sie mühsam hervor, als die Ärztin mit dem Wasser zurückkehrte. Bea wusste die Antwort, bevor Dr. Scheinast sie lieferte.

„Wir hatten schon länger die Vermutung, dass Emily schwanger war. Wir mussten die Untersuchungsergebnisse abwarten, um sicher zu sein."

Bea nickte. So fühlte es sich zumindest an. Sie war nicht sicher, ob ihr Kopf sich einfach unkontrolliert bewegte.

„Aber jetzt ist sie nicht schwanger?".

Die Ärztin schüttelte den Kopf.

„Nein. Sie hat das Baby verloren. Wir vermuten, durch die Medikamente und den Alkohol, die sie eingenommen hat."

Bea legte eine Hand in den Nacken, um das Schwanken ihres Kopfes zu stoppen.

„Dann hat sie ihr Kind umgebracht?"

Die Ärztin riss die Augen auf.

„So kann man das nicht sehen. Ich glaube nicht, dass das ihre Absicht war. Ich denke vielmehr, dass die Situation sie überfordert hat und für sie so aussichtslos war, dass sie sich selbst das Leben nehmen wollte. Sie hat bestimmt nicht geplant, ihr Baby umzubringen."

Dr. Scheinast rieb sich mit dem Zeigefinger über das Kinn. „Ein Selbstmordversuch ist meistens eine Kurzschlusshandlung, keine lang geplante Aktion. Im Leben dieser Menschen gibt es einen Moment, der dazu führt, dass sie denken, so könnten sie nicht mehr weiterleben. Keine Sekunde mehr, verstehen Sie?"

Bea nickte, obwohl sie nichts verstand.

„Warum hat sie nicht mit mir gesprochen?"

Die Ärztin seufzte.

„Ich bin sicher, sie wollte es. Versetzen Sie sich einmal in Emilys Lage. Stellen Sie sich vor, sie wären 13 Jahre alt, hatten Sex, sind schwanger. Hätten Sie mit Ihrer Mutter darüber gesprochen?"

Bea schüttelte den Kopf.

„Sehen Sie! Eine ganz normale Reaktion für einen Teenager. Die Eltern sind immer die Letzten, die erfahren, was wirklich los ist."

Bea trank das Wasser gierig aus und stand auf.

„Ich werde mit Emily reden", verkündete sie. „Wissen Sie, wohin sie mit ihrem Besucher gegangen ist?"

Nachdem Bea Emilys Zimmer erneut leer vorgefunden hatte, suchte sie im Besucherraum und spazierte durch den Park, der direkt an das Gebäude anschloss. Die Sonne wärmte ihre eiskalten Finger und streichelte ihr Gesicht. Der Wind strich sanft durch die Kastanienbäume und wirbelte vertrocknete Blätter auf dem Gehweg auf. Einige Patienten in Schlafanzügen und Morgenmantel schlurften durch die Anlage und genossen die ersten warmen Frühlingstage. Eine Frau führte ihren Beagle spazieren. Bea kniff die Augen zusammen und ließ den Blick umherschweifen. In der Ferne bemerkte sie den Krankenhauskiosk, der selbst am Wochenende Zeitschriften, Süßigkeiten und belegte Brötchen anbot. Eine Gestalt erregte ihre Aufmerksamkeit. Der Mann trug eine dunkelblaue Leinenhose und ein locker fallendes Hemd. Seine

Haare standen wirr vom Kopf ab. Sie hob die Hand zum Gruß, doch er bemerkte sie nicht. Sie beschleunigte ihre Schritte, hielt aber plötzlich inne, als ein junges Mädchen aus dem Kiosk trat, ein Magazin und eine braune Papiertüte in der Hand. Das Mädchen lachte und schmiegte sich an den Mann. Bea stutzte. Emily. Als die beiden sich näherten, huschte sie rasch in den Schatten einer Kastanie, wo sie die Szene unbemerkt beobachtete. Der Mann hatte einen Arm um Emily gelegt. Ihre Tochter strahlte über das ganze Gesicht. Bea schluckte. Was zum Teufel?! Wenige Meter weiter verabschiedeten die beiden sich voneinander. Emily küsste den Mann auf die Wange. Der Mann drückte sie an sich und strich ihr liebevoll übers Haar. Als er in Richtung Parkhaus davon schlenderte, drehte er sich noch einmal um und winkte. Bea stand wie erstarrt da, hin- und hergerissen zwischen dem Wunsch, mit ihrer Tochter über die Schwangerschaft zu sprechen und dem Mann hinterherzurennen um ihn zur Rede zu stellen, einen Mann, den sie seit vielen Jahren kannte: Paul.

Der Versuch, mit Paul Schritt zu halten, scheiterte. Seine Beine waren zu lang und dank seiner langjährigen Erfolge als Sprinter war sein Tempo beim Gehen deutlich schneller als ihres. Als sie das Parkhaus erreichte, war sein Skoda weg. Bea entschied sich, ihn zu Hause zu überraschen. Zum einen hatte sie ihn schon lange nicht mehr besucht, zum anderen gab es Fragen, auf die sie dringend eine Antwort brauchte.

Das Reihenhaus lag nur eine Querstraße von ihrem Heim entfernt. Sie stellte ihren Wagen zu Hause ab und spazierte zu Fuß ans Ende der Straße, wo sie rechts abbog. Im Grunde konnte sie von ihrem Garten aus einen Teil von Pauls Grundstück überblicken. Früher, als Max noch lebte, hatten sie regelmäßig gemeinsame Abende bei Paul verbracht, gegrillt, gekocht, Darts oder Canasta gespielt. Bea lächelte. Der Gedanke an diese gemeinsame Zeit rief Erinnerungen wach, die sie fast vergessen hatte. Gleichzeitig durchzuckte sie ein vertrauter Schmerz, der sie immer dann heimsuchte, wenn ihr bewusst wurde, dass sie Max nie wiedersehen würde.

Bea klopfte an die Tür, dann klingelte sie zweimal. Sie spazierte rund ums Haus und bemerkte eine Nachbarin in einem altbackenen hellblauen Hauskleid, die ihre Umgebung mit Argusaugen überwachte.

„Herr Wagner ist nicht zu Hause", erklärte sie ungefragt.

Bea nickte und kehrte zur Haustür zurück. Sie kannte das Versteck für Pauls Schlüssel, ein Keramikbuddha, in dessen Bauch ein kleines Kästchen versteckt war. Leichtsinnig für einen Polizisten, dachte sie und steckte den Schlüssel ins Schloss. Die Tür öffnete sich geräuschlos. Im Vorzimmer hingen eine Leder- und eine Jeansjacke an der Garderobe. Vier Paar Schuhe standen ordentlich nebeneinander auf einer Abtropftasse aus Kunststoff. Sie schlüpfte aus ihren Sneakers und schlich auf Socken in die Küche. Alle Arbeitsflächen waren säuberlich gereinigt, die

Küchenfronten auf Hochglanz poliert. Im Abwaschbecken stand eine gebrauchte Espressotasse, der einzige Hinweis, dass hier jemand lebte und sie nicht in der Auslage eines Möbelhauses gelandet war. Obwohl Paul offensichtlich nicht hier war, rief sie sicherheitshalber zweimal seinen Namen. Im Wohnzimmer herrschte dieselbe Ordnung wie in den anderen Räumen. Die *Salzburger Nachrichten* lagen aufgeschlagen auf dem Glastisch, Pauls Lesebrille daneben. Die Zierkissen auf dem Sofa schmiegten sich in akkurat gleichem Abstand an die Rückwand. Ohne zu wissen, warum, warf sie einen Blick ins Schlafzimmer. Hatte sie erwartet, dass sich seine Flamme nackt in seinem Bett räkelte? Sie schüttelte den Kopf und trat den Rückzug an. Sie würde ihm eine Nachricht hinterlassen, damit er wusste, dass sie hier gewesen war. Da meldete sich ihre Blase. Als sie die Tür zum Badezimmer öffnete, strömte ihr kühle Luft entgegen. Paul hatte das Fenster offen stehen lassen. Während sie die Toilette benutzte, nahm sie den leichten Duft seines Parfums wahr. *Aqua di Giò*. Sie liebte den Geruch. Das Badezimmer war so aufgeräumt, dass nicht einmal Seife am Waschbeckenrand lag. Sie dachte an ihr eigenes Haus und wünschte, sie wäre nur halb so ordentlich. Sie öffnete eine Tür des Spiegelschranks, wo sie Zahnputzzeug, Rasierschaum und Männerpflegeprodukte fand, aber keine Seife. In der Mitte des Kastens standen Deo, Duschgel und Shampoo. Rechts gab es Pflaster und Verbandzeug sowie einige Medikamente. Während sie eine Packung nach der anderen inspi-

159

zierte, Paracetamol, Aspirin, Augentropfen, fiel ihr Blick auf eine orange farbene Dose. Sie stutzte. Die Aufschrift war recht klein, sie strengte ihre Augen an, um den Namen lesen zu können. Valium. Sie zuckte zusammen. Der Hauptbestandteil dieses Medikaments war Diazepam. Wofür nahm Paul das? Ihre Hände zitterten. War er krank? Litt er an Depressionen? Angstzuständen? Soweit sie wusste, war Paul stets gesund und fit gewesen. Sie stellte die Dose zurück in den Schrank und erschrak, als sie ihr blasses Gesicht im Spiegel sah. Die Seife war vergessen, ebenso wie die Nachricht, die sie Paul hinterlassen wollte.

Juli 1984

Den Sommer 1984 verbrachte er gemeinsam mit seiner Schwester Via bei Tante Agnes, die in Kärnten lebte und kinderlos war. Allein deshalb liebte sie es, ihren Neffen und ihre Nichte um sich zu haben, während seine Mutter froh um jeden Tag schien, an dem sie sich nicht um ihre beiden Sprösslinge kümmern musste. Zudem hatte seine Mutter einen Neuen. Ein Typ namens Björn, der aus Hamburg stammte und in Salzburg Fuß fassen wollte. Anstatt das zu tun, hatte er sich bei seiner Mutter eingenistet, die ihm liebend gern Unterschlupf bot. Während Björn den ganzen Tag schlief oder fernsah, rackerte sich seine Mutter in der Wäscherei am Bahnhof ab. Abends kam sie mit wunden Händen und Armen nach Hause und hustete die halbe Nacht, weil sie die Chemikalien, die in der Reinigung verwendet wurden, nicht vertrug. Er war wütend auf Björn, die hagere Bohnenstange mit dem überdimensionierten Adamsapfel, der auf und ab hüpfte wie ein Ping-Pong-Ball, wenn er redete. Er hasste die Art, wie er sprach. Es kränkte ihn, dass seine Mutter ihn nicht mehr zu sich ins Bett ließ, seit der Neue sich bei ihnen zu Hause breitgemacht hatte. Mit jedem Tag, den Björn in ihrem Heim lebte, wuchs seine Abneigung gegen ihn. Manchmal, wenn ihm langweilig war, lag er auf einer Parkbank im Mirabellgarten, kaute auf einem Sauerampfer und stellte sich

vor, wie es wäre, Björn abzumurksen. Mit einem Küchenmesser, dem schweren Marmoraschenbecher, der stets überfüllt auf dem Balkontisch stand, oder einer Überdosis Digitalis. Er hatte einen Kriminalroman gelesen, in dem das Opfer mit diesem Herzmedikament vergiftet worden war. Er könnte die Medizin von Tante Agnes` Lebensgefährten Dietmar klauen, der seit Jahren an einer Herzschwäche litt und auf die Substanz angewiesen war. Dann grinsten ihn die Zwerge im Mirabellgarten an, zwinkerten ihm zu und ermutigten ihn, sein Vorhaben in die Tat umzusetzen. Ja, dachte er, das könnte klappen.

Kurz vor ihrem Besuch bei Tante Agnes, feierte Via ihren zwölften Geburtstag. Bei ihrer Ankunft bekam sie einen rot-weiß-gepunkteten Bikini von Tante Agnes geschenkt und eine riesige Nusstorte mit Schlagobers. Ihre Mutter backte nie, schon gar keine Geburtstagskuchen. Wenn es einmal eine Mehlspeise gab, dann brachte sie Topfengolatschen aus der Bäckerei neben der Wäscherei mit. Doch das geschah höchstens zweimal im Jahr. Tante Agnes wohnte kaum fünf Minuten vom Presseggersee entfernt. Es gab dort weder ein Strandbad noch Liegestühle oder Sonnenschirme, dafür einen Holzsteg, der vom Ufer fast zehn Meter weit ins Wasser ragte. Er verbrachte jeden Nachmittag am See, rauchte heimlich Zigaretten, die er in Tante Agnes` Nachttischschublade gefunden hatte oder trank Bier, das er aus dem Keller genommen hatte. Tante Agnes bemerkte den Diebstahl nicht oder ignorierte ihn. Via trug ihren neuen Bikini und eine alte

Sonnenbrille, die schief auf ihrer Nase saß, um die es von Sommersprossen nur so wimmelte.

„Gehen wir schwimmen?", fragte sie. Die Sonne fühlte sich auf ihrer Haut an wie tausend Nadelstiche.

„Wer zuerst im Wasser ist!", rief er und war im selben Augenblick aufgesprungen.

Via hetzte hinter ihm her, die kupferfarbenen geflochtenen Zöpfe flogen über ihre Schultern.

Mit einem Platschen landete er im Wasser und lachte. Via erreichte ihn Sekunden später. Er griff nach ihren Schultern und drückte sie unter Wasser. Kurz darauf tauchte sie wieder auf und rächte sich. Sie tollten beide durchs klare, kalte Wasser. Er streifte ihren Brustkorb, bemerkte die leichte Wölbung, die sich links und rechts unter dem Stoff ihres Oberteils abzeichnete und ließ los. Sie tauchten prustend auf. Via lachte. Er stieg ohne ein weiteres Wort aus dem Wasser und legte sich auf sein Handtuch.

In den folgenden Tagen ging ihm die körperliche Veränderung, die seine Schwester durchlebt hatte, nicht aus dem Kopf. Wann war sie vom kleinen Kind zur jungen Frau geworden? Nachts träumte er von dem rot-weiß-gemusterten Bikini. Im Traum zog er ihr das Oberteil aus, wachte aber jedes Mal auf, bevor er einen Blick auf ihre Brüste erhaschte. Einmal saß er schweißgebadet im Bett und presste die Oberschenkel zusammen. Die Bettdecke hob sich unter seiner Erektion. Er umfasste seinen Penis zwischen Daumen und Zeigefinger, um sich Erleichterung zu verschaffen.

Kurz bevor er kam, erwachte Via. Er spürte es mehr, als dass er es sah. Die Energie im Raum hatte sich verändert. Sie schlief im Bett neben ihm, kaum eineinhalb Meter von seinem entfernt. Er verharrte in der Bewegung, zwischen Verlegenheit und Wut, dass er so kurz vor dem Ziel gestört worden war. Via starrte ihn an. Es machte ihn zornig, dass sie ihn so unverhohlen beobachtete. Trotzig schob er seine Hand wieder unter die Bettdecke und brachte zu Ende, was er begonnen hatte. Als er mit einem Stöhnen kam, öffnete er die Augen und sah seine Schwester, die neben seinem Bett hockte und die Szene gebannt beobachtet hatte. Sie schien weder entsetzt noch schockiert, sondern vielmehr als hätte sie etwas entdeckt, dass sie zutiefst faszinierte. Sie gab ihm einen Kuss auf die Wange, kroch zurück ins Bett und schlief binnen Minuten ein.

In den folgenden Wochen drehten sich seine Gedanken ständig um seine Schwester. Er sah ihre kleinen festen Brüste vor sich, ihren schmalen Po, die schlanken Beine und konnte kaum an sich halten. Eines Nachts schlüpfte er zu ihr unter die Bettdecke und wartete, ob sie schreien oder ihm drohen würde. Nichts geschah. Sie lag still da, fast ehrfürchtig und sah ihm direkt in die Augen. Dann hob sie ihre Hand, strich ihm über die Wange und küsste ihn. Sonst geschah nichts. Er wagte nicht, sie woanders zu berühren. Nicht an diesem Tag.

3. April 2018

Johannes Novak war jung. Bea schätzte ihn auf Mitte zwanzig. Er trug Jeans und ein T-Shirt mit der Aufschrift: *Waiting for the week-end*. Seine braunen Augen erinnerten an Haselnusscreme, sein Haar war zu einem Männerknoten hochgesteckt, einer von diesen Dutts, die jeden maskulinen Typ unweigerlich in eine halbe Prinzessin verwandelten, wie Bea fand. Daran änderte auch der üppige Vollbart nichts, der einen Kontrapunkt zur femininen Frisur setzte. Einige Pickel ließen erahnen, dass Her Novak die Pubertät erst vor Kurzem hinter sich gelassen hatte.

„Bea Klein." Sie beugte sich über den Tisch im Sprechzimmer und reichte ihm die Hand.

„Johannes", erwiderte er. „Hannes Novak."

Sie nickte und beäugte den trostlosen Raum. Neben einem Tisch und ein paar Stühlen gab es nur eine bescheidene Anzahl an Regalen, die mit Ordnern gefüllt waren.

„Was halten Sie von einem Spaziergang?"

Herr Novak hob überrascht eine Augenbraue.

„Das Wetter ist herrlich und dieser Raum verursacht Depressionen."

Jetzt lächelte der Lehrer. Bea bemerkte die Grübchen und stellte sich vor, wie seine Schülerinnen reihenweise seinetwegen in ihr Kissen weinten. Sie zuckte zusammen. War Emily eine von ihnen? War er der Grund für ihre Verzweiflung?

„Frau Klein?"

Herr Novak war aufgestanden und zur Tür gegangen. Sie folgte ihm rasch in den Park, der das Schulgebäude umgab. Die Gartenanlage leuchtete in hellem Grün, durchbrochen von den beige-grauen Tönen des Kieswegs, der sich durch die Wiesen schlängelte. Die Glocke läutete zur ersten Stunde und Lehrer und Schüler drängten ins Gebäude oder in ihre Klasse. In der Ferne tuckerte der Rasenmäher-Traktor über die Grünflächen. Der Gärtner tippte sich an den Strohhut, als er die beiden Gestalten bemerkte, die über den Kiesweg schlenderten.

„Ich habe mit Frau Horvath gesprochen", erklärte Bea.

Herr Novak nickte, als wäre er im Bilde.

„Wie geht es Emily?", fragte er unvermittelt.

„Besser. Körperlich zumindest."

Er starrte auf den Weg, als warte unter den tausenden weiß-grauer Kieselsteine eine schlaue Erwiderung.

„Sie wird in den nächsten Tagen aus dem Krankenhaus entlassen."

„Das freut mich sehr."

Sie spazierten eine Weile schweigend nebeneinander her.

„Was wissen Sie über Emily?"

Herr Novak blieb unvermittelt stehen und hob die Hand an die Stirn um sich gegen die grellen Sonnenstrahlen zu schützen.

„Inwiefern?"

166

Bea war das Katz-und-Maus-Spiel leid.

„Frau Horvath hat angedeutet, dass Sie ...“

Der Lehrer seufzte. „Hören Sie, Frau Klein, ich habe einen Fehler gemacht. Während einer Englischstunde sind mir Emilys Narben aufgefallen. Sie hat die Hand gehoben, weil sie zur Toilette musste, dabei ist ihr Ärmel bis zum Ellbogen hochgerutscht. Ich habe sie nach der Stunde darauf angesprochen, nachdem ihre Mitschüler den Klassenraum verlassen hatten.“

Bea bemerkte, dass sie am Fingernagel ihres Daumens kaute.

„Was hat sie gesagt?“

„Sehen Sie, ich bin Vertrauenslehrer. Es ist meine Aufgabe und meine Pflicht, Informationen meiner Schüler zu schützen.“

Bea verdrehte die Augen und blieb stehen.

„Ach kommen Sie! Es geht hier nicht um eine heimliche Zigarette oder eine gefälschte Unterschrift auf einem Geschichte-Test, es geht um das Leben einer Dreizehnjährigen! Sie wäre beinahe gestorben, verdammt noch mal!“

Bea war von der Heftigkeit ihres Ausbruchs überrascht.

„Sie haben Recht.“ Herr Novak hob abwehrend die Hände. „Ich hätte früher mit Frau Horvath sprechen oder Sie informieren sollen. Mir war nicht klar, dass es so ernst ist.“

„Was dachten Sie denn? Dass sich meine Tochter aus Jux und Tollerei verletzt? Dass sie Freude daran hat, ein Leben lang Narben mit sich zu tragen?“

Herr Novak rieb sich die Hände.

„Sehr viele Kinder in diesem Alter haben Probleme. Es gibt kaum eine Klasse, in der es nicht mindestens zwei oder drei Schüler gibt, die massive Schwierigkeiten haben. Manche kämpfen mit einem lieblosen Elternhaus, andere mit Alkohol- oder Drogenproblemen oder Mobbing."

Er machte eine kurze Pause.

„Ihre Tochter ist bei weitem nicht das erste Mädchen, das sich an unserer Schule ritzt."

Bea warf ihm einen überraschten Blick von der Seite zu. „Lena Müller zum Beispiel."

Herr Novak seufzte.

„Zum Beispiel. Es gibt viele Teenager, die den Schmerz nutzen, um Druck oder Spannung abzubauen."

„Und da haben Sie es nicht für notwendig erachtet, mit Frau Horvath oder mir zu sprechen? Gerade, nachdem Lena sich das Leben genommen hat?"

Bea starrte ihn ungläubig an.

Herr Novak schluckte.

„Doch, natürlich! Aber ich bin Vertrauenslehrer. Ich wollte vorher mit Emily sprechen, ihr sagen, dass ich ihr Geheimnis nicht länger für mich behalten kann ..."

Bea packte ihn wütend am Ärmel.

„Und? Wieso haben Sie nicht?"

Herr Novak blickte Bea unverwandt an.

„Ich hatte es vor. Aber es war bereits zu spät."

Tränen schimmerten in seinen Augen. Beas Mund öffnete sich, klappte wieder zu. Plötzlich begriff sie.

Lena Müller hatte sich nur einen Tag vor Emilys Selbstmordversuch umgebracht. Als die Schule, und damit Herr Novak, davon erfuhr, hatte er keine Gelegenheit mehr, mit Emily zu sprechen.

„Ich verstehe das alles nicht", erwiderte Bea nach einer Weile. „Emily war immer eine ausgezeichnete Schülerin. Sie hatte nie Probleme, weder mit Lehrern oder Schülern noch mit sonst irgendwem."

„Gerade sehr gute Schüler versuchen, einer gewissen Erwartungshaltung zu entsprechen. Das kann ordentlich Druck erzeugen."

Bea runzelte die Stirn. „Ist es das?"

„Wie bitte?"

„Hat Emily Ihnen erzählt, dass sie sich überfordert fühlte? Dass sie dem Leistungsdruck nicht stand-halten konnte?"

Herr Novak zögerte, dann schüttelte er den Kopf.

„Nein. Das war es nicht."

Bea fasste den Lehrer am Arm. Durch den Stoff spürte sie seine drahtigen Muskeln.

„Was dann?"

Er steuerte auf eine Parkbank zu, hob die Hand zum Gruß, als der Gärtner auf seinem Traktor vorbei ratterte und setzte sich. Bea folgte ihm. Herr Novak zuckte die Achseln.

„Ihre Freundin Penny hat mir erzählt, sie wäre unglücklich verliebt."

„Sind sie das nicht alle in dem Alter?" Herr Novak wippte unruhig mit seinem Fuß. Er fühlte sich sicht-lich unwohl.

169

„Sie wissen, in wen Emily verliebt war."

Der Lehrer starrte auf einen Punkt in der Ferne.

„Ja." Er seufzte. „In mich."

Bea starrte ihn an. Sein Kinn zuckte unter dem vollen Bart.

„Wie bitte?"

„Es war nicht mehr als eine Schwärmerei. Als Emily mir davon erzählt hat, habe ich ihr unmissverständlich klar gemacht, dass ich ihr Lehrer bin und eine private Beziehung keinesfalls in Frage kommt."

„Wie hat Emily reagiert?"

„Ich denke, sie hat es verstanden", erwiderte Hannes Novak.

„Was ist dann mit ihr los? Sie wissen etwas. Das merke ich!" Bea griff nach Herrn Novaks Arm.

Er schob eine Hand in seine Hosentasche und holte ein Päckchen Marlboro heraus. „Stört es Sie?"

Bea schüttelte den Kopf. „Darf ich Ihnen eine abschnorren?"

Herr Novak grinste und streckte ihr die Packung entgegen. Bea inhalierte den ersten Zug so tief, dass ihr schwindlig wurde.

„Alles in Ordnung mit Ihnen?"

„Klar! Lange keine mehr geraucht", erklärte sie.

Beim zweiten Zug beschleunigte ihr Puls, als das Nikotin durch ihre Blutbahn rauschte. Danach entspannte sie sich.

Hannes Novak rauchte seine Zigarette schweigend. Als er sie an einem Stein ausdämpfte, sah er Bea direkt in die Augen.

„Frau Klein, es stimmt, dass Emily für mich geschwärmt hat, aber ich bin sicher, das hat nichts mit ihrem Selbstmordversuch zu tun. Sie hat mir etwas erzählt, was mich beunruhigt hat."

Bea rauchte ihre Marlboro bis zum Filter hinunter, dessen Ende dunkelbraun war. Sie kniff die Augen zusammen und wartete.

„Sie hat gesagt, ein Mann würde sie belästigen."

„Ein Mann? Was für ein Mann?"

Hannes Novak zuckte die Achseln.

„Ein erwachsener Mann."

„Was hat dieser Mann gemacht?"

Der Lehrer senkte den Blick.

„Ich habe ihr gesagt, dass sie ihn anzeigen muss", flüsterte er. „Ich habe ihr gesagt, dass ich ihr helfen würde."

Bea erstarrte. Ihr Mundwinkel zuckte unkontrolliert.

„Was hat sie erwidert?"

Hannes Novak war blass geworden. Sein linker Fuß trommelte nervös auf die Erde.

„Sie sagte, dass niemand ihr helfen könnte."

„Wer? Wer hat ihr das angetan?"

Herr Novak schüttelte den Kopf.

„Ich weiß es nicht. Sie hat es mir nicht anvertraut."

Bea sprang auf. Fetzen des Tagebucheintrags, den sie gelesen hatte, schwirrten durch ihren Kopf wie Motten um eine Straßenlaterne. Ihre Knie zitterten. Sie spürte den Untergrund nicht, als sie über den Weg zurück zum Schulgebäude rannte. Ein Körper, der

über der Erde schwebte. Sie hörte, Herrn Novak ihren Namen rufen. Ihre Füße liefen weiter, immer weiter. Sie konnte nicht stehen bleiben. Sie wollte nicht stehen bleiben. Nie wieder. Sie wollte laufen, bis alles taub war und sie nichts mehr fühlte. Ihr Herz schlug hart in ihrer Brust, ihr Atem zischte wie ein Luftballon, aus dem die Luft entwich. Das Adrenalin schoss durch ihre Venen, trieb sie an. Sie sah ihre Füße, spürte sie aber nicht. Taub. Gefühllos. Tot. Der Stein ragte vor ihr auf. Sie spürte ihn nicht, nur den Aufprall auf dem Kiesweg, die kleinen Steinchen, die sich in ihre Wange und ihre Hände bohrten. Ein Moment, in dem die Zeit anzuhalten schien. Dann der Schmerz. Ihre Handflächen brannten, ihr Gesicht pochte. Sie rappelte sich auf die Knie und bemerkte das Blut.

„Frau Klein! Um Himmels willen!"

Herr Novak hatte sie eingeholt, hockte sich neben sie und half ihr auf die Beine.

„Haben Sie sich verletzt?"

Sie wischte das Blut in ein angerotztes Taschentuch.

„Halb so wild", erklärte sie.

„Ich begleite Sie zu unserer Krankenschwester."

Sie schüttelte den Kopf. „Danke, das ist nicht nötig."

„Was wollen Sie tun?"

Herr Novak starrte sie verwirrt an.

„Ich muss jemanden finden."

Sein Gesicht war ein einziges Fragezeichen.

„Den Mann, der meine Tochter fast in den Selbstmord getrieben hätte."

Herr Novak legte seine Hand auf ihre Schulter. „Seien Sie vorsichtig, Frau Klein. Wer immer Ihrer Tochter das angetan hat, er ist gefährlich."

Sie nickte.

„Wenn ich Ihnen helfen kann, sagen Sie Bescheid, ja?" Herr Novak nahm ihre Hand und drückte sie.

„Danke."

Sie hatten ihren Wagen erreicht. Mit zittrigen Fingern tastete sie nach dem Schlüssel in ihrer Handtasche.

„Wenn Sie noch irgendetwas erfahren, das helfen kann, dieses Arschloch zu finden, rufen Sie mich an." Bea reichte ihm eine Visitenkarte.

Herr Novak nickte. „Versprochen."

Er hielt ihr die Tür auf und beobachtete, wie sie einstieg und den Motor anließ.

„Passen Sie gut auf sich auf!"

Die Worte hallten in Beas Kopf nach, während sie den A1 wie ferngesteuert auf die Hauptstraße lenkte. Sie wusste, was sie als Nächstes tun würde, auch, wenn sie sich stets geschworen hatte, so etwas niemals zu tun.

Als sie ihr Haus betrat, schmeckte sie die Abwesenheit. Es roch nach Biomüll, der zu lange unter der Spüle gestanden hatte, nach einem Hauch von Kaffee, der in der Kanne bitter und kalt geworden war und nach einer Leere, die gleichsam eine Woge der Erleich

terung und der Traurigkeit über Beas Körper spülte. Niemand war zu Hause. Simon war in der Schule. Und Tom? Sie schüttelte den Kopf, leerte den Kaffee in den Abwasch und spülte die Glaskanne aus. Sie stellte den Biomüll vor die Haustür und verzog das Gesicht, als ihr der faulig-süße Geruch von verdorbenem Obst und Gemüse in die Nase stieg. Sie nahm zwei Stufen auf einmal, als sie die Treppe ins Obergeschoss hinauf hastete. Emilys Zimmer lag unberührt da. Die Kleiderhaufen auf dem Boden, genau an der Stelle, wo sie sie zuletzt vorgefunden hatte, die Schminksachen unbewegt auf der Kommode. Sie sank auf alle Viere und verrenkte den Oberkörper, um unter das Bett zu blicken. Staub und Wollmäuse wirbelten aus den Ecken hervor. Sie hustete. Der Raum musste dringend geputzt werden. In der Dunkelheit war kaum etwas zu erkennen. Sie tastete mit der Hand unter das Bett. Nichts. Sie war sicher, dass sie das Tagebuch hier zuletzt gesehen hatte. Sie sprang auf, holte eine Taschenlampe aus dem Werkzeugkasten und spähte erneut unter Emilys Bett. Außer ein paar Spinnweben war nichts zu finden. Bea runzelte die Stirn. Sie hievte sich vom Boden hoch, schlug die Bettdecke zurück, öffnete die Schubladen der Kommode und des Schreibtisches und suchte im Kleiderschrank. Nichts. Wie war das möglich? Das Tagebuch konnte doch nicht verschwunden sein. Sie stutzte. Die Worte des Eintrages, den sie gelesen hatte, schwirrten durch ihren Kopf. Das hatte sie sich nicht eingebildet. Sie eilte in Simons Zimmer, inspizierte den Schreibtisch,

174

das Bett und seine Kästen. Nichts. Und dann erstarrte sie, als die Erkenntnis sie wie ein Blitzschlag traf. Jemand hatte das Tagebuch gefunden. Oder danach gesucht. Oder beides.

Emily saß mit geschlossenen Augen in ihrem Bett. An der Art, wie sie ihren Kopf und den Mund bewegte, bemerkte Bea, dass sie Musik hörte. Erst beim zweiten Blick fielen ihr die weißen In-Ear-Kopfhörer auf, die ihre Tochter trug. Ihre Wangen waren leicht gerötet. Das erste Mal seit ihrem Selbstmordversuch, dass sie wieder etwas Farbe hatten. Bea lächelte. Als Emily klein war, hatte sie nicht gesprochen, sie hatte gesungen. Sie liebte Musik und hatte schon als Vierjährige sämtliche Hits der Charts auf und ab geträllert, bis Max in seiner Verzweiflung zu Ohropax gegriffen hatte. Bea liebte die Stimme ihrer Tochter und bewunderte die Leidenschaft, mit der sie sang. Sie erinnerte sich an die erste Aufführung des Schulchors, bei der Emily ein Solo gesungen hatte. Obwohl sie die ganze Nacht nicht hatte schlafen können und vor Nervosität pausenlos auf den Küchentisch getrommelt hatte, hatte es für ihren Auftritt Standing Ovations gegeben. Bea sog die friedliche Stimmung in sich auf, Emilys leicht geöffneter Mund, ihre geschlossenen Augen, über denen lange Wimpern flatterten und ihre rosigen Backen. Die Liebe flutete sie wie einen Damm, dessen Schleuse geöffnet wurde. Sie hätte sie beinahe verloren. Ihr kleines Mädchen. Das wunderbarste Geschöpf, das sie sich vorstellen konnte: lebenslustig,

frech, talentiert und wunderschön. Eine Gänsehaut krabbelte über ihre Arme wie ein Haufen Ameisen. Der Gedanke beschleunigte ihren Puls. Jemand hatte ihre Tochter verletzt, sie unter Druck gesetzt, bis sie keinen Ausweg mehr wusste. Jemand, der nicht ahnte, mit wem er es zu tun hatte: Einer Mutter, die entschlossen war, für ihr Kind zu kämpfen.

Emily erwachte mit einem Seufzer. Als sie Bea erblickte, lächelte sie zaghaft.

„Hey, meine Süße", begrüßte Bea ihre Tochter und küsste sie auf die Wange.

„Mama!" Emily setzte sich ein wenig auf. „Bist du schon lange hier?"

„Eine Weile."

Sie hielt die Hand ihrer Tochter. „Wie geht es dir?"

„Besser", erwiderte Emily und klang aufrichtig.

Bea atmete tief durch.

„Ich muss mit dir über etwas sprechen".

Emilys Blick verfinsterte sich augenblicklich.

„Muss das sein?"

Bea nickte. „Ich fürchte schon."

Einen Moment schwiegen sie. Bea lauschte den Schritten am Gang, die an Emilys Zimmer vorbei schlurften.

„Wieso hast du mir nichts von dem Baby erzählt?"

Emilys Gesicht verzog sich schmerzhaft.

„Woher weißt du ...?"

„Die Ärzte mussten mich einweihen. Du bist minderjährig. Ich bin für dich verantwortlich."

„Klar", entgegnete Emily und klang, als wäre es das eben nicht.

„Hast du einen Freund? Ich wusste nicht, dass es jemanden gibt, mit dem es so ernst ist."

„Tut es auch nicht".

Bea drückte ihre Hand. Emily zog sie weg.

„Emily, bitte! Es ist wichtig. Rede mit mir!"

Emily presste ihre Lippen zusammen und starrte zum Fenster.

„Em! Komm schon. Ich bin nicht böse auf dich. Ich wünschte nur, du hättest es mir erzählt."

„Es ist niemand."

Bea seufzte frustriert.

„Von niemand wird man nicht schwanger."

Emily lächelte freudlos.

„Danke für die Aufklärung, Mama! Das weiß ich auch."

„Kenne ich den Jungen?"

Ihre Tochter reagierte nicht. Sie fixierte einen Punkt an der Wand hinter ihrer Mutter.

„Ist er der Grund, dass du dich umbringen wolltest?"

„Nein, Mama! Er ist nicht der Grund", funkelte sie ihre Mutter an.

„Dann war es die Schwangerschaft", stellte Bea fest. „Ich hätte dir geholfen. Das weißt du doch, nicht wahr?"

Emily wandte langsam ihren Kopf und sah ihrer Mutter in die Augen.

„Das kannst du nicht, Mama", erwiderte sie und ihre Stimme war kaum mehr als ein Flüstern. „Niemand kann das".

„Ich weiß nicht, was genau passiert ist", erklärte Bea und klang gefasster, als sie sich fühlte. „Aber ich weiß, dass jemand dir weh getan hat. Ich wünschte, du würdest darüber mit mir sprechen."

Emily schwieg.

„Ich werde herausfinden, wer dir das angetan hat. Und ich werde denjenigen zur Rechenschaft ziehen. Ob mit oder ohne deine Hilfe."

Emilys Lippen bebten, ihre Augenwinkel füllten sich mit Tränen. „Lass es, Mama!", bat sie leise. „Bitte!"

Bea stand auf. „Alles wird gut", erwiderte sie. „Vertrau mir!"

Als sie die Tür öffnete, fing sie den Blick ihrer Tochter auf, der sagte, dass nichts gut werden würde. Heute nicht. Nie wieder.

Oktober 1985

Der Neue seiner Mutter war ihm egal. Björn war längst zurück in Hamburg. Stattdessen war es jetzt der Franz aus dem benachbarten Piding, einem kleinen bayerischen Ort jenseits der Grenze. Franz hatte einen Bauernhof mit Schweinen und Hühnern und einem riesigen Berner Sennenhund. Dort verbrachte seine Mutter den Großteil ihrer Zeit. Anfangs wollte sie, dass er und seine Schwester sie dorthin begleiten. Der Franz sei doch so ein lieber Kerl. Aber bald merkte sie, dass Via und er keine Lust hatten, auf Urlaub am Bauernhof, auf den Gestank von Schweinestall, Hund und Vogelbeerschnaps, den der Franz selbst brannte und literweise soff. Seine Mutter stand ihrem Liebsten in nichts nach. Er hatte nicht geahnt, dass sie so viel Hochprozentiges trinken und danach aufrecht stehen konnte. Manchmal stritten sie im Suff, bis Gläser scheppernd auf dem alten Holzboden landeten und Bruno, der schwerfällige Hund, sich jaulend hinter den Kamin verzog. Er fand die sich in regelmäßigen Abständen wiederholenden Episoden widerlich, zumal dem Franz der Speichel vom Kinn troff, wenn er auf der Eckbank einschlief und schnarchte und seine Mutter mit weit geöffnetem Mund und stinkendem Atem über ihm lag. Irgendwann blieben Via und er in ihrem kleinen Apartment in der Stadt. Dort hatten sie

wenigstens ihre Ruhe. Es kümmerte sich sowieso niemand um sie.

Als Via eines Tages nackt aus der Dusche kam und sich spaßeshalber mit ihm balgte, passierte es. Er packte sie unter den Achseln, hob sie auf den Küchentisch und öffnete den Gürtel. Seine Hose glitt geräuschlos über seine schmalen Hüften zu Boden. So stand er nackt vor ihr, sein Penis ragte schräg in die Luft, während Vias Pobacken sich an ihm rieben.

„Mach schon", rief sie.

Er zögerte nur einen Moment, dann packte er ihre Hüften und drang in sie ein. Sie dirigierte jede seiner Bewegungen mit einer Selbstverständlichkeit, dass er daran zweifelte, ob dies ihr erstes Mal war. Er stutzte den Bruchteil einer Sekunde, ließ sich dann vollends ein auf ihren Körper, ihre Hüften, ihre Beine, die ihn umschlangen und ihn näher an sie drängten. Sie atmete rhythmisch, erst tief und langsam, dann flacher und schneller, bis sie japste und winselte wie ein Tier. Das Blut schoss in seine Lenden, sein ganzes Fühlen konzentrierte sich auf einen Punkt, bis er das Gefühl hatte, zu explodieren. Als er kam, war er sicher, dass er nur für diesen Moment lebte. Dass dies der Grund war, warum er existierte. Nie hatte er sich so lebendig gefühlt, so bei sich, so pur.

Via lächelte. Sie küsste seinen Hals und sprang vom Tisch.

„Das war ..."

Sie legte einen Finger über seinen Mund.

„Nicht reden."

Er blickte ihr nach, wie sie aus dem Zimmer hüpfte. Ihr kleiner fester Po zitterte bei jeder Erschütterung. Er stützte sich auf den Tisch. Die Muskeln in seinen Armen bebten.

Als sie später an diesem Abend Arm in Arm einschliefen, flüsterte sie: „Versprich mir, dass du mich nie verlassen wirst."

Sie lag da, reglos im blassen Mondlicht, das durch die schmutzigen Fenster ins Schlafzimmer fiel und er dachte, er hätte nie etwas so Schönes gesehen. Er zeichnete die Konturen ihrer Hüften mit dem Zeigefinger nach, schmiegte seinen Kopf an ihre Brust und küsste sie auf den Hals.

„Ich verspreche es", sagte er feierlich. Er ahnte nicht, dass er diesen Eid bitter bereuen sollte.

4. April 2018

Tom war weg. Sein kleiner Trolley stand nicht länger neben der Bettseite, in der er schlief. Die wenigen Kleidungsstücke, die er bei ihr ließ, waren verschwunden. Selbst der Zahnputzbecher war leer. Sein Geruch erfüllte den Raum, diese Mischung aus Holz und Zitrone, die sie liebte. Bea sog den Duft ein und sank aufs Bett. Er war gegangen. Sie hatten eine schwere Zeit hinter sich. Für Tom war es nicht leicht, eine verwitwete Frau mit zwei Kindern zu lieben, die um ihren verstorbenen Mann trauerte und deren Tochter versucht hatte, sich das Leben zu nehmen. Sie konnte es ihm nicht verübeln, dass er überfordert war. Hatte sie ihm zu viel zugemutet? Hatte sie ihm deutlich gemacht, was sie von ihm erwartete? Sie brauchte einen Mann, der ein echter Partner war, der bereit war, ihr Leben, ihre Sorgen, die Kindererziehung und die finanzielle Bürde mit ihr zu teilen. War das zu viel verlangt? Hatte sie ihn damit so unter Druck gesetzt, dass er sich entschieden hatte, sie zu verlassen? Ihre Nase war verstopft. Erst als eine Träne über ihre Wange glitt, merkte sie, wie traurig sie war. Sie fischte ihr Mobiltelefon aus der Jeans und wählte Toms Nummer. Die Mobilbox forderte sie auf, eine Nachricht zu hinterlassen. Frustriert warf sie das Telefon aufs Bett. Die Einsamkeit erdrückte sie. Sie hob das Handy

auf und rief Paul an. Er meldete sich nach dem zweiten Klingeln.

„Hey, Bea! Alles okay bei dir?"

Sie schwieg, kämpfte gegen die Tränen.

„Bea? Ist etwas passiert?"

Sie schluckte. „Es ist Tom", sagte sie. „Er hat mich verlassen."

„Gib mir 15 Minuten. Ich bin gleich bei dir", erwiderte Paul, ehe er auflegte.

Paul sagte nichts, als er das Haus betrat. Er zog Bea an sich und drückte sie. Er fühlte ihren Herzschlag an seiner Brust. Sie zitterte. Er nahm ihre Hand und zog sie in die Küche, wo er Kaffee aufsetzte.

„Tom ist also gegangen. Habt ihr gestritten?"

„Ja. Nein. Ich weiß auch nicht."

Er nahm zwei Becher aus dem Schrank über der Spüle.

„Hast du versucht, ihn anzurufen?"

„Natürlich habe ich das. Ich kann ihn nicht erreichen."

„Hast du es bei Freunden von ihm versucht? Seiner Familie?"

Bea lachte. „Tom hat keine Freunde", erwiderte sie. „Und falls doch, kenne ich keinen einzigen von ihnen."

Paul ließ sich auf den Stuhl neben Bea fallen.

„Ihr seid seit zwei Jahren ein Paar und du kennst niemanden aus seinem Freundeskreis?"

Bea nickte langsam. Erst jetzt wurde ihr klar, dass sie nichts über den Mann wusste, mit dem sie zusammen war.

„Eltern? Geschwister?"

Sie schüttelte den Kopf.

„Du willst sagen, du kennst niemanden, der Tom kennt? Bea, Himmel! Wo hast du den Typ bloß aufgegabelt?"

Sie schluckte. „Im Internet."

Paul runzelte die Stirn.

„Echt jetzt?"

Bea goss Milch in ihren Kaffee und beobachtete, wie sich das Braun beige färbte. Jetzt, wo Paul das so direkt fragte, merkte sie, wie naiv sie an diese Beziehung herangegangen war.

„Das ist normal heutzutage! Ach Paul, ich war einsam nach Max` Tod. Wenn man zwei Kinder zu Hause hat und einen Job, kommt man nicht gerade viel unter Leute."

Paul versuchte offenbar, diese Information zu verdauen.

„Wo wohnt Tom, wenn er nicht bei dir ist?"

„Irgendwo in Linz."

„Irgendwo in Linz?", fragte Paul ungläubig. „Heißt das, du warst noch nie bei ihm zu Hause?"

Bea schüttelte den Kopf. Wieso hatte er sie nie mit zu sich nach Hause genommen? Wieso hatte sie nie darauf bestanden, sein Heim zu sehen? Seine Freunde kennenzulernen?

„Das glaub ich nicht",entgegnete Paul. „Ihr führt über zwei Jahre lang eine Beziehung und der Kerl lädt dich nicht einmal zu sich nach Hause ein?" Paul schlug mit der flachen Hand auf den Tisch. Bea zuckte zusammen.

„Da stimmt doch was nicht!"

Bea nickte. Wie oft hatte Tom sich herausgeredet, dass er einen Geschäftstermin hatte oder geschäftlich verreisen musste, wenn Bea ihn gebeten hatte, ein paar Tage bei ihr zu bleiben. Sie hatte ihn nie gefragt, wo er hinfuhr, wie lange er wegbleiben würde und was er genau tat. Wieso nicht?

„Willst du damit sagen, du hast keine Ahnung, wer dieser Mann eigentlich ist?"

Bea knabberte an ihrem Fingernagel.

„Oh, mein Gott, Bea!"

Sie fühlte sich mit einem Mal unsagbar müde. Sie stellte einen Ellenbogen auf dem Tisch ab, um ihren Kopf in ihrer Handfläche abzustützen.

„Ich war einfach froh, dass es jemanden gab. Jemanden, der mich in den Arm nahm, mich tröstete, mich liebte."

„Ach, Bea!"

Paul sprang auf und griff nach ihren Händen.

„Und da lässt du dich auf einen wildfremden Mann ein?"

Bea senkte den Blick und starrte auf die Maserung der Tischplatte, als offenbarte diese eine plausible Erklärung.

„Er war doch kein Fremder", protestierte sie. Der Klang ihrer zittrigen Stimme überzeugte nicht einmal sie selbst.

„Wie heißt Tom?"

„Hartung. Tom Hartung."

„Wie heißt sein Unternehmen?"

Sie zuckte die Achseln.

„Ich bin nicht sehr hilfreich, stimmt´s?"

Paul seufzte.

„Bist du sicher, dass er nie irgendwelche Angehörigen erwähnt hat? Namen? Adressen? Irgendetwas?"

„Ich glaube nicht, nein." Bea zögerte. „Er hat mir erzählt, dass er verwitwet ist. Seine Frau ist wohl vor einigen Jahren bei einem Autounfall ums Leben gekommen."

Bea schluckte. „Wenn das überhaupt stimmt."

Sie schwiegen einen Moment. Paul musste sie für einen kompletten Vollidioten halten. Wer würde so lange Zeit mit jemandem verbringen, ohne die leiseste Ahnung von ihm oder seiner Vergangenheit zu haben? Sie war mit einem Polizisten verheiratet gewesen, verdammt noch mal. Was hatte sie sich nur dabei gedacht?

„Wo genau hast du ihn kennengelernt?"

„Auf einer Plattform für Singles *friendsandmore.com*."

„Immerhin haben wir sein Kennzeichen", entgegnete Paul und klang fröhlicher, als er sich fühlte.

„Was hast du vor?"

„Herausfinden, mit wem wir es hier zu tun haben."

Bea schluckte schwer. „Du glaubst doch nicht ..."

Paul hob abwehrend die Hände.

„Um ehrlich zu sein, ich weiß nicht, was ich glauben soll. Aber irgendetwas ist hier faul. Und ich habe zu viele Jahre mit miesen Typen zu tun, als dass ich nicht 100 Meter gegen den Wind riechen könnte, dass mit Tom etwas nicht stimmt."

Bea sackte auf ihrem Stuhl in sich zusammen. Hatte Paul recht? War Tom ein Betrüger? Was verheimlichte er vor ihr?

„Fehlt irgendetwas?"

„Was meinst du?"

„Hat er etwas von deinen Sachen mitgenommen?"

Sie schüttelte den Kopf.

„Ich glaube nicht. Ich habe gar nicht geschaut."

„Das solltest du unbedingt tun. Ruf mich an, wenn dir etwas auffällt".

„Das Einzige ..."

„Ja?"

Sollte sie Paul von dem Tagebuch erzählen? Von Emilys privaten Aufzeichnungen? Der Tatsache, dass sie es seit gestern nicht mehr fand? Sie dachte an den Besuch in Pauls Haus, an den Badezimmerschrank, an das Diazepam, das sie dort entdeckt hatte. Konnte sie ihm trauen? Warum verheimlichte er ihr, dass er krank war? Wenn es keinen anderen Grund dafür gab, dass er dieses Medikament bei sich aufbewahrte. Ein Medikament, das ihre Tochter beinahe umgebracht hätte und das irgendjemand ihr gegeben hatte.

„Bea?"

„Nichts. Es ist nichts", versicherte sie und rang sich ein Lächeln ab.

Paul starrte sie lange an.

„In Ordnung. Wenn du etwas Ungewöhnliches bemerkst, ruf mich sofort an."

Sie nickte.

Paul marschierte zur Tür.

„Was tust du?"

„Herausfinden, wer der Kerl ist, mit dem du die letzten zwei Jahre verbracht hast."

„Sag mir Bescheid, wenn du etwas Neues weißt, ja?"

Paul nickte und schlüpfte in seine Sneakers.

„Und du sei vorsichtig! Sollte Tom zurückkommen, lass ihn bloß nicht herein", warnte Paul.

„Das wird nichts nützen."

Paul hob fragend eine Augenbraue.

„Er hat einen Schlüssel".

„Du meinst ... er hat den Schlüssel mitgenommen?"

Bea zuckte die Achseln. „Hier ist er jedenfalls nicht."

„Ich rufe den Schlüsseldienst", erklärte Paul. „Sie sollen das Schloss umgehend austauschen."

Als eine Stunde später der Mann von *Schlüsselservice* bei ihr klingelte, hockte Bea über ihrem Notebook und suchte nach Tom. Wie Paul ihr eingebläut hatte, ließ sie sich von dem Herrn den Ausweis zeigen, der auf den Namen Benno Schmid lautete und notierte sich vorsichtshalber das Kennzeichen. Man konnte nie wissen. Während der Mann das Schloss tauschte,

tigerte Bea rastlos zwischen der Küche und dem Vorzimmer auf und ab.

„Kein Sitzfleisch, was?", fragte der Handwerker, als sie seine Arbeit das fünfte Mal inspizierte.

Sie errötete. „Dauert es noch lange?"

„Fünf Minuten", nuschelte er zwischen dem Schraubenzieher hervor, der aus seinem Mund ragte.

Erleichtert zog sie sich in die Küche zurück, um den nächsten Suchlauf zu starten. Ihr Kaffee schmeckte bitter. Sie warf die Maschine an, um neuen zu kochen. Hinter ihren Schläfen kündigten sich die Vorboten von heftigen Kopfschmerzen an. Sie rieb sich mit den Zeigefingern über die Stirn, als könnte sie das dumpfe Pochen damit vertreiben.

„Bezahlen Sie bar oder per Rechnung?"

Der Handwerker hatte sich nahezu lautlos genähert. Bea zuckte zusammen, als seine sonore Stimme die Küche erfüllte.

„Auf Rechnung", antwortete sie, sobald ihr Herz aufhörte zu hüpfen.

Der Mann füllte einen Erlagschein aus und holte ein Formular aus seinem Blaumann.

„Unterzeichnen Sie hier!", forderte er sie auf und legte knapp ein halbes Dutzend Schlüsseln auf den Tisch.

„Der Austausch des Schlosses sowie fünf neue Schlüssel", erklärte er, während Bea ihre Unterschrift unter den Auftrag setzte und sich fragte, ob sie den Beruf verfehlt hatte. Bei dem Stundenlohn hätte sie sich ihr Studium sparen können.

Sie begleitete den Handwerker zur Tür und verabschiedete ihn. Sie vergewisserte sich zweimal, dass sie die Tür abgeschlossen hatte, ehe sie in die Küche zurückkehrte.

Eine Stunde später war ihre Vermutung Gewissheit: Der Mann, mit dem sie seit zwei Jahren lebte, Bett und Tisch teilte, auf eine Zukunft hoffte, war ein Phantom. Es gab keinen Tom Hartung, jedenfalls nicht in der digitalen Welt. Es existierten keine Bilder oder Einträge unter diesem Namen, die sich mit ihm in Verbindung bringen ließen, keine Firma, keine Adresse, keine Telefonnummer. Er hatte nicht einmal einen Facebook-Account oder war auf LinkedIn registriert. Es gab ihn nicht. Die Erkenntnis traf Bea wie ein Schlag ins Gesicht. Wie konnte das sein? Sie kannte diesen Mann, wusste, wie er roch, wie er sprach, wie er sich anfühlte. Sein sprödes, graues Haar, seine stabernsteinfarbenen Augen, die je nach Stimmung ihre Farbe wechselten, seine Nasenflügel, die zitterten, wenn er sich aufregte und das tiefe Grübchen in seinem Kinn, das wie ein kleiner Mund aussah, wenn sie verkehrt über ihm kauerte. Sie kannte seine Schritte, würde seine Stimme unter hunderten von Männern erkennen und sein kehliges Lachen, das seine Brust beben ließ. Sie wusste, dass er Hermann Hesse liebte, die Opern von Wagner und die Stücke von Shakespeare. Sie wusste, dass Verona seine Lieblingsstadt war, dass er am liebsten in Griechenland Urlaub machte und gern teuren Wein trank. Sie

wusste, dass Schlamperei ihn verärgerte, dass langsame Autofahrer ihn zur Weißglut brachten und Dummheit noch mehr. Sie kannte seine sexuellen Vorlieben, wusste, dass er im Bett gern den Ton angab und es nie zu früh oder zu spät für einen Quickie war. Sie kannte das herzförmige Muttermal an seiner rechten Pobacke, die kleine sichelförmige Narbe auf seiner Brust, die von einem Motorradunfall in Südtirol stammte und wusste, dass er keine Weisheitszähne besaß. Sie waren in seinem Kiefer nicht angelegt worden. Sie kannte seine Lieblingsspeisen, wusste, dass er Saibling und Makrele liebte, für Pasta mit Pesto schwärmte und von Paprika Blähungen bekam. Er verbrachte seine Freizeit am liebsten in den Bergen, beim Wandern, Klettern oder Skifahren. Hauptsache, es ging hoch hinaus. Er war Jäger, hatte aber auf ihren Wunsch hin nie eine seiner Waffen in ihr Haus gebracht. Alles, was sie von ihm wusste - das wurde ihr schlagartig klar - waren die Dinge, die sie mit ihm erlebt hatte oder diejenigen, die offensichtlich waren. Je länger sie darüber nachdachte, umso mehr begriff sie, dass Tom selbst nie etwas von sich preisgegeben hatte. Sie hatte keine Ahnung, wo er genau wohnte, wie er lebte, was er tatsächlich beruflich machte oder womit er seine Zeit verbrachte, wenn er nicht bei ihr war. Er hatte nie von seiner Familie gesprochen oder Freunde erwähnt. Und Bea hatte nie gefragt. Es hatte keine Rolle gespielt. Ist es nicht so, dass es Dinge gibt, die man nicht so genau wissen möchte? Was, wenn Tom gar nicht verwitwet war? Wenn seine Eltern sie

hassten oder ihre Kinder ablehnten? Hatte er Geschwister? Lebten seine Eltern? Womit verdiente er seinen Lebensunterhalt?

Bea trank den kalten Kaffee aus und verzog das Gesicht. Wieso hatte sie sich all diese Fragen nicht schon früher gestellt? Der Mann, den sie liebte, war jemand völlig Anderes, als er sie glauben machte.

„Was kümmert es mich jetzt, wo er mich verlassen hat?", fragte sie sich, während sie in ihrer Handtasche nach einer Zigarette suchte. Sie hatte vor acht Jahren aufgehört zu rauchen. Max hatte ihre Angewohnheit, sich bei jeder Gelegenheit eine anzuzünden gehasst. Nach einem Magen-Darm-Infekt, den sie sich bei ihrem gemeinsamen Urlaub in Thailand eingefangen hatte, ließ sie die Qualmerei bleiben. Sie schmeckten ihr nicht mehr. Jeder Zug brachte ihren Magen in Aufruhr, bis ihr übel wurde. Sie hatte ihre verbliebenen Vorräte verschenkt und danach auf das Rauchen verzichtet. Bis sie mit Hannes Novak ihr altes Laster wieder aufflammen ließ.

Sie öffnete die Glastür, die in den Garten führte und sank auf einen klapprigen Gartenstuhl. Sie zündete die Zigarette an und inhalierte tief. Fast im selben Augenblick ließ das nervöse Kribbeln in ihren Armen und in ihrer Brust nach, das sich anfühlte, als würde sie von hunderten von Ameisen heimgesucht. Gleichzeitig war sie von ihrer eigenen Schwäche angewidert. Selbst nach Max´ Tod hatte sie der Versuchung zu rauchen, widerstanden. Sie lehnte sich an die Haus-

mauer und blies den Rauch in kleinen Kringeln aus, die in den Himmel schwebten wie Federn.

Was sollte sie jetzt tun? Ihre Beziehung abschreiben? Tom nachspionieren? Ihn vergessen? Die Asche fiel auf ihre Brust und hinterließ eine graue Spur auf ihrem T-Shirt. Hastig wischte sie sie weg und dämpfte die Zigarette auf einer Fliese aus.

Wo sollte sie anfangen zu suchen? Sie wusste, dass es ihr keine Ruhe lassen würde, bis sie erfuhr, wer Tom wirklich war und was für ein Spiel er mit ihr trieb. Ein Fenster auf ihrem Notebook öffnete sich. Eine neue E-Mail. Bea klickte auf die Nachricht, die den gesamten Bildschirm ausfüllte. Die Mail enthielt eine .jpg-Datei, dafür weder Text noch Namen des Absenders. Die E-Mail-Adresse des Senders lautete didyouknow@gmail.com. Bea klickte auf die Datei und vergrößerte sie auf 150%. Es war der Scan eines Zeitungsartikels. Das Datum war auf dem Ausschnitt nicht zu erkennen.

Polizist bei Schießerei am Bahnhof getötet

Gestern kam es gegen 19:10 zu einem Schusswechsel am Bahnhofsvorplatz in Salzburg, bei dem ein Polizeibeamter tödlich verletzt wurde. Max K. wurde bei der Schießerei in die Brust getroffen und verstarb noch an Ort und Stelle. Sein Kollege Paul W. nahm die Verfolgung auf, konnte den Täter aber nicht stellen. Nach Aussagen der Polizeiinspektion Bahnhof waren die Beamten bei einem routinemäßigen Streifgang von dem Täter überrascht worden. Der Polizeisprecher Wilfried P.

bestreitet jeglichen Zusammenhang mit einem Fall zweier vermisster junger Mädchen, in dem die beiden Beamten ermittelten. In den vergangenen Monaten waren die Mädchen auf dem Nachhauseweg nach Schulschluss verschwunden. Laut Augenzeugenberichten wurde ein Mann Ende vierzig beobachtet, wie er eines der Opfer in sein Fahrzeug zerrte. Am Tatort wurde eine Injektion gefunden, die Reste starker Schmerz- und Beruhigungsmittel enthielt. Die Mädchen waren im Alter zwischen 12 und 14 Jahren. Von ihnen fehlt nach wie vor jede Spur. Die Polizei ermittelt in beiden Fällen.

Beas Puls raste. Was sollte das bedeuten? Wer schickte ihr diesen Zeitungsartikel? Der Vorfall lag fast drei Jahre zurück. Was hatte diese Geschichte mit ihr zu tun? Bea fröstelte. Zwei Mädchen waren entführt worden. Jemand hatten zumindest einem der beiden Mädchen starke Medikamente verabreicht. Sie dachte an Lena. Und Emily. Was zum Teufel ging hier vor? Der Boden drehte sich. Sie stützte sich auf den Gartentisch und stolperte ins Haus. Dort lehnte sie sich an die Wand und weinte.

Dezember 1990

Er hatte den Eid vergessen. Es war das erste Mal, das er sich verliebt hatte. Wenn man von den jungen Dingern absah, die noch halbe Kinder waren. Das Mädchen hieß Rebekka und war 19 Jahre alt. Sie studierte Publizistik und Anglistik mit dem Ziel, einmal Journalistin zu werden. Sein Betriebswirtschaftsstudium erlaubte ihm zwar nicht, gemeinsame Kurse mit ihr zu besuchen, aber er nutzte jede Gelegenheit, sie in der Bibliothek zu beobachten oder ihre Nähe in der Uni-Mensa zu suchen. Lange Zeit bemerkte sie ihn nicht. Sie erinnerte ihn an eine Elfe mit ihrer porzellan-weißen Haut, den rosafarbenen Lippen und den wasserblauen Augen, die von dichten Wimpern umrahmt waren. Sie trug ihr blondes Haar schulter-lang. Er stellte sich vor, dass es ihr bis auf den Rücken reichte, wie es ihm gefiel. Er mochte die Art, wie sie ihre Beine übereinanderschlug und mit dem Fuß wippte oder konzentriert auf ihrem Bleistift kaute, während sie Don Quijote las und sich Notizen in ihrem Collegeblock machte. Ohne dass er es merkte, skizzierte er sie. Er zeichnete sie über Bücher gebeugt, konzentriert mit einem Theaterstück beschäftigt oder in ein Grammatikbuch vertieft. Eines Tages ging sie an dem Tisch vorbei, an dem er saß, stemmte die Hände in die Hüften und sagte: „Wenn du mich fragst, meine Lippen sind längst nicht so voll."

Er errötete. „Ich wollte nicht ... ich meine, es tut mir leid."

Sie lächelte und schwang sich auf einen Stuhl ihm gegenüber.

„Schon gut", winkte sie ab, „die Welt ist voll davon."

„Voll von was?", fragte er und legte den Bleistift beiseite.

„Leuten wie dir", erklärte sie. „Freaks."

„Freaks?" Er schloss sein Heft und starrte sie an. „Du hältst mich für einen Freak?"

Sie blickte ihn unverwandt an.

„Du verfolgst mich, starrst mich an, malst mich. Und du kennst mich nicht einmal?" Ihre Augen blitzten kampflustig. „Wie würdest du das nennen?"

Er zuckte die Achseln.

„Interesse."

„Klar!" Sie lehnte sich zurück. „Und? Lädst du mich jetzt wenigstens auf etwas zu trinken ein?"

Er sprang auf und kam mit zwei Bechern Kaffee und Apfelstrudel zurück. Rebekka aß mit gesundem Appetit, erst ihr eigenes Stück Kuchen und dann die Hälfte von seinem. Er wunderte sich, wie so ein zartes Wesen, so viel essen konnte.

„Hunger, was?"

„Immer", gab sie zu und wischte sich die Brösel mit dem Handrücken vom Mund.

„Gefällt mir", erwiderte er.

„Ich muss los", sagte Rebekka. „Hat mich gefreut, dich kennenzulernen."

„Ja", sagte er und blickte ihr sehnsüchtig nach. „Und mich erst."

Von da an trafen sie sich regelmäßig mehr oder weniger zufällig in der Cafeteria, in der Bibliothek oder im Park. Rebekka nannte ihn ihren „Stalker", genoss aber offensichtlich die Aufmerksamkeit, die er ihr schenkte und seine Nähe. Das erste Mal in seinem Leben fühlte er etwas, das er nicht kannte. Es war mehr als die ihm bekannte Geilheit oder die Vertrautheit, die er mit Via teilte, es ging tiefer. Es fühlte sich an, als brauchte er es, wie die Luft, die er atmete. Wenn er sie ein paar Tage nicht sah, ertrank er in ihrer Abwesenheit. Wenn er sie unerwartet traf, füllte ihn ihre Präsenz so aus, dass er zu platzen drohte. Er dachte an sie, wenn er aufwachte, sie hinderte ihn am Einschlafen und war der Grund dafür, dass seine Nächte zu kurz waren. Nach einigen Wochen sah er aus wie ein Zombie mit bleicher Haut, blutunterlaufenen Augen und zerzaustem Haar.

Wenn das Liebe ist, dachte er, bringt sie mich um. Als sie ihn das erste Mal in ihr Bett ließ, wusste er, dass es Liebe war. Er wollte sie nicht ficken wie all die anderen Mädchen, er wollte Liebe machen. Sie liebkosen, ihren Duft einatmen, sie schmecken. Er wollte sie halten, in sie hineinkriechen, ein Teil von ihr sein. Er wollte eins sein mit ihr. Sex mit Rebekka war nicht geil oder animalisch, sondern erfüllend. Das erste Mal in seinem Leben befriedigte ihn der Sex mit einem Menschen körperlich, geistig und seelisch, auf eine

197

Weise, die er nie für möglich gehalten hätte. Während sie ihm das Hirn aus dem Leib vögelte, erreichte sie sein Herz.

„Das, was wir da miteinander haben, ist echt unpackbar", erklärte sie. Das war fortan sein Lieblingswort für ihre Beziehung: unpackbar.

Wäre Via nicht gewesen, wer weiß, er wäre womöglich endlich glücklich geworden. Mit Rebekka hätte er sich eine Zukunft vorstellen können, ein gemeinsames Leben, ein Heim. Eine Weile beobachtete Via, wie sich diese Beziehung entwickelte. Sie war daran gewöhnt, dass er gelegentlich mit anderen herummachte. Sie war selbst kein Kind von Traurigkeit und wusste, wie sie ihre Zeit mit anderen Männern vertreiben konnte. Sie vertraute darauf, dass es sein würde wie immer, dass er sich irgendwann langweilte und zu ihr zurückkehrte. Die Wochen und Monate vergingen und er ließ sich immer seltener zu Hause blicken. Via wartete geduldig ab. Um die Zeit zu überbrücken, bis er genug von Rebekka hatte, traf sie sich mit Paul, einem Burschen, der ein paar Jahre jünger war als sie. Ihr gefiel seine offene Art und dass er sie anhimmelte. Außerdem mochte sie sein Haar, das nicht gebändigt werden konnte und obwohl er schlaksig war und sich seine Rippen unter dem Shirt abzeichneten, war er groß und wirkte männlich. Niemand bemerkte, dass er gerade einmal siebzehn war. Via genoss es, Paul in die Liebe einzuführen. Er bemühte sich eifrig, all ihren Wünschen nachzukommen, und befriedigte sie, so gut er

konnte. Was es ihm an Finesse und Technik mangelte, machte er mit Ausdauer und Motivation wett. Via war zufrieden mit ihrem jungen Liebhaber. So verbrachten sie den Sommer. Via arbeitete in einem Gasthaus in Eugendorf. Paul holte sie jeden Abend von der Arbeit ab. Dann fuhren sie auf Vias Vespa zum Wallersee oder in die Stadt, wo sie an der Salzach entlang spazierten und Leute beobachteten. Manchmal besorgte sie ein paar Dosen Bier und sie hockten sich an der Promenade ins Gras, wo verliebte Pärchen schmusten, Studenten über einem Buch kauerten und Obdachlose pennten. Es war eine unbeschwerte Zeit, ohne Hektik, ohne Druck. Doch Via wusste, dass sie nicht andauern würde. Als der Herbst ins Land zog und die Leichtigkeit des Sommers sich mit der Hitze verdrückte, verbrachte ihr Bruder noch immer seine gesamte Freizeit mit Rebekka. Via spürte ein Nagen tief in ihrem Herzen, wie ein Wurm, der sich allmählich von innen nach außen fraß und auf dem Weg Teile von ihr verschlang. Jeden Tag ein bisschen mehr. Sie erwischte sich dabei, wie sie ihn mit Vorwürfen bombardierte, wenn er eine Nacht nicht nach Hause kam, ohne sie anzurufen oder sie stundenlang mit dem Essen auf ihn wartete, das sie zuvor sorgfältig zubereitet hatte. Paul ging ihr zunehmend auf die Nerven. Er behandelte sie wie eine Prinzessin und hing an ihren Lippen, bei jedem Wort, das sie sprach. Er redete davon, die Schule hinzuschmeißen, um Geld zu verdienen und mit ihr zusammenzuziehen. Sie sei die

Frau seines Lebens und wenn er einmal Kinder wollte, dann nur mit ihr.

„Paul, du bist selbst ein Kind", erwiderte Via und zog an ihrer Zigarette.

„Das bin ich nicht!", protestierte Paul. „Ich liebe dich! Wieso ist das so schwer zu verstehen?"

„Du stehst kurz vor der Matura. Du wirst doch jetzt nicht mit der Schule aufhören!"

„Für dich würde ich es!"

„Du spinnst doch, Paul!", schimpfte sie. „Das wär´s dann mit deiner Zukunft!"

„Du bist meine Zukunft", beteuerte er und streichelte ihre Wange.

Via seufzte. „Es war schön mit dir", sagte sie. „Ehrlich!"

Paul sprang auf.

„Was soll das heißen?"

Via inhalierte einen Zug und blies ihm den Rauch ins Gesicht.

„Es ist vorbei, Paul."

„Das ist nicht dein Ernst! Du willst mich verlassen? Einfach so?"

„Mach kein Drama draus! Wir hatten einen schönen Sommer. Das ist alles."

Paul lief rot an.

„Das kannst du mit mir nicht machen! Du und ich, das bedeutet etwas", schrie er und klang, als wäre er im Stimmbruch.

Via presste die Lippen aufeinander.

„Wenn du meinst."

Paul schlug mit der Hand gegen die Wand und verzog das Gesicht. „Wieso bist du so kalt? So anders? Ich erkenne dich nicht wieder!"

„Tja", machte Via und dämpfte die Zigarette an der Mauer aus.

Paul lief auf und ab und knetete dabei seine kalten Finger.

„Es gibt einen anderen, stimmts?"

Via antwortete nicht.

„Sprich mit mir, verdammt noch mal!", fuhr er sie an.

Sie nickte langsam.

„Ja. Es gibt einen anderen", bestätigte sie seine Befürchtung.

Pauls rote Wangen wichen einem fahlen Grau. „Was bist du nur für eine Schlampe!"

Via gluckste.

„Du kannst mich!"

Pauls Gesicht rückte bedrohlich nahe an ihres.

„Was? Gleich hier?", fragte Paul herausfordernd.

„Ach, leck mich!" Sie drückte sich vom Boden ab und klopfte sich den Staub von der Jeans.

„Schon klar. So hast du's ja am liebsten!"

Vor Zorn flog Speichel aus Pauls Mund.

Sie zeigte ihm den Mittelfinger. Paul packte sie an den Schultern und schüttelte sie.

„Wer?", fragte er.

Sie lachte.

„Wer ist es?"

„Was spielt das für eine Rolle?"

201

Paul stampfte wütend auf.

„Ich will wissen, wie lange das schon geht".

Sie setzte ihr Was-willst-du-eigentlich-Gesicht auf und trat einen Schritt zurück.

„Schon seit Jahren, wenn du es genau wissen willst."

„Seit Jahren?", wiederholte Paul und klang genauso dumm, wie er sich fühlte.

„Wer?", wiederholte er seine Frage.

Via machte ein paar Schritte rückwärts.

„Mein Bruder."

„Du verarscht mich!"

Sie schüttelte den Kopf.

„Komm klar!", rief sie und wandte sich zum Gehen. „Ich ficke meinen Bruder".

Paul war hin- und hergerissen zwischen dem Wunsch, sie in den Arm zu nehmen und sie zu schlagen. Das war alles ein Irrtum. Es musste ein Irrtum sein. Ihr Bruder zwang sie dazu. Sie hatte Sex mit ihm, weil er ihr drohte.

Via drehte sich um und lachte.

„Hey, Kleiner, tu dir einen Gefallen und werd erwachsen."

Paul öffnete den Mund. Er hätte gerne etwas gesagt, aber die Worte klammerten sich an seine Stimmbänder und zogen an ihnen.

„Mach´s gut, Paul!", flüsterte sie und wandte sich um.

Paul fühlte sich wie auf einem Boot bei starkem Seegang. Sein Magen rebellierte und ein salziger

Geschmack breitete sich in seinem Mund aus. Das Bier, das er zuvor getrunken hatte, bahnte sich einen Weg nach oben. Er schluckte die schale Flüssigkeit hinunter. Zurück blieb ein bitterer Geschmack.

Der erste Schritt war getan. Paul war Vergangenheit. Nun musste Via sich um Rebekka kümmern. Ihr Bruder hatte sein Vergnügen gehabt, es war an der Zeit, ihn an sein Versprechen zu erinnern. Das war wesentlich schwieriger, als sie angenommen hatte. Er war kaum zu Hause und wenn, dann nur zum Duschen und Umziehen, bevor er Rebekka traf, um die Nacht bei ihr zu verbringen. Sie schickte ihm eine Nachricht, dass sie am Freitag für ihn kochen und mit ihm zu Abend essen wollte. Er schien erfreut und Via kaufte für das Dinner ein und machte sich am Nachmittag daran, ein aufwändiges Essen vorzubereiten. Antipasti zur Vorspeise, Schweinefilet im Blätterteig und ein Trifle mit Cookie, Topfencreme und Himbeeren als Dessert. Sie entkorkte den Wein und goss ihn in zwei große Schwenker, damit er sein Aroma entfaltete, deckte den Tisch für zwei und zündete eine Kerze an. Als sich die Tür öffnete, schlug ihr Herz schneller. Ihr Bruder sah umwerfend aus. Er umarmte sie. Alles war wie früher. Für einen kurzen Augenblick. Dann bemerkte sie das Mädchen, das hinter ihm auftauchte. Sie lächelte und hielt Via die Hand hin. Sie trug schwarze Jeans, die sich perfekt um ihre schlanken Beine schmiegten und ein weißes Blusentop, das ihre rechte Schulter entblößte. Via wusste sofort,

warum ihr Bruder Rebekka liebte. Sie schüttelte ihre Hand und stellte sich vor, wie sie zudrückte, bis die zarten Knochen in ihren Fingern brachen.

„Du hast nur für zwei gedeckt", sagte ihr Bruder und bemerkte seinen Fehler.

Via nickte.

„Ich hole noch einen Teller und ein Weinglas."

Der Hass, der in ihrem Inneren loderte, überraschte sie. Mehr noch erstaunte sie, dass sie diesen Abend mit belanglosem Geplänkel, flachen Witzen und gekünsteltem Gelächter über sich ergehen ließ. Als ihr Bruder ihr half, das Geschirr nach dem Hauptgang in die Küche zu tragen, hob er hilflos die Hände.

„Es tut mir leid, Via. Ich dachte ..."

„Was? Dass ich einen Abend mit dir verbringen wollte?"

Er schüttelte den Kopf. „Mach dich nicht lächerlich. Natürlich nicht!"

„Wieso hast du sie mitgebracht? Ich kann mich nicht erinnern, sie eingeladen zu haben."

Er presste die Lippen zusammen.

„Ich ... Rebekka und ich ... wir gehören doch zusammen."

Via schnaubte.

„Weißt du, ich finde, du hattest deinen Spaß. Es ist Zeit, die Sache zu beenden."

Er starrte sie an, als spazierte ein Elefant auf Stelzen in die Küche.

„Wie meinst du das?"

„Du hast mich schon verstanden."

Er packte ihr Handgelenk.

„Was soll das? Du weißt, dass ich Rebekka liebe!",
knurrte er leise, um die Aufmerksamkeit seiner Freundin nicht zu erregen.

Via verdrehte die Augen.

„Komm schon, Brüderchen. Liebe wird überbewertet. Das weißt du. Sagen wir einfach, ihr hattet eine
schöne Zeit und fertig."

Er schloss die Finger fester um ihr Handgelenk. Via
stöhnte leise. Der Schmerz war echt. Sie spürte sich.
Ihn. Alles war besser als der Schmerz, der sie von
innen auffraß, der nichts übrig ließ außer Einsamkeit,
Trostlosigkeit und Traurigkeit.

„Ich denke nicht daran!", zischte er.

„In Ordnung!", erwiderte Via.

Ihm entging der drohende Unterton in ihrer Stimme
nicht.

„Was hast du vor?"

Er ließ sie los und beobachtete, wie sie das Dessert
aus dem Kühlschrank holte.

„Nichts." Sie lächelte.

„Ich kenne dich."

„Tust du das?"

Sie trat vor ihn und küsste ihn auf die Wange.

„Dann weißt du ja, was du zu tun hast."

Er packte ihr Haar und zwang sie, ihn anzusehen.

„Nein, das weiß ich nicht."

„Muss ich es für dich buchstabieren?"

Via stellte das Dessert auf ein kleines Silbertablett und nahm Löffel, die sie an Besteck aus einem Puppenhaus erinnerten, aus der Schublade.

„Verlass die kleine Schlampe", zischte sie, „Oder ich schwöre, ich erzähle ihr, was du seit Jahren mit mir treibst."

Er schnappte hörbar nach Luft.

„Das wagst du nicht!"

Sie balancierte das Tablett auf einer Hand, während sie mit der anderen die Küchentür aufstieß.

„Wollen wir wetten?", zwitscherte sie und schenkte ihm ihr süßestes Lächeln.

Während er noch an der Theke lehnte und versuchte zu begreifen, was seine Schwester da von ihm verlangte, stellte Via das Trifle auf den Esstisch im Wohnzimmer.

4. April 2018 abends

Die Bar war dunkel, die Tische zerkratzt, und die Sitz-polster verschlissen, aber das Bier war kalt und schmeckte nach Feierabend. Eva hatte das „Wie Hund und Katz" vorgeschlagen, weil es rund fünf Minuten von ihrem Haus entfernt lag. Bea war egal, wo sie sich trafen, solange sie mit jemandem reden konnte.

In wenigen Sätzen berichtete sie ihr von der E-Mail, die sie erhalten hatte und den Mädchen, die unter ähnlichen Umständen gestorben waren wie Lena und beinahe Emily.

„Wer schickt dir denn diese Nachricht?"

Bea zuckte die Achseln.

„Ich weiß es nicht."

Eva nahm einen Schluck von ihrem Bier.

„Das ist schon seltsam, findest du nicht? Jetzt nach über zwei Jahren. Das kann doch kein Zufall sein!"

Bea zitterte.

„Das ist ganz bestimmt kein Zufall. Ich frage mich, warum jemand jetzt auf die Idee kommt, mir diesen Zeitungsartikel zu schicken. Wieso nicht schon damals, gleich nach Max Tod?"

Eva runzelte die Stirn.

„Hast du dich schon mal gefragt, ob Lena und Emily ...", sie stockte, „...ob es gar kein Selbstmordversuch war?"

Bea hob die Augenbrauen.

„Nein. Um ehrlich zu sein, ich dachte ..."

Emilys Tagebucheintrag fiel ihr ein.

„Hat Lena Tagebuch geführt?", fragte sie mit einem Mal.

Eva nickte.

„Ich glaube schon. Meine Mutter hat ihr ein verschließbares Tagebuch gekauft, als sie zehn war. Inzwischen hat sie es sicher längst vollgeschrieben. Aber so weit ich weiß, hat sie immer wieder einmal Erlebnisse notiert."

„Hast du es gelesen?", fragte Bea.

Eva starrte sie ungläubig an.

„Natürlich nicht!"

Einen Moment lang schämte Bea sich dafür, dass sie die Intimsphäre ihrer Tochter missachtet hatte, dann siegten die Neugier und der Wunsch, endlich herauszufinden, was mit den Mädchen passiert war.

„Wo bewahrte Lena ihr Tagebuch auf?"

„In einer Schublade, in ihrem Schreibtisch."

Bea legte einen Zehn-Euro-Schein auf den Tisch und sprang auf.

„Lass uns gehen!"

Eva griff nach ihrer Jacke.

„Was hast du vor?"

„Das erzähle ich dir unterwegs."

Eva führte Bea die Treppe hoch in Lenas Kinderzimmer. Der Raum war offenbar seit ihrem Tod nicht verändert worden. Einige Poster von Ed Sheeran, Linkin Park und Pink zierten die Wand über der Schlaf-

couch, die von blauen Zierkissen und ein paar Kuscheltieren übersät war. Vor dem Fenster stand ein billiger IKEA-Schreibtisch samt Drehsessel, daneben ein großer Kleiderschrank, der offenstand. Ein Hauch von Vanilleduft erfüllte den Raum. Bea bemerkte Duftstäbchen, die in einem glasierten Steingefäß steckten. Mit Eva schlich der Geruch von Traurigkeit in das Zimmer. Beas Herz wurde schwer.

„Bist du okay?", fragte sie.

Eva nickte einen Ticken zu schnell.

„Es ist nur ...", sie schluckte, „ich war nicht mehr in Lenas Zimmer seit ..."

Bea legte ihr einen Arm um die Schulter und drückte sie sanft.

„Du kannst unten warten, wenn es dir lieber ist", schlug sie vor.

Eva schüttelte den Kopf.

„Es ist Zeit", erwiderte sie. „Das Leben geht weiter."

Sie steuerte auf den Schreibtisch zu und öffnete mit zittrigen Händen die oberste Schublade. Darin lagen ein Federpenal, ein Notizblock, ein Aufladegerät für ein Mobiltelefon und ein blau-weiß-gestreiftes Büchlein, an dessen Seite sich ein messingfarbenes kleines Schloss befand. Eva nahm das Buch heraus und legte es auf den Tisch. Sie tastete die Lade nach dem Schlüssel ab, suchte danach in den beiden Laden direkt darunter. Ohne Erfolg.

„Ich kann den Schlüssel nicht finden", sagte sie beinahe tonlos.

„Lass mich es öffnen. Ich werde so vorsichtig wie möglich sein", versprach Bea und nahm das Tagebuch vom Tisch.

Sie setzten sich auf Lenas Bett, Eva vorsichtig bemüht, alles an seinem Platz zu lassen. Bea holte eine Nagelfeile aus ihrer Handtasche und versuchte, mit der Spitze den Verschlussmechanismus zu manipulieren. Sie rutschte ein paar Mal ab und rammte sich die Spitze in die Handfläche. Schließlich gelang es ihr, das Schloss zu öffnen, ohne es vollständig zu beschädigen.

„Bereit?", fragte sie Eva, die mit den Händen immer wieder über ihre Knie strich.

Eva nickte tapfer.

Bea schlug die erste Seite auf und blickte auf ein großes rotes Herz, neben dem stand: *„Von der besten Oma der Welt"*. Darüber stand 10. Februar 2015. Bea lächelte. Eine typische Zehnjährige, die sich über das Geschenk ihrer Großmutter freute. Es folgten Einträge, die von Freundinnen handelten, vom Schulwechsel, dem Wunsch, eine Katze zu bekommen und vom Urlaub in Kroatien. Sie schrieb davon, wie sehr sie ihren Vater vermisste und von ihren Weihnachtswünschen. Bea blätterte einige Seiten nach vor. Nichts Ungewöhnliches. Eva lehnte ihren Kopf an die Wand. Sie hatte ein Zierkissen in den Nacken gelegt und die Augen geschlossen. Sie schwitzte. Die Anspannung drang aus jeder ihrer Poren. Bea fühlte sich wie ein Eindringling, der sich in die Gedanken und Gefühle einer anderen schlich. Mit welchem Recht?, fragte sie

sich und spürte einen brennenden Schmerz an ihrem Zeigefinger. Papier ist geduldig, dachte sie, und scharf. Ein Tropfen Blut löste sich und fiel auf die aufgeschlagene Seite.

Eva erhob sich wortlos und kam mit einer Packung Taschentücher zurück.

„Danke!"

Bea wickelte ihren Finger in das weiße Tuch und stutzte. Der Blutstropfen klebte an dem Text und überdeckte ein Wort fast gänzlich. Bea hielt das Büchlein näher ans Gesicht und erschrak. Der Eintrag war mit Dezember 2017 datiert, erst vier Monate alt. Die Schrift wirkte an dieser Stelle größer, zittriger als wenige Seiten zuvor. Zorniger? Bea runzelte die Stirn.

Ich hasse den ...nd meiner Mutter.

Bea berührte den Tropfen sacht mit ihrem kleinen Finger. Er war bereits eingetrocknet. „nd" Was für ein Wort verbarg sich dahinter? Hund? Mund? Bund?

„Was ist?"

Eva setzte sich auf und lehnte sich zu Bea hinüber. „Hast du etwas gefunden?"

„Ich bin nicht sicher", antwortete sie. „Das Wort hier ist nicht lesbar", erklärte sie und zeigte mit dem Finger unter die entsprechende Zeile.

„Was könnte Lena gemeint haben?"

Bea blickte Eva fragend an.

„Hattet ihr einen Hund?"

Eva starrte auf das Papier. Ihre Pupillen wirkten mit einem Mal riesengroß.

„Nein", erwiderte sie leise. Ihr Kinn zitterte kaum merklich. Sie umklammerte einen kleinen Stoffteddy in ihrer Hand, bis ihre Knöchel kalkweiß hervortraten. Sie hob den Kopf, bis sich ihre Blicke trafen.

„Eva, was ist los?"

Sie zeigte auf den Tropfen Blut.

„Ich weiß, was da steht", flüsterte sie fast tonlos. Ihre Stimme klang mit einem Mal fremd. Bea wartete geduldig, bis Eva von sich aus bereit war, weiterzusprechen. Eva schluckte. „Freund", sagte sie kaum hörbar. „Es heißt Freund."

Beas Blick wanderte zurück auf den Satz, den Lena zitternd niedergeschrieben hatte: „Ich hasse den Freund meiner Mutter".

Ihr Puls beschleunigte. Sie hatten eine Spur.

Die Frauen tranken Tee. Die heiße Flüssigkeit weckte ihre Lebensgeister. Lenas Tagebuch lag wie eine Drohung neben dem rosafarbenen Becher, der offenbar ein Mitbringsel aus Hamburg war. Bea hatte eine Pause vorgeschlagen, als Eva begonnen hatte, unkontrolliert zu zittern. Sie wirkte wie im Schock. Allmählich beruhigte sie sich und ihre Wangen bekamen wieder Farbe.

„Geht es?"

Eva nickte.

Bea nahm einen Schluck von ihrem Darjeeling, den sie mit etwas Milch und Zucker trank. In Evas Becher

hatte sie einen kräftigen Schuss Kirschrum geschüttet, die einzige Flasche Alkohol, die sie auf die Schnelle finden konnte.

„Ich wusste nicht, dass du einen Freund hast", bemerkte sie vorsichtig.

Eva lachte freudlos. „Hattest."

„Das tut mir leid. Ich wusste nicht …"

Eva machte eine abwehrende Handbewegung.

„Schon gut. Es ist besser so, glaub mir!"

Bea wartete geduldig, bis sie weitersprach.

„Es war eine schwierige Beziehung", erklärte sie. „Es gab nicht nur mich."

Sie lächelte zaghaft.

„Das habe ich natürlich erst viel später erfahren."

„Das tut mir leid." Sie griff nach Evas Hand.

„Und Lena und dein Freund haben sich nicht verstanden?", fragte Bea.

Eva zuckte ratlos die Schultern.

„Ehrlich gesagt: Ich weiß es nicht. Ich hatte immer den Eindruck, die beiden kommen gut miteinander aus."

„Es ist nicht leicht, zu wissen, was in den eigenen Kindern vor sich geht", bestätigte Bea. „Bei Teenagern ist es praktisch unmöglich."

Eva wischte sich eine Träne von der Wange.

„Da hast du Recht. Ich glaube inzwischen, dass ich nichts über meine Tochter wusste."

„Das darfst du nicht denken!"

Bea drückte Evas Finger, die sich kaltschweißig anfühlten.

„Sie hat manche Dinge vor dir verheimlicht. Das konntest du nicht wissen. Teenager leben in ihrer eigenen Welt. Ihre Gefühle teilen sie höchstens mit Freunden. Oder einem Tagebuch."

„Sie ist tot, Bea", sagte Eva traurig. „Sie kommt nicht mehr zurück."

„Ich weiß", flüsterte Bea. „Und deshalb möchte ich herausfinden, wer für ihren Tod verantwortlich ist."

Eva blickte auf.

„Du denkst, jemand hat den Tod meiner Tochter verschuldet?"

Bea nickte langsam.

„Entweder das oder er hat Lena und beinahe auch Emily in den Tod getrieben."

Ungläubigkeit kroch durch die kleine Küche, bis sie jede Ritze erfüllte und den Zweifel nährte.

„Wieso denkst du das?", wollte Eva wissen.

Bea schwieg einen Moment. Ihr Kopf war voll mit Gedanken, die sich gegenseitig ins Abseits schossen, dass es ihr schwerfiel, einen davon zu fassen. Alles, woran sie geglaubt hatte, zerfiel in tausende Splitter, die sich in ihr Herz fraßen wie Holzwürmer. Sie versuchte ein wenig Ordnung in das Chaos zu bringen, das durch ihren Kopf waberte wie weiße Flocken in einer Schneekugel. Sie erzählte Eva von ihrer persönlichen Tragödie.

„Vor zweieinhalb Jahren ist mein Mann Max bei einer Schießerei am Bahnhofsvorplatz gestorben. Er ist erschossen worden und in meinen Armen verblutet. Der Täter ist davongekommen, obwohl Paul, Max`

Partner und bester Freund, ihn sofort verfolgt hat. Jetzt schickt mir jemand anonym einen Zeitungsbericht, aus dem hervorgeht, dass die beiden an einem Fall gearbeitet haben, bei dem zwei Mädchen im Alter unserer Töchter verschwunden sind. Zumindest eine von ihnen wurde entführt. Am Tatort wurde eine Spritze mit Schmerz- und Beruhigungsmitteln gefunden."

Bea atmete tief durch und trank einen Schluck von ihrem Tee.

„Die Mädchen sind nie wieder aufgetaucht. Ich gehe also davon aus, dass sie tot sind. Das ist schon ein seltsamer Zufall, dass praktisch dieselben Substanzen, die im Blut unserer Töchter gefunden wurden, ein paar Jahre zuvor verwendet wurden, um zwei Mädchen verschwinden zu lassen. Und mich jemand darauf aufmerksam machen will."

Bea knetete ihre kalten Finger. „Meine Tochter Emily versucht, sich mit den exakt gleichen Medikamenten wie Lena das Leben zu nehmen. Beide Mädchen haben sich vor ihrem Selbstmordversuch selbst verletzt. Beide Mädchen sind gleich alt, gut in der Schule, beliebt. Und jetzt frage ich dich: Wo ist die Verbindung?"

Eva hob hilflos die Arme.

„Ich weiß es nicht."

„Dann lass mich dir noch etwas erzählen. Vor ein paar Tagen habe ich in Emilys Zimmer unter dem Bett ein Tagebuch gefunden, ein kleines Buch ganz ähnlich wie dieses. Ich wollte es nicht lesen. Ich habe mir

immer geschworen, niemals eine dieser Mütter zu sein, die ihren Kindern hinterherspioniert und sie ständig überwacht."

Sie schluckte schwer.

„Ich weiß, dass es falsch war, aber Emily war im Krankenhaus, ich verzweifelt und auf der Suche nach Antworten. Also habe ich ein paar Seiten überflogen. Nur einige wenige", bekräftigte Bea, als würde das den Vertrauensbruch mindern.

Eva sagte nichts. Die Angst thronte über ihr wie eine Mure, die nach einem Wolkenbruch ins Tal donnert.

„Erst habe ich nichts gefunden, ein paar harmlose Notizen, Erlebnisse, Skizzen, Kritzeleien. Und dann war da diese Stelle ..."

Bea stockte.

„Ja?"

Evas Jeans scheuerte über das alte Holz ihres Stuhls.

„Da beschreibt Emily eine Situation, eine beklemmende Szene."

Beas Stimme versagte.

„Um Gottes willen! Was ist passiert?"

Evas Stimme schnitt durch die Stille wie ein Sägeblatt durch Metall.

„Er hat sie ...", Bea schluchzte, „Er hat meine Kleine gezwungen, Dinge mit ihm zu tun, ihn zu berühren. Eva, er hat mein Kind missbraucht."

Beas Wangen waren nass, Rotz lief über ihre Lippen. Sie merkte es nicht. Eva griff nach ihren

216

Händen, klammerte sich an ihre Finger wie eine Ertrinkende.

„Wer? Bea, um Himmels willen, wer hat das getan?"

Bea schüttelte den Kopf.

„Ich weiß es nicht", flüsterte sie.

„Aber wie viele Möglichkeiten kann es geben?", fragte Eva. „Ein Lehrer? Ein Verwandter? Ein Freund der Familie?"

Bea dachte an Paul und das Valium in seinem Badezimmerschrank und wiegte sich vor und zurück.

„Hat Emily ihn nicht erwähnt? Irgendeinen Hinweis auf den Mann, der ihr das angetan hat?"

Bea schüttelte den Kopf.

Eva sprang auf. Der Küchenstuhl krachte auf den Laminatboden.

„Was tust du?", fragte Bea.

„Ich bin gleich wieder da", versprach sie und hetzte ins Wohnzimmer.

Kurz darauf kam sie mit einem Cognac und zwei Schwenkern zurück.

„Da reicht kein Tee", verkündete sie, während sie die Gläser auf den Küchentisch stellte. „Jetzt brauchen wir was Stärkeres!"

Bea ließ sich widerstandslos einen Doppelten einschenken und leerte ihn in zwei Zügen. Die Wärme breitete sich von ihrem Magen in die Extremitäten aus und ließ ihren Kopf schwer werden.

Eva starrte schweigsam in die bernsteinfarbene Flüssigkeit.

„Wer, Bea? Denk nach!"

217

Das versuchte sie schon seit Tagen. Es war, als läge die Antwort direkt vor ihr und jedes Mal, wenn sie sich danach streckte, entfernte diese sich ein Stück. Das Bild eines Hundes, der eine Wurst jagt, die an einer Angelrute in einem Meter Entfernung vor seiner Nase baumelt, kam ihr in den Sinn.

Sie schüttelte den Kopf. „Ich weiß es nicht. Wahrscheinlich kenne ich ihn nicht."

„Blödsinn!", entgegnete Eva mit einer Schärfe, die Bea aus ihrer Lethargie riss.

„Wenn Kinder missbraucht werden, ist der Täter so gut wie immer im näheren Umfeld zu finden. Denk nach! Mit welchen Männern hast du zu tun? Wen davon kennt Emily?"

Bea schenkte sich nach und trank einen Schluck. Da waren Paul und ihr Chef Bernd Wranek. Aber sie konnte sich nicht vorstellen, dass Bernd die Gelegenheit gehabt hätte, allein mit ihrer Tochter zu sein. Dann natürlich Tom, der aber praktisch nie mit den Kindern allein war. Er war ohnehin kaum bei ihnen. Herr Novak, Emilys Englischlehrer. Ein Mitschüler? Es musste einen Zusammenhang geben zwischen dem, was Emily widerfahren war, und Lenas Tod. Wo war die Verbindung?

„Alles in Ordnung?"

Eva starrte sie besorgt an.

Bea nickte.

„Hast du ein Fotoalbum?"

„Ja, es gibt ein paar. Allerdings speichere ich die meisten Bilder auf meinem Laptop oder Handy. Warum fragst du?"

„Ich bin nicht sicher", erwiderte Bea, die versuchte das Nagen in ihrem Magen zu verscheuchen. Da war etwas, das sie nicht zu fassen bekam, ein Gedanke, ein Gefühl, dass wie ein Schatten durch ihre Eingeweide huschte, ohne lange genug stillzuhalten, damit sie es zuordnen konnte.

„Würde es dir etwas ausmachen, mir Bilder von ihr zu zeigen?"

Eva zögerte kurz, dann holte sie ihr Notebook vom Schreibtisch und schaltete ihn ein. Der Laptop brauchte einige Minuten, um hochzufahren, offenbar ein älteres Modell. Bea kaute ungeduldig an ihren Fingernägeln.

„Wonach suchen wir?", fragte Eva, als sie den Ordner „Fotos" anklickte.

„Ich weiß es nicht. Aber es muss eine Verbindung zwischen Lena und Emily geben, die wir nicht kennen",murmelte Bea und zeigte auf einen gelben Ordner, der mit „Bilder 2017" gekennzeichnet war.

Eva runzelte die Stirn und öffnete den entsprechenden Ordner. Die Fotos waren nach Ereignissen geordnet. Skikurs Lena. Geburtstagsfeier. Urlaub Kos. Weihnachten 2017.

Bea klickte auf einen Ordner und fand zahlreiche Fotos einer lachenden Lena auf Skiern, mit Geschenken oder im Bikini am Strand. Ein paar Fotos zeigten Eva und Lena gemeinsam, wie sie ihre Zehen in den

warmen Sand gruben, den Weihnachtsbaum schmückten oder Lenas Geburtstagstorte anschnitten. Auf einem Urlaubsfoto, das in der beginnenden Dämmerung aufgenommen worden war, waren Evas Umrisse und die eines Mannes zu sehen. Sie standen mit dem Rücken zur Kamera an einem Steg, der ins Meer hinausragte, als sie die rot untergehende Sonne betrachteten.

Obwohl sie nicht wusste warum, konnte Bea den Blick nicht von dem Bild abwenden.

„Wer ist das?", fragte sie leise.

„Mein Ex-Freund."

Sie nahm einen Schluck von ihrem Cognac.

„Der, den Lena nicht mochte?"

„Offensichtlich", erwiderte Eva leise. „Da war alles noch in Ordnung."

Alles in Ordnung. Die Worte hallten durch Beas Kopf. Ihr Magen zog sich zusammen wie ein ver-krampfter Muskel.

„Zeigst du mir ein anderes Bild von euch beiden?", bat sie.

„Klar!"

Eva schloss den Ordner, um einen anderen zu öffnen.

„Es gibt nicht viele Fotos von uns. Er konnte es nicht leiden, fotografiert zu werden."

Beas Magen brannte. Ob von dem Cognac oder der Angst, die sie plötzlich erfasste, wusste sie nicht.

Eva öffnete mehrere Dateien und schloss sie gleich wieder. Schließlich klickte sie auf ein Bild, das kurz darauf den Bildschirm ausfüllte.

„Das ist mein Lieblingsfoto von uns", erklärte Eva und lächelte traurig.

Bea zwang sich, das Foto zu betrachten.

Das Bild zeigte Eva in einem hellblauen Dirndlkleid mit einer grauen Schürze, das Haar hochgesteckt, und einen Mann in einem Karohemd und Lederhose. Er hatte den Arm um sie gelegt und lächelte in die Kamera. Im Hintergrund erkannte Bea ein Kettenkarussell, in dem sie selbst schon gesessen hatte. Die Aufnahme stammte vom Ruperti-Kirtag. Im Hintergrund bemerkte sie einige Besucher, die mit einem Lebkuchenherz, das mit Zuckerschrift verziert war, an dem Pärchen vorbeiliefen und den Eingang zum Salzburger Heimatmuseum. Ihr Verstand brauchte einige Augenblicke, um das, was er wahrnahm, zu verarbeiten. Ihre Gefühle reagierten schneller. Das dumpfe Geräusch in ihren Ohren ging rasch in ein schrilles Klingeln über, nur durchbrochen von dem monotonen Pochen ihres Herzens.

„Bea?"

Eva ergriff ihre Hand und drückte sie.

„Bea? Was ist mit dir?"

Sie zitterte so, dass sie sich auf ihre Hände setzte, um es zu stoppen.

„Du machst mir Angst."

Evas Stimme klang schrill. Bea leerte den Cognacschwenker in einem Zug. Allmählich verebbte das Zit-

tern und Bea gelang es, auf den Mann auf dem Bild zu zeigen.

„Was ist mit ihm? Kennst du ihn?"

Bea nickte langsam.

„Wie lange warst du mit diesem Mann zusammen, Eva?"

Eva seufzte.

„Das lässt sich nicht so klar beantworten", antwortete sie. „Wir hatten so etwas wie eine On-Off-Beziehung. Es hat immer wieder Phasen gegeben, wo wir uns getrennt haben, nur um kurz darauf da weiterzumachen, wo wir aufgehört hatten."

Bea schluckte.

„Und seit wann seid ihr jetzt getrennt?"

Eva lachte freudlos.

„Erst seit Kurzem. Ein paar Wochen vielleicht."

Bea wurde blass.

„Bea, woher kennst du ihn? Du siehst aus, als hättest du ein Gespenst gesehen."

Bea rieb sich die Schläfen, um das hartnäckige Pochen zu vertreiben.

„Das ist Tom", flüsterte sie tonlos.

„Ja, ich weiß", erwiderte Eva. „Du kennst ihn?"

„Er ist mein Lebensgefährte."

Alle Farbe wich aus Evas Gesicht. Der Cognacschwenker fiel zu Boden und zersprang in tausend Teile. Bea spürte die Scherben, die gegen ihr Schienbein spritzten. Erst als ihre Brust schmerzte, merkte sie, dass sie den Atem anhielt. Und mit einem Mal war

ihr bewusst, dass sie die Verbindung gefunden hatte. Tom. Ihr wurde schwindlig.

Mai 1992

Sie heirateten an einem Freitag. Es regnete in Strömen, was genau zu Toms Stimmung passte. Der Himmel war stahlgrau und weinte. Am liebsten hätte er es ihm gleich getan. Via glich einer Elfe aus einem Fantasyfilm. Sie trug ein cremefarbenes knielanges Kleid aus Spitze und eine Stola, durch die ihre zarten Schultern zu sehen waren. Ihr kupferfarbenes Haar war in großen Locken hochgesteckt und ihre Wangen leuchteten wie nach einem Urlaub am Mittelmeer. Sie fuhren mit einem Taxi zum Schloss Mirabell. Eine schicke Hochzeitslimousine konnten sie sich nicht leisten. Der Taxifahrer wünschte Ihnen *Alles Gute*. Tom fragte sich, was das sein sollte, jetzt, wo er Rebekka für immer verloren hatte. Via hatte ihre Drohung wahr gemacht, als er sich weigerte, sich von seiner Freundin zu trennen. Nie würde er den Ausdruck in Beckys Augen vergessen, als sie realisierte, wie er war, was er war, tief in seinem Inneren. Sie sah aus, als wäre etwas in ihr zerbrochen, das das Strahlen in ihren Augen verschlang und nichts übrigließ als enttäuschte Verzweiflung. Via hatte es ihr nach dem Dessert ins Gesicht geschleudert, so wie man Menschen mitteilt, dass es schneit oder der Geschirrspüler fertig ist. So bemerkte Via mit einem zuckersüßen Lächeln: „Tom und ich, wir ficken." Der entsetzte Blick in Rebekkas Gesicht erforderte offenbar eine Drauf-

gabe. „Schon seit vielen Jahren." Dann nahm sie die Dessertschüsseln und trug sie in die Küche, während Becky auf ihrem Stuhl zusammensank, als wäre alles, was sie aufrecht hielt, aus ihr herausgeflossen. Sie versuchte vergeblich, Vias Worte als Lüge zu enttarnen. Ein Blick in Toms Augen machte diesen Versuch zunichte. Tom erinnerte sich an den Moment, als er nach ihrer Hand fasste, versuchte, eine Erklärung zu finden, einen Weg, Vias Worte abzumildern. Rebekka zuckte zurück, als hätte sie eine Schlange berührt, griff nach ihrer Handtasche und verließ die Wohnung. Tom folgte ihr, rief ihren Namen, weinte, bettelte. Er wusste, dass er sie verloren hatte. In dieser Nacht schlug er Via. Dann schliefen sie miteinander, hart und verzweifelt. Wie zwei Ertrinkende die sich aneinanderklammerten, weil sie wussten, dass sie nichts hatten außer einander.

Via hielt ihre kleine weiße Clutch über den Kopf, als sie über die Pflastersteine in die überdachte Arkade rannten und die schwere Holztür aufdrückten, die zur Marmorstiege führte. Er hasste seine Schwester, weil sie ihm alles genommen hatte, was ihm etwas bedeutet hatte. Er liebte sie, denn sie war alles, was ihm geblieben war. Sein Herz klopfte ihm bis zum Hals, als sie die Stufen beinahe ehrfürchtig hinaufschritten. Via hatte ihre Dokumente fälschen lassen. Ein dubioser Typ, der sich Joe nannte, war eines Tages bei ihnen aufgetaucht und hatte nach einem Blick auf Vias Geburtsurkunde genickt und versichert,

er könne ihnen eine astreine Fälschung liefern. Tom war sicher, dass sie zu irgendeinem Zeitpunkt auffliegen würden und sich wegen Urkundenfälschung vor Gericht würden verantworten müssen, aber nichts geschah. Sie bestellten das Aufgebot, hatten ein kurzes nichtssagendes Gespräch mit einer Standesbeamtin, die Trude Trauer hieß - was für ein passender Name – und vereinbarten einen Termin für die Hochzeit. Und jetzt waren sie hier. Vor dem Marmorsaal warteten Renate und Peter Wobitsch, zwei Nachbarn, die Via gebeten hatte, als Trauzeugen zu fungieren. Die beiden hatten sich gewundert, aber geschmeichelt eingewilligt.

„Unsere Familien verstehen sich nicht. Wir wollen im kleinen Rahmen heiraten, ohne Freunde und Verwandte. Wir möchten unbelastet in die Ehe gehen und vor allem keinen Streit an unserem Hochzeitstag", erklärte Via mit einem strahlenden Lächeln und überzeugte das Paar, dass sie mit ihrer Unterschrift einen kleinen Beitrag zum glücklichen Start in das Eheleben der beiden leisteten.

Die Standesbeamtin leierte ihren Text herunter wie eine frisch geölte Maschine. Peter reichte Tom die Ringe und nach ihrem gegenseitigen „Ja" waren sie Mann und Frau. Tom küsste Via flüchtig auf die Lippen, bis die Trauzeugen protestierten und er seine Frau küsste, wie Eheleute das tun. Danach fuhren sie mit Peters VW Golf ins *Steinlechners* auf ein Schnitzel und ein Bier. Der Gastwirt servierte Sprudelwasser auf Kosten des Hauses und spielte „Er gehört zu mir" von

Marianne Rosenberg. Sie lachten, redeten und tranken literweise. Das Auto ließ Peter stehen. Sie fuhren mit dem Bus nach Hause, sangen lauthals mit den anderen Fahrgästen, bis der Busfahrer drohte, sie aus seinem Fahrzeug zu schmeißen. Der Alkohol machte Toms Kopf schwer und seine Gedanken leicht. Via strahlte wie ein festlich geschmückter Weihnachtsbaum. Er freute sich, sie so glücklich zu sehen.

„Du und ich", rief Via in die Nacht, als sie ausstiegen und die wenigen Meter bis zu ihrer Wohnung stolperten.

„Du und ich", wiederholte Tom und spürte, wie die Angst ihm die Kehle zuschnürte.

Via bemerkte seine Beklemmung.

„Alles okay?"

Er nickte. Sie blieb stehen, legte ihren Zeigefinger unter sein Kinn und zwang ihn, sie anzusehen.

„Du machst dir Sorgen."

Es war keine Frage. Tom schwieg.

„Nichts hat sich geändert", erklärte sie.

Tom versuchte, ihrem Blick standzuhalten.

„Ich weiß von deiner ...", Via suchte nach dem passenden Wort. „...Neigung."

„Ah ja?"

„Ja."

Sie küsste ihn sanft auf die Lippen.

„Ich weiß, dass du auf junge Mädchen stehst", erklärte sie ungerührt.

Tom fühlte das Blut in seinen Wangen.

„Das ist in Ordnung", versicherte sie mit einer Ernsthaftigkeit, die ihn rührte.

„Solange du dich nicht verliebst."

„Versprochen!"

Via lächelte. Das Licht der Straßenlaterne spiegelte sich in ihren Augen.

„Und keine Kinder mit einer Anderen bekommst."

Er lachte.

„Was denkst du von mir?"

Via nahm seine Hand und zog ihn zur Haustür.

„Nur das Beste", erwiderte sie und presste ihre Hand in seinen Schritt.

Er reagierte sofort.

„Versprich es mir!", verlangte sie, während sie seinen Schwanz durch den dünnen Stoff seiner Anzughose rieb.

„Was immer du willst", keuchte er und schloss die Augen.

„Versprich mir, dich in keine andere zu verlieben und keine andere zu schwängern!"

Er löste seine Lippen von ihren und hob feierlich seine rechte Hand.

„Ich verspreche es!", lallte er und die Worte blubberten hervor wie Seifenblasen.

Sie öffnete die Tür und zog ihn ins Stiegenhaus. Ihre Finger glitten geschickt über seinen Reißverschluss. Er atmete scharf ein, als sie ihn in den Mund nahm.

„Dann sind wir uns einig. Ich akzeptiere die Mädchen. Du hältst dein Versprechen."

Er nickte eifrig.

„Ja, Via. Wir sind uns einig".

Dann gab er sich hin, spürte Vias Lippen, ihre Zunge an seinem Penis und dachte: Im Grunde bin ich ein Glückspilz.

Das Schicksal lehnte neben ihm an der Wand, zündete sich in aller Ruhe eine Zigarette an, grinste ihn hämisch an und lachte ihn aus. Wenn er wüsste ...

4. April 2018 spätabends

Erika saß in der Küche und strickte. Die Brillengläser vergrößerten ihre Augen und verliehen ihr etwas Eulenhaftes. Als Bea den Raum betrat, lächelte sie, merkte aber sofort, dass etwas nicht stimmte.

„Na Schätzchen, was ist los mit dir?"

Das Klappern der Stricknadeln verstummte abrupt. Erika schenkte Bea Tee ein, den sie in einer Thermoskanne warmhielt.

„Ach, Mama!", seufzte Bea und ließ ihre Handtasche achtlos auf den Boden fallen. „Es ist ..."

Sie stockte. Sie konnte ihre Mutter unmöglich mit all den furchtbaren Informationen belasten, mit denen sie selbst überfordert war. Sie wusste, wie wenig ihre Mutter von Tom hielt. Bei der Vorstellung, ihr zu erklären, dass Tom womöglich für Emilys Selbstmordversuch verantwortlich war, krampfte sich ihr Magen schmerzhaft zusammen. Sie konnte selbst nicht glauben, was sie heute erfahren hatte.

„Wo ist Simon?", fragte sie stattdessen und nahm einen Schluck von ihrem Tee.

„Er schläft", erwiderte Erika. „Endlich! Er wollte einfach nicht ins Bett gehen, ohne dich vorher zu sehen."

Armer Simon, dachte Bea und ein zaghaftes Lächeln schlich sich in ihr Gesicht. Sie hatte in den letzten Tagen wenig Zeit für ihren Sohn. Was täte sie nur ohne ihre Mutter?

„Danke", sagte Bea und legte ihre Finger auf Erikas Hand.

„Wofür?"

„Dafür, dass du immer für mich und die Kinder da bist."

Erika schmunzelte.

„Deswegen hat der liebe Gott Großmütter erschaffen, nicht wahr?"

Bea erwiderte nichts. Einige Minuten lauschte sie den klappernden Stricknadeln, um die sich rote und weiße Wollfäden schlängelten und fühlte sich in ihre Kindheit zurückversetzt. Damals hatte ihre Mutter ständig für sie gestrickt. Warme Wintersocken. Schals, Hauben, Pullover und Strickjacken. Sie hatte es geliebt, sich neben ihre Mutter auf das Sofa zu kuscheln, während das Feuer im Kamin prasselte und Erika an einem Kleidungsstück arbeitete. Das Bild beruhigte für einen Moment den Aufruhr in ihrem Inneren. Sie schätzte es, dass Erika nicht weiter bohrte und ihre Frage sich unbeantwortet zurückzog. Sie wollte mit ihrer Mutter reden, sie einweihen in all die entsetzlichen Wahrheiten ihres verkorksten Lebens. Aber nicht jetzt, dachte sie. Noch nicht. Sie schlich leise nach oben. Simons Zimmertür war angelehnt, ein kleines Nachtlicht brannte und tauchte den Raum in ein warmes Orange. Sie setzte sich neben den schlafenden Körper ihres Sohnes und beobachtete ein paar Minuten, wie sich sein Brustkorb mit jedem Atemzug hob und senkte. Sein vollkommenes Gesicht schmiegte sich, die Wangen gerötet, der Mund leicht

geöffnet, in das Daunenkissen. Bea beugte sich über ihn und küsste ihn sanft auf die Stirn. Simons Duft, der sie an die klare Morgenluft im Herbst erinnerte, stieg ihr in die Nase. Sie sog den Geruch ein und schloss die Augen. Dann zog sie die Decke bis unter sein Kinn und verließ das Zimmer. Als sie die Treppe hinunterlief, klingelte ihr Mobiltelefon.

„Es ist Paul", erklärte Erika, als sie die Küche erreichte.

„Paul", sagte Bea, als sie das Telefon an ihr Ohr presste.

„Ich habe etwas herausgefunden", erklärte Paul ohne Umschweife. „Kann ich kurz vorbeikommen?"

„Klar. Bis gleich!"

„Ich gehe schlafen", sagte Erika und verstaute ihre Stricksachen in einem Korb. „Stört es dich, wenn ich hier übernachte?"

Bea lächelte. „Natürlich nicht. Das Gästezimmer gehört dir. Es kann sein, dass ich dich morgen ohnehin zum Babysitten benötige."

Erika salutierte.

„Eye-eye, Captain. Zu Ihren Diensten."

Bea umarmte ihre Mutter und beobachtete, wie sie aus der Küche schlurfte. Sie vergaß oft, dass Erika Anfang siebzig und nicht mehr die Jüngste war. Die Vorstellung, dass sie eines Tages ohne sie sein würde, machte ihr Angst. Aber in puncto Willensstärke und Tatendrang hatte so manch Junger Not, mit ihrer Mutter mitzuhalten. Bea leerte ihren Tee, der inzwischen kühl war und bitter schmeckte. Paul klingelte

232

nicht, er klopfte an die Fensterscheibe der Küche. Sie erwiderte sein spitzbübisches Grinsen, das sie so mochte und öffnete die Haustür. Er küsste sie flüchtig auf die Wange und schlüpfte aus seinen Schuhen.

„Simon schläft?"

Sie nickte. „Und meine Mutter. Sie bleibt hier, um sich morgen um Simon zu kümmern."

Paul schob Bea in die Küche und drückte sie auf einen Stuhl. Erst jetzt bemerkte sie, dass er einige Ausdrucke in den Händen hielt.

„Du hast etwas?", fragte Bea.

Paul breitete drei Zettel auf dem Küchentisch aus.

„Ich habe Toms Kennzeichen überprüft. Wie ich schon vermutet habe, handelt es sich nicht um sein Auto. Es gehört einem Dean Taric."

„Könnte das sein richtiger Name sein?"

Paul schüttelte den Kopf. „Das dachte ich zuerst auch, aber diesen Taric gibt es tatsächlich. Er lebt in Linz und ist Weinhändler."

Bea runzelte die Stirn.

„Warum sollte Herr Taric Tom sein Auto zur Verfügung stellen?"

Paul lächelte.

„Genau diese Frage habe ich mir auch gestellt. Und ein wenig recherchiert."

Er deutete auf einen der Zettel, die er auf Beas Küchentisch aufgefächert hatte.

„Hier. Das ist Dean Taric."

Paul deutete auf einen großen, adrett gekleideten Mann in einem dunkelblauen Anzug, der mit blitzend

weißen Zähnen in die Kamera lächelte. Im Hintergrund zeichnete sich ein Geschäftslokal ab, über dem in großen Lettern „Wein & Mehr" stand.

„Ich verstehe nicht ...", begann Bea.

Paul hob die Hand und bedeutete ihr, abzuwarten.

„Im Gegensatz zu Tom ist Dean im Netz kein Phantom. Es war ein Leichtes, seinen Lebenslauf recht lückenlos aufzurollen, von seiner Kindheit in Bosnien über seine Flucht nach Österreich, seine Schulzeit in Steyr sowie sein Studium der Betriebswirtschaft in Wien. Und genau da traf er das erste Mal auf Tom."

Er tippte auf das zweite Blatt Papier, das zwei junge Männer auf dem Campus der Wirtschaftsuniversität Wien zeigte. Bea hielt das Papier hoch und erkannte trotz der Jahrzehnte, die zwischen den beiden Aufnahmen lagen, Dean Taric` lange Nase, sein perfektes Gebiss und die ausgeprägte Kinnpartie. Er hatte seinen Arm um einen jungen Mann gelegt, den sie überall wiedererkannt hätte: Tom.

„Wie heißt er wirklich?"

Paul grinste.

„Er heißt tatsächlich Thomas oder Tom. Was seinen Nachnamen betrifft, so war er nicht besonders einfallsreich."

Er wies auf die Bildunterschrift, die in kursiver Schrift unter die Aufnahme gesetzt war.

Dean Taric und Thomas Hartmann, zwei erfolgreiche Absolventen der Wirtschaftsuniversität Wien, schmieden große Pläne für die Zukunft.

Hartmann. Hartung. Kreativ geht anders, dachte Bea.

„Okay. Die beiden haben miteinander studiert. Was verbindet sie heute?", fragte Bea. „Offenbar fährt Tom mit Deans Auto."

Paul lächelte wissend.

„Ganz einfach", erklärte er. „Das Fahrzeug ist ein Firmenauto. Tom arbeitet für Dean Taric. Er ist so etwas wie sein Außendienstmitarbeiter. Von wegen Geschäftsmann mit eigener Firma."

Bea atmete hörbar aus. Toms Name war ein Fake. Alles, was er ihr über seine Arbeit, sein Unternehmen erzählt hatte – und, das war nicht viel, war eine Lüge. Sie kannte weder seine Freunde noch seine Familie. Was wusste sie überhaupt über den Mann, mit dem sie fast zwei Jahre ihres Leben verbracht hatte? Ihre Zunge kribbelte. Wieso um Himmels willen hatte er sie von Anfang an belogen? Die Haare auf ihren Armen sträubten sich.

„Bist du okay?"

Paul starrte sie besorgt an.

Sie nickte langsam.

„Kann ich dich etwas fragen?"

Paul stutzte. „Natürlich. Alles!"

„Ich habe dich kürzlich mit Emily gesehen", erzählte sie. „Im Krankenhaus.

Paul nickte."

„Ich hab dir doch gesagt, dass ich sie befragen muss."

Bea zögerte.

„Nach Befragung sah das aber nicht aus."

Paul griff nach Beas Hand.

„Hey, du und die Kinder, ihr liegt mir sehr am Herzen. Denkst du, ich mache da einen auf knallharten Ermittler, wenn ich Informationen von Emily brauche?"

Bea schüttelte den Kopf.

„Hat sie dir etwas erzählt?"

„Nicht viel, fürchte ich. Aber ich weiß jetzt, dass sie für ihren Englischlehrer schwärmt. Johannes Novak."

Bea schoss das Blut ins Gesicht.

„Denkst du, er hat etwas mit..."

„Nein, das glaube ich nicht. Was immer Emily fühlt, es ist einseitig. Herr Novak hat unmissverständlich klar gemacht, dass sie seine Schülerin ist und nicht mehr."

Bea atmete aus.

„Könntest du trotzdem mit ihm sprechen?"

„Das hab ich bereits", erklärte Paul. „Er hat nichts mit der Sache zu tun. Außerdem war er an dem Tag, an dem Emily versucht hat, sich umzubringen, in Wien bei einer Fortbildung."

„An dem Tag, als ich dich mit Emily gesehen habe, habe ich nach dir gerufen", sagte Bea und wirkte auf einmal weit weg. „Als du nicht reagiert hast, bin ich zu dir heimgefahren. Ich dachte, ich würde dich dort erwischen."

„Ich bin gleich nach dem Gespräch mit Emily zur Schule gefahren, um mit ihrem Englischlehrer zu reden."

„Ich war in deinem Haus", gab Bea unumwunden zu.

„Das ist okay. Deswegen weißt du von Buddha und seinem Schlüssel-Geheimnis."

Paul lächelte.

„Ich musste auf die Toilette und konnte keine Seife finden."

„Die ist im Waschbecken-Unterschrank. Bei den Reinigungsmitteln. Du weißt, ich hasse es, wenn so viel Zeug herumsteht."

„Auf der Suche danach habe ich im Badezimmer-schrank etwas gefunden."

Bea beobachtete Pauls Reaktion genau. Er schien nachzudenken.

„Das Valium."

Sie nickte.

„Diazepam."

Paul kratzte sich am Kinn. „Schon klar, wie das aussehen muss."

Bea wartete.

„Bist du krank?"

Er schüttelte den Kopf.

„Es gehört Florence."

„Florence?"

„Das junge Ding, mit dem ich ... na, du weißt schon."

Bea runzelte die Stirn.

„Du glaubst mir nicht", stellte Paul resigniert fest.

„Ich gebe zu, es fällt mir schwer, zu glauben, dass ..."

„Ja auch Zwanzigjährige nehmen das Zeug. Zum Runterkommen. Gegen die Angst. Mit Alkohol und ohne."

„Zwanzig?"

Bea lachte heiser.

„Das ist mit ein Grund, warum sie kein Teil meines Lebens mehr ist", entgegnete Paul und widerstand dem Wunsch, Bea zu berühren.

„Ihr Alter?"

Paul grinste. „Der Medikamentenmissbrauch."

„Du wirst zugeben, das alles klingt sehr fadenscheinig."

„Ich weiß. An deiner Stelle würde ich dasselbe denken. Wenn du dir allerdings die Mühe gemacht hättest, das Etikett vollständig zu lesen, hättest du Florence Namen darauf entdeckt."

„Na schön", sagte Bea.

„Warte mal!"

Paul tippte wild auf dem Display seines Handys herum.

„Ich habe das Medikament vor ein paar Wochen für Florence in der Apotheke abgeholt. Sie hat mir das Rezept per Mail geschickt."

Paul hielt Bea den Dateianhang einer E-Mail entgegen und vergrößerte ihn. Bea entzifferte den Namen des Medikaments, des verschreibenden Arztes sowie den von Florence Maigret.

„Sie ist Französin?"

Paul nickte.

„Und zwanzig?"

„Zweiundzwanzig", korrigierte er.

„Nicht dein Ernst. Echt jetzt?"

Sie lachten beide.

„Es gibt da etwas, das ich dir erzählen muss", sagte Bea.

„Ja?"

„Es geht um Emily", begann sie. „Und Tom."

Pauls Magen krampfte sich zusammen.

„Tom ist der Grund, weshalb ..."

Ein Schluchzen brach aus ihr hervor.

Wie sollte man das Unaussprechliche aussprechen?

„Emily hat seinetwegen versucht, sich das Leben zu nehmen."

„Das verstehe ich nicht. Hat sie das gesagt?"

In Beas Augen sammelte sich heiße Flüssigkeit, die über ihre Wangen floss und auf die Tischplatte tropfte. Jede einzelne Träne Ausdruck ihrer Verzweiflung und Enttäuschung. Dann erzählte sie von dem Tagebuch, das verschwunden war, von ihrem Treffen mit Eva, der Erkenntnis, dass sie und Eva mit demselben Mann liiert waren, dass Tom die Verbindung zwischen Lena und Emily war.

„Er hat sie missbraucht, Paul! Verstehst du? Er hat mein kleines Mädchen gezwungen ..."

Paul sog die Luft scharf ein, die in seiner Kehle brannte, als stünde vor einem Hochbrennofen.

„Du meinst ...", Pauls Gesicht schimmerte grau, „Er hat sie ..."

Bea nickte und schnäuzte sich.

„Oh, mein Gott!"

Paul vergrub sein Gesicht in den Händen.

„Oh Bea!"

Er legte einen Arm um sie und drückte sie fest an sich. Er spürte die Wärme ihrer Haut durch den dünnen Seidenstoff ihrer Bluse. Er wünschte, er könnte ihr den Schmerz abnehmen.

Bea schwieg. Es gab nichts weiter zu sagen. Sie hatte ein Monster in ihr Haus geholt, das sich an ihrer Tochter vergangen und sie manipuliert hatte. Sie hatte nichts gemerkt. Nichts. Sie hatte versagt. Als Mutter. Als Mensch. Als Frau. Sie hatte sich in einen Mann verliebt, der die Unterlegenheit von Schwächeren aus-nutzte, der andere manipulierte, sie zum Schweigen brachte. Was hatte sie ihren Kindern nur angetan? Wo blieb ihr gesunder Hausverstand, ihre Menschen-kenntnis? Wie sollte sie jemals wieder jemandem ver-trauen, wenn sie sich auf ihr eigenes Urteilsvermögen nicht verlassen konnte?

„Es ist nicht deine Schuld", sagte Paul, als hätte er ihre Gedanken gehört.

Bea lachte freudlos. Es klang wie ein ersticktes Grunzen. „Wir wissen beide, dass das nicht stimmt."

„Bea."

Paul legte seinen Zeigefinger unter ihr Kinn und zwang sie, ihn anzusehen.

„Du bist die stärkste Frau, die ich kenne. Du kämpfst wie eine Löwin für deine Kinder. Nicht du hast ihnen das angetan."

Sie hob verächtlich eine Augenbraue. „Ach ja? Aber ich hätte sie beschützen müssen. Wozu sonst ist eine

Mutter gut, wenn nicht, um Schaden von ihren Kindern fernzuhalten?"

„Du konntest es nicht wissen. Du hättest sie beschützt, wenn du es gewusst hättest."

Bea blickte ihn aus feuchten Augen an.

„Ich werde dafür sorgen, dass er nie wieder einem Kind wehtut", versprach Bea.

„WIR werden dafür sorgen", erwiderte Paul und schloss sie in die Arme. „Vergiss nicht, du bist nicht allein!"

„Wir", wiederholte Bea. Sie klammerte sich an diesen Strohhalm, den Paul ihr anbot.

Zum Schluss zeigte sie ihm die E-Mail, die sie von einem unbekannten Absender erhalten hatte.

„Wer schickt mir zweieinhalb Jahre nach Max` Tod einen Zeitungsartikel von jenem Abend?"

Paul studierte den Bericht eingehend.

„Jemand, der dir mitteilen will, dass der Mann, der für Lenas Tod und Emilys Krankenhausaufenthalt verantwortlich ist, weitere Mädchen auf dem Gewissen hat."

Bea schluckte.

„Kannst du herausfinden, wer die Mail geschickt hat?"

„Ich werde es versuchen."

Er leitete die E-Mail an seine Dienststelle weiter und bat darum, die Herkunft der Nachricht überprüfen zu lassen.

„Das einzig Gute daran ist", erklärte Paul und seine Stimme klang entschlossener denn je zuvor, „wir wissen jetzt, wo wir den Dreckskerl finden."

November 2002

Der Nebel lag über den Wiesen und Wäldern wie eine Daunendecke. Das Kreischen einiger Möwen erfüllte die Luft und kündigte den nahenden Winter an. Tom stand am Mozartsteg und beobachtete verliebte Pärchen, die Hand in Hand über die Brücke schlenderten, Touristen, die jede kleine Attraktion mit ihrer Kamera einfingen und Radfahrer, die sich genervt zwischen den Menschen hindurchschlängelten. Er spuckte in die Salzach, die tosend unter ihm vorüberbrauste. Es hatte in den vergangenen Wochen reichlich geregnet. Am liebsten würde er sich unter das Gewühl mischen und in den Menschenmassen verschwinden oder sich von der Strömung des Flusses verschlucken lassen. Er stellte sich vor, wie ein Strudel ihn in die Tiefe zog, an seinen Füßen zerrte und ihn da unten festhielt, bis alle Luft aus seinen Lungen gewichen war. Dann hätte er gewusst, warum er nicht atmen konnte, warum er zu ersticken drohte, obwohl die kühle Luft eisig um seine Nasenspitze strich. All die Gedanken und Gefühle würden mit ihm verschwinden. Er müsste nur springen. Er dachte an Via. Das, was sie beide verband, war längst zerstört. Nicht einmal ihre Blutsverwandtschaft konnte darüber hinwegtäuschen, dass er ihr nichts mehr zu sagen hatte. Es war vorbei. Das hatte er vor einigen Monaten begriffen. Endgültig. Es mochte daran liegen, dass seine Neigung, wie Via es

stets nannte, ihn in letzter Zeit zu überwältigen drohte. Er war ein Jäger auf der Suche nach frischem Fleisch, jungem Fleisch. Er gab sich nicht mehr zufrieden damit, gelegentlich ein junges Mädchen zu schnappen, in seine Hütte zu schaffen, um dort mit ihm zu schlafen. Er wollte es besitzen, es haben. Es sollte ihm gehören. Er hatte lange darüber nachgedacht, wie er es anstellen konnte, ein junges Mädchen zu seiner Verfügung zu haben – immer. Es war ein schwieriges Unterfangen, das Zeit in Anspruch nahm. Via stellte sich seinem Vorhaben zunehmend in den Weg. Solange er gelegentlich ein Mädchen nahm, sich mit ihm vergnügte und zu Via zurückkehrte, war es ihr einerlei. Via und er, das war eine Sache, die abseits seiner Neigung stattfand, sein normales Leben, wenn man eine Ehe zwischen Geschwistern so bezeichnen konnte.

In der letzten Zeit aber war ihm klar geworden, dass diese gelegentlichen Episoden ihn nicht befriedigten. Zudem stieg die Gefahr, dass eins der Mädchen ihn wiedererkannte und Anzeige erstattete, obwohl er durchaus überzeugend sein konnte und die Mädchen ihm hoch und heilig versprachen, mit niemandem über „die Sache" zu sprechen. Einmal war das Ganze aus dem Ruder gelaufen. Ein etwa vierzehnjähriges Mädchen war vor ihm geflohen, bevor er ihr das Versprechen abnehmen konnte, Stillschweigen zu bewahren. Er hatte keine Gelegenheit, sie zu überzeugen, dass es besser war, den Mund zu halten. Im

Normalfall hätte er ihr gedroht, dass er ihrer Familie schaden würde, wenn sie ihr Geheimnis nicht wahren sollte. Sie hatte sich unmittelbar, nachdem er sie geliebt hatte, losgerissen, ihm mit einer Vase auf den Kopf geschlagen, sodass er benommen zurück gesackt war, und war praktisch nackt aus seiner Hütte in den Wald gestürmt. Er war ein routinierter Läufer und – im Gegensatz zu dem Mädchen – in Turnschuhe geschlüpft, die in leichtfüßig über den dichten Erdboden trugen. Das Mädchen hatte keine Chance. Bereits nach wenigen hundert Metern humpelte es barfüßig über die Baumwurzeln, die wie Stolperfallen aus dem Boden ragten. An der Art, wie es sich bewegte, wusste er, dass seine Fußsohlen bluteten. Als er es von hinten packte, biss und kratzte es ihm die Arme blutig. Er verpasste ihm einen heftigen Schlag, sodass sein Kopf zur Seite flog und es zu Boden fiel. Sein Kopf krachte gegen den Stamm einer Fichte. Er hörte ein unschönes Knacken. Erst als das Blut aus seinem Schädel sickerte und eine immer größere werdende Lache um seinen Kopf bildete, merkte er, dass er sie getötet hatte. Ihre Augen hatten jeden Glanz verloren und starrten in den Himmel, der zwischen den Nadelbäumen hervorlugte. Er schleifte ihren leblosen Körper über den mit dicken Wurzeln übersäten Waldboden zurück zu seiner Hütte. Dort packte er eine Schaufel und hob eine Grube aus, die groß genug war, um zwei ausgewachsene Männer zu begraben. Dann legte er es sachte hinein. Das blonde Haar klebte mit dem verkrusteten Blut an seinem

Kopf. Er strich mit einem Finger über seinen Hals, seine Brüste und Hüften und küsste es sanft auf die Lippen. Sie waren warm. Dann schaufelte er die Erde über das Grab, bedeckte es mit Zweigen und Laub und sprach ein stummes Gebet. Er goss Wasser aus einer Flasche in eine Keramikschüssel und wusch sich das Blut von Gesicht und Körper. Seine Jeans zog er aus und schlüpfte in eine beige Baumwollhose, die er im Kasten neben einer Lodenjacke aufbewahrte. Die Jeans verbrannte er im Kamin. Erst da merkte er, wie sehr ihn der Tod des Mädchens aufwühlte. So etwas durfte nicht noch einmal passieren. Er musste künftig besser aufpassen.

Ein Plastikkübel zog im Strom der Salzach an ihm vorüber. Was die Menschen alles achtlos wegwerfen!, ärgerte er sich und dachte an seine Ehe, die er ebenso einfach beenden, wegwerfen wollte. Via und er waren ein eingeschworenes Team, aber sie holten jeweils das Schlimmste im anderen zum Vorschein. Er hatte Monate gebraucht, Jahre vermutlich, um zu dem Entschluss zu gelangen, dass er sie verlassen musste. Es führte kein Weg daran vorbei. Und just, als er ihr davon berichtete, ihr mitteilte, dass er nicht länger mit ihr leben konnte, wedelte seine Schwester mit ihrer Trumpfkarte vor seinem Gesicht. Sie sei schwanger, eine Mitteilung, die er erst nicht glaubte, da sie jahrelang versucht hatten, ein Kind zu bekommen. Ohne jeden Erfolg. Tom erklärte sich ihre Unfruchtbarkeit damit, dass sie Geschwister waren und es ihnen nicht

gestattet war, ein gemeinsames Kind zu zeugen. Das widersprach den Gesetzen der Natur. Und Gottes Geboten. Nicht, dass er diesen folgte, aber eine gewisse Ehrfurcht vor dem Herrn konnte er nicht leugnen. Fast hätte er gelacht, als Via ihm von der Schwangerschaft berichtete. Es war, als schaukelte das Schicksal von der Lampe an der Decke und streckte ihm den Mittelfinger entgegen. Tom traf eine Entscheidung: Er würde dieses Kind mit Via großziehen, es lieben und ihm geben, was er stets vermisst hatte: ein Zuhause. Es war ein großer Vorsatz, dessen war er sich bewusst, aber er war entschlossen, sein Möglichstes zu tun.

Felix kam im Oktober zur Welt. Es war eine lange und harte Geburt, bei der ihr kleiner Junge lange im Geburtskanal feststeckte und Via viel Blut verlor. Als drei Ärzte und vier Hebammen sich rund um seine Schwester versammelten, sich leise murmelnd besprachen und düstere Gesichter machten, wusste Tom, dass es ernst war. Felix wurde mit der Saugglocke geholt. Es machte ein schlurfendes Geräusch, als er aus dem Leib seiner Mutter flutschte. Sein kleiner Körper war blau, seine Lippen violett. Er schrie nicht. Die Ärzte und Hebammen wickelten ihn in eine Decke und rannten mit ihm aus dem Kreißsaal. Via schloss die Augen und zitterte. Tom setzte sich neben sie und nahm ihre Hand. Stunden später erhielten sie Nachricht, dass ihr kleiner Felix lebte, aber einen massiven Sauerstoffmangel erlitten hätte. Man könne die Folgen

nicht absehen, es sei aber mit gravierenden Entwicklungsstörungen zu rechnen. Es war das erste Mal, dass Tom weinte.

In den folgenden Monaten kümmerten sich Via und er rührend um ihr Baby. Felix war ein zufriedenes Kind, schlief bald durch und freute sich über jede Berührung und jedes Wort, das seine Eltern mit ihm teilten. Es war eine unbeschwerte Zeit, die nicht währte. Als Felix fünf Monate alt war, ließ sich nicht länger leugnen, dass ihr Baby seiner Entwicklung hinterherhinkte. Der Kinderarzt befragte sie eingehend nach Felix' Gewohnheiten, ob er lächelte, brabbelte, ausreichend trank. Mit jeder Untersuchung wurde deutlicher, dass Felix nie sein würde wie andere Kinder. Mit zwölf Monaten konnte er nicht alleine sitzen oder krabbeln. Via und Tom waren am Boden zerstört. Jegliche Hoffnung auf eine „normale" Familie war dahin; der Entschluss, Via zu verlassen, wenn ihr gemeinsamer Sohn zur Schule ging, zunichte. Wie sollte er sie im Stich lassen, wenn ihr Kind nie ein selbständiger Mensch sein würde?

Tom blickte noch einen Augenblick in den Fluss, der alles mit sich riss, was er erwischen konnte: Zweige, Laub, Steine, Kübel. Mich, dachte Tom und stellte sich vor, wie er die Beine über das Geländer schwang und sich fallen ließ. Noch während er die Dunkelheit und die Kälte in seinen Gedanken fühlte, klingelte sein Handy. Er griff danach. Es war Via. Felix sei krank. Er

möge so schnell wie möglich nach Hause kommen. Müde steckte er das Telefon in sein Jackett und verließ die Brücke Richtung Mirabellplatz, wo sein Auto in der Garage parkte. Dabei fiel sein Blick auf eine Frau Mitte dreißig, nicht schön im klassischen Sinne, aber doch adrett. Ihr hellbraunes Haar umspielte ihre klaren Züge und gab den Blick auf haselnussbraune, dezent geschminkte Augen frei. Neben ihr hüpfte ein] etwa zwölfjähriges Mädchen in einem Lodenmantel und roten Gummistiefeln. Das Kind strahlte von innen, als wäre das Leben ein Ort voller Zuckerwatte und Kandisäpfeln. Sein Blick folgte den beiden eine Weile, ehe er zur Parkgarage hastete. Ein Gedanke blitzte auf, so kurz, dass er ihn erst nicht zu fassen bekam. Es sollte Jahre dauern, bis er reifte.

5. April 2018

Die Sonne tauchte die Spitze des Gaisbergs in bunte Rosatöne, als Paul in seinem Skoda in die Einfahrt rollte. Erika tapste verschlafen die Treppe herunter, als Bea sich eine Lederjacke überwarf.

„So früh unterwegs?", fragte sie und unterdrückte ein Gähnen.

„Ja, Mama. Wir müssen etwas erledigen. Ich hoffe, es wird nicht spät".

„Kein Problem", winkte Erika ab und lehnte sich gegen den Türstock, der vom Vorzimmer in die Küche führte. „Ich bleibe hier und kümmere mich um Simon. Außerdem werde ich Emily besuchen, wenn er in der Schule ist."

Bea lächelte erleichtert.

„Das ist großartig, danke!"

Sie warf ihrer Mutter eine Kusshand zu.

Paul, der im Auto auf sie wartete, hupte zweimal ungeduldig.

„Dann lass dich nicht aufhalten, Schätzchen! Da hat es jemand eilig."

Bea lachte, winkte zum Abschied und hüpfte die Treppen zum Vorgarten hinunter.

Es versprach ein herrlicher Tag zu werden. Die Amseln sangen ausgelassen und kündigten ebenso wie die ersten bunten Tupfer in den Nachbargärten an, dass der Frühling ins Land zog. Bea schwang sich

neben Paul auf den Beifahrersitz. Er küsste sie auf die Wange und trat aufs Gaspedal. Der Kies knirschte unter den Rädern und spritzte zu beiden Seiten hoch. Obwohl der gestrige Abend sie mitgenommen hatte, erfüllte sie ein eigenartiges Prickeln angesichts der Aussicht, Tom aufzuspüren und zur Strecke zu bringen. Sie fragte sich, ob Paul einen Plan hatte oder ob sie ins Blaue hinein versuchten, Tom zu fassen.

Sie fuhren auf die Westautobahn Richtung Linz auf. Während auf dem Weg zur Autobahn wenige Autos unterwegs waren, nahm der Verkehr dort allmählich zu. Auf der rechten Fahrbahn reihte sich eine Kolonne von LKW aneinander wie eine Karawane Elefanten, die sich gemächlich durch die Wüste schleppte. Paul überholte einen nach dem anderen und blieb schließlich auf der linken Spur. Bei Mondsee fuhren sie ab, um sich beim Drive-In einer McDonalds-Filiale einen Cappuccino zu holen. Bea trank einen Schluck und spürte, wie die heiße Flüssigkeit den letzten Rest Müdigkeit wegspülte. Die Landschaft zog an ihr vorüber wie ein Spielfilm, der im Schnelllauf abgespult wird: Wälder, Seen, Berge, Fahrzeuge, Wolken. Alles schien ineinanderzufließen. Bea schloss die Augen. Was würde sie tun, wenn sie Tom fanden? Sie zitterte und rieb ihre kalten Finger aneinander.

„Alles okay?", fragte Paul, der ihre Unruhe spürte.

Sie lächelte matt.

„Alles in Ordnung."

Sie wussten beide, dass es das nicht war.

„Hast du herausgefunden, wer mir die E-Mail mit dem Zeitungsausschnitt geschickt hat?", fragte Bea nach einer Weile.

Paul schüttelte den Kopf.

„Das nicht, aber ich habe eine Vermutung", erwiderte er.

Bea hob eine Augenbraue.

„Die Journalistin, die den Bericht nach Max` Tod verfasst hat."

Er zögerte.

„Sie heißt Rebekka Lindgren."

Der Name sagte Bea nichts.

„Sie war eine Weile mit Tom liiert. Sie war womöglich die einzige ernsthafte Beziehung, die Tom mit einer erwachsenen Frau hatte."

Bea atmete geräuschvoll aus.

„Du denkst, sie hat mir den Artikel geschickt?"

„Es ist eine Möglichkeit. Die E-Mail-Adresse lässt sich leider nicht zurückverfolgen. Wir haben die Spur auf einem Server in Russland verloren."

„Wieso sollte sie das tun?"

„Sie hat den Fall damals recherchiert und ist wohl auf einiges mehr gestoßen, in das ihr Ex verwickelt war. Ich denke, Rebekka wollte dich warnen."

Bea schwieg, aber in ihrem Kopf spielten die Gedanken Pingpong. Was hatte der Mann, mit dem sie die letzten zwei Jahre verbracht hatte, alles verschwiegen? Auf was für einen Mann hatte sie sich nur eingelassen?

Als Paul nach mehr als einer Stunde das Tempo deutlich drosselte und sich rechts einreihte, um von der Autobahn abzufahren, merkte Bea, dass sie geschlafen hatte. Sie blinzelte gegen die Sonne, die ihr warm ins Gesicht schien und streckte sich.

„Sind wir da?", fragte sie müde und versuchte, sich zu orientieren.

Sie war lange nicht mehr hier gewesen.

„Bald", versprach Paul und bog an der Ausfahrt rechts in die Hauptstraße ein.

„Wo fahren wir hin?"

„Zum Weinhandel von Dean Taric", erklärte er, während er das Navi mit Daten fütterte.

Bea lehnte sich in ihrem Autositz zurück. Ihre Haut kribbelte vor Aufregung.

„Und dann?"

„Was meinst du?", wollte Paul wissen.

„Was tun wir, wenn er dort ist?"

Bea beobachtete ihren Freund, dessen Profil sie an die Statue eines griechischen Gottes erinnerte.

„Du hast doch einen Plan, oder?", hakte sie nach, als Paul nachdenklich auf die Fahrbahn stierte.

Ihr wurde klar, dass sie vergeblich auf eine Antwort wartete. „Oh, mein Gott!"

Paul grinste und stieg ins Gas. Sie waren fast da.

Er parkte den Skoda in einer Seitenstraße, von der aus sie den Handel problemlos erreichen konnten. Bea löste den Gurt und sprang aus dem Wagen.

„Du bleibst hier!", wies er sie an und klang dabei schroffer als beabsichtigt.

Bea wirbelte zu ihm herum.

„Das glaubst du selbst nicht!", schimpfte sie. „Es geht hier um mein Leben, meine Tochter. Ich bleibe ganz sicher nicht hier, während du Tom zur Rede stellst!"

Paul schloss die Autotür und kam um den Wagen herum. Er legte vorsichtig seine Hände auf Beas Schulter.

„Hör zu! Tom ist gefährlich. Ich habe nicht vor, ihn zur Rede zu stellen. Ich will sehen, ob er hier ist und – falls nicht - ob ich herausfinden kann, wo er wohnt."

„Ich komme mit", entschied Bea.

Paul schüttelte den Kopf.

„Nein! Wenn Tom da ist, wird er dich sofort sehen. Mich kennt er nur flüchtig. Wenn ich mir eine Kappe aufsetzte, stehen die Chancen gut, dass er mich nicht erkennt."

Bea schien nicht überzeugt.

„Außerdem", setzte er fort, „wissen wir nicht, ob Dean Taric in diese Geschichte verwickelt ist. Er könnte Fotos von dir gesehen haben. Bea, es ist besser, wenn du vorerst hierbleibst, glaub mir!"

Bea lehnte sich mit verschränkten Armen gegen den Oktavia. Ihre Wangen leuchteten in einem dunklen Rosa.

„Also gut", willigte sie ein. „Aber du kommst sofort zurück, wenn du die Informationen hast, die wir brau-

chen. Bei allen weiteren Schritten will ich mit dabei sein. Ist das klar?"

Paul öffnete die Beifahrertür und nahm eine dunkelgraue Baseballkappe aus dem Handschuhfach.

„Versteht sich von selbst!"

Paul zog sich die Kappe tief ins Gesicht und holte eine dunkle Sonnenbrille aus seinem Jackett. Er lief den Weg bis zur Hauptstraße entlang, der von Birken gesäumt war, und erkannte am Ende der Straße den Schriftzug „Wein & Mehr", den er bereits im Internet gesehen hatte. In der Mitte befand sich das Ladenlokal. Ein Herr um die sechzig verließ das Geschäft mit zwei Kartons südsteirischem Morillon, wie die Aufschrift auf der Pappe verriet. Paul nickte ihm zu, bemerkte den Kundenparkplatz zu seiner Linken und das Lager, das sich rechts befand. Zwei Lieferwagen parkten direkt davor. Ein junger Bursche mit kräftigen Armen und einem breiten Rücken stand im geöffneten Heck und prüfte die Kartons auf den Euro-Paletten. Paul registrierte eine Reihe gekennzeichneter Parkplätze, die offenbar für den Chef und seine Mitarbeiter reserviert waren. Eine Parklücke erregte sein Aufsehen. Er erkannte das Kennzeichen des Autos, für das er gedacht war. Der Platz war leer.

„Gut", dachte Paul und lief leichtfüßig die fünf Stufen zum Eingang des Geschäfts hinauf. Die Automatiktüren glitten fast lautlos auseinander. Der Raum erinnerte an eine rustikale Almhütte. Er war dunkler, als Paul erwartet hatte, und mit Eichenholz vertäfelt.

In den Regalen standen hunderte Weinflaschen nach Herkunftsländern und –gebieten sortiert: Südafrika, Kalifornien, Italien, Deutschland, Österreich. Auf der linken Seite des Raums gab es eine hölzerne Bar, die Platz für mehrere Dutzend Weiß- und Rotweingläser bot. Auf der anderen Seite wurden kulinarische Köstlichkeiten angeboten: hausgemachte Pasta, italienisches Pesto, Parmesan, eingelegtes Gemüse und Bio-Schokolade. Eine Reihe weiter standen Flaschenöffner, Weingläser, Fachbücher und ähnliche Produkte zum Verkauf. Pauls Finger glitten über einen Weinständer aus Walnussholz, der mit einigen Flaschen Zweigelt befüllt war.

„Kann ich Ihnen behilflich sein?"

Eine brünette Anfang Dreißig in einem Bleistiftrock stöckelte in hohen Lacklederschuhen auf ihn zu und entblößte zwei Reihen perlweißer Zähne.

„Ich sehe mich ein wenig um", erwiderte Paul und zauberte sein charmantestes Lächeln ins Gesicht.

„Natürlich!" Die junge Frau wandte sich zum Gehen. „Wenn Sie etwas brauchen oder Fragen haben, sagen Sie mir Bescheid."

„Das mache ich!", versprach Paul, während sein Blick über einen makellos geformten Po glitt.

„Judith", sagte sie und streckte ihm die Hand entgegen.

Beinahe wäre ihm „Paul" herausgerutscht.

„Peter", erwiderte er stattdessen und drückte Judiths makellos manikürte Hand.

„Freut mich sehr."

Sie blickte ihm einen Moment länger an als nötig, dann schritt sie endgültig davon. Ihre Absätze klackerten über den Dielenboden. Pauls Augen scannten ihren Hintern ein weiteres Mal. Er lächelte und öffnete seine Hand. Die Visitenkarte, die darin lag, war schlicht und weiß. In schwarzen Lettern war Judiths Name, die Adresse des Weinhandels sowie eine Mobilnummer gedruckt. Paul schob die Karte in die Tasche seines Jacketts und spazierte zwischen den Regalen hindurch. Am Ende des Raumes, ein wenig versteckt, entdeckte er einen schwach beleuchteten Gang. Über der Tür, die in diesen Bereich führte, prangte in roten Buchstaben „Privat". Er sah sich um, nahm zwei Kunden im vorderen Ladenbereich wahr sowie einen Mitarbeiter, der an der Bar einer etwa fünfzigjährigen Frau Rotwein zum Verkosten anbot. Ansonsten war niemand zu sehen. Paul schlich in den Gang und war dankbar, seine Sneaker zu tragen, mit denen er sich geräuschlos über den Boden bewegte. Seine Augen brauchten einen Moment, um sich an das schummrige Licht zu gewöhnen. Neben der ersten Tür fand er ein Schild, an dem in kleinen Lettern „Geschäftsführer, Dean TARIC" stand. Paul hielt den Atem an und lauschte, während er sachte die kühle Klinke nach unten drückte. Es war abgeschlossen. Die nächste Tür war halb geöffnet. Paul spähte hinein, bemerkte einen Tisch und einige Stühle sowie eine Anrichte, auf der eine Mikrowelle, eine Kaffeemaschine und ein Wasserkocher standen. Offenbar so etwas wie ein Aufenthaltsraum. Ein leichter Geruch von Zigaretten und

überreifem Obst erfüllte die Luft. Paul verzog angewidert den Mund und tastete sich vorwärts. Er huschte an der Mitarbeitertoilette vorüber, die dringend gereinigt werden müsste, und landete vor der letzten Tür, die einen Spalt offenstand. An dem Schild prangte ein Name, den er kannte: Thomas Hartmann, Außendienst.

„Bingo!", dachte Paul und schob die Tür ein Stück weit auf.

Er warf einen Blick über die Schulter und vergewisserte sich, dass ihm niemand gefolgt war. Er atmete tief durch und drückte sich zwischen Tür und Wand in den Raum. Ein geräumiger Schreibtisch stand direkt unter dem Fenster, daneben ein Regalsystem, das fast die gesamte Wand ausfüllte. Paul überflog die Ordnerrücken, die fein säuberlich nach Jahren in den Regalen sortiert waren. Die meisten enthielten Lieferscheine, Rechnungen und Großkundendaten. Paul spazierte durch den Raum, warf einen Blick in die Schubladen des Schreibtisches und in einen Schrank, der an der gegenüberliegenden Wand stand. Er bemerkte ein gerahmtes Foto, das auf dem Boden lag. Das Glas war zersplittert. Offenbar hatte Tom sein Büro hastig verlassen. Paul griff nach dem Rahmen und drehte das Bild um. Es war der Schnappschuss einer dreiköpfigen Familie vor einer kleinen Hütte im Wald. Der Mann hatte seinen Arm um eine zierliche, fast elfenhafte Frau gelegt, die nicht direkt in die Kamera blickte, sondern ihren Mann anstrahlte. Vor den beiden kniete ein etwa zwölfjähriger Bursche, der

schmal wirkte und mit Holzstöcken und Laub spielte. Paul merkte sofort, dass etwas mit ihm nicht stimmte. Sein Mund wirkte schief, eine Brille vergrößerte seine starren Augen und er hielt den Kopf in einem Winkel, den Paul als schmerzhaft empfunden hätte.

„Da schau an", flüsterte Paul. „Tom hat eine Familie."

Er fuhr mit dem Finger über den Rand des Bildes und zuckte zurück. Ein kleiner Glassplitter hatte sich in das Fleisch gebohrt.

„Scheiße!", fluchte er und zog das Glasstück aus dem Finger.

Er steckte ihn in den Mund, um die Blutung zu stillen und griff nach dem Bild, um es zurück auf den Boden zu legen. Dabei fiel sein Blick noch einmal auf die feenhafte Frau mit dem rötlich-braunen Haar und der schneeweißen Haut. Eine Erinnerung tauchte tief in ihm auf. Etwas Bekanntes, Vertrautes, Schmerzliches. Was war es? Bevor er sie zu fassen bekam, versank sie wieder in den Tiefen seines Unterbewusstseins. Zu spät hörte er das leise Quietschen der Tür, spürte er, dass sich die Energie im Raum verändert hatte. Als er sich erhob und umzudrehen versuchte, fuhr ein schriller Schmerz durch ihn. Sein Kopf explodierte in tausend Farben. Dann tauchte er in tiefe Dunkelheit.

Bea rutschte ungeduldig auf dem Beifahrersitz hin und her. Sie hatte zwei Zigaretten zur Hälfte geraucht und dann ausgedämpft. Sie war bis ans Ende der

Seitenstraße gelaufen, hatte nach Paul Ausschau gehalten und war zum Wagen zurückgekehrt. Sie checkte ihre E-Mails, prüfte ihren Kontostand und sprang erneut aus dem Fahrzeug. Während sie eine weitere Zigarette aus der Packung nahm und nach dem Feuerzeug in ihrer Handtasche wühlte, klingelte ihr Handy. Vor Schreck fiel ihr die Kippe aus der Hand.

„Mama! Ist alles in Ordnung?", fragte sie, als sie zitternd den Anruf entgegennahm.

„Alles bestens", erklärte Erika. „Du klingst aufgeregt, Kind! Gibt es Probleme?"

Unmengen, dachte Bea und presste einen Fingernagel in ihre Handfläche, bis es schmerzte.

„Nein, alles okay. Und Simon? Wie geht es Simon?"

„Es geht ihm gut. Er ist in der Schule. Ich glaube, seine Alpträume lassen nach."

Bea trommelte auf das Dach des Skodas.

„Ja. Ja, er hat ein, zwei Nächte durchgeschlafen. Gott sei Dank!"

„Ich wollte dir nur sagen, dass ich im Krankenhaus bin."

„Emily? Wie geht es ihr?"

Bea spürte einen vertrauten Schmerz, als sie an ihre Tochter dachte.

„Sie wird heute entlassen. Deshalb bin ich hier."

„Oh!" Bea schluckte, als ihr klar wurde, dass sie ihre Tochter nicht abholen konnte.

„Schon in Ordnung, Liebes! Mach dir keine Gedanken. Ich mach das! Und wenn du später heimkommst, kannst du Emily in die Arme schließen."

Bea zwirbelte eine Haarsträhne um ihren Zeigefinger.

„Wir beeilen uns."

„Nicht nötig. Lasst euch Zeit. Emily braucht sicher ein paar Stunden für sich, um sich daheim einzugewöhnen."

Bea presste das Mobiltelefon so fest ans Ohr, dass ihre Finger schmerzten.

„Mach dir keine Sorgen, Bea."

„Danke, Mama!"

Sie beendete das Telefonat und blinzelte ein paar Tränen weg.

„Großartig!", dachte sie. „Ich kann mein Kind nicht beschützen. Ich bringe ein Ungeheuer in unser Haus. Und jetzt bin ich nicht einmal für sie da, wenn sie nach Hause entlassen wird."

Bea stampfte frustriert auf die Zigarette, die auf der Erde lag. Ihr Rücken schmerzte. Sie hatte in letzter Zeit ihr Training vernachlässigt.

Wo zum Teufel blieb Paul? Sie sprintete ans Ende der Straße und spähte in Richtung Weinhandel. Nichts. Keine Spur von ihm. Vielleicht sollte sie sich kurz in dem Geschäft umsehen, eine Kundin, die sich für kalifornischen Wein interessiert. Sich ein wenig umschauen. Was sollte sie damit anrichten? Sie straffte eben ihre Schultern und marschierte die ersten Schritte Richtung „Wein & Mehr", als ein Audi

mit überhöhter Geschwindigkeit an ihr vorüber raste. Bea erstarrte. Ohne den Fahrer gesehen zu haben, wusste sie, wer den Wagen fuhr. Sie duckte sich hinter einen alten VW Golf, der am Straßenrand parkte. Aus der Deckung beobachtete sie, wie Tom das Auto abstellte und die Stufen zum Geschäft hochlief. Bea schlug das Herz bis zum Hals. Was sollte sie tun? Sie musste Paul warnen. Hoffentlich merkte er rechtzeitig, dass Tom den Laden betreten hatte. Sie zog ihr Mobiltelefon aus der Gesäßtasche und tippte den Code ein, um es zu entsperren. Ihre Finger waren feucht vor Angst und rutschten über das Display wie auf einer Wasserrutsche. Zweimal erwischte sie die falsche Ziffer und musste von vorne beginnen.

„Fuck!", schrie sie und nahm aus den Augenwinkeln wahr, wie eine ältere Dame, die ihren Dackel spazieren führte, missbilligend mit der Zunge schnalzte.

„Du musst raus! Tom ist da!", schrieb sie und ihre Finger flogen zitternd über die Tastatur. Sie sendete die Nachricht und zwang sich, durchzuatmen. Ein und aus. Ein und aus. Komm schon, Paul!, dachte sie und starrte unentwegt auf das Display. Soweit sie sehen konnte, war die Nachricht zwar angekommen, Paul hatte sie aber nicht gelesen. Verdammt! Was sollte sie jetzt tun? Zögernd schlurfte sie ein paar Schritte die Hauptstraße entlang, den Blick abwechselnd auf das Weingeschäft und auf ihr Handy gerichtet. Nichts. Keine Lesebestätigung. Keine Rückmeldung. Verdammt, Paul! Was machst du da drinnen? Sie tänzelte unentschlossen auf dem Fleck hin und her und

wünschte, sie hätte ihre Zigaretten aus dem Auto mitgenommen. Erst jetzt merkte sie, dass sie hyperventilierte. Sie legte beide Hände vor den Mund und zwang sich, langsam in den Trichter aus- und wieder einzuatmen, bis sich ihre Atmung beruhigte. Plötzlich öffnete sich die automatische Tür des Weinhandels. Bea reckte den Hals, um zu erkennen, ob es Paul war, der aus dem Laden stürmte. Die Größe passte. Die Statur. Bea erstarrte. Es war Tom, der die Stufen herunterlief und auf seinen Wagen zusteuerte. Er wirkte aufgebracht. Wo zum Teufel war Paul? Sie rang mit sich, versuchte zu entscheiden, ob sie ihn suchen sollte. Dann rannte sie los. In die andere Richtung. Ihre Füße flogen über den Asphalt. Als sie den Skoda erreichte, bog der Audi vor ihr gerade nach rechts in Richtung Stadtzentrum ab. Bea schwang sich in den Oktavia und ließ den Motor an. Sie durfte ihn nicht verlieren. Hektisch wandte sie den Kopf, um zu sehen, wohin Tom fuhr. Sie bog knapp vor einem Lastwagen in den Fließverkehr ein und wurde mit erbostem Hupen abgestraft. Doch das kümmerte Bea nicht. Alles, worauf es ankam, war herauszufinden, was Tom vorhatte.

Oktober 2014

Die Hütte war Toms Rückzugsort. Er liebte die Stille im Wald, wie das Laub unter seinen Stiefeln knisterte und den Geruch von feuchter Erde und Holz. Er hatte das Holzhaus vor etwa zehn Jahren gekauft, als der Drang, junge Mädchen zu besitzen, übermächtig wurde. Via trieb ihn in den Wahnsinn mit ihrer Kontrollsucht, ihrer übertriebenen Angst um Felix und ihrem ständigen Wunsch, mit ihm zu schlafen. Je mehr sie ihn begehrte, umso mehr widerte sie ihn an. Sein Trieb war ungebrochen. Er hätte ihrem Wunsch problemlos mehrmals täglich nachkommen können. Sie erregte ihn schlichtweg nicht. Wann immer er ein junges Mädchen sah, mit langen Haaren und weicher, praller Haut, wurde der Wunsch, es zu berühren, in es einzudringen, übermächtig. Er wusste, dass es falsch war. Es war unverzeihlich. Widerlich. Er hasste sich für seine Gedanken und dafür, dass er von Zeit zu Zeit seinen Trieben nachgab, und junge Mädchen entführte, ihre Seele stahl und sie in eine Welt zurückschickte, in die sie nicht mehr passten, nie wieder passen würden. So wie er. Er bestrafte sich, indem er in einer Ehe verharrte, in der er sich fühlte wie in einem Vakuum, wie in einem Raum, in dem die Luft stetig dünner wurde. Gott hatte ihn bestraft. Er hatte ihm Felix geschickt und zwang ihn damit, auf ewig bei Via und ihrem gemeinsamen Sohn zu bleiben.

Wie immer, wenn ihn die Unruhe antrieb, ging er auf die Jagd. Nach einem Mädchen. Oder wie heute nach einem Wildschwein, einem Reh oder einem Feldhasen. Es war ihm einerlei, solange er mit der Sauer S100 verschmolz, seinem zuverlässigen Jagdgewehr, mit dem er durch den Wald streifte. Die Anspannung wich allmählich der Aufregung, hinter einem lebenden Wesen her zu sein, der Moment, wenn er Wild entdeckte, das unbekümmert zwischen den Bäumen äste, ahnungslos, dass die Mündung eines Gewehrs auf seinen Körper zielte.

Er erinnerte sich an den Sommer vor einem Jahr, als Via darauf bestanden hatte, ihn gemeinsam mit Felix zur Hütte zu begleiten. Er mochte es nicht, wenn jemand in seinen Zufluchtsort eindrang. Die Hütte gehörte ihm. Es war ein Platz, an dem er den Puls des Lebens spürte, schmeckte, roch. Es war der Ort, an dem er Tiere erlegte, ausweidete und aß. Es war ein Ort, der ihm heilig war. Via hatte kein Nein gelten lassen. Sie wollte sehen, wo Tom sich „herumtrieb", wie sie es nannte, wenn er tagelang nicht nach Hause kam. Dass die Hütte weit abseits von ihrem gemeinsamen Heim lag, war Absicht. Nach dem Studium hatte sich die Gelegenheit ergeben, bei Dean Taric ins Weingeschäft einzusteigen. Via war egal, wo sie lebten, solange sie zusammen waren. Mit ihrem Pharmaziestudium konnte sie zudem überall Arbeit finden. Als sie das Häuschen nahe Linz entdeckten, das Dean ihnen nach der Scheidung eines Bekannten vermit-

telte, war klar, dass Linz ihr neues Zuhause werden würde. Aufgrund seiner Tätigkeit im Außendienst war er einen Großteil der Woche in Salzburg unterwegs. Die Fahrt von Linz nach Salzburg hätte er mit verbundenden Augen geschafft, so oft war er die Strecke im Laufe der Jahre gefahren. Er hatte lange nach dem richtigen Platz gesucht. Nach Monaten voll von ergebnislosen Besichtigungsterminen war er auf eine unscheinbare Anzeige in der Jagdzeitung gestoßen. Ein pensionierter Förster suchte einen Käufer für seine kleine Jagdhütte in der Nähe von Werfenweng, einem Gebiet, in dem Tom schon früher das eine oder andere Mal gejagt hatte. Zwei Tage später folgte er Hermann Gschwentner auf einem versteckten Pfad durch den dichten Wald. Eine Zufahrt mit dem Auto war nicht möglich. Sie mussten ihre Fahrzeuge am Wegesrand stehen lassen, dort, wo die Straße mit einem Mal endete und den Rest des Weges durch dichten Wald zu Fuß zurückgelegt. Hermann war ein kleiner, feister Kerl in Lederhose und braunem Trachtenjanker. Auf seinem Kopf saß ein Filzhut mit Rebhuhnfedern, unter der Krempe leuchtete eine tiefrote, grobporige Nase, die von den zahllosen Schnäpsen erzählte, die der Förster sich regelmäßig hinter die Binde kippte. Während sie durch den Wald streiften, plapperte Hermann unaufhörlich, erzählte von den Jahren, die er hier als Jäger verbracht und sich um kranke Bäume und eine Überzahl von Feldhasen gekümmert hatte.

„Woaßt scho, des da wor mei Lebn."

Er breitete die Hände aus und zeigte auf das Baum- und Wurzelwerk, das sie umgab.

„De Hütt'n is praktisch mei Dahoam. Verstehst mi?"

Er schnaufte und wischte sich mit dem Handrücken den Schweiß von der Stirn.

Tom nickte abwesend. Sein Blick schweifte bereits zu dem kleinen Häuschen, das in einiger Entfernung unter dem Laubdach hervorlugte, und an ein Hexenhaus aus einem Märchen erinnerte.

Hermann lächelte.

„Da is's."

Tom folgte Hermann ins Haus, das kaum mehr als 40 m² Platz bot. In der Hütte befanden sich ein alter Holzofen, ein uriger Bauernschrank, in dessen Doppeltür ein rotes Herz gemalt war, ein rechteckiger Holztisch mit vier Stühlen. In einer Ecke stand ein schlichtes Holzbett mit einer alten Matratze. Hermann beobachtete Tom, der sich umsah.

„Groß is ned, aber für an Jaga tuats ollawei."

Tom bemerkte die Holzscheite, die neben den Ofen geschlichtet lagen. Am Fenster stand eine Öllampe. Die Vorhänge rochen nach altem Bratfett und Ruß.

„Es ist perfekt", erwiderte Tom.

„Dann is abgmocht. Dann ghört de Hitt'n jetzad dir.

„Wieso willst du sie nicht mehr?", fragte Tom.

„Schau mi on. I bin oid. I konn des nimma, ollawei nach der Hitt'n schaun. Mei Frau, di ziagts nach Bischofshofen zu ihrer Schwester. Und i, i ziag holt mit, woaßt."

Tom nickte. Sie reichten einander die Hand. Hermann zog einen zerknitterten Papierbogen aus seiner Jacke.

„Unterschreib!", forderte er Tom auf.

Damit war es besiegelt. Hermann verabschiedete sich kurz darauf, während Tom blieb, um sein neues „Reich" zu bewundern. Neben der Hütte gab es einen kleinen Verschlag, der mit Holz und Werkzeug gefüllt war. Tom freute sich wie ein Kind am Heiligen Abend. Das war genau, wonach er gesucht hatte.

Seine Erinnerung kehrte zu Via und Felix zurück, die ihn im Sommer vor einem Jahr besucht hatten. Es war ein heißer Tag im August. Die Sonne brannte unbarmherzig vom Himmel und verdörrte Wiesen und Felder, aber in seinem Wald war es angenehm kühl. Felix spielte mit dem Laub und ein paar Holzstöcken, die er gesammelt hatte. Via war bester Laune und heizte den Holzofen an, um ihnen ein leichtes Mittagessen zu kochen. Sie summte vor sich hin, während Tom die Wasserrinne von Laub befreite, das den Abfluss des Regenwassers zu behindern drohte. Sie aßen Gemüseeintopf und Schwarzbrot, das Via mitgebracht hatte, während die Tür offenstand und die erdige Luft ins Innere wehte. Die Blätter raschelten im leichten Wind und ein paar Vögel zwitscherten. Sonst war alles still.

„Lass uns ein Foto machen!", schlug Via vor, als sie mit dem Essen fertig waren.

„Ein Foto?"

Sie nickte und zog Tom ins Freie. Felix folgte ihnen langsam. Das Gehen fiel ihm schwer. Die Muskeln seiner Beine waren unterentwickelt und schwach, aber sie waren dankbar, dass Felix überhaupt gelernt hatte, zu gehen.

Via fand einen Baumstumpf, auf dem sie die Spiegelreflex-Kamera positionierte. Felix hockte auf dem Boden und spielte mit feuchter Erde und Laub. Im Hintergrund erhob sich das kleine Häuschen. Tom legte den Arm um Via, während sie ihn anlächelte. Der Selbstauslöser der Kamera kündigte sich mit einem leisen Piepsen an. Es blitzte. Tom ließ Via so plötzlich los, als hätte er sich verbrannt. Via stürzte zu ihrem Fotoapparat und überprüfte das Ergebnis. Sie hielt Tom das Bild unter die Nase.

„Was für ein tolles Foto", erklärte sie.

Tom nickte.

„Was für eine Scheiße", dachte er und stapfte über den weichen Erdboden davon.

Via zuckte die Achseln und wanderte um die Hütte herum. Sie fand ein paar Brombeeren, die sie vergnügt in den Mund schob. Sie fühlte sich an ihre Kindheit erinnert, wenn der süße Saft der Beeren sich in ihrer Mundhöhle ausbreitete. Sie zupfte ein paar weitere vom Strauch, um sie Felix zu geben. Als sie sich umwandte, trat sie mit dem linken Fuß kurz ins Leere. Einen Moment ruderten ihre Arme durch die Luft, in dem Versuch ihr Gleichgewicht zu halten. Sie hatte die Unebenheit des Bodens zu spät bemerkt. Sie krachte

auf die Erde und verzog das Gesicht, als ihr Knie schmerzhaft auf einem spitzen Stein aufschlug.

„Verdammt", fluchte sie leise, während sie sich mit beiden Händen aufrappelte. Ihre Handflächen waren voller Erde und violettem Brombeersaft.

„So ein Mist!"

Sie richtete sich auf, klopfte ihre dreckigen Hände an der Jeans ab und sah sich um, um festzustellen, was ihren Sturz verursacht hatte. Sie hockte sich hin und suchte den Boden ab. Das schummrige Sonnenlicht, das durch das dicke Laubdach gedämpft auf die Erde fiel, erschwerte es ihr, sich zu orientieren. Der Boden unmittelbar vor ihr schien etwas tiefer zu liegen als der Rest. Die Regen hatte offenbar einen Teil der Erde weggespült. Via stutzte. Sie fand ein längeres, dünnes Holzstück, mit dem sie in dem feuchten Erdboden stocherte. Es sah aus, als hätte hier jemand das Erdreich vor nicht allzu langer Zeit ausgehoben. Via tastete mit der linken Hand und grub ihre Finger in die feuchte Erde. Der kühle Grund umfing ihre Hand wie nasses Moor. Sie drückte die Finger tiefer in den Lehm, bis sie auf etwas Festes stieß. Es fühlte sich an wie ein Stöckchen, hart und unnachgiebig. Via zog daran. Es dauerte einen Moment, bis sich das Ding löste und aus dem Grund nach oben tauchte. Schließlich hielt Via etwas zwischen Daumen und Zeigefinger. Es war weißlich und fest, definitiv kein Holz. Sie runzelte die Stirn und zog das Teil näher ans Gesicht. Sie drehte es vor ihren Augen hin und her. Es

dauerte einen Moment, bis sie begriff, was sie vor sich hatte. Dann schrie sie.

5. April 2018

Bea fror. Sie drehte am Knopf der Klimaanlage, obwohl sie wusste, dass ihr Frösteln nichts mit der Außentemperatur zu tun hatte. Was hatte sie sich nur dabei gedacht? Warum zum Teufel war sie Tom gefolgt, ohne sich zu vergewissern, dass mit Paul alles in Ordnung war? Im Radio trällerte Elvis „Fools rush in" und Bea dachte: „Wie wahr!"

Was wollte sie tun, wenn Tom stehenblieb? Ihn zur Rede stellen? Auf ihn einschlagen? Ihn umbringen?

„Ja, klar! Mit meiner Handtasche wahrscheinlich", flüsterte sie frustriert vor sich hin und bemerkte einen sechzigjährigen Mann, der auf der Fahrspur neben ihr an der Ampel hielt. Er grinste sie durchs Fenster an und entblößte dabei ein paar wenige, braune Zähne. Bea richtete den Blick nach vorn.

Sie scannte die Hauptstraße, überholte zwei Fahrzeuge auf der Innenspur und fädelte sich wieder in den Fließverkehr ein. Toms Audi war zwei Wagen vor ihr. Sie tastete nach der Sonnenbrille in ihrer Handtasche und setzte sie auf die Nase. Die Frühlingssonne tauchte die Stadt in ein gleißendes Licht, das ihr in den Augen schmerzte. Sie blinzelte hinter dem verdunkelten Glas. Toms Wagen reihte sich auf die linke Spur ein und blinkte. Bea drosselte das Tempo, um nicht unmittelbar hinter ihm an der Kreuzung zum Stehen zu kommen. Die Ampel schaltete auf Gelb um,

als sie die Fahrbahn wechselte und hielt. Toms Audi brauste auf der wenig befahrenen Seitenstraße davon. Als Bea abbog, war das Auto längst nicht mehr zu sehen.

„So ein Mist!", schimpfte sie, während sie langsam fuhr und links und rechts aus dem Seitenfenster spähte. Ein Traktor tuckerte gemächlich vor ihr her. Sie überholte ihn und entdeckte in einiger Entfernung eine kleine Wohnsiedlung. Einfamilien- und Reihenhäuser ragten wie an einer Perlenkette aufgefädelt nebeneinander auf. Etwas weiter hinten befand sich eine größere Wohnanlage, die von großzügigen Grünflächen umgeben war. Ein paar Kinder spielten Fußball oder schaukelten auf dem Spielplatz. Bea hielt am Straßenrand, setzte den Blinker und sah sich um. Toms Wagen war nirgends zu sehen.

„Und jetzt?", dachte sie und presste ihre Fingerspitzen gegen die Schläfen, wo sich Anzeichen beginnender Kopfschmerzen ankündigten.

Sie tastete nach ihrem Handy und wählte Pauls Nummer. Es klingelte, drei- viermal. Dann meldete sich die Mobilbox.

„Scheiße, verflucht!"

Warum antwortete Paul nicht? Ein ungutes Gefühl dehnte sich in Beas Bauch aus. Sie hätte ihn nicht zurücklassen dürfen. Was, wenn er aufgeflogen war? Sie versuchte, ihre Schuldgefühle zu dämpfen, indem sie sich einredete, dass er Polizist war, und wusste, was zu tun war, wenn er in eine knifflige Situation geriet.

Sie startete den Wagen, um zu wenden, als sie den vertrauten Audi etwa dreihundert Meter vor sich rückwärts aus einer Hauseinfahrt rollen sah. Sie duckte sich reflexartig und beobachtete, wie Tom in die andere Richtung fuhr, weg von ihr. Sie atmete geräuschvoll aus. Sollte sie ihm folgen? Sie ließ langsam die Kupplung los und drückte leicht ins Gaspedal, bis der Oktavia sich bewegte. Als sie an der Auffahrt vorbeikam, aus der Tom soeben gekommen war, wurde sie langsamer. Sie bemerkte ein modernes Haus mit Flachdach, umgeben von einem üppig bepflanzten Garten und einer Terrasse mit geschmackvollen Holzmöbeln. Sie fuhr ein Stück weiter, bis sie an einer Wiese einen geeigneten Parkplatz für den Wagen fand. Dann schloss sie ab und schlich den Weg zur Auffahrt zurück. Das Gartentor stand offen. Tom musste vergessen haben, es zu schließen. Vielleicht hatte er eilig aufbrechen müssen? Bea stand unschlüssig vor dem Tor und blickte verstohlen nach links und nach rechts. Kein Anzeichen, dass jemand zuhause war. Was wollte sie hier? Ihre Füße bewegten sich vorwärts. Ein Schritt vor den anderen. Sie klammerte sich an ihre Handtasche. Linker Fuß, rechter Fuß. Als sie die Haustür erreichte, hob sie die Hand, um zu klingeln, ließ sie aber sinken. Sie schlich um das Haus herum und spähte durch die Glasfront ins Wohnzimmer. Eine riesige Ledergarnitur füllte fast ein Drittel des Zimmers aus. Eine prall gefüllte Bücherwand lag ihr gegenüber. Dazwischen ein Glastisch auf einem hellen Perserteppich. An den Wänden hingen zwei, drei

moderne Gemälde. „Farbkleckse auf Leinwand", wie Erika immer zu sagen pflegte. Bea presste die Nase gegen die Scheibe, bis ihr Atem Abdrücke hinterließ. Das Haus war leer. Offenbar war niemand hier. Bea verließ die Terrasse und machte sich auf den Weg zurück zum Gartentor. In diesem Augenblick erschien eine Frau am Eingang. An ihrer Hand humpelte ein Bub mit dicken Brillengläsern und einem schiefen Mund. Das rötliche Haar fiel der Frau über die zarten Schultern und umrahmte ihr makelloses Gesicht. Der Bub zerrte an ihrer Hand und lachte. Die Frau fixierte Bea und blieb stehen.

„Felix! Geh und schau, ob der Postbote heute schon da war."

Der Bub ließ die Hand seiner Mutter los und steuerte auf das Haus zu. Als er an Bea vorüber humpelte, sagte er laut: „Ha-hallo!"

„Hallo", erwiderte Bea und presste die Handtasche gegen ihren Bauch.

„Kann ich Ihnen helfen?", fragte die Rothaarige und klang freundlicher, als Bea im ersten Moment erwartet hatte.

Bea spürte, wie ihr das Blut in die Wangen schoss. Hundert Gedanken schwirrten durch ihren Kopf wie Formel-1-Autos, die an ihr vorüber brausten, ohne dass sie sie erkennen konnte.

Die Frau trat einen Schritt näher.

„Ist alles in Ordnung mit Ihnen?"

„Ja, sicher."

Bea brachte ein gequältes Lächeln zustande.

„Eine Panne. Ich bin mit meinem Wagen liegen geblieben."

Sie deutete hinter sich.

Die Frau wartete.

„Mein Mobiltelefon hat keinen Akku mehr. Ich bin einfach losspaziert, in der Hoffnung, dass ich jemanden finde ..."

Die Frau griff nach Beas Arm.

„Kommen Sie erst mal rein."

Sie erreichte Felix, der seine Finger in den Spalt des Briefkastens steckte und nach Post fischte. Die Frau öffnete den Deckel.

„So, Felix, jetzt kannst du die Post herausnehmen."

Felix gluckste, während er drei weiße Umschläge aus dem Kasten holte.

Bea folgte der Frau ins Haus. Der Eingangsbereich war ebenso geschmackvoll eingerichtet wie das Wohnzimmer.

„Möchten Sie eine Tasse Tee? Oder lieber Kaffee?"

Beas Zunge kribbelte. Tom war also verheiratet. War Felix sein Sohn? Was zum Teufel machte sie hier?

Die Frau ließ Bea im Vorzimmer stehen und ging in die Küche. Felix schlenderte hinterher.

„Sie werden schon hereinkommen müssen", rief sie, während sie Tassen aus dem Schrank nahm. „Das Telefon ist in der Küche".

Bea streifte ihre Schuhe ab und folgte der Frau in die offene Wohnküche.

„Ich bin übrigens Silvia", erklärte die Frau, ohne Bea anzusehen. Sie füllte Wasser in den Wasserkocher und nahm Teebeutel aus einer silbernen Dose.

„Anna", erwiderte Bea.

Silvias Blick schoss von der Anrichte zu Bea. Sie musterte ihren Gast einen Augenblick, dann entspannten sich ihre Züge.

„Anna", wiederholte sie. „Also, Tee oder Kaffee?"

„Tee passt wunderbar", erwiderte Bea und setzte sich auf den Stuhl, auf den Silvia wies.

Warum war sie hier? Sie sollte zusehen, dass sie von hier wegkam, bevor Tom auftauchte. Bea rutschte auf dem Stuhl umher.

Silvia goss heißes Wasser in zwei Becher.

„Nehmen Sie Milch?"

„Wie bitte?"

„In ihren Tee. Nehmen Sie ihn mit Milch?"

Bea schüttelte den Kopf.

„Nein, danke."

Silvia lächelte und setzte sich Bea gegenüber an den Tisch. Felix hockte im Wohnzimmer auf dem Perserteppich und spielte mit ein paar Holzklötzen. Bea bemerkte eine Reihe von Fotos, die Tom, Silvia und Felix zeigten. Eine glückliche Familie. Wieso hatte sie nicht längst geahnt, dass Tom etwas vor ihr verbarg?

„Felix und ich hatten eine sehr schwere Geburt", erklärte Silvia, die Beas Blick bemerkte. „Er hat dabei einen massiven Sauerstoffmangel erlitten und ..." Sie zuckte die Achseln. „... und das hat zu schweren zerebralen Schäden geführt."

277

Bea schluckte. Silvias Offenheit schlug ihr ins Gesicht wie eine Ohrfeige.

„Entschuldigen Sie", sagte ihre Gastgeberin, die bemerkte, wie unangenehm Bea die Situation war, „ich wollte Sie nicht mit meiner Familiengeschichte langweilen."

Bea hob abwehrend die Hand.

„Das tun Sie nicht. Es ist nur ..."

„Sie sind hier, weil Ihr Auto eine Panne hat", unterbrach Silvia sie und reichte ihr ein schlichtes Mobiltelefon mit großen Tasten, wie alte Menschen es benutzten.

„Ich suche Ihnen die Nummer des Abschleppdienstes heraus", erklärte Silvia und tippte etwas in ihr iPad ein.

Beas Handflächen wurden feucht. Was sollte sie jetzt tun? Sie überlegte fieberhaft, wen sie anrufen konnte, ohne dass sie Silvias Aufmerksamkeit unnötig erregte.

„Darf ich Ihre Toilette benutzen?", fragte sie stattdessen.

Ein argwöhnischer Ausdruck huschte über Silvias Gesicht.

„Sicher. Den Gang hinunter. Zweite Tür rechts."

„Danke."

Beas Beine fühlten sich schwer an, als sie die Wohnküche verließ und rechts in den Gang einbog. Insgesamt vier Türen zweigten von dort ab, alle standen offen. Links befanden sich ein Badezimmer und eine separate Toilette. Rechter Hand erkannte Bea

eine Art Abstellkammer sowie ein Arbeitszimmer. Sie spähte über ihre Schulter, um sich zu vergewissern, dass Silvia ihr nicht gefolgt war. Das Klappern von Geschirr in der Küche verriet ihr, dass ihre Gastgeberin sich dort aufhielt. Dann huschte sie in das Arbeitszimmer. Der Raum war recht spärlich möbliert. Ein Regalsystem mit Ordnern und Büchern gefüllt, ein Schreibtisch samt Drehstuhl sowie ein Glastisch mit zwei weich gepolsterter Sesseln, offenbar ein Platz, an dem Tom Gespräche mit Kunden führte. Auf dem Schreibtisch stand ein Laptop, der blinkte. Tom hatte sich nicht die Mühe gemacht, ihn auszuschalten. Sie fuhr mit dem Zeigefinger auf eine beliebige Taste und der Bildschirm erwachte zum Leben. Ein Fenster erfüllte das Display. Es zeigte eine Großbestellung. Beas Finger huschten über weitere geöffnete Dateien. Als sie Toms Outlook anklickte, stutzte sie. Im Posteingang fanden sich mindestens ein Dutzend Nachrichten an Sporty Guy47, den Spitznamen, mit dem Tom sie vor über zwei Jahren auf der Dating-Plattform *friendsandmore.com* kontaktiert hatte. Offenbar schrieb er einer ganze Menge Frauen. Bea biss sich auf die Unterlippe. Vorsichtig öffnete sie die Schubladen, die zu beiden Seiten unter der Tischplatte montiert waren. Außer einem Ladegerät, einem Eingangsbuch, einer Packung Kaugummi und ein paar Fotos war die erste Lade leer. Sie streifte die Bilder mit den Fingern und entdeckte eine Aufnahme von Eva und Lena. Sie zuckte zusammen. In der nächsten Lade gab es Druckerpapier und -patronen. In der Untersten

wurde sie fündig. Schon als sie sie öffnete, erkannte sie den blauen Einband. Er wirkte abgenutzt, als hätte ihn jemand häufig in der Hand gehalten oder Wasser darauf verschüttet. Der Karton wölbte sich an ein paar Stellen und fühlte sich rau und rissig an. Bea nahm das Tagebuch heraus. An der Rückseite klebte ein Foto, das sich vermutlich durch die Feuchtigkeit an den Karton gesaugt hatte. Sie entfernte das Bild und starrte in das lachende Gesicht ihrer Tochter. Emily! Bea zitterte. Das Foto war zu Weihnachten vor eineinhalb Jahren entstanden. Im Hintergrund zeichnete sich der geschmückte Wipfel einer Tanne ab und der Raum war durch Kerzenlicht erhellt, das Emilys Gesicht warm beleuchtete. Bea öffnete das Tagebuch und meinte, dass ihr der Geruch ihrer Tochter entgegenströmte. Sie schloss die Augen und sog den Duft tief in ihre Brust. Sie schlug eine Seite auf und überflog die vertraute Handschrift.

Ich wünschte, ich könnte Mama alles erzählen. Dass ihr feiner Freund mich berührt, dass ich ihn anfassen muss, dass er mich zum Sex zwingt, wenn sie tief schläft. Er kippt Schlaftabletten in ihren Wein, damit sie nicht mitbekommt, wenn er sich in mein Zimmer schleicht. Sein Atem riecht wie saure Milch. Seine Haut fühlt sich an wie Pergament. Sein Bart kratzt über meinen Hals und meine Schenkel, bis sich alles wund anfühlt. Einmal habe ich ihn

gefragt, warum er das tut, warum er sich an der Tochter seiner Freundin vergeht. Er meint, dass er mich liebt, mich begehrt. Er kann nicht anders, sagt er. Ich habe gedroht, Mama alles zu erzählen. Oder Paul. Oder meiner Lehrerin. Er hat gelacht und erwidert, dass ich das nicht tun würde. Niemals! Weil ich Mama nicht unglücklich machen will, weil sie mir nicht glauben und – falls doch – mich dafür hassen würde, weil unsere Familie zerbrechen würde. Wieder einmal! Er weiß doch, dass ich dafür nicht verantwortlich sein wollte. Ich bin doch sein braves Mädchen. Leider hat er recht. Ich habe nicht den Mut, das alles zu riskieren. Wie ich ihn hasse!

Bea schüttelte den Kopf, ungläubig, starr, als könne sie die Worte aus dem Tagebuch schütteln, sie wegradieren, ungeschehen machen. In ihren Ohren rauschte es, als stünde sie unmittelbar neben einem Wasserfall, bis das Geräusch in ein schmerzhaftes Pfeifen überging. Ihre Lungen pumpten Sauerstoff durch ihr Blut, ohne dass es ihr Hirn erreichte. Sie schwankte. Der Boden näherte sich bedrohlich, aber sie schaffte es in letzter Sekunde sich am Schreibtisch abzustützen. Sie schnappte nach Luft.

Zu spät bemerkte sie, dass das Geschirr in der Küche nicht mehr klapperte und die Stimmen ver-

stummt waren. Ehe sie Silvia sah, spürte sie ihre Anwesenheit. Sämtliche Häärchen auf ihren Armen stellten sich auf. Sie ließ das Tagebuch in ihre halb geöffnete Jacke gleiten, während sie sich langsam umdrehte. Silvia stand in der Tür, das Gesicht zu einer Fratze verzogen. In der rechten Hand hielt sie einen Gegenstand, mit dem sie auf Bea zeigte. Im Vorzimmer tickte eine Uhr. Ansonsten war es still. Bea hielt den Atem an. Silvia kam einen Schritt auf sie zu. Ein Telefon klingelte. Beas Hände waren eiskalt. Sie erkannte den Klingelton. *Yesterday* von den Beatles.

„Paul", dachte sie und überlegte, wie sie an Silvia vorbei in die Küche gelangen konnte, wo ihre Handtasche an der Lehne des Stuhls baumelte. Es war der Klingelton, den sie seinem Kontakt zugeordnet hatte. Ihre Schultern schmerzten vor Anspannung, ihr Nacken kribbelte.

„Ihr Akku ist also leer", bemerkte Silvia und ihr Tonfall jagte Bea einen Schauer den Rücken hinunter.

Bea antwortete nicht. Sie schätzte ihre Möglichkeiten ab, an Silvia vorbei in die Küche zu sprinten. Ihr Blick fiel auf den Gegenstand in ihrer Hand, der bedrohlich auf sie gerichtet war. Ein Elektroschocker, wie ihr mit einem Mal klar wurde. Sie würde nicht einmal in die Nähe der Tür gelangen, bevor Silvia sie, damit außer Gefecht setzte. Langsam hob sie ihre Hände.

„Was haben Sie hier zu suchen?", fauchte Silvia und bedeutete Bea, sich auf den Schreibtischstuhl zu setzen.

„Ich ...," sie stockte, „... ich habe auf dem Weg zur Toilette die falsche Tür erwischt", erklärte Bea und erkannte ihre eigene Stimme nicht.

Silvia schnalzte mit der Zunge.

„Das meine ich nicht. Was tun Sie in meinem Haus?"

Bea fühlte sich fiebrig. Die Haut in ihrem Gesicht brannte, während ihre Hände so kalt waren wie Tiefkühlerbsen.

„Das habe ich Ihnen bereits ...", setzte sie an.

Silvia lachte kehlig. Es erinnerte Bea an Jack Nicholson in *The Shining*. Sie schauderte.

„Die Wahrheit!", herrschte Silvia sie an, während sie mit dem Elektroschocker vor ihrem Gesicht herumfuchtelte.

Bea presste die Lippen zusammen. Sie wirkte damit wie eine Fünfjährige, die einen Trotzanfall hatte, dabei versuchte sie nur zu verhindern, dass ihre Zähne klapperten.

„Ich bin ...".

„... Anna ... blablabla ... ja, soweit waren wir schon", äffte Silvia sie nach.

Bea hob eine Augenbraue. Was zum Teufel ...?

„Fangen wir noch mal von vorne an. Wie heißen Sie?"

„Anna. Anna Kramer."

„Bullshit!", brüllte Silvia. „Wir wissen beide, dass das totaler Blödsinn ist!"

Bea rieb sich beunruhigt die kalten Finger. Was wusste diese Frau? Und vor allem woher? Beas Augen

zuckten hin und her. Silvia war mittlerweile so nah, dass sie ihr Parfum roch.

„*Ma vie* von *Hugo Boss*", dachte Bea, während sie überlegte, wie sie es aus dem Zimmer schaffen konnte.

Als Felix nach seiner Mutter rief und Silvia sich kurz zur Tür umdrehte, witterte Bea ihre Chance. Sie sprang so heftig auf, dass der Drehstuhl gegen den Schreibtisch krachte, und warf sich mit ihrem gesamten Gewicht auf Silvia, die nach hinten taumelte, das Gleichgewicht verlor und gegen das Regalsystem krachte. Bea sprintete an ihr vorüber aus dem Büro in den schummrigen Gang und von dort in die Küche, wo ihre Tasche am Stuhl hing. Felix saß mit schief gelegtem Kopf auf der Anrichte und trank mit einem Strohhalm Saft aus einem Glas.

„G-geh-gehst d-du schon?", fragte er, als sie an ihm vorbeihetzte und dabei den Küchenstuhl umwarf. Es blieb keine Zeit, ihre Handtasche mitzunehmen. Silvia hatte sich aufgerappelt und sprintete den Gang entlang. Eine Vase fiel krachend zu Boden, als sie sich an der Kommode festhielt, um ihr Tempo zu erhöhen. Bea schaute nicht zurück. Sie stürmte von der Küche ins Vorzimmer und verfluchte, dass sie sich heute Morgen für Sneakers entschieden hatte, in die sie nicht einfach hineinschlüpfen konnte. Sie packte die Schuhe mit einer Hand und steuerte auf die Haustür zu. Ein Sneaker löste sich aus ihrem Griff, fiel zu Boden und landete hinter einer Buddha-Figur aus Plastik. Sie hockte sich hin, tastete nach dem Schuh und bekam

ihn zu fassen. Sie sprang auf, legte ihre Hand auf die Türklinke und drückte sie hinunter. Die Tür war abgesperrt. Sie hörte Schritte, die über den Küchenboden polterten, Glas, das zu Boden fiel, und Felix, der kreischte. Bea blickte sich nach einem Schlüsselkasten um, und entdeckte den Schlüsselbund auf der Kommode unter dem Spiegel. Sie griff danach und ließ einen Schlüssel in das Schloss gleiten. Er passte nicht. Zitternd fingerte sie nach dem nächsten und schob ihn in die Öffnung. Bingo! Sie drehte das kleine Metallstück und spürte, wie die Tür aufsprang. Ihr Herz hämmerte gegen ihre Brust. Sie atmete wie nach einem Marathon.

„Stehenbleiben!", schrie eine Stimme hinter ihr.

Bea hielt den Bruchteil einer Sekunde inne, bevor sie reagierte und die Tür aufriss.

„Du dumme Schlampe!", brüllte Silvia hinter ihr.

Bea vernahm ein ihr unbekanntes Geräusch, dann lähmte sie ein Schmerz, der ihr den Atem raubte. Die Welt kippte zur Seite. Nichts rührte sich. Ein Schrei formte sich in ihrer Kehle, aber es kam kein Laut über ihre Lippen. Ihre Augen schienen aus den Höhlen zu quellen und ihre Arme hingen lasch am Körper herunter. Sie fühlte sich, als konzentrierte sich jeder Schmerz, den sie jemals empfunden hatte, auf einen einzigen Punkt in ihrer Mitte. Dann versank sie in Dunkelheit.

***

Paul hastete zum x-ten Mal die Straße hinauf und hinunter, an der vor einer Stunde sein Skoda Oktavia gestanden hatte. Wo war Bea? Er schlug wütend gegen ein Vorrangschild und schüttelte seine schmerzende Faust. Was hatte sie sich nur dabei gedacht? Tom war just in den Laden zurückgekehrt, als er sein Büro inspizierte. Er hatte gehört, wie Judith Tom begrüßte, der mit zügigen Schritten auf sein Arbeitszimmer zusteuerte. Paul hatte kaum Zeit gehabt, sich hinter den Garderobenständer zu ducken, auf dem glücklicherweise mehrere lange Mäntel hingen und ihm so einen idealen Schutz boten. Tom führte zwei Telefonate, checkte seine E-Mails und druckte sich eine Datei aus. Dann verließ er das Büro. Paul atmete erleichtert aus, bis er hörte, wie sich der Schlüssel außen im Büro drehte.

„Verdammt!", dachte er und kroch aus seinem Versteck.

Das hatte ihm noch gefehlt. Nachdem er eine Weile vergeblich versucht hatte, das Schloss mit einer Büroklammer zu öffnen, sprang die Tür plötzlich mit einem Ruck auf. Vor ihm stand Dean Taric, der Geschäftsführer. Er trug eine schwarze Jeans, ein graues Sakko und ein weißes Hemd, dessen oberste Knöpfe geöffnet waren. Er betrachtete Paul, der mit der Büroklammer in der Hand auf dem Teppichboden kauerte.

„Und wer sind Sie, bitteschön?"

Paul stand auf und streckte ihm die Hand entgegen.

„Das ist kompliziert."

„Ist es das nicht immer?", fragte Herr Taric und bedeutete ihm, ihm in sein Büro zu folgen.

Paul warf einen Blick auf sein Handy und stellte fest, dass der Akku leer war. Bea hatte sicher längst versucht, ihn zu erreichen. Während er Herrn Taric seine Marke unter die Nase hielt und ihm erzählte, warum er hier war und, dass seine Freundin in Gefahr war, steckte er sein Mobiltelefon an, um es aufzuladen.

„Und Sie sagen, diese Frau Klein ist Toms Freundin?"

„Bis vor Kurzem war sie es, ja. Herr Hartmann hat sie verlassen, nachdem sie und eine weitere seiner Beziehungen, Eva Müller, entdeckt hatten, was er getan hatte.

„Ich kann das nicht glauben", erklärte Herr Taric entrüstet. „Tom ist verheiratet und hat einen Sohn. Seine Frau und er sind sehr glücklich, seit vielen Jahren schon."

Paul nickte geduldig.

„Ich nehme an, genau diesen Anschein wollte er auch erwecken."

„Ich kenne Tom schon seit Jahrzehnten, seit der Uni, um genau zu sein."

Paul versuchte zu entscheiden, ob Dean Taric ein grandioser Lügner oder schlichtweg ahnungslos war.

„Ich verstehe Ihre Bedenken, Herr Taric. Aber Herr Hartmann ist nicht der Mensch, den Sie zu kennen glauben."

Herr Taric legte seine Finger aneinander und dachte nach.

„Mag sein, Herr Wagner. Mag sein. Aber es ist kein Verbrechen, andere Frauen zu beglücken, selbst dann nicht, wenn man verheiratet ist."

Paul lächelte milde und fragte sich, ob der Geschäftsführer aus persönlicher Erfahrung sprach.

„Das ist richtig. Kriminell wird es dann, wenn die betreffenden Personen noch minderjährig sind", erwiderte er und zwang Dean, seinem Blick standzuhalten.

Herr Taric schluckte schwer.

„Ich fürchte, ich verstehe nicht."

Paul lehnte sich über den Schreibtisch und kam Dean so nahe, dass er dessen Atem riechen konnte. Ein Hauch von Kaffee und Zigarettenrauch umgab ihn.

„Dann will ich es Ihnen ein wenig verdeutlichen: Wenn ein erwachsener Mann Kinder vögelt, dann ist das nicht verwerflich, sondern ein Verbrechen".

Dean lehnte sich in seinem Ledersessel zurück.

„Und Tom soll was? Junge Mädchen verführt haben?"

Die Wut brach über Paul herein wie ein Sturm im Gebirge.

„Missbraucht hat er sie, nicht verführt. Missbraucht, verstanden?"

Dean beäugte Paul misstrauisch.

„Wenn Sie meinen."

„Jetzt hör mir mal zu, du kleiner Möchtegern-Businessman, mir ist egal, wie du zu diesem kleinen Kin-

derficker stehst. Ich will seine Adresse, Telefonnummer, E-Mail-Adresse und sämtliche Daten, die du von ihm gespeichert hast, kapiert?"

Dean riss die Augen auf.

„Sonst was?"

Pauls Hand schoss über den Tisch und packte den Mann am Kragen.

„Sonst rücken in ein paar Minuten die Kollegen hier an und nehmen deinen ganzen Laden auseinander", erklärte Paul und knallte seine Dienstmarke auf die polierte Tischplatte. „Vielleicht steckst du ja mit dem Dreckskerl unter einer Decke? Könnte ja sein, dass du auch auf Sex mit kleinen Mädchen stehst. Und falls nicht, so finden wir sicher etwas anderes: Mitarbeiter, die nicht versichert und angemeldet sind, Unstimmigkeiten in der Lohnabrechnung, Geld, das nicht ordnungsgemäß versteuert wurde. Glaub mir, ich bin da recht kreativ."

Paul zerrte den Mann ein Stück vom Stuhl, sodass sein Bauch gegen die Tischplatte gedrückt wurde und ein kleines Wohlstandsbäuchlein zum Vorschein brachte.

„Such es dir aus!", zischte er ihm ins Ohr und ließ ihn so plötzlich los, dass er nach hinten taumelte und fast vom Sessel rutschte.

„Schon gut, schon gut", presste Dean hervor und hob kapitulierend die Hände.

Er tippte etwas in seinen PC und kurz darauf ratterte ein DIN A4-Blatt aus dem Drucker. Dean erhob sich, aber Paul war schneller. Er griff nach dem Zettel,

fand Personaldaten zu Thomas Hartmann, die unter anderem Adresse und Telefonnummer enthielten und hastete zur Tür.

„Und jetzt?", fragte Dean.

„... halten Sie brav die Füße still", erwiderte Paul kühl. „Wenn ich feststelle, dass Sie Ihren Freund vorgewarnt haben, schicke ich Ihnen die Kollegen doch noch vorbei."

***

Eva hatte die ganze Nacht kaum geschlafen. Zu viele Dinge schwirrten ihr durch den Kopf. Lena war tot. Die Leere, die sie in ihr hinterließ, schmerzte so, dass sie täglich gegen den Wunsch, sich mit Alkohol zu betäuben, ankämpfte. Gelegentlich verlor sie den Kampf und trank eine ganze Flasche Wein, bis der Schmerz von der Schwere ihrer Glieder und ihres Kopfes erdrückt wurde. Der Abend mit Bea hatte sie aufgewühlt. Sie hatte nicht geahnt, dass ihre Tochter Tom gehasst hatte. Was war zwischen den beiden vorgefallen? Die Ungewissheit trieb sie in den Wahnsinn. Sie brauchte Antworten. Jetzt. Dass Tom sie die ganze Zeit über belogen und parallel eine Beziehung zu Bea geführt hatte, konnte sie einfach nicht glauben. War es möglich, dass Bea sich wichtig machen wollte? Dass sie nur glauben sollte, dass Tom ihr Lebensgefährte war? Evas Hände zitterten. Sie goss sich einen Schuss Whiskey in ein Saftglas und kippte ihn in einem Zug hinunter. Die Schärfe des Alkohols

brannte in ihrem Hals. Warum sollte Bea das tun? Eva schüttelte den Kopf. Es ergab keinen Sinn. Eva nahm einen weiteren Schluck *Jack Daniels* und spürte, wie die Kälte aus ihren Zehen und Fingern wich. Was sollte sie jetzt tun? Ihr Herz klopfte wie eine Buschtrommel, als sie mit zittrigen Händen eine Nummer wählte. Es klingelte viermal, ehe sich eine vertraute Stimme meldete.

„Na, wenn das keine Überraschung ist!"

Eva schwieg. Der Klang von Toms Stimme jagte einen wohligen Schauer über ihren Rücken. Sie wehrte sich gegen die vertraute Reaktion.

„Hat es dir die Sprache verschlagen?"

Toms neckischer Ton trieb Eva die Zornesröte ins Gesicht.

„Nein", erwiderte sie leise.

Am anderen Ende lachte er, ein kehliges, tiefes Geräusch, fast wie ein Tier. Eva schauderte.

„Wir müssen reden."

„So. Müssen wir das?",entgegnete Tom in spöttischem Ton.

„Allerdings."

Tom wartete einen kleinen Moment.

„Tu dir keinen Zwang an."

„Nicht am Telefon", zischte Eva und wunderte sich selbst über die Schärfe in ihrer Stimme.

Tom lachte.

„Du denkst, ich setze mich jetzt ins Auto und fahre eine gute Stunde zu dir? Weil du was? Reden willst?"

Eva räusperte sich und zwirbelte eine Haarsträhne um ihren Zeigefinger.

„Genau das denke ich."

„Schon klar!"

Eva hob die Whiskyflasche hoch und starrte sehnsüchtig in die bernsteinfarbene Flüssigkeit.

„Komm schon, Tom! Das war doch früher auch nie ein Problem!"

Er atmete geräuschvoll aus.

„Früher hatte ich eine andere Motivation", erwiderte er und lacht heiser.

Eva stellte die Flasche zurück auf den Küchentisch und schob sie von sich. „Ein schneller Fick geht immer, nicht wahr?", bemerkte sie und es klang nicht wie eine Frage. „Und dabei spielt es gar keine Rolle mit wem, stimmt`s? Hauptsache du kommst auf deine Kosten".

„Wovon zum Teufel sprichst du?" Tom presste das Mobiltelefon fester ans Ohr.

„Ich spreche davon, dass du nicht nur mich gefickt hast, während wir zusammen waren. Ich spreche davon, dass du nicht einfach fremdgegangen bist, sondern eine Parallelbeziehung geführt hast. Ich spreche davon, dass meine Tochter dich gehasst hat. Und wir beide wissen genau, warum."

Eva machte eine bedeutungsvolle Pause.

„Du bist doch verrückt!", schleuderte Tom ihr entgegen, wobei seine Stimme eine Oktave höher klang als zuvor.

„Wenn du meinst", entgegnete sie und lächelte. „Beweg deinen Arsch hierher! Wir haben einiges zu bereden."

Sie hörte, wie er scharf die Luft einsog und legte auf, bevor er widersprechen konnte. Sie kontrollierte ihre Armbanduhr. Es war 11:10. Um spätestens 12:30 würde er da sein. Dessen war sie sicher.

Dezember 2015

Tom hasste die Weihnachtszeit. Während Via durch die Wohnung schwebte wie ein fleischgewordener Engel mit rosa Bäckchen, die Wohnung schmückte und jede Kerze abbrannte, die sie in die Finger bekam, saß er vor dem PC und schmiedete Pläne. Der Plattenspieler trällerte *Oh, du Fröhliche* und der Duft von Anisplätzchen und Lebkuchen erfüllte den Raum. Vor zwei Tagen hatte er den schönsten Tannenbaum angeschleppt, den er finden konnte und jetzt schmückte Via die tiefgrünen Zweige mit silbernen und weißen Glaskugeln, Strohsternen und Lametta und summte dabei heiter vor sich hin. Felix packte den Schmuck für die Baumspitze aus und reichte ihn seiner Mutter. Im Schlafzimmer stapelten sich Päckchen in rotem und grünem Weihnachtspapier. Allein die Tatsache, dass alle kurz vor Heiligabend durch die Einkaufszentren tigerten und krampfhaft nach Dingen suchten, die niemand brauchte, weil jeder hatte, was er benötigte, drückte seine Laune. Er lächelte Felix abwesend zu und checkte seinen Account auf *friendsandmore*. Er hatte fünf neue Nachrichten. Nach einem Blick auf die dazugehörigen Fotos der Damen löschte er zwei der Mitteilungen umgehend. Die Frauen waren für seinen Geschmack deutlich zu alt und zu unscheinbar. Ein weiteres Profil wurde eliminiert, nachdem er entdeckt hatte, dass seine Besitzerin vier Söhne hatte. Eine

Frau erregte sein Interesse. Sie war Mitte dreißig mit widerspenstigen braunen Locken und blitzenden Augen. Sie war sportlich, ein Yoga-Fan, liebte Skifahren, Wandern und ihren Garten. Was ihn weitaus mehr interessierte, war eine Information, die er weiter unten im Profil entdeckte. Kinder: ja. Anzahl: 1. Geschlecht: weiblich. Bingo, dachte er, während er eifrig in die Tasten hämmerte, um der Mittdreißigerin zu antworten. Der Name gefiel ihm: Eva. Er zwinkerte Via zu, die mit einem weiteren Karton Deko-Material durch das Wohnzimmer eilte. Sie warf ihm eine flüchtige Kusshand zu und Tom lächelte. Felix beobachtete seine Eltern und klatschte vor Freude in die Hände. Via reichte ihrem Sohn einen Klarsichtbeutel befüllt mit Teelichtern und forderte ihn auf, ihr beim Verteilen der kleinen Kerzen zu helfen. Eifrig folgte Felix seiner Mutter durch die Wohnung. Tom beobachtete seinen Sohn und fühlte einen vertrauten Schmerz in der Brust. Er wünschte, Felix wäre eines Tages in der Lage, sich selbst zu versorgen, ein eigenständiges Leben zu führen. Ihm war schmerzlich bewusst, dass der Tag kommen würde, da er und Via nicht mehr hier wären, um für ihn zu sorgen. Wer würde sich dann um ihn kümmern? Wer würde ihn halten, wenn er einen seiner Krampfanfälle hatte? Wer würde ihm vorlesen und mit ihm angeln gehen? Der Klumpen in Toms Brust fühlte sich an wie ein Stein, der ihn in Richtung Boden zog. Er seufzte und fragte sich, wie sein Leben ohne Felix verlaufen wäre. Ohne Via. Im selben Moment schämte er sich für den Gedanken. Er

war froh, dass es Felix gab. Er war ein Teil von ihm. Sein Kind. Und Via? Sie war seine Schwester. Und sie hatten gute Zeiten gehabt. Er wünschte nur, sie würde wieder den Platz in seinem Leben einnehmen, der ihr zugedacht war. Seine Schwester zu sein. Er wusste, dass das nicht passieren würde. Via liebte ihn mit Haut und Haaren. Sie wäre eher bereit zu sterben, als ihre Beziehung zu ihm aufzugeben. Wenn er ehrlich war, erfüllte sie alles, was man sich von einer Ehefrau wünschte. Sie putzte, kochte, kümmerte sich um die Wäsche und um Felix. Sie war eine hingebungsvolle und kreative Liebhaberin und meistens strahlte sie einen Optimismus aus, von dem er sich gerne ein Stück abgeschnitten hätte. Dennoch wusste er, wie gefährlich sie war. Sie hatte das mehr als einmal bewiesen. Seine Liebe zu Rebekka war ihr zum Opfer gefallen, was er ihr auf ewig vorhalten würde. Und er war sich bewusst, dass jede Frau oder jedes Mädchen, für das er Gefühle entwickelte, in höchster Gefahr schwebte, sollte Via Wind davon bekommen. Er rieb sich mit dem Finger übers Kinn, wo die nachwachsenden Bartstoppeln seine Haut kratzten. Evas Gesicht strahlte ihn an. Es war ein neuer Ansatz, ein völlig anderer Weg, sich einem Mädchen zu nähern. Tom hoffte, eine Art Beziehung zu der Mutter aufzubauen und über diese an ihre Tochter heranzukommen. Es war ein zeitaufwändiges Unterfangen, das Gefahren barg. Er musste viel Zeit in diese „Beziehung" investieren, um Vertrauen zur Mutter und ihrer Tochter aufzubauen. Dadurch wäre er seltener

zuhause, was Vias Misstrauen wecken würde. Andererseits war der kurzzeitige Kick, sich ein Mädchen zu suchen, es einzuschüchtern und in seine Hütte zu verschleppen, nicht länger befriedigend. Wieso sollte er sich einmalig mit einem Mädchen vergnügen, wenn er ein längerfristiges Arrangement finden konnte? Er dachte an die beiden Mädchen, die er hinter seiner Hütte verscharrt hatte. Das Erste war ein Unfall. Das Mädchen war im Versuch, ihm zu entkommen, so unglücklich gestürzt, dass es sich eine tödliche Kopfwunde zugezogen hatte. Das zweite Mädchen, Tanja, eine Dreizehnjährige mit dem Temperament einer Vollblutstute, hatte ihm nach dem Liebesspiel in der Hütte erklärt, dass es ihn anzeigen und dafür sorgen würde, dass er hinter Gitter käme. Kein Einschüchterungsversuch, keine Drohung, seiner Familie etwas anzutun, schien das ungestüme Mädchen zu beeindrucken. Während es in seine Jeans und das enge Shirt schlüpfte, das ihm kaum bis zum Bauchnabel reichte, beschimpfte es ihn als Perversen und nannte ihn ein krankes Arschloch. Er versuchte ein letztes Mal, Tanja zu überzeugen, dass sie ein gemeinsames Geheimnis hätten, dass sie dieses für sich behalten müsse, wenn sie nicht wollte, dass er ihre Mutter verletzte. Doch Tanja schnaubte nur und fegte mit einer einzigen Bemerkung ihre mögliche Überlebenschance vom Tisch.

„Ich gehe zur Polizei. Die wissen, was mit einem perversen Schwein, wie dir zu tun ist!"

„Das wirst du nicht tun!" Toms griff nach seinem Gewehr, das am Kasten lehnte.

Als sie in ihre Jeansjacke schlüpfte, entsicherte er sein Jagdgewehr. Tanja wandte sich um und begriff ihren Fehler im selben Moment. Ihre Augen weiteten sich. „Schon gut! Schon gut. Ich werde nichts sagen! Ehrlich! Du kannst mir vertrauen."

Sie hob abwehrend die Hände und schob ihren schmalen Körper langsam zur Tür. Tom lächelte kalt.

„Du hast Recht", entgegnete er und seine Stimme klang wie ein frisch geschärftes Messer. „Du wirst nichts sagen."

Der Schuss krachte durch die Hütte und schlug ein Loch in die Brust des Mädchens. Tom schüttelte den Kopf, um seine Ohren von dem schrillen Klingeln zu befreien. Ein ungläubiger Ausdruck lag auf Tanjas totem Gesicht, als er über sie hinwegstieg, die Schaufel schnappte und das Grab, in dem sein erstes Opfer lag, noch einmal aushob.

Nur wenige Monate nach dem „Zwischenfall" hatten Via und Felix ihn bei der Hütte besucht. Via hatte ihm nicht geglaubt, als sie Tanjas Fingerknochen bei der Hütte entdeckt hatte. Er hatte behauptet, nicht zu wissen, wie die Überreste hierhergelangt waren und wer sie hier vergraben hatte. Zudem warf er die Möglichkeit in den Raum, dass es sich um Tierknochen handeln könnte, was Via keine Sekunde geglaubt hatte. Sie wusste, was er getan hatte. Sie hatte ihn in der Hand. Via war an jenem Tag aufgestanden und

wortlos in die Hütte zurückgekehrt. Niemand sprach jemals wieder über den grausigen Fund im Wald.

Er musste solche „Unfälle" künftig vermeiden. Jedes weitere Mädchen, das er in seine Hütte verschleppte, bedeutete ein erhebliches Risiko. Tom zögerte nur einen Moment, bevor er Eva eine Nachricht schickte. Er wollte mehr über sie erfahren und sie überreden, ihm ein Foto von sich und ihrer Tochter zu schicken. Erst dann würde er entscheiden, ob es sich lohnte, sich auf sie einzulassen, um eine persönliche Bindung aufzubauen.

5. April 2018 mittags

Erika parkte den Ford Fiesta direkt vor der Kinderstation. Sie ignorierte das Parkverbot-Schild, schnappte ihre Handtasche und betrat den hell beleuchteten Korridor, der zur Aufnahme führte. Sie hastete daran vorbei, nahm den Lift und fuhr in den zweiten Stock zur Bettenstation. Ein etwa zwölfjähriger Bub humpelte mit einer Gehhilfe durch den Gang. Ein Arzt, der kaum älter aussah als ein Maturant, reichte einer Krankenschwester einige Zettel und gab ihr Anweisungen. Er rückte die Brille auf seiner Nase zurecht und nickte Erika zu, als er an ihr vorbei eilte. Als sie Emilys Zimmer erreichte, zögerte Erika. War ihre Enkelin bereit, sich dem Leben da draußen zu stellen? Was, wenn sie sich erneut etwas antat? Erika straffte die Schultern, setzte ein Lächeln auf, als wäre es ein Hut, den sie vom Kleiderhaken genommen hatte, und öffnete die Tür. Emily hockte am Rand ihres Bettes und ließ die Beine baumeln. Sie war fertig angezogen. Die Jeans schlackerte um ihre Beine und ihre Schlüsselbeine ragten unter dem eng anliegenden Top hervor. Erika biss sich auf die Lippe und begrüßte Emily betont fröhlich.

„Hallo, Mimi!", erwiderte Emily und küsste ihre Oma auf die Wange.

Seit sie klein war, nannte sie Erika Mimi. Niemand wusste genau, wieso, aber sie hatte sich stets hartnäckig geweigert „Oma" zu sagen.

„Hey, mein Liebes."

Erika drückte ihre Enkeltochter an sich und genoss, es ihre weiche Haut an ihrer zu spüren.

„Wie fühlst du dich?"

„Gut."

Emily sprang auf und packte die Gegenstände, die auf dem Nachttisch lagen, in ihren Trolley.

„Was sagen die Ärzte?"

Emily zuckte die Achseln.

„Nicht viel. Ich muss eine Therapie machen.

Sie machte eine abwehrende Bewegung.

„Aber das war mir gleich klar."

Erika runzelte die Stirn.

„Aber du bist soweit stabil?"

Emily lachte.

„Du meinst, ob ich mir noch einmal etwas antun würde?"

Erika errötete und nickte langsam.

„Bestimmt nicht!", erwiderte ihre Enkelin.

„So etwas würde ich nie machen."

Erika starrte sie entgeistert an.

„Du hast so etwas gemacht, Emmi!"

Emily setzte zu einer Antwort an, als sich die Tür öffnete.

„Guten Morgen!", begrüßte Dr. Schuhmann die beiden und betrat den Raum. „Na, wie geht es meiner Patientin heute?"

„Prima", erwiderte Emily und formte mit Daumen und Zeigefinger ein „O".

„Das höre ich gern."

Dr. Schuhmann warf einen Blick in Emilys Akte.

„Ist deine Mutter nicht hier?"

Emilys Gesichtszüge erstarrten. Sie sah fragend zu Erika.

„Mimi?"

„Deine Mama musste dringend etwas erledigen, Liebes. Sie wird heute Abend zuhause sein."

An die Ärztin gewandt ergänzte sie „Meine Tochter hat mich gebeten, Emily abzuholen. Was immer Sie mitzuteilen haben, Sie können es mir sagen."

Dr. Schuhmann lächelte.

„Also gut."

Sie reichte Erika ein Rezept. „Das ist ein leichtes Antidepressivum, das sich bei Kindern und Jugendlichen bewährt hat, die unter depressiven Verstimmungen leiden. Emily soll bitte eine Tablette täglich nehmen und im Laufe der nächsten drei Wochen allmählich auf die halbe Dosis pro Tag reduzieren."

Erika nickte und nahm das Rezept entgegen.

„Haben Sie sich bereits wegen eines geeigneten Therapeuten umgesehen?"

Erika zögerte. „Meine Tochter hat soweit ich weiß einen Termin mit einer Frau Doktor Starnberg vereinbart. Die erste Therapiesitzung ist kommende Woche."

Die Ärztin nickte erleichtert.

„Ausgezeichnet! Es ist sehr wichtig, dass Emily, sobald wie möglich, weiter betreut wird."

„Das sehe ich genauso", pflichtete Erika ihr bei.

„Dann ist soweit alles geklärt. Die Entlassungspapiere bekommen Sie bei der diensthabenden
Schwester am Empfang. Und ich würde Sie bitten,
einen Kontrolltermin bei mir zu vereinbaren. Sagen wir
in ca. sechs Wochen?"

Erika reichte Dr. Schuhmann die Hand und verabschiedete sich.

„Das machen wir! Vielen Dank für Ihre Hilfe."

„Sehr gerne. Dir Alles Gute, Emily! Pass auf dich
auf!"

Emily streckte der Ärztin die Hand entgegen, bevor
sie ihren Trolley schnappte und mit ihrer Großmutter
zum Empfang spazierte. Der Geruch von Desinfek-
tionsmitteln hing wie eine unsichtbare Wolke in den
Gängen und verursachte ihr leichte Übelkeit. Als sich
die automatische Schiebetür öffnete und Emily ins
Freie trat, blieb sie einen Augenblick stehen, um die
frische Luft tief in ihre Lungen zu atmen. Es roch nach
Frühling, Straßenverkehr und Geschäftigkeit. Emily
schloss die Augen und spürte eine Träne im Augenwinkel. Sie blinzelte sie weg und lächelte Mimi an, die
wild fuchtelnd um einen Strafzettel tänzelte, der an
ihrer Windschutzscheibe ihres Autos prangte. Nachdem sie das Wachorgan in rund zweihundert Meter
Entfernung entdeckt hatte, wies sie Emily an, zu
warten, und sprintete mit wehenden Haaren auf den
Mann zu. Minuten später kehrte sie wild gestiku-
lierend mit dem verdatterten Herrn zu ihrem Fiesta
zurück, deutete auf ihre Enkelin und murmelte etwas

von „Frechheit" und „was man sich heutzutage alles bieten lassen muss". Emily verkniff sich ein Grinsen. Der Mann begann, Erika zu erklären, dass ein Parkverbot nun einmal ein Parkverbot sei, wurde aber von deren zornigem Redeschwall unterbrochen. Wie Emily vermutet hatte, nahm der Mann den Strafzettel am Ende zähneknirschend zurück, zerriss ihn und entschuldigte sich.

„Das will ich aber auch meinen!", entgegnete Erika, öffnete die Beifahrertür für Emily und schwang sich selbst hinters Lenkrad. Als sie losbrauste, stand der Mann an derselben Stelle, kratzte sich am Hinterkopf und fragte sich, was ihm da widerfahren war.

Jänner 2015

Es war purer Zufall, dass er ihr begegnete. Wenn man denn an Zufälle glaubte. Seit Rebekka war ihm niemand mehr über den Weg gelaufen, der sein Herz berührte. Die Frau hatte fein geschnittene Züge, warme Augen und hohe Wangenknochen. Sie bewegte sich anmutig, als sie mit ihren beiden Kindern durch den Park lief, der mit seinen vielen Kastanien und Hecken den Straßenlärm dämpfte. Ein Radfahrer düste an der kleinen Familie vorbei, sodass der Kies nach oben spritzte. Der kleine Junge kniete am Wegesrand und formte einen Schneeball, den er lachend seiner Mutter hinterherwarf. Tom saß auf einer Parkbank und beobachtete die drei. Die Frau, die vergnügt quietschend in die Schneeballschlacht einfiel und ihren Sohn mit einem weißen Ball an der Schulter traf. Den Buben, der mit geröteten Wangen und Atemwölkchen vor dem Mund keuchte und sich nach der nächsten Ladung Schnee bückte. Und das Mädchen. Es war das Mädchen, das sein Herz hüpfen ließ. Sie lag in einem rosa Skianzug in der Wiese und ahmte mit Armen und Beinen die Gestalt eines Engels nach. Ihre Haut schimmerte rosa und hob sich gegen die weiße Umgebung ab. Ihre Bewegungen waren elfenhaft. Unter ihrer grauen Bommelmütze kringelten goldblonde Haarsträhnen hervor, die sich über ihre Schultern legten und teilweise feucht vom Schnee

waren. Er spürte die vertraute Erregung zwischen seinen Beinen und presste sie zusammen. Er leckte sich über die Lippen und spürte den kalten Wind auf der feuchten Stelle. Für einen Moment schloss er die Augen und erlaubte sich, sich vorzustellen, wie er das Mädchen berührte. Die Anspannung in seinen Lenden wurde schier unerträglich und er zwang sich, seine Gedanken auf etwas anderes zu fokussieren. Erst jetzt merkte er, dass die Frau sich ihm mit ihren beiden Kindern näherte. Er zog seine Mütze tiefer in die Stirn und schob den Schal über Kinn und Mund. Im Vorbeigehen nickte die Frau ihm zu, während ihre Kinder ein paar Schritte vor ihr herliefen. Er räusperte sich und murmelte eine Begrüßung. Das Mädchen wandte den Kopf und lächelte ihm zu. Sein Herz schlug einige Takte schneller. Sobald die Familie einen angemessenen Vorsprung hatte, erhob er sich von der Bank. Er warf einen Blick auf die Uhr, holte sein Mobiltelefon aus der Innenseite seines Mantels und wählte eine Nummer.

„Tom Hartmann hier. Könnten Sie Herrn Landinger bitte mitteilen, dass ich unseren Termin heute leider absagen muss? Ich stecke hier im Stau fest. Offenbar ein Unfall."

Er hörte mit halbem Ohr zu.

„Ich melde mich wegen eines neuen Termins. Vielen Dank".

Damit legte er auf. Er hatte Wichtigeres zu tun.

Eine Viertelstunde später erreichte er sein Ziel. Es war ein modernes Einfamilienhaus in einer ruhigen Gegend der Stadt, etwas abseits der Hauptstraße gelegen, geschützt durch eine großzügige Allee. Tom drückte sich gegen eine Eiche und spähte hinter dem Stamm hervor. Die Frau ließ ihre Kinder die dicken Winterstiefel abklopfen, bevor sie im Haus verschwanden. Eine Krähe ließ sich geräuschvoll auf dem Dach nieder. Es begann zu dämmern. Im Haus gingen die Lichter an. Durch die Scheibe nahm er die Silhouette der Frau und ihrer Tochter wahr, die sich gegen das Küchenfenster abzeichneten. Tom verschränkte die Hände ineinander und blies seinen Atem in die kalten Handflächen. Er hätte Handschuhe mitnehmen sollen. Er prägte sich die Adresse ein und überlegte, wie er am besten hierher gelangte, wenn er von Linz über die Autobahn kam. Er wusste, dass er diese Frau – nein, ihre Tochter – wiedersehen musste. Als die Dunkelheit hereinbrach und seine Finger steif gefroren waren, beschloss er, sich aufzumachen. Er schulterte die Laptoptasche, als ein dunkler Audi A4 die Allee entlangfuhr und in die Auffahrt der Frau einbog. Ein Mann stieg aus, etwa 1,85m groß und kräftig gebaut. Er holte zwei Papiereinkaufstaschen aus dem Kofferraum seines Wagens und steuerte auf das Haus zu. Dann sperrte er die Haustür auf.

„Liebling, ich bin zu Hause!", rief er, bevor die Tür ins Schloss fiel.

Tom unterdrückte einen Schrei. Er fühlte sich, als zerquetschte jemand sein Herz. Seine Faust krachte

gegen den Stamm der Eiche. Er biss sich auf die Zunge, um nicht zu schreien. Blut lief über seine Knöchel und hinterließ rote Sprenkel im Schnee. Er lief zur nächsten Bushaltestelle und fuhr mit dem Bus zurück zum Park, wo sein Firmenwagen in einer Seitenstraße parkte. In der schummrigen Beleuchtung seines Autos schrie er all seine Enttäuschung, seine Wut von der Seele. Danach verstaute er das in Leder gebundene Notizbuch in seiner Laptoptasche. Er hatte sich so weit beruhigt, dass er nach Hause fahren konnte.

„Das ist nicht das Ende", flüsterte er, während er an das junge Mädchen dachte, das sein Herz bewegte. Er würde einen Weg finden. Egal wie.

5. April 2018 12:32

Eva tigerte in ihrer Küche auf und ab. Es war kurz nach halb eins und keine Spur von Tom. Sie spähte zwischen den Wohnzimmergardinen aus dem Fenster. Außer ein paar Kindern, die auf Fahrrädern ihre Straße entlang bretterten, war nichts zu sehen. Sie nahm ihr Handy und prüfte, ob Tom sie angerufen oder ihr eine Nachricht geschickt hatte. Auf der Strecke von Linz nach Salzburg gab es oft viel Verkehr und gelegentlich einen Unfall. Lenas Foto lächelte ihr vom Display des Telefons entgegen und versetzte ihr einen Stich. Sie überlegte, ihr Hintergrundbild zu ändern, es gegen etwas Unverfänglicheres einzutauschen, konnte sich aber nicht dazu durchringen. Lena würde immer zu ihr gehören und Teil ihres Lebens sein, auch wenn sie nicht mehr da war. Ein Schluchzen erfüllte den Raum und Eva registrierte erschrocken, dass es aus ihrer Kehle kam. Sie presste die Hand auf den Mund, als könnte sie den Schmerz dadurch aufhalten und setzte sich auf die Couch. Das Ticken der Wanduhr hallte in ihrer Ohren und sie vergrub das Gesicht in einem der hellblauen Zierkissen, die Lena so geliebt hatte. Sie meinte, einen Hauch vom Shampoo ihrer Tochter darin wahrzunehmen. Sie richtete sich auf. Egal, wohin sie sich wandte, wohin sie ging, Lena war da. Der Gedanke war einerseits tröstlich, andererseits schmerzte er wie ein Dorn, der sich in ihrem Herzen

verhakt hatte. Ihr Blick fiel auf das Tagebuch, das sie am Abend zuvor mit Bea geöffnet hatte. Wieder Lena. Weitere Erinnerungen. Sie strich sanft über den Einband und schlug das Büchlein auf. Das Papier raschelte und sie nahm Lenas Handschrift, ihre Kritzeleien und Zeichnungen wahr. Ihre Finger malten ein Herz nach, das Lena in das Innere des Tagebuchs gezeichnet hatte. Sie überflog ein paar Passagen, lächelte angesichts Lenas Schwärmerei für ihren Schulkollegen Tobias und bewunderte ein Gedicht, das sie ihm gewidmet hatte. Ihre Finger blätterten weiter, fanden eingeklebte Fotos von Lena und ihrer besten Freundin Kathrin und Einträge zu unerwiderter Liebe, Schulfesten und Weihnachtswünschen. Die Schrift verschwamm vor Evas Augen, Tränen liefen ihr über die Wangen.

„So viel Lebensfreude", dachte sie und schluckte, „so viele unerfüllte Hoffnungen und Träume. Und wofür das alles? Wofür nur? Wofür?"

Sie wischte sich mit dem Handrücken übers Gesicht und las weiter. Lena würde es verstehen, sagte sie sich. Sie würde wollen, dass sie – jetzt, wo sie tot war – erfuhr, was sie gefühlt und gedacht hatte. Es gab nur wenige Einträge, die aus der letzten Zeit stammten. Eva begann an dem Tag im Dezember 2017, als Lena ihrem Tagebuch anvertraut hatte, dass sie Tom hasste. Als Eva die Zeilen erneut las, legte sich die Angst wie ein festes Band um ihr Herz. Wieso hatte sie nie mit ihr darüber gesprochen? Sie blätterte um und fand einen Eintrag am 12. Jänner 2018.

Es ist so eklig, ihn zu berühren. Er riecht wie ein alter Mann und hat schlechten Atem. Sein Penis fühlt sich weich und klein an. Deswegen muss ich ihn reiben, bis er hart und groß wird. Mir wird dabei immer übel. Wenn er sich in mein Zimmer schleicht, sich auf die Bettkante setzt und mir über die Haare streicht, weiß ich, was ich zu tun habe. Ich wünschte, ich müsste ihn nicht hören, seinen Atem, der immer schneller wird und in mein Ohr keucht. Er stöhnt leise, wenn er kommt. Die klebrige Flüssigkeit an meiner Hand kann ich noch spüren, wenn ich dreimal geduscht und mir hundert Mal die Hände gewaschen habe. Ich wünschte, er würde verschwinden. Oder tot umfallen. Was findet meine Mutter nur an ihm? Ich fühle mich so dreckig.

Eva zitterte.

„O Gott, oh nein, bitte nicht!", dachte sie, während sie die Hand vor den Mund schlug.

Ein Mundvoll Galle kam ihr hoch und sie hetzte zur Toilette, um auszuspucken. Sie kauerte am kalten Fliesenboden, während ihr der Speichel übers Kinn lief und in die Toilettenschüssel tropfte. Mit einer Hand hielt sie ihre Haare zurück. Wie konnte das passiert

sein? Vor ihren Augen? Mühsam rappelte sie sich hoch und drehte den Wasserhahn auf. Sie spülte ihren Mund aus, nahm gierig ein paar Schlucke kaltes Wasser und wusch sich das Gesicht. Sie starrte ihr Spiegelbild an und fragte sich, ob sie gewappnet war, mehr von diesem Dreck zu erfahren. Sie wankte zurück ins Wohnzimmer und ließ sich auf die Couch fallen. Obwohl sie ahnte, dass sie nicht bereit dazu war, zwang sie sich, alles zu lesen.

Es gibt nur einen Weg, das hier durchzustehen: indem man seinen Körper verlässt. Das mache ich jedes Mal, wenn er sich in mein Zimmer schleicht. Inzwischen bin ich ziemlich gut darin, meine Gefühle, ich würde es meine Seele nennen, von meinem Körper abzuspalten und wegzugehen. Ich kann es nicht besser beschreiben. Ich bin dann nicht mehr da, wenn ich ihn anfassen muss oder wenn er mich auszieht. Mein Körper ist da, eine Hülle, die tut, was er sagt, damit uns nichts Schlimmes passiert. Er hat mir immer wieder gesagt, dass er mir und Mama weh tun würde, wenn ich nur ein Wort sage. Letzte Nacht hat er mich aus dem Schlaf geholt. Ich war so müde und hatte längst geschlafen, als er mich sanft wach rüttelte. Ich habe ihm gesagt, dass er weggehen soll, dass ich morgen zur Schule muss, aber er hat

nur gelacht. Es würde nicht lange dauern, hat er gesagt. Dann musste ich seinen Penis anfassen, bis er hart wurde. Ich bin aus meinem Körper in mein geheimes Versteck geflohen, tief drinnen in meinem Inneren, wo er mich nicht erreichen kann. Trotzdem spürte ich seinen schweren Körper, wie er sich auf meinen schob, wie er mit den Fingern meinen Slip von den Hüften zerrte und in mich eindrang. Mein Körper schrie. Er presste mir die Hand auf den Mund und zischte mir ins Ohr, dass ich leise sein sollte. Alles brannte. Ich fühlte mich, als stünde ich in Flammen. Als er fertig war, hat er wortlos das Zimmer verlassen. Ich blieb zurück mit zitternden Beinen und seiner schleimigen Flüssigkeit zwischen meinen Schenkeln und weinte.

Eva presste das Tagebuch an ihre Brust und wiegte sich vor und zurück. Sie fühlte sich taub, abgeschnitten von der Welt, als wüsste sie nicht mehr, wie sie Zugang zu ihren Gefühlen finden sollte. Das alles war so falsch! In ihrem Magen brannte Säure, ihr Mund war wie ausgedörrt. Warum hatte Lena sich ihr nicht anvertraut? Hatte sie befürchtet, sie würde ihr nicht glauben? War ihr nicht klar, dass sie Tom sofort vor die Tür gesetzt hätte? Die Gedanken in Evas Kopf

313

fuhren Achterbahn. Eva straffte die Schultern und öffnete das Buch erneut. Es gab ein paar kürzere Einträge zu weiteren Übergriffen, dazwischen eine Notiz zu einer unerwiderten Liebe in der Schule. Der Bursche hieß Jonas und hatte offenbar smaragdgrüne Augen und dunkles, lockiges Haar. Evas Gedanken krallten sich an der Vorstellung fest, dass ihre Tochter während dieser furchtbaren Zeit einige wenige unbeschwerte Momente erlebt hatte. Der letzte Eintrag nur zwei Tage vor Lenas Tod war mit einem dicken Filzstift geschrieben. Die Schrift wirkte krakelig und irgendwie zornig.

Ich dachte die ganze Zeit, es könnte nicht mehr schlimmer kommen. Und jetzt ist es doch passiert. Oh, lieber Gott, hilf mir! Ich bin schwanger. Von diesem perversen Schwein! Wie ich ihn hasse! Wie mich die Vorstellung anekelt, sein Kind in mir zu tragen. Es fühlt sich wie ein Fremdkörper an, wie Ungeziefer, das sich in mir ausbreitet und sich an mir nährt. Wie ein Parasit! Ich fühle mich so hilflos. Wenn ich nur mit jemandem reden könnte. Was soll ich jetzt nur tun? Am leichtesten wäre es, wenn ich das alles hier beenden würde. Dann könnte Tom mir nichts mehr antun und ich müsste sein Kind nicht bekommen. Doch das könnte ich nie tun!

Mama wäre so enttäuscht von mir, wenn sie wüsste, was zwischen ihrem Freund und mir vorgefallen ist. Da hat er sicher Recht. Sie würde mich hassen. Verständlich, oder? Wer will schon, dass die eigene Tochter den Freund verführt? Tom hat gemeint, das würde sie zerstören. Ich weiß, dass das stimmt. Das Baby muss weg. So viel steht fest. Tom muss für die Abtreibung aufkommen. Das ist er mir schuldig. Ich werde ihm morgen erzählen, dass ich schwanger von ihm bin. Dann werden wir sehen, wie er reagiert. Ignorieren kann er meine Schwangerschaft nicht!

Eva sank in das Kissen zurück. Alles drehte sich. Die Magensäure schwappte herauf und drohte, wie eine Flut den Damm zu brechen. Sie würgte. Sie verschränkte die Hände ineinander, damit sie nicht zitterten. Was für ein gottverdammter Mistkerl! Was für ein krankes Arschloch! Die Wut schwappte mit einer solchen Wucht über sie herein, dass sich ihr Gesicht zu einer Fratze verzog. Sie schleuderte das Tagebuch gegen das Bücherregal, traf eine kleine Porzellanfigur, die scheppernd zu Boden fiel und zerbrach. Das Buch federte vom Teppich ab und blieb dort liegen, wie um zu sagen: „Das ändert nichts, ich bin noch da." Evas Fingernägel krallten sich in ihre nackten Arme und gruben sich tief in das Fleisch. Blut lief ihr über den Arm und tropfte auf den hellen Teppich. Es kümmerte

sie nicht. Ihr Herz hämmerte in ihrer Brust wie eine altersschwache Waschmaschine im Schleudergang. Sie kauerte sich auf den Teppich, setzte sich auf ihre Fersen und legte den Kopf auf den Boden. Sie hatte das Gefühl zu fallen, viele Stockwerke tief bis ins Innere der Erde und wünschte, sie möge in der Hitze des Erdkerns verglühen. Doch nichts geschah. Die Uhr an der Wand tickte unbarmherzig weiter. Die Zeit stand still und schritt doch voran. Alles war gleichgültig. Ihre Augen starrten auf die zerbrochene Figur und Eva hoffte, wenn sie lange genug reglos liegen blieb, würde sie einfach sterben.

Ein schrilles Klingeln. Es durchschnitt die Stille und Evas Eingeweide. Sie hob den Kopf, versuchte einzuordnen, woher das Geräusch kam. Sie stemmte sich auf die Hände und kam auf die Knie. Wieder das unbarmherzige Schrillen. Mühsam kam sie auf die Beine. Jede Bewegung schmerzte, am meisten tobte es in ihrer Brust. Sie taumelte durch die Küche ins Vorzimmer. Jemand hämmerte gegen die Tür. Erwartete sie Besuch? Ihr Kopf war so leer wie ein ausgehöhlter Kürbis. Sie zog am Knauf und riss die Tür auf. Vor ihr stand Tom, ein schiefes Grinsen im Gesicht. Etwas in Eva setzte aus wie eine Leitung, die gekappt wird. Sie bündelte all ihre Kraft und entlud sie in einem gezielten Faustschlag, der Tom mitten im Gesicht traf. Seine Nase brach mit einem unschönen Geräusch.

Februar 2015

Tom betrachtete Eva, die auf seiner Brust lag und keuchte. Die braunen Locken umrahmten ihr Gesicht und klebten in ihrer Stirn. Sie hatten sich zweimal geliebt, wild und heftig, wie es ihrem Temperament entsprach. Eva blinzelte und lächelte ihn an.

„Na, mein geiler Hengst", flüsterte sie und rollte sich von ihm herunter, „was hältst du von einer kleinen Stärkung?"

Wie auf Kommando knurrte sein Magen leise, aber beharrlich.

„Ich glaube, ich könnte was vertragen", entgegnete er.

„Klingt so", gab Eva zurück und sprang aus dem Bett. Die Luft roch nach Sex, befriedigten Bedürfnissen und Schweiß.

„Ich fürchte nur, der Kühlschrank gibt nicht viel her", sagte sie leichthin, während sie ihre Jeans von der Kommode fischte und ein Sweatshirt überzog.

„Wir könnten irgendwo eine Kleinigkeit essen gehen", erwiderte Tom.

Sie schüttelte den Kopf.

„Lena schläft. Ich lasse sie nicht gern allein. Schon gar nicht, wenn sie nicht Bescheid weiß."

Sie fuhr sich mit einem Kamm durch ihr Haar, das wie eine Stahlfeder zurück wippte.

„Ich fahre schnell zur Tankstelle und kaufe etwas Brot, Käse, Schinken und Eier. Und natürlich eine Flasche Wein."

Sie zwinkerte Tom zu. Eine leere Flasche Grüner Veltliner lag achtlos neben dem Kleiderschrank.

„Sieht ganz so aus, als bräuchten wir Nachschub", stellte Eva fest, während sie die Flasche aufhob.

„Beeil dich!", rief Tom, als sie mit einer Kusshand aus dem Schlafzimmer schwebte. Er vergrub sein Gesicht im Daunenkissen und sog den Duft von Evas Körpercreme ein. Wie lange würde sie brauchen, um zum Supermarkt zu fahren, einzukaufen und wieder zurückzukehren? Mindestens 40 Minuten. Er wartete, bis die Haustür ins Schloss fiel, schwang die Beine über den Bettrand und schlüpfte in einen Bademantel und Hausschuhe. Dann huschte er aus dem Raum, durchquerte den Gang und schlich zur einzigen Tür, die geschlossen war. Er presste das Ohr gegen das Holz und lauschte, bevor er die Türklinke vorsichtig nach unten drückte. Die Dunkelheit hüllte das Zimmer ein wie dichter Nebel. Er blieb einen Moment im Türrahmen stehen, bis sich seine Augen an die Finsternis gewöhnt hatten. Auf der linken Seite standen ein Kleiderkasten, eine Kommode und eine zweisitzige Couch. An der Wand befand sich ein Holzbett, und rechts unter dem Fenster ein Schreibtisch samt Stuhl. Er bewegte sich langsam auf das Bett zu. Lena lag mit halb geöffnetem Mund unter der dicken Winterdecke und umklammerte ihren Plüschhund Marley. Tom setzte sich auf die Bettkante und

betrachtete sie: Ihre weichen Locken, die auf das Kissen fielen, ihre Stupsnase, die langen Wimpern und die hohe Stirn. Sie war perfekt. Er lächelte und strich vorsichtig über ihre Lippen. Lena bewegte sich, kehrte aber sofort wieder in ihre ursprüngliche Position zurück. Tom hob die Decke und kroch zu ihr ins Bett. Die Wärme ihres Körpers umfing ihn wie die Sonnenstrahlen an einem Junitag. Er legte seinen Kopf an ihre Schulter und spürte die Weichheit ihrer Wangen. Sein ganzer Körper summte wie eine Wabe voller Bienen. Lena öffnete und schloss den Mund und schluckte. Ihre Augenlider zuckten. Er stützte sich auf den Ellenbogen und wartete, bis sie sie öffnete. Als sie es tat, weiteten sie sich vor Entsetzen. Ein Schrei setzte sich in ihrer Kehle zusammen, den er mit seiner Hand erstickte.

„Shhhh!", machte er.

Lenas Augen zuckten hin und her.

„Versprichst du, leise zu sein, wenn ich meine Hand wegnehme?"

Lena nickte langsam.

„Braves Mädchen!", erwiderte Tom und zog seine Hand vorsichtig zurück.

„Du hast mich erschreckt", sagte sie leise.

„Entschuldige!"

Tom strich ihr eine Haarsträhne aus dem Gesicht.

„Das wollte ich nicht."

Lena hielt den Atem an.

„Wa-was machst du hier?"

„Dich besuchen", erklärte er fröhlich. „Was denkst du denn?"

„Mitten in der Nacht?" Auf Lenas Stirn kräuselten sich kleine Fältchen.

„Klar!", rief Tom. „Warst du noch nie auf einer Pyjama-Party?"

Lenas Augenbrauen schossen nach oben.

„Pyjama-Party? Was ist das?"

„Da treffen sich Freunde bei jemandem Zuhause zum Übernachten. Und alle tragen einen Schlafanzug oder ein Nachthemd. Sie erzählen sich Geschichten und kuscheln gemeinsam, verstehst du?"

Lena beäugte ihn misstrauisch.

„Und wo ist dein Pyjama?"

„Ein Bademantel geht auch", erklärte Tom. „Hauptsache, es ist bequem."

„Aha", machte Lena.

„Wir sind doch Freunde, oder?"

Lena zögerte.

„Also, hör mal, du wirst mich doch jetzt nicht vor den Kopf stoßen und mir sagen, dass wir keine Freunde sind?"

Tom kitzelte Lenas Seite. Sie quietschte.

„Meine Freunde sind alle jünger", entgegnete sie.

„Und du glaubst, man darf keine älteren Freunde haben?"

Sie überlegte einen Augenblick.

„Wahrscheinlich schon."

„Na, siehst du."

Er kitzelte ihren Bauch, bis ihr die Tränen über die Wangen liefen.

„Willst du auch mal?"

Lena nickte heftig und schob ihre Hände in seine Seite. Tom gluckste.

„Warte mal! Ich hab eine Idee."

Er öffnete das Band des Bademantels und legte ihre Hände auf seinen Bauch.

„So geht es viel einfacher!"

Lena zögerte kurz, dann jagten ihre kleinen Finger links und rechts an seiner Seite hoch und runter, gruben sich in die Vertiefungen zwischen den Rippen und flogen über seinen Bauch. Tom lachte lauthals und revanchierte sich, indem er Lena unter den Achseln kitzelte. Plötzlich erstarrte das Mädchen. Tom konnte regelrecht fühlen, wie sie den Atem anhielt.

„Was ist los?", fragte er.

„D-du hast gar nichts an", flüsterte sie.

„Doch", widersprach er, „den Bademantel."

„Drunter", presste sie hervor und schob sich gegen die Wand.

„Nacktsein ist doch nicht Schlimmes."

Lena verschränkte ihre Finger und knetete sie.

„Hast du noch nie einen nackten Mann gesehen?"

Lena schüttelte den Kopf.

„Nur meinen Cousin Leon, aber da war er noch ein Baby."

Ihre Stimme zitterte.

„Dann wird es aber Zeit", erwiderte Tom und schob den Bademantel zur Seite.

Die Haustür fiel ins Schloss. Schritte hallten durch das Vorzimmer und in der Küche. Tom zuckte zusammen. Er sprang auf, schloss den Bademantel und deckte Lena zu. Dann nahm er ein Taschentuch aus einer Box mit roten Herzen und reichte es ihr.

„Hier! Wisch dir die Tränen ab!", herrschte er sie an. „Große Mädchen weinen nicht, verstanden?"

Sie kaute auf ihrer Unterlippe und starrte auf einen Punkt an der Wand. Er beugte sich tief zu ihr hinunter und flüsterte ihr ins Ohr: „Das bleibt unser Geheimnis. Du willst doch nicht, dass dir oder deiner Mama etwas passiert, nicht wahr?"

Lena schluckte. Er baute sich wie ein Wolf, der die Zähne fletschte, vor ihr auf. Die Angst schnürte ihr die Kehle zu.

„Verstanden?"

Sie nickte schnell. Er lächelte zufrieden und verließ das Zimmer. Die Party war zu Ende.

März 2015

Via lief mit dem Staubwedel in der Hand durch Toms Büro. Felix war in der Schule und Tom unterwegs nach Salzburg zu einem Großhandelskunden. Als sie die Glasfläche des Schreibtisches abwischte, bemerkte sie, dass Tom seine Laptoptasche vergessen hatte. Einen Moment lang überlegte sie, ob sie ihn anrufen sollte. Er war kaum eine halbe Stunde weg. Die Tasche stand offen. Das Notebook war nicht da. Sie runzelte die Stirn, als sie ein kleines ledernes Büchlein bemerkte. Sie zog es heraus und setzte sich damit auf den Drehstuhl. Auf den ersten Seiten fand sie Kontaktdaten zu Kunden, Termine, Notizen zu Bestellungen. Als sie weiterblätterte, stutzte sie. Die Einträge waren keinesfalls geschäftlich, sondern sehr privat. Intim. Sie ähnelten eher einem Tagebuch. Via nahm das Buch mit in die Küche und machte sich Kaffee. Schon seit Längerem hatte sie das Gefühl, dass Tom ihr etwas verschwieg. Er hatte Geheimnisse.

Ob er sich wieder mit Rebekka traf? Der Gedanke ließ ihr Herz rasen. Sie verschränkte die Hände, um das Zittern zu kontrollieren.

„Beruhige dich, Silvia!", sagte sie leise zu sich selbst. Sie nahm zwei große Schlucke schwarzen Kaffees und atmete einige Male tief ein und aus.

Was sie entdeckte, versetzte sie in Panik. Für einen Moment wünschte sie, es wäre Rebekka, die wieder

einen Weg in sein Leben gefunden hatte. Mit ihr wäre sie fertig geworden. Es gab Aufzeichnungen von einer ganzen Reihe von Mädchen, die meisten kaum älter als zwölf. Manche datierten viele Jahre zurück. Unter einige hatte er vermerkt: beendet oder erledigt. Via schauderte. Was hatte das zu bedeuten? In den letzten Monaten hatte Tom sich zudem mit Frauen getroffen, die Töchter hatten. Mädchen im Alter zwischen zehn und dreizehn. Die Härchen in ihrem Nacken stellten sich auf. Sie fand Notizen zu einer Frau namens Eva und deren Tochter Lena. Beide lebten in Salzburg. Tom hatte sogar die genaue Adresse vermerkt. Den Einträgen entnahm sie, dass er die Frau seit einigen Wochen traf. Von wegen Geschäftsreisen! Via wusste, dass er im Grunde hinter dem Mädchen her war. Wie alt war es? 10? 11? Sie fröstelte. Nicht zum ersten Mal wünschte sie, dass sie Tom nicht so sehr lieben würde. Sie wünschte, sie könnte ihn anzeigen, ihn für seine sexuellen Neigungen einweisen, ihn wegsperren lassen. Ihre Lippen bebten. Sie war ihm ausgeliefert, hörig. Sie liebte ihn mehr als ihr eigenes Leben. Mehr als ihren Sohn. Sie wusste, dass das falsch war. Krank. Es änderte nichts. So war es. Sie und Tom waren eine Einheit. Ohne ihn war sie nichts. Ohne ihn zu leben bedeutete, in einem Vakuum zu leben. Abgeschnitten. Einsam. Tot. Sie schämte sich, dass sie es nicht schaffte, sich als eigenständiges Individuum zu fühlen. Sie zwang sich, die neuesten Einträge zu lesen. Tom hatte eine weitere Frau im Visier. Bea Klein. Sie hatte zwei Kinder und lebte nicht weit

von Eva entfernt in Salzburg. Via realisierte, wie häufig Tom in den letzten Wochen in die Mozartstadt gefahren war. Geschäftlich, hatte er behauptet. Nicht selten war er über Nacht geblieben. Gelegentlich Länger. Sie seufzte. Toms Aufzeichnungen berichteten von einem Ehemann oder Lebensgefährten. Zwischen den Zeilen spürte sie die Wut und die Enttäuschung. Er brauchte dieses Mädchen, so wie sie ihn brauchte. Sie war dabei, Tom zu verlieren. Die Erkenntnis traf sie wie ein Schlag und für einen Moment wurde ihr schwarz vor Augen. Das konnte sie nicht. Auf gar keinen Fall. Sie konnte Abstriche machen, Kompromisse schließen. Das tat sie schon seit langer Zeit. Es war ihr egal, welchen Preis sie zahlen musste, damit Tom bei ihr blieb. Sie war bereit, ihn zu zahlen. Ohne ihn gab es kein Leben. Sie setzte sich an ihren Computer, um zu recherchieren. Während sie „Bea Klein" durch die Suchmaschinen des World Wide Web laufen ließ, traf sie eine folgenschwere Entscheidung.

5. April 2018 14:47

Als Bea erwachte, wünschte sie sich sofort in die Bewusstlosigkeit zurück. Jeder Muskel ihres Körpers schmerzte. Sie öffnete die Augen und fand sich in völliger Dunkelheit wieder. Wo war sie? Es roch muffig nach Staub und alten Decken und leicht nach Benzin. Sie rümpfte die Nase. Ein Motor wurde gestartet, Räder drehten durch. Ein Auto. Sie befand sich in einem Fahrzeug. Im Kofferraum, vermutete sie. Ein leichter Anflug von Panik kroch ihren Rücken herauf und krallte sich an ihren Schultern fest. Sie litt unter Platzangst. Enge Räume, Fahrten in Aufzügen oder Seilbahnen, selbst die Untersuchung in der schmalen Röhre für eine MRT verursachten Schweißausbrüche, Herzrasen und Übelkeit. Bea betete, dass sie sich nicht übergeben musste. Der Wagen rumpelte über eine unwegsame Straße und bog ab. Bea hörte das Geräusch eines Blinkers und leise Stimmen, die aus dem Radio drangen und sich mit Pinks *Raise your glass* und Queens *Bohemian Rhapsody* abwechselten. Bea bewegte ihre Beine und merkte, dass ihre Füße zusammengebunden waren, was ihre Panik schürte. Sie zwang sich, mehrmals ein- und auszuatmen und dabei die Luft jeweils einige Sekunden anzuhalten. So hatte sie es im Yoga-Kurs gelernt. Ein Nasenloch verschließen, durch das andere einatmen, einige Sekunden warten und die Luft durch das Nasenloch ausströ-

men lassen, das zuerst verschlossen war. Dann folgte die andere Seite. Sie vergewisserte sich, dass sie ihre Hände bewegen konnte. Ihre Finger tasteten nach dem Reißverschluss ihrer Jacke und zogen daran. In der Innentasche spürte sie ihren Haustürschlüssel, ein paar Münzen und eine Packung Taschentücher. Sie tastete ihre Umgebung ab. Über sich fühlte sie das Dach des Kofferraumes, neben sich eine Decke. Wo zum Teufel war ihre Handtasche? Ihr Handy war in ihrer Tasche. Sie musste Hilfe holen. Paul anrufen. Ihrer Mutter eine Nachricht schicken. Sie unterdrückte einen Schrei, der ihre Kehle heraufkroch. Sie verschlimmerte ihre Situation, wenn sie Silvias Aufmerksamkeit erregte.

„Denk nach!", ermahnte sie sich.

Ihr Hirn fühlte sich wie flüssige Suppe an, die mit jedem Bremsen, jeder Beschleunigung gegen die Innenseite ihres Schädels schwappte und ihre Gedanken davon schwemmte. Sie fluchte leise. Hatte Silvia sie unter Drogen gesetzt? Das Letzte, woran sie sich erinnerte, war der Schmerz, der jede Faser ihres Körpers erfasste und sie umklammerte wie ein Schraubstock. Wohin fuhren sie? Was hatte Silvia vor? Irgendwo in Beas Hirn ploppte eine Erinnerung auf, die etwas mit ihrer Entführerin zu tun hatte. Sie griff danach, zog daran, ehe diese wie eine Seifenblase zerplatzte. Sie fühlte sich nutzlos. Eine Träne rollte aus ihrem Augenwinkel und lief ihren Nasenrücken entlang, ehe sie in der Verkleidung des Kofferraums versickerte. Sie sollte bei Emily sein, bei Simon. Statt-

dessen jagte sie Tom, den Tom, der sie verlassen und ihre Familie ins Unglück gestürzt hatte. Und wozu? Was versprach sie sich davon, dass sie ihn überführte? Gerechtigkeit? Ein Konzept, an das sie längst nicht mehr glaubte. Nicht, seit Max in ihren Armen gestorben und sein Tod ungesühnt geblieben war. Das Leben passierte. Es gab keinen Plan, kein Schicksal. Es gab gute Tage, weniger gute und furchtbare. Und es gab den Tag, an dem Max ermordet wurde. Bea fröstelte. Sie schlang die Arme um ihren Körper. Emily und Simon hatten bereits ihren Vater verloren. Was, wenn sie Vollwaisen würden? Wer sollte sich um die beiden kümmern? Erika? Bea war nicht entgangen, wie ihre Mutter gegen die stetig zunehmenden Gelenkschmerzen kämpfte. Ohne die regelmäßige Einnahme ihrer Medikamente wäre sie bereits jetzt zeitweise bewegungsunfähig. Wie sollte sie sich um zwei Kinder kümmern? Bea schluckte. Ihr Rachen fühlte sich rau und wund an. Sie würde nicht zulassen, dass Silvia ihr etwas antat. Emily und Simon brauchten sie. Sie ballte die Fäuste und spürte, wie ihre Finger knackten. Sie würde kämpfen. Für ihre Kinder. Für ihre Familie. Für sich.

Mit diesem Gedanken dämmerte sie weg. Was immer Silvia ihr verabreicht hatte, es machte sie schläfrig.

***

Paul bat den Taxifahrer, zu warten. Er schwang sich aus dem Mercedes und rannte die Hecke entlang, die die Sicht auf die Einfahrt verdeckte. Er warf einen Blick auf die Adresse von Tom, die Dean Taric ihm ausgedruckt hatte und verglich diese mit Straßennamen und Hausnummer am Gartentor. Er nickte, stopfte den Zettel in die Tasche seiner Jeans und spähte auf das Grundstück. Vom Skoda Oktavia keine Spur. Das schmiedeeiserne Tor stand offen. Paul betrat das Grundstück und bemerkte, die frischen Reifenspuren im Kies. Verdammt!, dachte er frustriert.

Er drehte sich um die eigene Achse und raufte sich die Haare. Wo war Bea? Er steuerte auf die Terrasse zu und spähte durch die Fensterfront ins Innere des Hauses. Alles wirkte aufgeräumt und sauber, niemand zu sehen. Beim Anblick des Wohnraumes dachte er an den Musterhauspark in Eugendorf. Das Zimmer sah nicht aus, als würde eine Familie hier leben, sondern wirkte steril, als wären alle Möbel neu gekauft und kaum benutzt worden. Er wanderte das Fenster entlang und schirmte seine Augen mit den Händen gegen das Sonnenlicht ab. In der Küche standen zwei Tassen auf der Anrichte, daneben ein halbvolles Glas mit Orangensaft. Zumindest wurde die Küche benutzt. Paul runzelte die Stirn. Hatten Tom und seine Frau Kaffee getrunken? Er betrachtete die Tassen genauer. Auf einer zeichnete sich blassrosa Lippenstift ab. Er

330

fröstelte. Bea trug Lipgloss in dieser Farbe. Hatte sie ihn heute Morgen aufgelegt? Er hatte nicht darauf geachtet. Er trat mit dem Fuß gegen einen terracotta-farbenen Blumentopf, aus dem ein Rosenstrauch wucherte. War Bea hier gewesen? Paul schloss die Augen und konzentrierte sich. Er war sich ziemlich sicher, dass sie Lipgloss und Mascara getragen hatte, als sie in der Früh losgefahren waren. Er nahm das Mobiltelefon aus seiner Jeanstasche und wählte Beas Nummer. Seit er Dean Taric verlassen hatte, hatte er sie bestimmt zehnmal angerufen. Sie hatte versucht, ihn zu warnen, dass Tom auf dem Weg ins „Wein & Mehr" war, danach war sie nicht zu erreichen. Er leckte sich die Lippen und wartete. Es klingelte. Ein-mal, zweimal, dreimal. Es hörte sich seltsam an, wie ein Echo. Er stutzte. Beas Mobilbox schaltete sich ein. Paul runzelte die Stirn. Er legte auf und wählte die Nummer erneut, wartete, bis er das vertraute Klingeln vernahm. Dann hielt er das Handy weg von seinem Ohr und schloss die Augen. Er hörte das Läuten weiterhin, schwach zwar, aber deutlich. Er presste die Nase gegen die Fensterscheibe, bis sie von seinem Atem beschlug. Etwas stimmte nicht. Die Küche lag unberührt vor ihm. Der leer geräumte Esstisch, die Anrichte, die außer den beiden Kaffeetassen aufge-räumt war, die Uhr, deren Zeiger im Sekundentakt weiter hüpfte. Dann entdeckte er es. Beinahe wäre es ihm entgangen, da die Farbe der Lehne der Stühle so ähnlich war: Ein bräunlicher Lederriemen, der sich gegen das Holz des Sessels abzeichnete. Sein Blick

wanderte nach unten. An dem Gurt baumelte ein großer, weicher Lederbeutel. Beas Handtasche, wie Paul schlagartig klar wurde. Seine Zunge klebte ihm am Gaumen wie alter Kaugummi. Er hastete zur Haustür, rüttelte daran und rief Beas Namen. Dann hetzte er zur Rückseite, um nach einem Hintereingang zu suchen. Es gab keinen, lediglich ein schmales Fenster, das offenbar zum Keller gehörte. Ohne zu zögern, warf Paul die Scheibe mit einem Stein ein, der mit einem lauten „Klong" auf den Boden im Inneren prallte. Er fand einen Holzstock, mit dem er die spitzen Glasscherben, die den Fensterrahmen bedrohlich umgrenzten, entfernte, und zwängte sich mit eingezogenem Bauch durch die schmale Öffnung. Er landete wenig elegant neben einer Waschmaschine auf dem kalten Fußboden. In der Trommel wurde eine Ladung Wäsche geschleudert. Laut der digitalen Anzeige dauerte der Waschgang noch knapp fünfundvierzig Minuten.

„Sie können noch nicht allzu lange weg sein", dachte er und schlich an einem Regalsystem entlang, das fein säuberlich mit beschrifteten Schuhkartons, Werkzeugkisten und verschließbaren Plastikbehältern befüllt war. Er erreichte die Tür, die unverschlossen war und atmete aus. Erst jetzt bemerkte er, dass er die Luft angehalten hatte. Eine steile Stiege ohne Geländer führte nach oben in den Wohnbereich.

An der Wand hingen ein paar Familienfotos. Tom mit seiner Frau und einem Jungen, der offenbar psychisch beeinträchtigt war. Irgendetwas an dem Bild

rief eine Erinnerung in ihm wach. Wenn er nur wüsste, was es war. Paul schlich durch einen Gang in die Küche und schnappte Beas Handtasche. Er durchwühlte den Beutel, bis er fand, wonach er gesucht hatte. Ihr Mobiltelefon zeigte 11 Anrufe in Abwesenheit an. Ihr Geldbeutel samt Führerschein befanden sich in einer Innentasche mit Reißverschluss. Paul zitterte. Bea würde ihre Tasche nie im Leben freiwillig zurücklassen. Er lief durch das ganze Haus und durchsuchte jedes Zimmer. Bea war fort. Sie hatten sie mitgenommen, entführt. Paul wählte eine Nummer.

„Hallo, Florian. Hier spricht Paul", grüßte er seinen Kollegen und versuchte, seine Stimme kraftvoll klingen zu lassen.

„Paul", erwiderte sein Gegenüber. „Ich dachte, heute ist dein freier Tag."

„Ist es auch", erwiderte Paul und lachte leise. „Hör zu, Flo, du musst mir einen Gefallen tun."

Er hörte das Zögern am anderen Ende der Leitung förmlich.

„Muss ich das?"

Paul ignorierte seine Frage.

„Ich brauche ein Kennzeichen. Das Fahrzeug ist auf eine Silvia Hartmann zugelassen. Und ein Team, das nach dem Wagen fahndet."

Flo räusperte sich.

„Und aus welchem Grund, wenn ich fragen darf?"

„Gefahr im Verzug. Mehr brauchst du im Augenblick nicht zu wissen."

„Aha", machte Flo und kritzelte etwas auf einen Notizblock. „Ist das alles?"

„Nein!", rief Paul lauter als beabsichtigt. „Es gibt noch ein Fahrzeug, nach dem wir suchen. L-Wein4."

„Was haben wir damit zu tun?"

„Ich glaube, einer der beiden Wagen ist auf dem Weg nach Salzburg. Mit einer Frau, die entführt wurde."

Flo schwieg.

„Paul, was ist bei dir los? Wo bist du?"

Paul seufzte. Er hatte keine Zeit für langatmige Erklärungen.

„Ich bin in Linz. Eine Freundin wurde entführt. Ich habe ihre Handtasche im Haus der besagten Familie Hartmann gefunden."

„In das du nicht zufällig eingebrochen bist?", warf Flo ein.

„Das spielt jetzt keine Rolle."

„Ich hoffe, der Chef sieht das auch so", entgegnete Flo und tippte Silvias Namen in seinen PC. „Ich hoffe, die Freundin ist es wert", ergänzte er in anzüglichem Tonfall.

Paul packte Beas Handtasche und warf die Haustür hinter sich ins Schloss.

„Das ist sie", erklärte er, ohne zu zögern, „es ist Bea, Max´ Witwe."

Am anderen Ende folgte ein bedeutungsschweres Schweigen.

„Oh, verdammt! Das tut mir wirklich leid, Paul!"

„Schreib die Fahrzeuge zur Fahndung aus! Und gib den Kollegen in Linz Bescheid, für den Fall, dass ich mich irre!"

Während er das Telefonat beendete, flog er über den Kiesweg zur Einfahrt. Das Taxi war verschwunden. Paul schlug frustriert gegen eine Mülltonne und rannte Richtung Hauptstraße, vorbei an einigen Einfamilienhäusern und einem Kindergarten. Er traute seinen Augen kaum. Am Straßenrand in rund 150 Metern Entfernung parkte sein Skoda Oktavia halb in der Wiese. Sein Herz pochte gegen seine Rippen.

„Oh, Bea!", flüsterte er. „Was ist nur passiert?"

Er löste einen lockeren Stein aus dem Kopfsteinpflaster und knallte ihn gegen die Scheibe der Beifahrerseite. Das Glas zersprang und er schützte seine Hand mit der Jacke, um die Tür von innen zu öffnen. Eine junge Mutter starrte ihn entgeistert an und schleifte ihren Vierjährigen hastig hinter sich her. Paul zog seine Polizeimarke aus der Jacke und streckte sie der Frau entgegen. Sie nickte beiläufig und beschleunigte ihr Tempo. Offenbar traute sie ihm nicht. Ihm blieb keine Zeit, sich mit ihr zu befassen. Er kniete sich auf den Beifahrersitz und öffnete das Handschuhfach. Er kramte zwischen Handbuch, Taschentüchern und Unfallberichten herum und zog ein graues Etui hervor.

„Bingo!", rief Paul und zog den Zweitschlüssel seines Wagens aus dem Behältnis. Kurz darauf schnurrte der Motor seines Autos wie eine Katze auf der Ofenbank.

Er steuerte das Fahrzeug Richtung A1 und hoffte, dass er sich nicht irrte.

***

Simon freute sich. Heute würde Emily nach Hause kommen. Oft nervte sie ihn, aber jetzt war ihm schon langweilig gewesen ohne sie. Er kickte mit dem Fuß gegen einen Laternenpfahl und spürte das Vibrieren in seinem Körper. Die Sonne streichelte sein Gesicht und zauberte bunte Tupfen in die Landschaft. In der fünften Stunde stand Zeichnen auf dem Programm. Er wusste, dass seine Mama verärgert sein würde, dass er den Unterricht schwänzte, aber er hatte heute einfach keine Lust. Er wollte nach Hause. Zu Emily. Zu seiner Oma. Dorthin, wo er sich geborgen fühlte. Noah und Finn hänselten ihn schon seit Tagen, weil er ihnen von dem Schattenmann erzählt hatte, der manchmal nachts durch das Haus schlich. Sie hatten ihn ausgelacht und ihn vor den anderen lächerlich gemacht. Vor Wut hatte er Noah in den Bauch geboxt, woraufhin Frau Engels, seine Klassenlehrerin, ihn gezwungen hatte, sich vor der ganzen Klasse bei Noah zu entschuldigen. Nach der Stunde hatte sie ihm eine Standpauke gehalten und ihm eine extra Hausübung gegeben. Strafarbeiten waren verboten. Simon trat gegen einen großen Stein, der einige Meter weit über den Weg kullerte und in der Wiese liegen blieb. Er schnaubte verächtlich.

„Von wegen!", dachte er und spuckte vor seine Turnschuhe, wo der durchsichtige Schleim bockig vor sich hin wabbelte. „Die Erwachsenen nennen etwas einfach ein bisschen anders und schon ist es okay".

Einen Moment lang schnürte ihm der Ärger die Kehle zu, doch dann erinnerte er sich, warum er die Schule schwänzte und sprintete die Straße entlang, bis er sein Haus durch die dichte Baumallee erspähte. Das Auto seiner Oma stand nicht in der Einfahrt. Sie holte vermutlich gerade Emily im Krankenhaus ab. Bei dem Gedanken an seine Schwester hüpfte sein Herz. Er lief ein wenig schneller, obwohl seine Backen bereits knallrot waren und er schwer atmete. Der Kies knirschte unter seinen Schuhen und spritzte zu beiden Seiten hoch, als er die Auffahrt hinauf sprintete. Er zog den Rucksack von seinen Schultern und grub seine Finger ins Innere. Ein paar Hefte mit Schutzumschlag, ein Federpenal, ein Spitzer. Wo war nur der Haustürschlüssel? Er schüttelte den Rucksack und hörte ein deutliches Klimpern. Er musste da sein. Simon öffnete den Reißverschluss der Außentasche und zog den Bund triumphierend hervor. Der Vorraum und die Küche lagen still vor ihm und streckten sich durch das Haus wie eine pelzige Zunge. Simon erschauderte und tastete nach dem Lichtschalter. Er fürchtete sich im Dunkeln. Sein Rucksack landete unsanft auf dem Boden im Flur. Er summte leise vor sich hin. Warum war er nur so aufgewühlt? Er wünschte, Mama wäre hier. Sie war irgendwie anders in letzter Zeit. Er verstand nicht genau, warum. Er

hüpfte die Stufen ins Obergeschoss hinauf, immer abwechselnd auf nur einem Bein. Etwas war anders. Wenn er nur wüsste, was. Er spazierte in sein Zimmer, bemerkte das ungemachte Bett und ließ sich darauf fallen. Er blätterte durch ein paar Asterix-Hefte, drehte das Radio leise an und schloss kurz die Augen. Bevor er merkte, wie müde er war, war er eingeschlafen.

**

Als Erika mit Emily am Arm das Haus betrat, verschloss sie die Haustür zweimal. Sie wusste nicht genau, warum sie das tat, aber beim Betreten der Küche hatten sich die Härchen auf ihren Armen aufgestellt. Entweder sie war heillos überspannt, oder aber etwas stimmte nicht. Sie hatte vor Jahren gelernt, ihren Instinkten zu vertrauen.

„Hast du Hunger, Liebes? Ich könnte uns etwas kochen. Was meinst du?"

Emily sank in eine beige Kuscheldecke gewickelt auf die Wohnzimmercouch.

„Das klingt wunderbar, Mimi! Ich habe einen Bärenhunger".

Erika lächelte und verschwand in der Küche. Es war ein gutes Zeichen, dass Emily endlich wieder Appetit bekam. Minuten später stand Erika vor dem Kochtopf und atmete den Duft von frischem Gemüse und Hühnerbrühe ein. Auf einem Holzbrett lagen Lauch, Kohl, Karotten und Zwiebel, die sie bereits klein

geschnitten hatte. Emily döste auf der Couch im Wohnzimmer und schaute *The Big Bang Theory,* eine ihrer Lieblingsserien. Wenn Erika ehrlich war, gefiel ihr diese Sitcom mindestens genauso wie ihrer Enkelin. Sie schmunzelte und überprüfte den Stundenplan, der an der Pinnwand neben dem Kühlschrank hing. Simon hatte bis 14:30 Schule, müsste also gegen 15:00 zuhause sein. Es war kurz nach halb zwei. Genug Zeit, die Suppe köcheln zu lassen, eine Tasse Kaffee zu trinken und dabei die Tageszeitung zu lesen. Sie nahm ein paar Brötchen aus dem Gefrierfach und legte sie auf ein Backblech. Wenn die Suppe fast fertig war, würde sie das Brot in den Ofen schieben, damit es richtig knusprig wurde.

***

„Bist du verrückt geworden?", herrschte Tom sie an und verhinderte mit einem Fuß, dass sie die Haustür wieder schloss. Er presste eine Hand auf seine Nase, aus der das Blut in einem Schwall strömte und sich auf sein Hemd ergoss.

„Das hast du verdient!", entgegnete Eva ruhiger, als sie sich fühlte und versuchte, die Tür zu schließen.

Tom rammte seine Schulter gegen das schwere Holz, sodass Eva das Gleichgewicht verlor und taumelte. Während sie versuchte, den Sturz abzufangen, knallte er die Tür zu und drückte sie mit seinem ganzen Gewicht zu Boden. Mit einer Hand zog er ihren Kopf

an den Haaren zurück, mit der anderen boxte er sie in den Bauch. Eva stöhnte.

„Du dumme Schlampe!", schrie er sie an. „Was denkst du, wer du bist? Häh?" Er zog so fest an ihren Haaren, dass sich ein Büschel aus der Kopfhaut löste.

„Ich bin jedenfalls kein Vergewaltiger", presste sie mühsam hervor und versuchte, sich aufzurappeln.

„Vergewaltiger? Du redest so viel Scheiße, damit könnte man ganz Salzburg düngen!"

„Du hast meine Tochter missbraucht", erwiderte sie und der Zorn loderte aus ihren Augen. „Du hast sie getötet!"

Tom lachte auf, aber sie spürte, dass sie ihn verunsichert hatte. „Du bist echt nicht ganz dicht! Hallo? Rennt bei dir noch alles sauber??"

Eva hielt seinem Blick stand.

„Oh ja! Das tut es. Das erste Mal seit sehr langer Zeit sehe ich klar. Du bist ein Kinderschänder, ein Betrüger und ein Mörder."

Toms Adamsapfel hüpfte auf und ab.

„Ich würde nie ..."

„Bitte, verschone mich!", unterbrach sie ihn. „Sonst muss ich kotzen. Lenas Tagebuch hat mir einen ziemlich detaillierten Eindruck vermittelt."

Toms Gesichtsausdruck veränderte sich. War es Wut? Unglauben? Verwunderung? Seine Lippen zuckten.

„Niemand wird dir glauben!"

„Tatsächlich? Bist du dir sicher?", zischte sie in sein Ohr. „Ich glaube, die Polizei fände es bestimmt inte-

ressant, die Story zu erfahren. Was denkst du? Oder die Medien? Die Öffentlichkeit?"

Die Ohrfeige traf sie mit voller Wucht, sodass ihr Kopf gegen den Fliesenboden im Vorzimmer knallte. Einen Moment lang vibrierte das Bild vor ihren Augen und die Haustür erschien in Dreifachausführung. Instinktiv schlug sie zurück und traf dabei seine verletzte Nase. Er schrie auf, griff sich ins Gesicht und ließ lange genug von ihr ab, dass sie aufstehen konnte. Sie musste sich an der Kommode festhalten, um sich hochzuziehen. Ihre Knie zitterten, als wäre sie einen Marathon gelaufen.

„Das wirst du bereuen!", brüllte Tom, dem das Blut aus der Nase schoss und sein Hemd besudelte. Eva taumelte aus dem Raum und steuerte auf das Wohnzimmer zu. Auf dem Tisch lag ihr Handy. Wenn sie es erreichen und sich damit im Bad einsperren konnte, bevor er ...

Seine schweren Schritte hallten durch den Vorraum, gefolgt von einer Reihe von Flüchen und Schimpftiraden. Ihre Finger tasteten zitternd nach dem Mobiltelefon. Ihre Handflächen schwitzten. Das Telefon glitt ihr aus den Händen wie flüssige Butter.

„Verdammt", keuchte sie leise und griff unter den Couchtisch, wo das Display ihres Handys aufleuchtete. Sie zog es unter der Kante des Teppichs hervor und drückte es an ihre Brust. Sie gab hastig den Code ein und suchte Beas Kontakt.

„Tom ist hier. Er bringt mich um. Bring dich in Sicherheit!", tippte sie in die Tastatur, so schnell es

ihre zitternden Finger zuließen. Nachdem sie die Nachricht gesendet hatt, schaltete sie das Mobiltelefon aus.

Als sie aufstand, schwankte der Boden. Eine Sekunde atmete sie tief ein. Sie hielt sich am Fauteuil fest, schloss kurz die Augen, und hastete weiter Richtung Bad. Ihr war bewusst, dass sie wertvolle Zeit verloren hatte. Alles was sie tun konnte, war, Bea zu warnen. Als sie die Türklinke umfasste, traf sie ein Schlag in die Kniekehlen. Sie knickte ein wie ein kaputter Strohhalm. Tom schleifte sie an den Haaren zurück ins Wohnzimmer. Ihre Kopfhaut brannte wie Feuer und sie kämpfte dagegen an, ihr Mittagessen auszukotzen. Hektisch blickte sie sich nach einem Gegenstand um, mit dem sie Tom außer Gefecht setzen oder ihn wenigstens ernsthaft verletzten konnte. Im Gang lehnten ihre Nordic Walking Stöcke. Als sie versuchte, sie zu greifen, fielen sie klappernd um.

„Denk nach", ermahnte sie sich selbst. „Du musst etwas tun."

„Was hast du vor?", fragte sie ihn, als ihre Optionen schwanden.

„Was denkst du?"

Er grinste bösartig. Im Wohnzimmer ließ er sie los. Sie rieb sich mit den Fingern über die geschundene Kopfhaut.

„Das wird nichts bringen", erwiderte sie und spürte das Adrenalin durch ihr Blut rauschen.

„Ach ja?"

Er schnalzte mit der Zunge.

„An deiner Stelle wäre ich mir nicht so sicher."

Eva biss sich auf die Unterlippe, bis sie Blut schmeckte.

„Bea", erwiderte sie.

Toms Kopf schoss herum.

„Bea?"

„Sie weiß Bescheid", erwiderte Eva. „Du kommst damit nicht durch. So oder so nicht."

Tom verpasste ihr einen Stoß und sie landete unsanft auf dem Hintern. Er hockte sich vor sie hin, sein Gesicht nur wenige Zentimeter von ihrem entfernt.

„Das habt ihr euch fein ausgedacht", presste er leise hervor.

Eva schwieg. Sie bedauerte, dass sie Bea da mit hineinzog, aber sie hatte keine Wahl. Es war ihr einziger Trumpf. Sie hoffte, dass Tom von ihr abließ, wenn er merkte, dass er keinen Ausweg hatte.

„Sie ist Journalistin, Tom. Was denkst du, was sie vorhat?"

„Ihr haltet euch wohl für besonders schlau, was?"

Er richtete sich auf, lief ein paar Schritte auf und ab, fuhr sich mit der Hand durchs Haar. Auf seiner Stirn tanzten Schweißtropfen, obwohl es im Haus kühl war. Eva beobachtete jede seiner Bewegungen. Was würde er tun? Flüchten? Ihr wehtun? Sie töten? Ihre Zunge klebte pelzig am Gaumen und erinnerte sie an das Gefühl in ihrem Mund, als ihr Weisheitszahn vor einigen Jahren entfernt wurde. Von dem Gedanken wurde ihr übel. Tom tigerte weiterhin auf und ab.

Plötzlich blieb er stehen, holte etwas aus seinem Jackett und betrachtete es eingehend. Eva brauchte einen Moment, um zu erkennen, worum es sich handelte. Eine Injektion. Ihr Magen schrumpfte auf die Größe einer Murmel zusammen und ihr Herz blähte sich auf, als würde es explodieren. Sie wollte etwas sagen, ihn daran hindern, kämpfen. Sie hob den Kopf. Er nickte, hielt die Spritze in die Höhe, bis ein paar Tropfen der durchsichtigen Flüssigkeit heraussickerten. Er umfasste ihr Kinn und zwang sie, ihn anzusehen.

„Du bist selbst Schuld, weißt du?"

Er tätschelte ihre Wange.

„Wieso hast du dich nicht einfach ruhig verhalten? Niemandem wäre etwas passiert. Wir hätten alle weitergelebt, als wäre nichts geschehen."

Er schob den Ärmel ihrer Bluse hoch und suchte nach einer passenden Stelle.

„Jetzt sterben Menschen. Du bist nur der Anfang, meine Liebe!"

Auf seinem Gesicht lag ein gehässiger Ausdruck. Eva konnte nicht glauben, dass sie nie gesehen hatte, was für ein Monster Tom war.

Mit letzter Kraft holte Eva aus und schlug Tom mit der Faust in die Magengrube. Er lächelte kalt und knallte ihr die Knöchel seiner Hand ins Gesicht. Etwas brach, wie sie verwundert bemerkte. Bevor sie sich erholte, injizierte er ihr die Substanz in den Arm. Es fühlte sich an, als hätte sich ein Elefant auf sie gelegt. Ihr Körper war schwer und leicht zugleich. Fast wie

betrunken. Sie glaubte, weit weg von ihrem Körper zu sein. Sie öffnete die Augen und das Licht war ungewöhnlich hell. Alles war verschwommen. Sie fühlte nichts. Das Monster kauerte in ihrer Nähe und beobachtete sie. Die Drogen fluteten ihren Körper. Lena lächelte ihr von der Decke entgegen. Ihr Gesicht leuchtete. Eva versuchte, eine Hand zu heben, um Lena zu berühren, aber ihr Arm war so furchtbar schwer. Das Monster sagte etwas. Sie wünschte, es würde den Mund halten. Er durfte diesen Augenblick mit ihrer Tochter nicht kaputtmachen. Er hatte schon so vieles kaputtgemacht.

„Es ist nicht schlimm, Mama!", versicherte Lena und lächelte.

Evas Lippen bewegten sich. Es war mehr wie ein Zucken. Ihre Lider wurden schwer. Sie musste wach bleiben. Lena betrachten. Ihre wunderschöne Tochter. Sie streckte ihre Hand nach ihr aus. Sie würde bei ihr sein. Alles war gut. Dann wurde sie von der Dunkelheit verschluckt.

5. April 2018 14:17

Tom stürmte aus dem Haus, wohl wissend, dass ihm wenig Zeit blieb. Er war sich bewusst, dass er eine DNA-Spur quer durch den Vorraum, den Gang und das Wohnzimmer hinterlassen hatte. Seine Nase blutete und tränkte den Ärmel seiner Jacke mit der roten Flüssigkeit. Die Polizei würde seine Fingerabdrücke ohnehin in jedem Raum des Hauses finden. Immerhin hatte er hier praktisch gelebt. Eva hatte sich gegen seinen Angriff gewehrt. Er war sicher, dass sich Hautspuren unter ihren Fingernägeln finden würden. Er musste es zu Ende bringen und untertauchen. Er würde Deans Hilfe brauchen. Als er in seinen Wagen stieg, warf er einen Blick in den Spiegel und zuckte zusammen. Die Nase war nicht nur gebrochen, sie wirkte schief, als säße sie nicht mehr am für sie vorgesehenen Platz. Er zog eine Packung Taschentücher aus dem Handschuhfach, zog eins heraus und spuckte darauf, um das Blut rund um Mund und Nase wegzuwischen. Am Ende sah er aus wie ein gruseliger Clown, der dringend ein Make-over benötigte. Er klappte den Spiegel hoch und warf das Taschentuch achtlos unter den Sitz. Er hatte jetzt keine Zeit für Eitelkeiten. Er musste etwas zu Ende bringen. Unterwegs wählte er Vias Nummer. Ihr Telefon läutete sechsmal, bevor sich die Mailbox einschal-

tete. Dean hingegen hob nach dem zweiten Klingeln ab.

„Hör zu, Tom, die Bullen sind hinter dir her", begrüßte Dean ihn. „Was ist da los?"

Er klang, als hielte ihm jemand eine Pistole an die Schläfe.

„Ich hab jetzt keine Zeit, dir alles zu erklären. Ich werde eine Weile verschwinden. Hast du noch das Ferienhaus am Gardasee?"

Dean seufzte.

„Hey, Mann. Ich will keinen Ärger. Mein Geschäft hängt davon ab, dass ich sauber bin."

„Schon klar", erwiderte Tom. „Ich bleibe nicht lange. Versprochen! Ich lasse den Firmenwagen in Salzburg stehen und nehme mir einen Leihwagen."

Dean atmete hörbar aus.

„Sag mir nur eins", keuchte er leise. „Du hast doch nichts mit Kindern am Laufen, oder?"

Tom umklammerte das Mobiltelefon, bis seine Knöchel weiß wie Marmor hervortraten. Dann legte er auf.

Als er in die vertraute Allee einbog, stand das Eingangstor offen und Erikas Mini parkte vor dem Haus. Tom stellte den Firmenwagen am Ende der Straße hinter einem Lieferwagen ab, sodass die Sicht auf seinen Wagen vollständig verdeckt war, und lief den Weg zur Einfahrt hinauf. Dort schwang er sich über den Zaun und landete fast geräuschlos auf der anderen Seite auf dem Rasen. Der Geruch von frisch gemähtem Gras erfüllte die Luft und ein paar Amseln

zwitscherten vergnügt auf der Wäschespinne. Tom hastete die Stufen zur Haustür empor und steckte vorsichtig seinen Schlüssel ins Schloss.

„Verdammte Schlampe!", entfuhr es ihm, als er bemerkte, dass Bea das Schloss getauscht hatte. Er umkreiste das Haus auf der Suche nach einem geöffneten Fenster. Vergeblich. Seine Nase fühlte sich an wie ein Stück rohes Fleisch, das auf offener Flamme gebraten wird. Der Schmerz trieb ihm ein paar Tränen in die Augen. Er blinzelte sie weg und tastete sich an der Fassade entlang, auf der Suche nach einem möglichen Schlupfloch. In der Küche erspähte er Erika, die Gemüse schnippelte. Vielleicht konnte er über den Keller ins Haus gelangen? Bevor er das Kellerfenster erreichte, bemerkte er, dass die Balkontür, die vom Wohnzimmer in den Garten führte, nicht verschlossen war. Der Griff der Klinke lag quer. Wie oft hatte er Bea geschimpft, weil sie immer wieder vergaß, die Tür ordentlich abzuschließen. Auf der Couch lag Emily. Ihre Brust hob und senkte sich regelmäßig, ihre Augen waren geschlossen.

„Danke, Bea", flüsterte er, während er die Tür leise aufdrückte und im Inneren des Hauses verschwand. Er warf einen Blick auf die schlafende Emily und unterdrückte den Impuls, ihre Wange zu streicheln. Stattdessen schlich er durch den Gang in Beas Büro. Die Tür war geöffnet. Jetzt brauchte er nur zu warten, bis sich alle drei um den Esstisch versammelten.

***

Paul raste mit 160 Sachen über die Autobahn. Die Landschaft flog an ihm vorüber wie ein unscharfes Aquarell. Dennoch hatte er das Gefühl, nicht voranzukommen. Das Voralpenkreuz lag längst hinter ihm. Mit etwas Glück erreichte er Salzburg in einer guten halben Stunde. Er hoffte inständig, dass Bea zu Hause war, dass es irgendeinen Grund gab, warum sie ihre Handtasche zurücklassen musste. All seine Instinkte dämpften diese Hoffnung. Beas Handy piepste. Eine neue Mitteilung. Wider besseren Wissens öffnete er mit einer Hand die Nachricht und hielt das Mobiltelefon in Höhe der Windschutzscheibe, damit er beim Lesen den Verkehr im Blick behalten konnte.

Tom ist hier. Er bringt mich um. Bring dich in Sicherheit!

Paul starrte auf das Display, als würden die Worte dadurch verschwinden und blinzelte. Was zum Teufel?

Er wählte erneut die Nummer der Dienststelle.

„Florian? Schick sofort eine Streife zu Eva Müllers Haus. Seidenstraße 17. Beeil dich!"

„Ich brauche dich wohl nicht zu fragen ...", begann Florian.

„Flo, lass den Scheiß! Es geht um Leben und Tod, hörst du?"

„Schon gut, schon gut!"

„Und schicke ein paar Leute zu Bea Kleins Haus. Nur für alle Fälle."

„Verstanden! Wird erledigt!"

Paul legte auf. Ihm war schwindlig und sein Herz klopfte ihm bis zum Hals. Er hatte Panik. Er konnte Bea nicht verlieren. Er hatte schon Max verloren. Diese Familie hatte - weiß Gott – genug durchgemacht. Simon und Emily brauchten ihre Mutter. Er brauchte sie. Er schluckte. Wieso fuhr diese verfluchte Karre nicht schneller? Er trat das Gaspedal bis zum Boden durch. Die Tachonadel wanderte in Richtung 180 kmh. Paul fühlte sich wie in einer 30er-Zone, auch wenn er, objektiv betrachtet, an den anderen Fahrzeugen vorbeiraste. Die Gedanken zogen durch seinen Schädel wie Nebelfelder. Die Fotos an der Wand in Toms Haus tauchten vor seinem inneren Auge auf. Tom, seine Frau, der Sohn, der behindert war. Paul runzelte die Stirn. Da war etwas. Dessen war er sicher. Er versuchte, sich an jedes Detail des Bildes zu erinnern. Toms schmaler Mund, die Falten um Augen und Mund, die tiefen Furchen auf seiner Stirn, das graue Haar. Der Bub mit dem leicht schiefen Mund, dem Schielen und den verformten Händen. Die Frau mit der porzellanartigen Haut, dem rötlichen Haar, den vollen Lippen und den ausdrucksstarken Augen. Paul rief sich das Bild genau in Erinnerung. Es waren die Augen. Er merkte, dass er Mondsee hinter sich gelassen und Eugendorf fast erreicht hatte. Er atmete tief aus, als hätte er die ganze Zeit die Luft angehalten. Was hatte es mit diesen Augen auf sich? Er kratzte sich am Kinn. Die Bartstoppeln scheuerten über die Haut seiner Finger. Er kannte diese Augen. Kein Zwei-

fel. Woher? Er rutschte auf dem Fahrersitz hin und her. Er wünschte, er wäre endlich da. Er musste sich erinnern. Seine Finger trommelten auf das Lenkrad. Im Radio spielte: *In the Air Tonight*. Phil Collins. Ihr Lied. Es schmerzte ihn in der Brust. Die Erkenntnis krachte auf ihn herein, wie ein Meteorit, der beim Aufschlag einen riesigen Krater in den Erdboden riss. Die Erschütterung war so greifbar, dass er das Lenkrad fast verriss. Eine Welle der Panik erfasste ihn. Er hyperventilierte.

„Beruhige dich", sagte er sich innerlich.

Er atmete vier Sekunden lang ein und wieder aus, bis sich sein Atem normalisierte. Er konnte nicht fassen, dass er sie nicht früher erkannt hatte. Sie hatte sich verändert. Und dennoch: diese Augen, die zarten Gesichtszüge. Er kannte diese Frau. Mehr als das. Silvia. Via. Er hatte sie einmal geliebt.

April 2015

Via hatte sich gründlich auf diesen Moment vorbereitet. Sie hatte schon länger den Verdacht, dass Tom eine Affäre hatte. Das war in Ordnung, solange er stets zu ihr zurückkehrte. Doch es war mehr als Sex. Das war ihr klar geworden, als Tom eines Tages vergessen hatte, den PC in seinem Büro herunterzufahren. Sie hatte eine Datei entdeckt, in der alle Mädchen aufgelistet waren, an denen er sich vergangen hatte. Via wollte keine Details kennen. Sie hatte Tom versprochen, seine Neigung für minderjährige Mädchen zu akzeptieren. Dann stieß sie auf einen Ordner mit dem Titel Bea und Emily Klein. Via begriff schnell, dass Tom eine Beziehung zu Bea anstrebte, um uneingeschränkten Zugang zu deren Tochter Emily zu haben. Dennoch spürte sie, dass Tom damit eine Grenze überschritten hatte. Zwar war sie sicher, dass er Bea nicht liebte, aber seine Zuneigung zu Emily war echt. Er war geradezu besessen von dem Mädchen. Sie musste einen Weg finden, Bea loszuwerden. Wochenlang recherchierte sie, suchte Informationen über Bea und ihre Familie, folgte ihr. Es war wichtig, ihre Gewohnheiten zu kennen, ihre Vorlieben, ihre Schwächen. Sie wusste, dass Bea gerne Journalistin wäre, aber nur Kolumnen für ein Schmierblatt verfasste und ständig mit ihrem Chef aneinandergeriet, dass Emily Ballett und Justin Bieber liebte und Simon Fast Food

und *Two And A Half Men*. Sie wusste, dass Bea immer dienstags im Fitnessstudio trainierte und gelegentlich am Freitag den Pilates-Kurs besuchte. Sie wusste, dass Max Polizeibeamter war, dass er im Schichtdienst arbeitete und seine Dienststelle am Bahnhof lag. Mehr als einmal war sie im Garten der Familie hinter dem Apfelbaum gestanden und hatte sie beobachtet: Beim Abendessen, wenn sie UNO spielten oder wenn Bea und Max sich im Schlafzimmer auszogen und sich liebten. Tom erzählte sie, dass sie wieder mehr arbeiten wollte. Sie hatte Pharmazie studiert und vor Felix´ Geburt viele Jahre in einer Apotheke in der Nähe ihres Hauses gearbeitet. Sie liebte ihren Beruf. Seit einem Jahr war sie wieder für dieselbe Apotheke tätig. Ihr Chef, Ingo Neumann, schätzte sie für ihre Genauigkeit und ihr Talent, Menschen zu dem einen oder anderen zusätzlichen Kauf zu überreden. Sie arbeitete an drei Vormittagen die Woche dort. Die meisten Apotheken kämpften ums Überleben, seit ein Großteil des Angebots online verfügbar war und die Menschen Medikamente bestellen konnten, ohne lästige Fragen beantworten zu müssen oder über mögliche Nebenwirkungen aufgeklärt zu werden. Tom hatte sie erzählt, dass sie an einigen Tagen ganztags arbeitete. Das gab ihr Freiraum für ihre Recherchen und ihre Fahrten nach Salzburg.

Sie fühlte sich wie eine Soldatin im Krieg. Tom und sie gehörten zusammen wie Pech und Schwefel, Gold und Silber, Bonnie und Clyde. Niemand würde das ändern. Dafür würde sie sorgen. Sie würde nicht

zulassen, dass eine andere Frau mit ihrer Familie ihren Platz einnahm. Die Pistole hatte sie im Darknet erstanden. Sie konnte nicht fassen, wie einfach man sich illegale Waren beschaffen konnte. Ware gegen Bares. Keine Fragen. Kein Waffenschein. Keine Identitätsprüfungen. Keine Schwierigkeiten. Sie lächelte bei dem Gedanken. Sie brauchte eine Waffe, die nirgends registriert war und die keine Hülsen als Beweis am Tatort hinterließ. Die Smith & Wesson war perfekt. Sie ließ den Revolver von einer Hand in die andere gleiten. Das Metall glänzte im Licht. Der Anblick jagte ihr einen Schauer über den Rücken, auf eine angenehme Art.

„Was für ein hübsches Ding", flüsterte sie, während sie die Waffe über ihre Brüste gleiten ließ. Es kribbelte zwischen ihren Beinen.

Felix nahm an einem Schulausflug teil. Die ganze Klasse war zum *Ars Electronica* gefahren und im Anschluss übernachtete ihr Sohn bei Benjamin, einem gleichaltrigen Schulkollegen mit Down-Syndrom. Die beiden verband seit der Volksschule eine innige Freundschaft. Benjamin war der Ruhigere, aber beharrlich und ausdauernd, wenn er sich etwas in den Kopf gesetzt hatte. Felix plapperte den ganzen Tag, hatte aber Mühe, eine Sache längere Zeit zu verfolgen. Tom arbeitete seit Wochen bis spät nachts. Schon klar! Für wie dumm hielt er sie?

Via schlüpfte in schwarze Jeans, einen grauen Rollkragenpullover und eine dunkle Sportjacke mit Kapuze. Zusätzlich band sie sich einen dicken Woll-

schal um, der ihr Gesicht größtenteils verbarg. Sie stopfte Geldbörse und Führerschein in das Innenfach des Blousons und den Revolver in die geräumige Außentasche. Die Handschuhe legte sie auf den Beifahrersitz, während der Motor des C3 aufheulte. Auf der Fahrt nach Salzburg erklang eine Playlist mit ihren Lieblingssongs, allen voran Hits aus den 80er-Jahren. Sie erreichte Salzburg kurz nach halb sieben, mitten im Abendverkehr. Sie fluchte. Beas Pilateskurs endete um sieben. Wenn sich der Stau nicht bald auflöste, schaffte sie es nicht rechtzeitig zum Fitnessstudio. Ihre Finger klammerten sich ans Lenkrad. Sie beobachtete Fußgänger, die ihr Auto überholten und ihr mitleidig zulächelten. Ihr Fuß schlief ein. Sie stellte den Gang in den Leerlauf und trat auf die Bremse. Das Fahrzeug vor ihr rollte zwei Meter weiter. Sie schrie frustriert auf.

„Das wird nichts", entschied sie und bog bei der nächsten Gelegenheit in eine Seitenstraße ab, um ihr Auto zu parken.

Zu Fuß kam sie schnell vorwärts. Sie lief den Gehweg bis zur Elisabethstraße entlang, der zum Bahnhof führte. Sie warf einen Blick auf die Uhr. 18:55 Uhr. Sie rannte. Zum Glück trug sie ihre Sneaker. Sie war eine ambitionierte Läuferin. Jeden Tag, wenn Felix von den Samaritern abgeholt und zur Schule gebracht wurde, schnürte sie die Laufschuhe und drehte ihre Runde. 10 Kilometer mindestens. Wenn sie lief, fühlte sie sich frei. Und sie war schnell. Trotzdem war ihr Mund jetzt trocken und unter dem dicken Schal

tropfte der Schweiß in ihren Nacken. 18:59 Uhr. Bis zum Fitnessstudio waren es mindestens noch fünf Minuten. Sie atmete tief ein und beschleunigte. Bea duschte nie im Fitnesscenter, wenn sie ihr Training beendete. Sie packte ihre Sachen und verschwand. Das bedeutete, Via blieben nur wenige Minuten. Via rannte. Ihr Atem umwölkte ihre Lippen in der kühlen Abendluft. Vor wenigen Tagen hatte es noch einmal geschneit. Als sie das Fitnesscenter erblickte, strömte gerade ein Schwung Menschen aus der automatischen Doppeltür. Sie hörte Lachen, Getuschel und das Klackern von Absätzen auf dem Asphalt. Sie war zu spät. 19:04 Uhr.

„So eine Scheiße!", stieß sie hervor und verlangsamte ihr Tempo.

Die rechte Hand umschloss den Griff der Smith & Wesson, während ihre linke Hand den Schweiß von der Stirn wischte.

Sie keuchte und blieb einen Moment stehen, bis sich ihr Atem beruhigte. Sie stemmte die Hände in die Hüften und überlegte, was zu tun war. Sie könnte Bea zu Hause abpassen, aber der Gedanke, dass ihre Kinder in die Schusslinie geraten könnten, verursachte ihr Übelkeit. Sie musste sie vorher erwischen. Am besten in einer wenig beleuchteten Seitenstraße, wo sie meistens ihr Auto abstellte, wenn sie im Studio trainierte. Sie schlenderte auf das Center zu und tat, als ob sie auf jemanden wartete. Erst jetzt fiel ihr in der Gruppe, die zuvor aus dem Gebäude marschiert war, eine Gestalt auf: groß, schlank, mit

langen Haaren und in Sportkleidung. Sie lächelte und folgte den Leuten in einigem Abstand. Als die Gruppe etwa 50 Meter vor ihr stehenblieb, holte sie ihr Mobiltelefon aus der Jacke und täuschte ein Telefonat vor, bis sich die Leute in Bewegung setzten. Vor dem Bahnhofsvorplatz zerstreute sich die Gruppe. Ein paar der Gestalten schlenderten in Richtung Bushaltestelle, in die gerade ein O-Bus der Linie 2 einfuhr, ein paar weitere steuerten auf eine McDonald-Filiale zu. Offenbar rechtfertigten ein paar verbrannte Kalorien die nächste Fast Food-Orgie. Via schnalzte mit der Zunge und schüttelte den Kopf. Die schlanke Frau mit den langen Haaren bewegte sich in einigem Abstand vor ihr. Jemand rief nach ihr. Sie drehte sich um, lächelte und lief auf die Person zu. Ihr Gesicht war ungeschminkt. Ein paar feuchte Haarsträhnen umrahmten ihr Kinn. Es war nicht Bea. Via biss sich auf die Unterlippe, um den Schrei zu unterdrücken, der aus ihr herausdrängte. Sie hockte sich in der Dunkelheit auf den Boden und atmete tief durch. Sie richtete sich im Schatten eines Kastanienbaums auf und blickte über den weitläufigen Platz. Einige Touristen hasteten mit Rucksäcken oder Trolleys auf das Bahnhofsgebäude zu. Im Schatten einer Hecke kauerten zwei Obdachlose, zwei leere Wodka-Flaschen zu ihren Füßen. Trotz des Alkoholverbots am Bahnhofsplatz gelang es der Polizei nicht, alle Trunkenbolde in Schach zu halten. Eine Mutter schob einen Kinderwagen über das Kopfsteinpflaster, während sie einen quengelnden Vierjährigen hinter sich her schleifte, der

offenbar keine Lust hatte, weiterzulaufen. Vias Finger legten sich um das kalte Metall der Waffe. Von Bea keine Spur. Sie hatte sie verloren. Sie fluchte leise. Alles umsonst. Sie drehte sich im Kreis, bis ihr schwindlig wurde. Mit einer Hand stützte sie sich am Baum ab, bis die Welt stehenblieb und sie wieder klar sah. Sie hörte Sirenen. Bemerkte Einsatzfahrzeuge, die vor dem Bahnhofsgebäude hielten. Sanitäter, die aus den Autos stürzten. Beamte, die aus der Polizeistation am Bahnhof strömten. Alle rannten sie auf die Eingangshalle zu. Der Platz vor dem Gebäude leerte sich in kürzester Zeit. Via bewegte sich im Schatten der Bäume auf den Aufruhr zu. Sie hatte keine Ahnung, was passiert war, aber offenbar war die Lage ernst. In einigem Abstand blieb sie stehen und beobachtete, wie die Einsatzkräfte über Megaphone Anweisungen riefen. Irgendjemand erwähnte eine Bombe. Via fühlte sich wie eine Statistin in einem Hollywoodstreifen. Menschen wurden über einen Seitenausgang evakuiert. Sie hielt sich im Hintergrund, drückte sich gegen eine Wand des Gebäudes und spähte durch die automatische Schiebetür ins Innere. Menschen liefen wie aufgescheuchtes Wild bei einem Waldbrand in eine Richtung. Manche schrien, andere weinten. Niemand beachtete sie. Sie musste ihre Pläne verschieben. Der Zufall hatte ihr die Entscheidung abgenommen. Sie wandte sich zum Gehen, als sie in einiger Entfernung eine Frau bemerkte, die sich schnellen Schrittes näherte. Sie trug einen dunklen Daunenmantel, eine Mütze und hohe Stiefel. Es

war Bea. Via schlich an der Wand entlang, bis sie im Dunkel eines Mauervorsprungs verschwand.

Bea rannte. Ihr Atem ging stoßweise und schmerzte ihre Lungen. Sie war im Fitnessstudio, als sie den Alarm gehört hatte. Sie hatte geduscht und sich frische Kleidung mitgenommen. Max hatte um sieben Dienstschluss. Sie wollte ihn mit einem Abendessen bei ihrem Lieblingsitaliener überraschen. Den Tisch hatte sie zwei Tage zuvor reserviert. Erika hatte sich bereit erklärt, die Kinder zu hüten. Max und sie hatten wenig Zeit füreinander und sie fand, dass Trüffel-Linguine und ein Glas Chianti genau das Richtige waren, um einen Paarabend einzuläuten. Beim Gedanken an das obligatorische Tiramisu zum Nachtisch lief ihr das Wasser im Mund zusammen. Jetzt wich jeglicher sinnliche Gedanke der Angst, dass etwas Schreckliches geschehen war. Das Training hatte ihre Beinmuskeln erschöpft. Trotzdem beschleunigte sie ihr Tempo. Der Platz war wie leer gefegt. Nur die blinkenden Fahrzeuge der Einsatzkräfte parkten zu beiden Seiten des Gebäudes. Sie hatte versucht, Max anzurufen, wollte sich vergewissern, dass er in Ordnung war. Die Mailbox meldete sich bei jedem Versuch. Sie hatte keine Lust, eine Nachricht zu hinterlassen. Stattdessen beschleunigte sie ihre Schritte zusehends, wobei sie mit den Armen balancierte, um nicht mit ihren hohen Absätzen auf dem glatten Untergrund auszurutschen. Ein Stiefel stieß gegen eine leere Bierflasche, die achtlos weggeworfen worden war und auf dem Kopfstein-

pflaster hin- und her rollte. Herrschte hier nicht striktes Alkoholverbot? Sie hob die Flasche hoch und warf sie in den Bereich des metallenen Müllbehälters, der mit „Glas" markiert war. Ein dumpfer Knall ertönte, als die Flasche am Boden des Behältnisses in tausend Stücke zerbarst. Sie zuckte zusammen. Der Wind trug das Stimmengewirr der Evakuierten über den Platz zu ihr hinüber, durchbrochen von Anweisungen der Exekutive, die mit einem Megaphon durch die Luft hallten. Bea hob den Kopf. Auf der linken Seite des langgezogenen Bahnhofsgebäudes bemerkte sie einen Schatten. Sie kniff die Augen zusammen und blieb stehen. Es waren zwei. Sie verließen die Polizeistation. In Uniform. Bea hielt den Atem an und starrte in die Dunkelheit. Die Beleuchtung war schwach. Zwei der Straßenlaternen waren ausgebrannt. Niemand hatte sich die Mühe gemacht, sie zu erneuern. Die Neonröhren entlang des Bahnhofsgebäudes flackerten an manchen Stellen und erschwerten es ihr, etwas zu erkennen. Kannte sie die Polizisten? Sie schlenderte ein paar Schritte auf die beiden zu. Es trennten sie mindestens 100 Meter. Plötzlich änderten die beiden die Richtung und steuerten auf den Vorplatz zu. Bea lächelte und hob die Hand. Erleichterung durchströmte sie wie eine sanfte Woge. Dann ging alles ganz schnell.

Via verstärkte den Griff um die Smith & Wesson und zog die Waffe aus der Außentasche ihrer Jacke. Ihre Handfläche war trotz der Kälte schweißnass. Sie blieb im Schatten der Mauer und beobachtete Bea, die

stehengeblieben war und jemandem winkte. Sie bemerkte die beiden Polizisten, die sich auf Bea zubewegten. Der Zufall spielte ihr in die Hände. Wie schnell sich das Blatt wenden konnte! Ihr blieb keine Zeit. Wenn sie ihre Nebenbuhlerin beseitigen und ihre Ehe retten wollte, dann jetzt! Sie löste sich aus der Dunkelheit und hob die Waffe. Bea bemerkte sie nicht. Sie lächelte. Ihre ganze Aufmerksamkeit richtete sich auf die beiden Uniformierten. Via nutzte den Moment, um auf Bea zu zielen. Sie entsicherte die Waffe. Die Polizisten schrien etwas. Bea brauchte einen Augenblick, um zu begreifen, dann drehte sie sich um und erstarrte. Der Lauf einer Waffe war direkt auf sie gerichtet. Ihre Augen weiteten sich. Sie schrie nicht, aber ihre Lippen zitterten.

Jemand brüllte. Es war einer der Polizisten. Beide rannten. Im selben Moment krachte ein Schuss. Der Rückstoß überraschte Via. Bea war zu Boden gesunken. Der Schuss war daneben gegangen. Via fluchte. Die Uniformierten näherten sich. Einer der beiden richtete eine Waffe auf sie, brüllte etwas, das sie nicht verstand. Sie wirbelte herum. Der Schwindel erfasste sie erneut. Sie versuchte, ihn abzuschütteln. Das Blut rauschte in ihren Ohren. Sie musste handeln. Felix brauchte sie. Und sie brauchte Tom. Ihr Körper schien weit von ihr entfernt zu sein. Ihr Kopf schien keine Verbindung zu ihren Händen zu finden. Was sollte sie tun? Sie schloss die Augen. Toms Gesicht erschien vor ihr.

„Ich liebe dich!", flüsterte er und sie spürte seine Berührung an ihrer Wange.

„Nicht so sehr wie ich!", erwiderte sie.

Im selben Augenblick krachte es. Der Schuss traf den größeren der beiden Beamten in die Brust, der sich vor Bea geworfen hatte. Via bemerkte erstaunt, dass sie erneut abgedrückt hatte. Bea heulte auf. Sie kroch über die Pflastersteine. Via starrte auf die Frau, die am Boden kniete und schrie. Mit einem Mal erfasste sie die Situation im Bruchteil einer Sekunde. Der verletzte Polizist lag auf dem Bahnhofsvorplatz. Unter ihm bildete sich eine schwarze Lache, die sich sekündlich vergrößerte. Der andere Beamte stürzte zu seinem Partner, murmelte etwas in sein Funkgerät und drehte sich mit seiner Glock nach Via um. Er blickte zu ihr auf, presste seinen Finger auf den Abzug, zielte. Ihre Blicke trafen sich. In diesem Moment erkannte sie ihn. Würde er sie erschießen? Sie wog ihre Möglichkeiten ab: Sich ergeben? *Niemals!* Schießen? Sie wäre tot, bevor sie ihn ins Visier nehmen konnte. Es blieb nur ein Ausweg. Ihr Herz hämmerte gegen die Rippen, als sie los sprintete. Sie musste es riskieren. Für Felix. Für Tom.

„Halt! Stehenbleiben!"

Sie erwartete einen Schuss, wappnete sich für einen unsäglichen Schmerz, doch nichts geschah. Ihre Füße berührten kaum den Boden, als sie vom Bahnhofsvorplatz in Richtung Norden rannte. Sie hörte Schritte auf dem Asphalt, die ihr folgten, und betete, dass es ihr gelingen möge, ihn abzuhängen. Ihre Lungenflügel

blähten sich auf und jeder Atemzug schmerzte, als sie die Unterführung passierte und die Kreuzung erreichte. Sie rannte in Richtung Autobahnauffahrt Nord. Ihre Füße flogen über den Asphalt. Sie drehte sich um, bemerkte eine Gestalt, die ihr mit gezogener Pistole nachhetzte, und entschied sich für den Weg, der Richtung Sam führte. Wenige Minuten später verschluckte die Dunkelheit sie und als sie in einen Graben neben der Ischler Bahn Trasse hechtete, waren die Schritte hinter ihr längst verebbt. Sie vermochte nicht zu sagen, wie viele Stunden sie dort lag, während der Schweiß auf ihrer Haut langsam trocknete und sie vor Kälte fröstelte. Sie starrte in den trüben Nachthimmel und fragte sich, wie das alles so schiefgehen konnte. Bea lebte. Sie hatte einen Polizisten verletzt. Zu allem Übel hatte Paul sie gesehen. Sie konnte nicht mit Bestimmtheit sagen, ob er sie erkannt hatte. Aber sie hielt es für möglich. Warum hatte er nicht geschossen? Anstatt ein Problem zu lösen, hatte sie nun ein weiteres: Paul.

5. April 2018 15:32

Als der Wagen in eine Kurve fuhr, krachte Beas Schädel gegen die Tür des Kofferraums. Der Schmerz durchzuckte sie wie ein Stromschlag. Nachdem das Auto über eine unwegsame Straße gerumpelt war, blieb es mit einem Mal stehen. Der Motor erstarb. Eine Tür wurde geöffnet. Bea hielt den Atem an. Sie wappnete sich für das, was geschehen würde. Erfolglos. Als sich der Deckel des Kofferraums hob, stach ihr das Tageslicht in die Augen wie tausend spitze Nadeln. Sie kniff sie zusammen und stöhnte. Vias verzerrtes Gesicht tauchte über ihr auf.

„Keine Mätzchen, verstanden?", brüllte sie und hielt ihr drohend den Elektroschocker vor das Gesicht.

Bea nickte langsam, während sie sich im Wagen aufsetzte. Via fesselte ihre Hände, bevor sie ihr half, die Beine über den Rand des Fahrzeugs zu schwingen. Beas Augen gewöhnten sich langsam an die Helligkeit. Ihr Schädel pochte. Sie sah sich um. Sie waren umgeben von Bäumen. Ein Wald. Was machten sie hier? Ihre Beine drohten nachzugeben, als sich ihr gesamtes Gewicht auf die Füße senkte. Das Blut floss aus ihrem Kopf in die Extremitäten, so dass ihr kurz schwarz vor Augen wurde.

„Wo sind wir?"

Via schubste sie und Bea stolperte ein paar Meter vom Fahrzeug weg.

„Vorwärts", zischte Via, die so dicht hinter Bea war, dass sie ihren Atem im Nacken fühlte.

„Was haben Sie vor?"

Beas Stimme war kaum mehr als ein Krächzen.

„Halt die Klappe! Wir sind gleich da", herrschte Via sie an und trieb sie tiefer in den Wald hinein. Hier war es dunkler. Nur wenig Licht gelangte durch das dichte Laubdach und zog lange Schatten auf dem erdigen Boden. Bea versuchte, sich zu orientieren. Wo war sie? Kannte sie diesen Ort? Ein Eichhörnchen huschte einen Baumstamm empor, während ein kühler Wind durch die Bäume raschelte. Sie fröstelte. Wenn sie nur ihre Mutter verständigen oder Paul erreichen könnte. Bea war sicher, dass Paul sie längst suchte, aber sie hatte keine Ahnung, wo sie war und ob er sie hier jemals finden würde. Nachdem sie einige Minuten durch den Wald gewandert waren, bemerkte Bea ein kleines Häuschen, das aus dem Gehölz ragte. So stellte sie sich das Hexenhaus im Märchen *Hänsel und Gretel* vor. Nur, dass die böse Hexe hinter ihr her stapfte und nicht vor hatte, sie zu mästen, sondern was? Sie zu töten? Bea blieb stehen und nahm die Szene in sich auf.

„Weitergehen!", brüllte Via hinter ihr und verpasste ihr einen Hieb in den Rücken, der ihr kurz den Atem raubte.

Gehorsam setzte sie einen Fuß vor den anderen. Ihre Augen huschten hin und her auf der Suche nach Orientierungspunkten, die ihr helfen konnten, falls es ihr gelang, zu flüchten. Via öffnete die Tür der kleinen

Hütte und bedeutete ihr, einzutreten. Die Luft roch abgestanden und erinnerte sie an den Dachboden ihrer Großmutter. Via stieß sie auf ein Bett. Die Federn der durchgelegenen Matratze bohrten sich in ihre Seite. An den Wänden hingen einige Geweihe. In einer Ecke lagen achtlos mehrere Jagdgewehre.

„Sie jagen?", fragte sie.

Vias Augen blitzten, als sie sich zu ihr umwandte.

„Das sind eine Menge Trophäen, die Sie angesammelt haben", fuhr Bea fort und deutete mit dem Kopf auf die Geweihe.

„Nein", entgegnete Via leise. „Ich jage nicht."

Bea schluckte. Tom war Jäger. Er hatte sie nie mitgenommen, ihr aber erzählt, dass er die Jagd liebte. Wieso wusste sie nichts von diesem Ort? Sie waren über zwei Jahre ein Paar gewesen. Was wusste sie überhaupt von diesem Mann?

„Hören Sie", begann Bea erneut. „Lassen Sie mich gehen. Ich will nur zu meiner Familie. Ich werde Sie nicht verraten. Sie brauchen mich nur loszubinden. Ich spaziere hier raus und ..."

Der Schlag kam so unerwartet, dass Beas Atem aussetzte. Via kauerte über ihr auf der Bettkante, in den Händen ein Holzscheit. Sie stopfte Bea ein Paar Socken in den Mund, das schmeckte, als hätte es monatelang in einer staubigen Schublade gelegen, was vermutlich der Fall war. Bea hustete und fühlte die Adern an ihrem Hals anschwellen.

„Ihr Gequatsche geht mir auf die Nerven", erklärte Via und lächelte grimmig.

Vias Gesichtsausdruck jagte Bea einen Schauer den Rücken hinunter.

„Sie ist verrückt", dachte Bea und versuchte, ihre Entführerin nicht aus den Augen zu lassen.

„Wo ist Felix?", fragte sie und versuchte, beiläufig zu klingen.

Via erstarrte und umklammerte das Stück Holz, das sie noch immer in Händen hielt.

„Er ist in Sicherheit", entgegnete sie und legte das Scheit zurück in den Brennkorb neben dem Kamin. „Meine Nachbarin kümmert sich um ihn, wenn ich zu tun habe."

„Ich habe auch Kinder", versuchte Bea, das Gespräch in Gang zu halten.

„Ich weiß."

„Dann wissen Sie, welche Sorgen ich mir..."

„Sie sollten ein wenig schlafen", unterbrach Via sie. „Bald ist es überstanden."

Damit verließ Via die Hütte und ließ Bea in dem muffigen Häuschen und der Stille zurück.

Während Tom in seinem Versteck wartete, leuchtete das Display seines Handys in der dunklen Kammer auf. Via hatte ihm eine Nachricht geschickt. Alles sei aus dem Ruder gelaufen. Bea bei ihnen zu Hause aufgetaucht. Sie sei mit ihr zur Hütte gefahren. Sie würde die Sache zu Ende bringen. Tom ballte die Fäuste.

„Verdammt", flüsterte er.

Wo war Felix? Er vermutete, dass Via ihn zu Kerstin geschickt hatte. Ihre Nachbarin hatte selbst einen

Sohn und kümmerte sich häufig um Felix, wenn Via arbeitete oder etwas zu erledigen hatte. Wenn Via und er fliehen wollten, mussten sie ihren Sohn zurücklassen. Tom erschrak über das Gefühl, das ihn überschwemmte: Erleichterung.

Tom kontrollierte alle paar Minuten die Uhrzeit. Simon müsste längst zuhause sein. Warum brauchte er so lange? Das Adrenalin rauschte durch sein Blut. Er konnte nicht länger warten. Er wusste, was zu tun war. Es war der einzig mögliche Ausweg. Tom tastete nach dem Messer in seiner Hosentasche und ließ die Klinge aufklappen. Als er den Gang betrat, hörte er Erikas und Emilys Stimmen in der Küche, das Klappern von Besteck und die geübte Stimme eines Nachrichtensprechers aus dem Radio. Er presste sich an der Wand entlang, bis er den Raum überblicken konnte. Emily saß mit dem Rücken zu ihm, Erika zu ihrer linken Seite. Obwohl sie dicke Brillengläser trug und über siebzig war, bemerkte sie den Schatten in ihrem Augenwinkel sofort. Als sie Tom entdeckte, fiel der Löffel aus ihrer Hand und landete scheppernd in der Suppe. Ein Teil der heißen Flüssigkeit ergoss sich auf den Tisch. Emily wandte den Kopf und erstarrte. Alle Farbe wich aus ihrem Gesicht.

„Was zum Teufel machst du hier?", schrie Erika ihn an.

Tom grinste und entblößte zwei Reihen kleiner Zähne, die an ein Vorschulkind erinnerten.

„Ich besuche euch", erwiderte er und lehnte sich lässig an die Anrichte.

„Du bist hier nicht willkommen", gab Erika zurück und stand so hastig auf, dass der Stuhl nach hinten kippte.

„Und? Was willst du dagegen tun?"

Erika machte zwei Schritte auf ihn zu. Emily sprang ebenfalls auf und hielt ihre Großmutter am Ärmel fest.

„Mimi, nicht!"

Ein Blick in das entsetzte Gesicht ihrer Enkelin ließ sie innehalten. Tom lächelte Emily an und strich ihr übers Haar.

„Braves Mädchen!"

„Was tust du hier?", fragte Emily und versuchte, das Zittern in ihrer Stimme zu verbergen. „Mama wird ausflippen, wenn sie dich sieht!"

„Tja, weißt du ...", begann Tom und kam ihrem Gesicht dabei so nahe, dass sie den Knoblauch in seinem Atem roch.

„Dazu wird sie wohl keine Gelegenheit haben."

Emilys Augen weiteten sich.

„Was hast du mit ihr gemacht? Wo ist Mama?"

Tom lachte. „Reg dich nicht auf, Kleines! Wo ist Simon?"

Erika öffnete den Mund, doch Emily kam ihr zuvor.

„Er ist auf Sportwoche mit seiner Klasse."

Tom schnalzte mit der Zunge.

„Zu dumm. Dann wird er die Party wohl als einziger verpassen."

Emily warf ihrer Großmutter einen ängstlichen Blick zu.

„Los! Zieht euch an. Wir fahren."

Emily zögerte.

„Wohin?"

„Sagen wir zu einer Art Familien-Vereinigung."

Erikas Hände zitterten, als sie in den Vorraum trat, um ihre Schuhe anzuziehen.

„Wo ist Bea?"

Sie hielt Toms Blick stand, als er sich ihr bis auf wenige Zentimeter näherte.

„Wir fahren jetzt zu ihr. Zufrieden?"

Als Tom ihr den Rücken zuwandte, stürzte Erika sich auf ihn. Sie krallte ihre Fingernägel in seine Wange und spürte, wie sich die weiche Hautpartie seines Gesichts an einer Stelle ablöste. Tom schrie.

„Du blöde Schlampe!"

In einer halben Drehung baute er sich vor Erika auf und rammte ihr das Messer, das er in seiner Hand hielt, in den Bauch. Erika sank zusammen wie eine Hüpfburg, aus der die Luft gelassen wurde. Emily heulte auf.

„Was hast du getan? Ruf die Rettung!"

Tom zog Erika auf die Füße.

„Das könnte euch so passen!", zischte er und wies Emily an, Mullbinden und Verbandszeug aus dem Gästebad zu holen. Die Wunde war direkt unter ihrem linken Rippenbogen und blutete stark. Emily brauchte fast alle Mullbinden und jede Menge Heftpflaster, um die Blutung einzudämmen.

„Beeil dich!", herrschte Tom sie an. „Wir müssen los!"

„Oma braucht einen Arzt. Wir können so nicht fahren!"

Tom schubste Emily in Richtung Haustür.

„Doch! Stell dich nicht so an. Ist bloß ein Kratzer."

Erika wimmerte leise, als sie in ihren Mantel schlüpfte.

„Sag uns wenigstens, wo du uns hinbringst!", forderte Emily ihn auf und stellte sich breitbeinig vor die Tür.

Tom war versucht, sie zu ohrfeigen, entschloss sich aber, seine Energie zu sparen.

„Zu meiner Hütte. Sehr lauschiges Plätzchen. Mitten im Wald. Wird dir gefallen."

„Du hast eine Hütte?"

Tom nickte. „Warst du schon mal in Werfenweng?"

Damit stieß er die Tür auf.

„Wenn du dich nicht benimmst, Kleines", ergänzte er mit Blick auf Emily, „werden wir deine Oma unterwegs entsorgen."

Das Mädchen starrte ihn aus weit aufgerissenen Augen an.

„Haben wir uns verstanden?"

Sie nickte, legte ihren Arm um ihre Oma und begleitete sie die Stufen zur Einfahrt hinunter, wo Toms Wagen parkte. Ein akustisches Signal kündigte eine Nachricht an. Tom warf einen Blick auf sein Mobiltelefon und lächelte.

Paul erreichte Beas Haus um kurz nach vier. Die Haustür war nicht versperrt. Er zog seine Glock aus

dem Halfter und stieß die Tür auf. Er vergewisserte sich rasch, dass niemand im Vorhaus lauerte und schlich weiter zur Küche. Auf dem Weg dorthin bemerkte er eine kleine Blutlache auf dem Teppich. Seine Kiefer spannten sich an, genau wie seine Hand an der Waffe. Das ganze Haus lag still und dunkel vor ihm. Er inspizierte sämtliche Räume im Erdgeschoss. Vergebens. In der Küche standen zwei halb gefüllte Teller mit Gemüsesuppe. Ein Teil des Essens bedeckte den Tisch, ein Stuhl war umgestoßen worden. Tom oder Via waren hier gewesen. Jemand hatte Erika und Emily beim Essen überrascht. Paul schlich die Treppe ins Obergeschoß hinauf. Ein Geräusch ließ ihn aufhorchen. Er hielt am Treppenabsatz inne und versuchte nicht zu atmen. Was war das? Er spitzte die Ohren. Ein Schniefen. Leise. Kaum hörbar. Jemand weinte.

„Wer ist da?", rief er und umklammerte seine Pistole fester.

Das Schluchzen wurde lauter.

„Emily?"

Sein Herzschlag hallte in seinen Ohren wider.

„Paul?", erwiderte eine kindliche Stimme.

„Ja. Simon? Bist du das?"

Füße trappelten über den Parkettboden. Simon erreichte Paul und schlang die Ärmchen um seine Mitte. Der kleine Mann zitterte vom Haaransatz bis zu den Zehenspitzen. Paul hob ihn hoch und Simon schmiegte sein tränenverschmiertes Gesicht an seinen Hals.

„Sshhh. Schon gut, mein Kleiner! Ich bin jetzt hier. Was ist passiert?"

„Der Schattenmann. Er war hier", stieß der Bub hervor. „Er hat Oma mitgenommen. Und Emily!"

Seine Stimme klang abgehackt wie bei einem Schluckauf. Die Augen liefen über vor Tränen.

„Wer hat die beiden mitgenommen, Simon?"

„Der Schattenmann. Der böse Mann aus meinen Träumen."

„Hast du ihn gesehen?"

Simon nickte.

„Wie hat er ausgesehen?"

Simon dachte angestrengt nach. „Groß. Graue Haare. Alt."

„So alt wie deine Oma?"

Simon schüttelte den Kopf. „Nein, aber älter als du."

„Kennst du den Mann?"

Simon überlegte. „Ich bin nicht sicher."

„Lass dir Zeit. Erinnert er dich an jemanden?"

Langsam nickte er.

„Wer war es?"

„Tom", flüsterte der Bub mit tränenerstickter Stimme.

„Es war Tom."

Paul lief die Treppe ins Erdgeschoß hinunter und rief seinen Kollegen Florian an. Der war bei Eva Müllers Haus, schickte aber sofort eine Streife zu Bea Kleins Adresse.

„Worüber haben sie geredet?", fragte Paul, nachdem Simon sich ein wenig beruhigt hatte.

Er zuckte die Achseln.

„Über Mama. Sie wollten zu Mama fahren."

„Hat Tom gesagt, wo sie ist?"

Simon schüttelte den Kopf.

„Bist du sicher?"

Simon zögerte.

„Er hat etwas von einer Hütte gesagt."

„Wer? Tom?"

Simon nickte.

„Das hast du toll gemacht, Kleiner."

Paul klopfte ihm anerkennend auf die Schulter und wählte erneut die Nummer seiner Dienststelle.

„Ich muss sofort wissen, ob Tom Hartmann irgendwo ein kleines Häuschen oder eine Hütte besitzt. Vielleicht hat er sie auch gemietet."

Er trommelte mit den Fingern auf den Küchentisch.

„Bis wann?", entgegnete die Stimme am anderen Ende der Leitung.

„Am besten gestern. So schnell wie möglich!"

Der Kollege schnaufte.

„Ist das ein Problem?", herrschte Paul ihn an.

„Nein", erwiderte er leise. „Das nicht."

Paul stutzte.

„Sondern?"

„Es geht um Eva Müller. Florian hat eben angerufen. Sie ist tot."

Paul presste die Faust vor den Mund. Der Gedanke was Tom Bea und ihrer Familie antun könnte, ließ ihn in Schweiß ausbrechen.

„Ich brauche eine Fahndung für beide Fahrzeuge, das von Tom Hartmann und seiner Frau Silvia. Es ist möglich, dass sie mit einem Leihwagen unterwegs sind, aber ich bezweifle, dass sie genug Zeit hatten, einen aufzutreiben."

„Ich kümmere mich darum. Sonst noch was?"

Paul schloss die Augen.

„Ja. Kannst du jemanden organisieren, der sich um Beas kleinen Buben kümmert? Ich bringe ihn zur Dienststelle", erklärte Paul.

„Klar, kein Problem", erwiderte sein Kollege.

Minuten später erreichte er mit Simon die Dienststelle, wo Tanja Bartel, eine Polizeischülerin, den Buben empfing und ihn in einen Raum führte, wo Puzzles, Malsachen und Lego vorbereitet worden waren. Simon hatte erst protestiert, dann aber eingesehen, dass Paul Mama, Mimi und Emily suchen musste.

„Was haben wir?", fragte Paul, als er den Besprechungsraum betrat.

„Nicht viel, um ehrlich zu sein", entgegnete Norbert Brand, ein langjähriger Kollege, mit dem Paul vor Jahren die Polizeischule besucht hatte. „Wir fahnden nach den beiden Kennzeichen. Bislang ohne Erfolg."

„Scheiße!", entfuhr es Paul.

„Was ist mit der Hütte?"

„Ich bin auf Rückruf beim Grundbuchamt. Leider wissen wir nicht sicher, ob es sich um eine Immobilie in Salzburg handelt."

Paul kratzte sich am Kopf. „Uns läuft die Zeit davon."

Norbert klopfte ihm auf die Schulter.

„Ich weiß, aber wenn du die Nerven wegschmeißt, hilft das niemandem."

Paul seufzte, setzte sich an seinen PC und ließ Tom Hartmann erneut durch die Datenbank laufen. Vielleicht hatte er etwas übersehen. Dabei entdeckte er, dass Tom einen Jagdschein besaß und passionierter Jäger war. Naheliegend, dass er eine Hütte gekauft hatte, die ihm sein Hobby erleichterte. Nur wo?

Tanja steckte den Kopf zur Tür herein.

„Paul?"

„Hmmm?", brummte er gedankenverloren.

„Der Bub ..."

„Simon ...", korrigierte er sie.

„Richtig. Simon. Er sagt, er hätte gehört, wo die Hütte ist."

Paul stutzte und sprang auf. Er folgte Tanja in den Raum, der von Malstiften und Legosteinen übersät war, und kniete sich vor Simon hin.

„Du weißt, wo Toms Hütte ist?"

Der Bub zögerte.

„Tom hat es erwähnt, als er Oma und Emily mitgenommen hat."

„Was hat er gesagt?"

„Wegwerfen."

„Sie sollen etwas wegwerfen?"

Paul runzelte die Stirn.

„Nein. Er hat gesagt, die Hütte ist in Wegwerfen."

Paul rieb sich die Schläfen. Er hatte jetzt keine Zeit zum Rätselraten. Was immer Simon gehört hatte, es hatte nichts mit dem Aufenthaltsort von Erika und Emily zu tun. Müde lächelte er Simon an und stand auf.

„Paul?"

Tanja baute sich vor ihm auf und erinnerte ihn an eine Streberin, der Ich-weiß-was aus sämtlichen Poren triefte.

„Was ist?"

Tanja starrte ein wenig beleidigt auf ihre tiefrot lackierten Fingernägel.

„Wenn du meine Hilfe nicht willst ..."

Paul verdrehte die Augen und steuerte auf die Tür zu.

„Ich meine ja nur", setzte sie erneut an. „Ich denke, ich weiß, was Simon gehört hat."

Paul drehte sich an der Tür um.

„Spuck´s aus!"

„Werfenweng", entgegnete sie gedehnt. „Die Hütte ist in Werfenweng. Darauf verwette ich ..."

Paul ballte die Hand zur Faust und hastete in den Besprechungsraum.

„Gern geschehen", erwiderte Tanja, die allein mit Simon zurückblieb.

„Ruf das Grundbuchamt noch einmal an und frage dieses Mal nach einer Hütte in Werfenweng, die einem Tom Hartmann gehört", wies er Norbert an.

Der Kollege griff nach dem Telefonhörer und wählte eine Nummer.

„Und lass das Handy von Tom und seiner Frau orten. Die Nummern stehen in der Akte."

„Was machst du?", fragte Norbert, während er wartete, dass jemand abhob.

„Eine Hütte suchen. Ruf mich an, wenn du Neuigkeiten hast!"

Damit stürmte Paul aus dem Büro und schwang sich in den 3er BMW, den Zivilwagen, der direkt vor der Dienststelle parkte. Jetzt konnte er nur hoffen, dass er sie fand, bevor es zu spät war.

***

Tom hatte Erika neben sich auf den Beifahrersitz gesetzt, um sicherzustellen, dass sie auf der Fahrt nicht mit ihrer Enkelin sprach. Die Frau wimmerte leise, ansonsten gab sie keinen Laut von sich. Emily hatte er mit einem groben Seil gefesselt und die Autotüren versperrt. Gelegentlich beobachtete er sie im Spiegel. Emily ignorierte seine Blicke und starrte angestrengt aus dem Fenster. Sie fuhren auf der Autobahn und passierten die Ausfahrt nach Kuchl. Sie tastete mit den verbundenen Händen nach ihrem Mobiltelefon, das in der Vordertasche ihrer Jeans steckte. Wenn es ihr nur gelänge, das Handy aus der Tasche zu schieben, dann könnte sie eine Nachricht an Paul schicken. Doch jedes Mal, wenn ihre klammen Finger die Spitze des Telefons berührten, rutschte es wieder weg. Am liebsten hätte sie geschrien, doch sie konnte sich nicht erlauben, Toms Aufmerksamkeit unnötig zu

erregen. Die vergeblichen Versuche gepaart mit der gespielten Gleichgültigkeit trieben ihr die Schweißperlen auf die Stirn. Zudem stöhnte Mimi auf dem Beifahrersitz. Emily war klar, dass sie eine große Menge Blut verloren hatte. Wenn sie nicht bald in ein Krankenhaus kam ... Emily wagte nicht, weiter zu denken. Sie musste Hilfe holen! Sie musste es schaffen. Als sie das Gefühl hatte, sich die Finger zu brechen, gelang es ihr endlich, das Handy aus der engen Tasche zu ziehen. Sie unterdrückte einen Freudenschrei.

„Was tust du da hinten?", wollte Tom wissen und beäugte sie misstrauisch im Spiegel.

„Nichts", erwiderte Emily. „Ich genieße die grandiose Aussicht."

Tom schnalzte missbilligend mit der Zunge, sagte aber nichts. Emily hoffte inständig, dass er nicht bemerkte, dass das Display kurz aufleuchtete. Sie starrte angestrengt nach draußen, während ihre Finger hastig über den Bildschirm flogen und eine Nachricht an Paul schickten. Danach löschte sie die gesendete Mitteilung und wartete.

***

Paul passierte soeben Puch, als das Vibrieren seines Mobiltelefons den Empfang einer Nachricht ankündigte. Er wies sein iPhone an, ihm die Mitteilung vorzulesen. Die metallische Stimme tat, wie ihr geheißen:

„Kannst du mein Handy orten? Emily."

Pauls Herzschlag beschleunigte. Er lenkte den BMW auf den Pannenstreifen und gab Emilys Nummer unter „iPhone suchen" ein. Die GPS-Daten brauchten eine Weile, um sich aufzubauen. Dann zeigte sich ein blinkender Punkt auf der Landkarte. Tom hatte nicht allzu viel Vorsprung. Sie fuhren offenbar in Werfen von der Autobahn ab.

„Jetzt hab ich dich!", murmelte Paul. Er forderte Verstärkung an und drückte seinen Fuß aufs Gaspedal.

***

Bea dämmerte vor sich hin. Ihr Kopf dröhnte und ihre Glieder fühlten sich an, als wäre sie wie ein Paket verschnürt worden. Ihre Zunge war eine überdimensionale Gummilasche, die zu groß für ihre Mundhöhle war. Das Sockenpaar, das Via ihr in den Mund gestopft hatte, reizte ihre Lungen. Sie versuchte, den Stoff mit ihrer Zunge zu bewegen, aber die war so trocken, dass sie am Gaumendach klebte wie Kaugummi auf einer Schuhsohle. Sie hustete. Wieder und wieder. Dabei geriet sie in Panik, weil sie kaum Luft bekam. Ihre Lungen brannten und ihr Kopf lief rot an. Ihre Augen schienen aus den Höhlen zu quellen.

„Bleib ruhig!", ermahnte sie sich selbst.

Die gereizten Atemwege wehrten sich mit aller Macht gegen die Staubpartikel in ihrem Mund. Der Husten wurde unerträglich. Bea richtete sich auf, sank aber aufgrund ihrer schmerzenden Glieder gleich

wieder auf das Bett zurück. Doch sie bemerkte, dass sich der Baumwollklumpen in ihrem Mund bewegte. Der Druck des Hustens schob das Sockenpaar in ihrem Mund nach vorne. Ihre Zunge löste sich mit einem leisen Plopp von ihrem Gaumen und erledigte den Rest. Die Socken fielen aus ihrem Mund und landeten weich auf dem schmutzigen Boden der Hütte. Trotz der Schmerzen rappelte Bea sich auf. Sie hielt eine Minute inne und atmete gegen die pochenden Blessuren auf ihrem Rücken an. Dann kam sie mit einem Ruck auf die Beine. Sie hüpfte zum Fenster und spähte nach draußen. Etwa 30 Meter vom Häuschen entfernt, schaufelte Via ein Loch in die Erde. Der Spaten blieb immer wieder in der festen Erde stecken, doch Via ließ sich nicht beirren und hackte mit dem Werkzeug in den halb gefrorenen Boden, bis sich ein weiterer Brocken löste. Was tat sie da? Die Erkenntnis traf Bea wie ein Stromschlag. Ein Grab. Via schaufelte ein Grab aus. Für sie. Bea presste die Lippen aufeinander und unterdrückte den Schrei, der sich nach draußen bahnte. Hektisch sah sie sich in der Hütte um. Sie entdeckte ein Fleischmesser auf der Küchenanrichte. Bea umklammerte den Griff mit den gefesselten Händen, ging in die Hocke und begann, die Fesseln an ihren Füßen zu bearbeiten. Sie hatte das Gefühl, dass das Seil aus hunderten von Fäden bestand, und sie nur gähnend langsam vorankam. Allmählich wurde das Seil dünner. Blut lief an der Schnur entlang. Sie schnitt sich immer wieder in den Handballen, weil sie das Messer nicht richtig halten

konnte. Sie spürte nichts. Als das Seil zu Boden fiel, warf sie einen Blick aus dem Fenster. Keine Spur von Via. Wo war sie? Bea suchte nach einem Versteck. Es gab keinen Ort, an dem sie sich hier in Sicherheit bringen konnte. Sie musste fliehen. Langsam öffnete sie die Tür. Das Scharnier quietschte. Bea fluchte innerlich. Ihr Blick huschte von links nach rechts. Wo war Via? Sie entschied sich, in die Richtung zu laufen, aus der sie gekommen waren. Der Weg würde sie aus dem Wald und zurück zur Straße führen. Sie hechtete hinter den ersten größeren Baum und rannte los. Es war schwieriger, das Gleichgewicht mit zusammengebundenen Händen zu halten. Sie taumelte gegen eine Fichte und brauchte einen Augenblick, um sich zu fangen. Sie hörte etwas. Ein Motorengeräusch. Es kam näher. Beas Herz schlug schneller. Als sie die Scheinwerfer des Wagens sah, nahm sie all ihren Mut zusammen und sprang in die Mitte des Waldweges.

„Hey!! Hilfe! Ich brauche Hilfe!"

Sie wedelte mit den gefesselten Händen vor ihrem Gesicht herum. Das Fahrzeug verlangsamte das Tempo und blieb stehen. Die Erleichterung spülte über sie hinweg, wie eine Welle über einen Sandstrand. Für einen Augenblick, einen sehr kurzen. Dann öffnete sich die Fahrertür und Tom stieg aus dem Wagen. Sein Grinsen erinnerte an ein Rudel Wölfe, das seine Beute umzingelt hatte. Beas Herz gefror.

„Na, wen haben wir denn da?"

Obwohl Bea wusste, dass sie keine Chance hatte, begann sie zu laufen. Ein Fuß vor den anderen. Hinter sich hörte sie Toms Lachen.

„Das würde ich schön bleiben lassen", rief er ihr nach.

„Du willst die Familien-Zusammenführung doch nicht verpassen, nicht wahr?"

Bea verlangsamte ihre Schritte und blieb stehen. Der Boden wankte unter ihren Füßen. Sie sank auf die Knie und weinte.

„So ist´s brav!"

Tom erreichte sie mit wenigen Schritten, packte sie an der Schulter und zerrte sie zum Wagen. Bea blickte in die Gesichter ihrer Tochter und ihrer Mutter. Für den Bruchteil einer Sekunde freute sie sich, die beiden zu sehen. Die Freude wich der Gewissheit, dass es das letzte Mal war, das sie die Gesichter der Menschen, die sie liebte, sehen würde. Sie würden hier sterben. Da war sie sicher.

***

Pauls Fuß lag schwer wie Blei auf dem Gaspedal, dennoch hatte er das Gefühl, kaum voranzukommen. Er hatte die Autobahn verlassen und folgte der Bundesstraße von der Ausfahrt Imlau Richtung Werfenweng. Das Handy lag auf dem Beifahrersitz. Der rot blinkende Punkt zeigte Emilys Position an. Er betete, dass Tom ihr Mobiltelefon nicht bemerkt hatte. Sein Telefon klingelte. Paul zuckte zusammen. „Wagner."

„Paul, hier ist Flo. Ich wollte dich kurz auf den letzten Stand bringen. Wir konnten weder Toms noch Silvia Hartmanns Mobiltelefon orten. Ich vermute, beide wurden ausgeschaltet."

„Was ist mit den Fahrzeugen?"

„Nichts", erwiderte Flo und klang betrübt. „Keines der beiden Autos wurde gesichtet, hat auf der Strecke nach Werfenweng getankt oder ist sonst irgendwie aufgefallen."

„Großartig!", erwiderte Paul frustriert. „Gibt es auch gute Nachrichten?"

„Ja! Wir haben herausgefunden, wo sich Tom Hartmanns Hütte befindet. Ich schicke dir die genauen Koordinaten auf dein Handy. Zwei Streifen sind auf dem Weg. Die Kollegen aus Bischofshofen müssten dich bald einholen. Sie haben eben einen Wagen losgeschickt."

„Gute Arbeit, Flo!", sagte Paul anerkennend.

„Die Hütte ist übrigens nicht mit dem Wagen erreichbar. Das letzte Stück muss man zu Fuß gehen."

Paul seufzte.

„Das wird mit den genauen Koordinaten schon gehen".

„Ich habe dir Hilfe organisiert. Der ehemalige Besitzer der Hütte, ein gewisser Herrmann Gschwentner, trifft dich am Ende des befahrbaren Weges. Er wird dich bis zur Hütte begleiten."

„Ich schulde dir was!"

„Bring Bea und ihre Familie einfach heil nach Hause."

„Das habe ich vor! Danke, Flo!"

Paul beendete das Gespräch und wartete, dass die Daten auf sein Handy geschickt wurden. Falls der Akku von Emilys Handy leer wurde oder Tom das Telefon entdeckte, brauchte er die Angaben. Er hatte die Bundesstraße mittlerweile verlassen und fuhr in Serpentinen einen Berg hinauf. Die Straße war zwar asphaltiert, aber kaum beleuchtet und es blieb ihm nichts anderes übrig, als sein Tempo zu drosseln. Zeit, die er nicht hatte. Die Bea und ihre Familie nicht hatten. Er hatte schon Max verloren. Er konnte Bea nicht verlieren. Da war noch etwas, das an ihm nagte, seit er sich mit diesem Fall beschäftigte, vor allem seit er Silvia, *Via*, wiedererkannt hatte. Etwas, das er mit Max´ Tod in Verbindung brachte. Ihre Augen. Max´ Augen, die erloschen. Die Verfolgungsjagd. Er hatte gezögert. Einen Moment zu lange gewartet, bis er dem Schützen nachgejagt war. Ein Augenblick, der dem Täter einen beträchtlichen Vorsprung verschafft hatte. Er hatte sich eingeredet, dass er nicht unmittelbar reagiert hatte, weil sein Partner, sein Freund im Begriff war, zu sterben. Bea war dort gewesen. Sie hatte die Rettung verständigt. Sie hatte Max in den Armen gehalten, bis er gestorben war. Er hätte ihn ihr überlassen können. Müssen. Er hätte schneller reagieren müssen. Schießen. Er hätte den Täter töten können. Die Täterin. Er hatte es nicht getan. Die Wahrheit tauchte durch sein Unterbewusstsein und schnappte gelegentlich an der Oberfläche Luft. Er wusste es. Er war nicht bereit, sich der Wahrheit zu

stellen. Noch nicht. Die Lichter eines Geländewagens blinkten ihn zweimal an. Von den Kollegen aus Bischofshofen keine Spur. Es war Hermann Gschwentner, der sich nicht lange mit Begrüßungen aufhielt, sondern trotz seines Übergewichts und seines Alters – er war über siebzig – durch den Wald lief wie ein junges Reh. Paul folgte ihm und bemerkte zwei weitere Fahrzeuge, die am Wegesrand parkten. Der Audi gehörte Tom Hartmann oder besser gesagt Dean Taric. Das andere Auto war auf Silvia zugelassen.

„Wie weit ist es?", fragte Paul, der die Zeit auf Beas Lebensuhr durch seine Finger rinnen fühlte, wie bei einer Sanduhr.

„Net so weit. Vielleicht zehn Minuten z´Fuaß", erwiderte der feiste Herr mit dem Trachtenhut.

„Wenn wir in der Nähe der Hütte sind, müssen Sie umkehren, verstehen Sie?"

Herr Gschwentner brummelte etwas in den Vollbart und setzte unbeirrt seinen Weg fort.

„Im Ernst", beschwor Paul ihn. „Dieser Mann ist gefährlich."

Hermann Gschwentner lachte.

„Des gonze Leb´n is g´fährlich!"

Paul schüttelte den Kopf, sagte aber nichts. Er würde dem Mann zu gegebener Zeit klarmachen, dass er den Rückweg antreten musste.

***

Bea stand vor der Grube und schaufelte. Als Tom sie zur Hütte zurückgebracht hatte, ohrfeigte Via sie. Bea zuckte nicht einmal. Sie sorgte sich um ihre Mutter. Erika hatte so viel Blut verloren, dass sie sich länger auf den Füßen halten konnte. Sie reagierte nicht auf Fragen, zuckte nur, wenn Bea sie sanft berührte. Jetzt lag sie auf der Erde und stöhnte. Der Boden war kalt. Ihr Gesicht glänzte wie weißer Marmor.

„Sie braucht einen Arzt!", rief Bea verzweifelt.

Via stand mit einem Jagdgewehr in der Nähe der Hütte und zielte auf sie.

„Sie braucht gar nichts!", entgegnete Tom mit kalter Stimme.

Bea fröstelte. Er hatte sich hinter Emily gestellt und einen Arm um ihre Kehle gelegt. Eine falsche Bewegung wäre Emilys Todesurteil. Bea wischte sich den Schweiß von der Stirn. Das Erdreich in der Tiefe war wesentlich weicher und ließ sich leichter ausheben. Bea wunderte sich darüber. Erst als sie mit dem Spaten auf etwas stieß, wurde ihr klar, warum. Sie starrte in die Grube und kniff die Augen zusammen. Sie stocherte mit der Schaufel in der Erde und legte einen großen Teil des Gegenstands frei. Es war ein Schädelknochen. Nicht der eines Tieres. Bea zitterte. Sie hob ein Grab für sich und ihre Familie aus, in dem bereits andere Menschen begraben lagen. Der Boden schwankte. Instinktiv stemmte sie die Schaufel in die Erde und drückte sich mit ihrem Gewicht dagegen, bis der Schwindel nachließ. Sie starrte in die Grube. Ein Tränenschleier nahm ihr die

Sicht. Was konnte sie tun? Ihre Mutter lag schwer verletzt am Boden. Tom hatte ihre Tochter. Via zielte mit einem Gewehr auf sie. Sie schaufelte an einem Massengrab. Die Situation war so grotesk, dass sie den Kopf schüttelte. Das war also das Ende. Ihre Finger waren so klamm, dass sie den Spaten kaum halten konnte. Sie hörte es als Erste. Ein Knacken im Gehölz. Leise. Noch einmal. Ein Wildschwein? Bea vergewisserte sich, dass die anderen es nicht gehört hatten.

„Via, geh ins Haus und beseitige Beas Spuren. Wir müssen schnell los, wenn wir hier fertig sind."

Silvia zögerte.

„Was ist mit den beiden?"

Sie deutete mit dem Kopf auf Bea und Emily.

„Mit denen werde ich schon fertig!"

Toms wölfisches Lachen verzog sein Gesicht zu einer Fratze.

Via nickte, ließ die Waffe sinken und verschwand im Haus. Es knackte erneut im Unterholz. Tom hatte es offenbar gehört, denn er hob den Kopf, entdeckte aber nichts Ungewöhnliches. Paul kauerte hinter einer Lärche und wartete, bis Tom den Kopf senkte. Dann warf er einen Stein etwa fünf Meter links von Tom hin, um ihn abzulenken. Tom runzelte die Stirn, zerrte Emily mit sich und untersuchte die Stelle, an der der Stein gelandet war. Seine Augen scannten die Umgebung. Nichts. Beas Augen huschten hin und her. Sie entdeckte Paul mit der Glock im Anschlag, der sich gegen einen dicken Baumstamm drückte. Er zielte auf

Tom, konnte aber nicht schießen, ohne dass Emily in die Schusslinie geriet. Tom folgte Beas Blick und begriff, dass man sein Versteck entdeckt hatte. Er zog ein Jagdmesser aus seiner Hosentasche und hielt es Emily an die Kehle. Das Mädchen diente ihm als Schutzschild. Er drehte sich unkontrolliert von links nach rechts und im Kreis und versuchte auszumachen, wo sich der Eindringling versteckte. Paul presste sich gegen den Baum und hielt den Atem an. Er wünschte, die Verstärkung würde endlich eintreffen. Selbst wenn es ihm gelang, Tom zu überwältigen, war Via in der Hütte, zusammen mit einem ganzen Arsenal an Waffen. Paul sah Erika auf der Erde liegen. Sie zitterte und ihr Atem kam stoßweise. Durch ihre dicke Jacke sickerte Blut. Ihr blieb nicht viel Zeit. Er konnte nur hoffen, dass Emily und Bea schnell reagierten, wenn er ihnen ein Zeichen gab. Er bedeutete Bea, ein paar Schritte auf Tom zuzugehen. Paul warf erneut etwas. Dieses Mal einen Holzstock, der rund drei Meter vor Tom auf dem Boden landete. Für einen winzigen Moment ließ er Emily los, um zu sehen, woher der Angriff gekommen war. Emily duckte sich und ließ sich zu Boden fallen. Im selben Augenblick hob Bea den Spaten und ließ ihn auf Toms Arm krachen. Das Jagdmesser glitt ihm aus den Fingern und kam einige Meter von ihm entfernt zum Liegen. Er fluchte. Emily robbte über die Erde und rollte zur Seite. Pauls Finger spannten sich um den Hahn, zielten und schossen. Der Schuss krachte durch die Stille des Waldes. Via hatte den Aufruhr gehört und tauchte

im Eingang der Hütte auf, ein Jagdgewehr im Anschlag. Bea bedeutete Emily, in das Gehölz zu laufen, von wo aus Paul auf Tom zielte. Via legte den Finger auf den Abzug. Paul feuerte. Der Schuss traf Via in die Schulter und riss sie zu Boden. Bea kniete sich neben ihre Mutter. Sie atmete kaum. Tom wälzte sich auf der Erde und hielt sein Bein. Der Schuss hatte seinen Oberschenkel erwischt. Mit der gesunden Hand fischte er hektisch nach dem Jagdmesser, bekam es zu fassen und zog sich mit beiden Armen über das Wurzelwerk zu Bea, die sich über ihre verletzte Mutter beugte. Ein weiterer Schuss zerriss die Stille. Es war Via, die auf Bea gezielt, sie aber knapp verfehlt hatte. Die Kugel zischte an Beas Ohr vorüber und landete im Dickicht der Bäume. Paul feuerte einen weiteren Schuss ab, der Tom in den Bauch traf. Das Messer fiel ihm aus den Händen. Er sackte zu Boden und zuckte wie ein Fisch auf dem Trockenen. Via rappelte sich auf und legte das Gewehr an. Sie musste den Mann, den sie liebte, retten. Sie war bereit, Bea, ihre Familie, wenn nötig, auch Paul auszulöschen. Sie drückte ab. Bea schrie auf. Pauls Herz setzte einen Schlag aus.

„Neiiiiin!!", brüllte er und stürzte aus seiner Deckung auf Bea zu.

Die Kugel hatte sie in den Unterleib getroffen. Sie krümmte sich auf dem Boden. Paul beachtete seine Umgebung nicht. Er registrierte Emily nicht, die sich in Panik an den Baumstamm krallte oder Erika, die einen letzten Blick auf ihre Tochter warf, bevor sie die

390

Augen verdrehte oder Tom, dessen Atem pfiff wie eine rostige Lokomotive. Er bemerkte Via nicht, die das Gewehr erneut anlegte und zielte. Alles, was er sah, war Bea. Ihr schmerzverzerrtes Gesicht. Das Blut, das aus ihr herauszufließen schien. Ihre eiskalten Hände. Nein! Oh Gott, nein!! Nicht Bea! Seine Gedanken schlugen Purzelbäume. Er umklammerte ihre eisigen Finger, küsste sie auf die Wange und flüsterte, dass sie bei ihm bleiben müsse. Nichts ergab mehr Sinn. Alles stand kopf.

Dann fiel der Schuss. Er erwartete, einen brennenden Schmerz zu fühlen, wartete auf das Gefühl, vornüber zu kippen und in gnädige Dunkelheit zu versinken. Nichts geschah. Langsam hob Paul den Kopf, seine Finger mit Beas verschlungen. Ein dumpfer Aufprall. Ein Gesicht, das Verwunderung und Erkenntnis widerspiegelte. Er starrte in ihre Augen, Augen, in die er vor langer Zeit geblickt hatte und vor knapp drei Jahren, als sein bester Freund und Partner Max getötet worden war. Die Augen von Max´ Mörderin. Sein Bauch hatte es längst geahnt, nur sein Verstand hatte sich bislang geweigert, diese Information zu verarbeiten. Die Erkenntnis, dass er Via hätte aufhalten können, wenn er an jenem Abend geschossen hätte, erdrückte ihn. Wie sollte Bea ihm jemals verzeihen?

Trotz seiner Zartheit krachte Vias Körper gegen die hölzerne Tür der Hütte. Das Jagdgewehr klemmte zwischen ihrem Arm und ihrem Körper. Vias Augen wurden trüb. Ein ungläubiger Ausdruck hing in ihren Zügen. Paul wandte sich um, wollte den Kollegen

danken, dass sie gerade rechtzeitig zu Hilfe gekommen waren. Stattdessen stapfte Hermann Gschwentner das rauchende Gewehr noch in den Händen aus dem Gehölz.

„Hab ich Ihnen nicht gesagt, Sie sollen ...?"

Er lachte leise. „Gern g´schechen!"

Minuten später wimmelte es bei der Hütte von uniformierten Kollegen, Sanitätern und der Spurensicherung. Ein Notarzt versorgte Bea und ihre Mutter, die beide mit Blaulicht ins Krankenhaus nach Schwarzach gefahren wurden. Ob Erika die Nacht überstehen würde, war ungewiss. Bea war schwer verletzt, aber stabil, und musste operiert werden. Emily und Paul warteten die ganze Nacht im Spital, wo sie für wenige Minuten in einem der unbequemen Plastikstühle im Wartebereich wegdämmerten. In der Grube, die Bea ausheben musste, wurden zwei Leichen gefunden. Zwei Mädchen. Nach ersten Angaben der Gerichtsmedizinerin waren sie zwischen zwölf und vierzehn Jahre alt. Es würde einige Tage dauern, die beiden zu identifizieren, mit Vermisstenanzeigen abzugleichen und ihre Eltern zu verständigen. Vias Leiche wurde direkt vom Tatort abtransportiert und in die Gerichtsmedizin gebracht. Tom hatte schwere innere Verletzungen erlitten und starb noch auf der Fahrt ins Krankenhaus.

Auf einer Festplatte in Toms Haus fand die Polizei akribische Aufzeichnungen zu einer Reihe weiterer

Mädchen, die er missbraucht hatte. Die Polizei ging von 23 Opfern aus, sofern die Notizen vollständig waren. In den kommenden Wochen würde die Polizei nicht nur die überlebenden Opfer befragen, sondern auch das Grundstück um Toms Hütte untersuchen. Die Polizei hielt es für möglich, dort weitere Leichen zu finden. Die Polizeipsychologin vermutete, dass der Auslöser für seinen ersten Mord die Tatsache war, dass eines der Mädchen schwanger geworden war und ihm bewusst war, dass er nun unweigerlich auffliegen würde, wenn er sein Opfer nicht zum Schweigen brachte. Bis dahin hatte es ausgereicht, die Kinder einzuschüchtern und sie mit Angst vor Konsequenzen, etwa, dass er ihren Müttern etwas antun würde, in Schach zu halten. Via hatte als gelernte Pharmazeutin Zugang zu verschreibungspflichtigen Medikamenten. Die Linzer Kollegen fanden erhebliche Mengen an Antidepressiva wie etwa Desipramin, Cipromil und Trevilor, Beruhigungs- und Schlafmittel wie Valium und Flurazepam im Keller der Familie Hartmann. Medikamente, die Wirkstoffe enthielten, die Lena und Emily verabreicht wurden, um einen Selbstmord glaubhaft erscheinen zu lassen. Tom Hartmanns Aufzeichnungen ließen keinen Zweifel daran, dass er Lena Müller und Emily Klein eine Überdosis verabreicht hatte, um sie und den gemeinsamen Nachwuchs loszuwerden. Die Linzer Kollegen entdeckten zudem neben dem Original-Dokument eine gefälschte Geburtsurkunde von Silvia Hartmann in einem Dokumentenordner. Die Fälschung wies Via als Silvia

Meissner aus, deren Eltern Sabine und Josef Meissner waren. Eine Überprüfung der Namen ergab, dass keine der angegebenen Personen existierte. Die Polizei stieß schließlich auf die letzte lebende Verwandte von Tom und Via, deren Tante Agnes, die mittlerweile in einem Altersheim in Hermagor lebte. Sie bestätigte, dass Tom und Silvia Geschwister waren und als Kinder häufig den Sommer bei ihr verbracht hatten. Toms und Vias gemeinsamer Sohn Felix kam nach dem Tod seiner Eltern in die Obhut des Jugendamts und wurde von dort an ein Kinderheim in Vorchdorf überstellt.

Epilog

Zwei Monate später

Bea starrte auf den Grabstein, der weiß in der Junisonne schimmerte. Ein Blumenmeer bedeckte den Großteil des Grabes und leuchtete in allen Farben. Emily strich sanft über den Namen ihrer Oma und wischte sich mit dem Ärmel ein paar Tränen aus dem Gesicht. Bea weinte nicht. Zu viele Tränen hatte sie in den letzten Monaten vergossen. Sie hatte in jener Nacht ihre Mutter verloren, ihren Fels in der Brandung und mit ihr den einzigen Menschen, der sie ein Leben lang bedingungslos geliebt hatte. Sie berührte den Stein, fuhr langsam über Erikas, dann über Max' Namen, und suchte Trost in der Vorstellung, dass die beiden nun einander hatten. Tom hatte so viel Leid über ihre Familie gebracht und andere Familien ins Unglück gestürzt. Die beiden Leichen, die bei der Hütte gefunden wurden, waren zwei dreizehnjährige Mädchen: Tanja Berger und Simone Friedl. Tanja war erschossen worden. Das andere Mädchen war durch einen schweren Schlag auf den Kopf gestorben. Max und Paul hatten die Vermisstenanzeige aufgenommen und - unter anderem – in der Pädophilen-Szene ermittelt, nachdem Zeugen ausgesagt hatten, sie hätten beobachtet, wie ein Mann mit graumeliertem Haar ein Mädchen in seinem Auto mitgenommen hatte. Eine

Verbindung zu Tom Hartmann konnte zum damaligen Zeitpunkt nicht hergestellt werden.

Tom hatte vor zwei Monaten Eva ermordet, die Bea eine liebe Freundin geworden war. Sie schirmte ihre Augen gegen die Sonne ab und entdeckte rund 60 Meter weiter nördlich das Grab ihrer Freundin, das ebenfalls unter bunten Blumen und Kränzen leuchtete. Sie hatte ihren Frieden gefunden, vereint mit Lena, dessen war Bea sich sicher.

Emily litt unter dem Verlust ihrer Großmutter, aber seit sie aus dem Krankenhaus entlassen worden war, blühte sie auf. Sie besuchte regelmäßig ihre Therapeutin und verspürte nur mehr selten den Drang, sich selbst zu verletzen. Gelegentlich entdeckte Bea die eine oder andere frische Verletzung, aber sie vermied es, diesem Umstand zu viel Bedeutung beizumessen. Emilys Therapeutin hatte sie darauf hingewiesen, dass Selbstverletzung eine Sucht war, eine Möglichkeit, die innere Anspannung loszuwerden. Es würde Monate, wenn nicht Jahre dauern, bis sie gelernt hatte, ihre inneren Dämonen zu kanalisieren und ihre Kraft nicht gegen sich selbst zu richten, sondern für sich zu nutzen. Aber Tom war tot und Bea spürte, dass der schlimmste Dämon, der ihre Tochter gequält hatte, mit ihm gestorben war. Die Polizei entdeckte Hinweise in Toms Aufzeichnungen, dass weder Lena noch Emily sich das Leben nehmen wollten. Tom hatte beiden Mädchen hohe Dosen an Diazepam, Trevilor und Alko-

hol verabreicht. Zuvor hatte er sie mit Ketamin reaktionsunfähig gemacht. Die K.-o.-Tropfen ließen sich schon zum Zeitpunkt, als die Mädchen gefunden wurden, nicht mehr im Blut nachweisen. Obwohl die Vorstellung für Bea unerträglich war, dass Emily fast ein Kind von Tom bekommen hätte, war sie dennoch erleichtert, dass nicht ihre Tochter versucht hatte, sich – und damit das Baby – zu töten.

Simon litt nicht länger unter Alpträumen und wandelte nachts nicht mehr durchs Haus. Bea war überzeugt, dass er gespürt hatte, dass Tom Böses im Schilde führte, und unbewusst nicht schlafen konnte, wenn er im Haus war. Emilys Therapeutin war überzeugt, dass er gefühlt hatte, dass Tom seine Schwester verletzte. Sie hielt es sogar für möglich, dass er die beiden bei einer Gelegenheit beobachtet hatte. Da Simon noch so jung war, konnte er das Gesehene nicht einordnen, fühlte aber, dass seine Schwester litt. Es sei nicht ungewöhnlich, dass Kinder, um die Beziehung eines Elternteils zu schützen, negative Erlebnisse verdrängten und sich diese auf einem anderen Weg Ausdruck verschafften. Emily, die zu alt war, um das Erlebte verdrängen zu können, hatte die Ohnmacht und Wut, die sich in ihr aufgestaut hatte, gegen sich selbst gerichtet.

Bea kämpfte neben den seelischen Blessuren mit den Folgen ihrer Schussverletzung. Die Ärzte hatten sie in der Nacht notoperiert und mussten ihr aufgrund

der Schwere der Verletzung die Gebärmutter ent-
fernen. Neben der Trauer um die verlorene Möglichkeit, ein weiteres Kind zu bekommen (ihre Familien-
planung war im Grunde abgeschlossen), machte ihr
der plötzlich einsetzende Wechsel zu schaffen. Tom
hatte ihr alles genommen. Sogar das Vertrauen in
ihren besten Freund. Paul hatte sein Leben riskiert,
um sie und ihre Familie zu retten. Das rechnete sie
ihm hoch an. Vielleicht hätte er ihr verschweigen
sollen, dass es Via war, seine alte Liebe, die an jenem
Abend auf Max geschossen hatte, dass er sie erkannt
und deshalb zu spät reagiert hatte, wodurch sie entkommen konnte. Wäre dann alles anders gekommen?
Hätte all das Leid verhindert werden können? Wahrscheinlich nicht. Es hätte nichts an Toms kranker Neigung oder der abartigen Beziehung zwischen ihm und
seiner Schwester geändert. Dennoch trug sie es Paul
nach. Sie ignorierte seine Mitteilungen und Anrufe,
obwohl er sich hundert Mal für sein Fehlverhalten ent-
schuldigt hatte. Er bedauerte seinen Fehler aufrichtig.
Bea wusste, dass er seit seiner Beziehung zu Silvia nie
wieder eine ernsthafte Verbindung zu einer Frau auf-
gebaut hatte. Bea und die Kinder waren ihm wichtig.
Dessen war sie sicher. Suchte sie einen Schuldigen,
den sie für alles, was geschehen war, verantwortlich
machen konnte? Und wenn ja, wem half sie damit?
Und lag nicht auf der Hand, wer der Schuldige war?

Zu allem Übel hatte ihr Chef, Bernd Wranek, sie
gekündigt, nachdem sie ihren Artikel nicht terminge-
recht abgeliefert hatte. Dieser Umstand kostete Bea

ein müdes Lächeln. Wie sich die Perspektive änderte, wenn es ums pure Überleben ging! Zwar hatte Bernd die Kündigung zurückgezogen, als er erfahren hatte, dass Bea entführt und schwer verletzt worden war, aber sie hatte eine Entscheidung getroffen. Die vergangenen Wochen hatten sie verändert. Sie fürchtete sich nicht länger vor dem, was kam. Was sollte die Zukunft ihr anhaben? Die Sorge, nicht durch einen fixen Job abgesichert zu sein, erschien ihr wie ein Geist aus einem früheren Leben. Ein Schritt nach dem anderen, jeder Tag eine neue Chance. Sie lächelte. Ein Verlag hatte ihr angeboten, ihre Geschichte zu veröffentlichen. Alles war zu frisch, um sich zu entscheiden, aber so lange sie denken konnte, hatte sie stets davon geträumt, ein Buch zu schreiben. Wer hätte gedacht, dass ihr Leben dazu die Vorlage liefern würde? Sie schloss die Augen und genoss die Sonnenstrahlen, die vor ihren Lidern tanzten. Es war Zeit für einen Neuanfang.

Emily legte den Arm um sie. Sie würde immer ihr kleines Mädchen bleiben und doch wirkte sie so viel reifer, erwachsener. Simon lief mit einer Kerze auf sie zu.

„Mama, schau mal! Man kann direkt neben der Kirche Kerzen kaufen."

Bea lächelte ihn an und küsste ihn aufs Haar.

„Perfekt, mein Schatz! Genau das fehlt noch."

Simon stellte das Licht auf den Rand des Grabes und Bea half ihm, es anzuzünden.

„Woher hast du denn das Geld dafür?", wollte sie wissen.

Simon deutete mit dem Kopf hinter sich. Ein seltsames Grinsen hatte sich in seine Züge geschlichen. Bea wandte den Kopf und entdeckte Paul, der über den Kiesweg auf sie zu schlenderte. Seine Haare standen gewohnt wirr vom Kopf ab. In seinen Augen lag Unsicherheit. Bea erstarrte.

„Komm, Simon!", rief Emily, die die Beklommenheit ihrer Mutter spürte und packte ihren Bruder am Arm. „Wir holen eine zweite Kerze."

„Hey! Aber warum denn?", protestierte Simon.

„Wir brauchen eine für Papa und eine für Mimi, verstehst du?"

Simons Gesicht erhellte sich augenblicklich. Er rannte los.

„Wer als Erstes dort ist!"

Emily warf ihrer Mutter einen vielsagenden Blick zu und hetzte hinter ihrem Bruder her.

Paul erreichte Bea und blieb unschlüssig stehen. Sie kniete sich neben den Grabstein und arrangierte die Blumensträuße neu.

„Du siehst toll aus", sagte Paul, als das Schweigen ohrenbetäubend wurde.

„Hör zu, Paul ..."

Er presste die Lippen aufeinander und knetete nervös seine Finger.

Bea seufzte und zwang sich, ihn anzusehen.

„Es ist viel passiert. Das verstehst du, nicht wahr? Ich kann nicht so tun, als ..."

Paul hob eine Hand und legte ihr einen Finger auf den Mund. Dann drehte er sich auf dem Absatz um und spazierte in die Richtung, aus der er gekommen war. Bea runzelte die Stirn. Was war jetzt mit ihm los? Hatte sie ihn gekränkt? Er marschierte rund 30 Meter den Kiesweg entlang, dann kehrte er plötzlich um und kam erneut auf sie zu. Bea starrte ihn an. Er blieb eine Armlänge von ihr entfernt stehen.

„Ein herrlicher Tag heute, nicht wahr?"

Seine Stimme zitterte ein wenig.

Beas Augenbrauen hoben sich. Sie öffnete den Mund.

„Ich liebe den Frühling. Für mich die schönste Jahreszeit." Er lächelte von einem Ohr bis zum anderen.

„Wie sehen Sie das?"

Beas Mund klappte zu.

„Ich ... ja, hmm, ich mag den Frühling. Sehr."

Sie wippte unruhig auf ihren Fußballen auf und nieder.

„Wie unhöflich von mir", fiel ihr Paul ins Wort. „Ich heiße Paul. Paul Wagner. Und Sie?"

Bea starrte ihn an, als sei er jetzt endgültig verrückt geworden.

„Was ist los?"

„Ungewöhnlicher Name", erwiderte Paul und lachte.

„Bitte?"

„Wasistlos. Ein komischer Name. Haben Sie auch einen Vornamen?"

Bea verkniff sich ein Grinsen.

„Bea. Bea Klein."

„Sehr hübsch."

„Der Name?"

Paul lächelte.

„Der auch!"

Bea lachte.

„Wissen Sie, was heute für ein Tag ist?", fragte Paul.

Sie zögerte einen Moment. Ihre Wangen prickelten leicht.

„Heute ist Neuanfang-Tag", erklärte er.

„Tatsächlich?"

„Aber so was von!"

Er tastete vorsichtig nach ihrer Hand. Die Wärme seiner Finger jagte ihr einen wohligen Schauer den Rücken hinunter.

„Ich wette, Sie trinken gern Kaffee."

„Wie konnten Sie das nur erraten?"

Paul hielt ihre Hand in seiner.

„Tja, nennen wir es männliche Intuition."

„So etwas gibt es?"

Sie spazierten einige Schritte in Richtung Kirche, wo Emily und Simon die Szene beobachteten.

„Unbedingt!"

„Das klingt interessant. Ich glaube, ich würde gerne mehr über Sie und Ihre Intuition erfahren", gab Bea zurück.

„Ich habe Ihnen so viel zu erzählen", erwiderte Paul und seine Augen blitzten. „Ich kenne da übrigens ein hübsches Café."

„Klingt nach einem Plan!", entgegnete Bea und lächelte Paul an.

Emily und Simon erreichten die beiden und hakten sich jeweils zur Linken und zur Rechten bei einem von ihnen unter.

„Aber so was von!"

ENDE

Der Schattenmann

Tödlicher Eid

Von Lilly Frost

Herstellung und Verlag: BoD - Books on Demand, Norderstedt
ISBN 9783749432295

lilly.frost@gmx.at
www.lilly-frost.at